위험한 아내

상처와 기만, 집착으로 얼룩진 사랑!

위험한 아내

로버트 굴릭 지음 • 공보경 옮김

A RELIABLE WIFE

팩컴북스

나보다 더 내게 잘 대해주는 잔느 볼츠 씨에게

영원한 사랑과 감사를 담아.

그리고 사랑하는 형 B와 여동생 린지에게.

한국의 독자들에게

몇 년 전, 저는 한국의 전통 결혼식에 참석할 기회가 있었습니다. 신부는 한 미국대학의 경제학 교수였는데, 그녀는 결혼식 당일 참으로 아름답고 이색적이며, 우아한 전통적인 한국 신부로 변해 있었고, 저는 그 모습을 보고 감동을 받았습니다. 장밋빛 한복 치마와 머리에 꽂힌 반짝이는 비녀가 신부의 아름다움과 섬세함을 더욱 빛나게 해주었습니다.

제가 그 신부를 이색적으로 여겼던 만큼, 어쩌면 독자들도 이 책을 이색적으로 느낄 것이라고 생각합니다. 그리고 이 소설 속 미스터리와 로맨스는 여러분을 상상 속 먼 곳으로 데려가줄 것입니다. 아름다운 신부로 변한 내 친구처럼, 여기에 나오는 주인공도 스스로 정체를 바꾸며 변신을 합니다.

1907년 위스콘신 주의 어느 시골 지역. 매서운 추위 속에서 기차를 타고올 여인을 기다리고 있는 랄프 트루잇. 그러나 그녀는 랄프가 기대하고 있는 소박한 아내가 아닙니다. 매섭고 차가운 위스콘신 겨울을 배경으로 한 비밀과 거짓말, 욕망, 광기, 배신, 속죄에 관한 이야기가 점점 흥미진진해지면서 우리는 비밀에 둘러싸인 여주인공이 어떤 인물인지 점점 **빠져들게** 되고, 결국 그녀가 누구인지 알게 됩니다.

《위험한 아내》가 한국어로 번역됐다는 것은 저에게는 정말 큰 영광입니다. 책을 읽는 동안 여러분은 조금은 낯설고 이색적인 미국 문화를 접할 수 있을 것입니다. 독자들은 미국 문화를 이색적으로 생각할 것입니다. 이러한 소통으로 우리는 아름다운 세상과 다양한 문화를 이해하게 되고, 만난 적 없는 사람들과 멋진 친구가 될 수 있을 것입니다.

이 책이 저와 여러분의 우정의 표시로 생각하며, 책장을 넘기는 동안 즐거운 시간이 계속 이어지기를 소망합니다.

Robert goolrick

제 1 부

1907년 가을,
위스콘신 주

1

미동조차 없는 세상. 오후 4시 정각.

그 무엇도 움직이지 않고 새 한 마리 날지 않았다. 깊은 정적, 고요만이 찰나의 순간에 머물 뿐. 기차역 공기는 매섭도록 차가웠고 곧 폭풍이 몰아치기 직전처럼 팽팽한 긴장감으로 가득했다. 사람들이 얼어붙은 땅 위에 얼음 조각처럼 서 있었다.

그곳에 있었다고 해도 당신은 알아채지 못했을 것이다. 조각난 시간 속에서는 내면의 고요조차 감지할 수 없으니. 만약 당신이 그 자리에 있게 되어 그 고요를 기록한다면, 유리판에 빛을 쏘여 네거티브 필름으로 찍고 나중에 현상한다면, 그 기억을 현상하고 나서야 비로소 그때가 그 일이 시작된 순간임을 알 수 있으리라. 시계가 똑딱거렸다. 정시를 알리는 소리가 울렸다. 다시 모든 것이 움직였다. 기차는 늦어지고 있었다.

아직 눈은 내리지 않았으나 곧 눈보라가 몰아칠 것 같았다. 땅은

짓밟힌 눈으로 뒤덮여 있었다. 점차 시야에서 멀어진 풍경은 흔적조차 남기지 않고 검은 지평선 너머로 사라져갔다. 눈더미 사이로 튀어나온 그루터기가 면도날처럼 날카로웠고, 까마귀들은 허공을 날며 그것을 부리로 쪼아댔다. 검은 강은 얼어붙어 있었다.

'지옥이 꼭 불구덩이는 아닐 거야.' 랄프 트루잇은 생각했다. 그는 얼어붙은 외딴곳에 위치한 이 작은 기차역에 수수한 차림으로 서 있었다. 지옥은 어쩌면 이런 곳일지도 모른다. 매 순간 더욱 암울해지는 곳. 피부를 뼈에서 발라낼 만큼 가혹한 냉기가 흐르는 곳……

그는 군중 속에 홀로 서서 거대한 고독을 느꼈다. 이 얼어붙은 광활한 공간에서 그는 평생을 살았다. 그를 제외한 모든 이들, 그에게 궁핍한 손을 내밀고 무언가를 얻으려는 이들조차도 존재의 이유와 정착할 장소가 있었다. 그러나 그는 아무것도 없었다. 차갑고 혹독한 현실에서 앉아 있을 곳조차 없었다.

랄프 트루잇은 은제 손목시계를 쳐다보았다. 역시 기차는 늦어지고 있었다. 말없이 응시하는 주변의 시선이 느껴졌다. 취향에 맞게 스테이크를 구워달라고 주문하듯이, 기차가 정확한 시각에 도착하도록 관계자들에게 일러두었으니 오늘만큼은 예정된 시각에 맞춰 기차가 오리라 믿었다. 그런데 지금 모두가 지켜보는 가운데 그는 얼간이처럼 서 있었다. 그는 얼간이었다. 이렇게 사소한 일조차 실패하다니. 마지막으로 품은 작은 희망의 불꽃마저도 꺼져버릴 것 같았다.

그는 원하는 것을 손에 넣는 데 익숙했다. 그러나 20년 전에 아내와 아이들, 마음에 품었던 가장 큰 희망, 그리고 호화로운 환상마저 잃으면서 처음으로 충격적인 상실감을 맛보았고, 그 후로는 계획한 일들을 하나씩 실현해가는 것으로 두려움을 물리치며 살았다. 그 방법은 꽤 효과적이었다. 일에 관해 무자비할 정도로 철저한 랄프 트루잇을 마을 사람들은 존경하고 심지어 두려워했다. 그런데 지금 기차가 늦어지고 있는 것이다.

마을 사람들이 애써 무신경을 가장하면서 플랫폼을 서성이고 있었다. 랄프 트루잇을 지켜보는 것 외에 또 다른 이유가 있는 것처럼. 그들은 소소한 농담을 주고받으며 소리 내어 웃었다. 그리고 랄프 트루잇의 실패를 존중하는 의미로 나지막하게 소곤거렸다. 기차는 늦어지고 있었다. 눈발이 흩날리는 것을 느낀 그들은 곧 닥칠 눈보라를 예감했다.

마을 여인들이 봄마다 첫 더위를 느끼기도 전에 비밀스런 신호라도 주고받은 양 일제히 여름옷을 입기 시작하는 날이 있다. 그리고 피부를 찢는 맹렬한 첫 추위가 들이닥치기 전에 겨울이 예리한 칼날을 드러내는 날이 있다. 오늘이 바로 그날이었다. 1907년 10월 17일. 어둑한 오후 4시.

마을 사람들은 하나같이 한쪽 눈으로는 날씨를 살피고, 다른 쪽 눈으로는 랄프를 바라보았다. 기차를 기다리는 랄프를 쳐다보며, 랄프가 손목시계를 볼 때마다 눈빛을 주고받았다. 기차는 늦어지고 있었다.

대부분 남자들은 인과응보라고 여겼고, 여자들은 좀 더 관대하게 생각했다. 오랜 세월 혼자 살았으니 앞으로도 그럴 거라고 짐작했다. 랄프는 날마다 세상에 의연한 모습을 보이고자 안간힘을 썼고, 그런 노력의 일환으로 거리에서 만나는 마을 사람들에게 일일이 모자를 살짝 들어 인사했다. 사람들이 랄프의 복잡한 심경에 대해 수군댄다는 것, 그를 화젯거리로 삼아 떠든다는 것을 그들의 눈빛 속에서 느낄 수 있었다. 그들은 그의 과거에 대해 경의를 표하면서도 한편으로는 쑥덕거렸다.

체면을 유지하는 비결 중 하나는 상황에 굴복하지 않는 것이다. 추위도 어깨를 구부정하게 하지 않고, 발을 동동거리거나 시린 손에 따뜻한 입김을 불어대지 않고 추위 속에서 오랫동안 서 있을 거라는 사실을 받아들이고 마음을 느긋하게 먹는 것이다. 따뜻한 봄바람을 맞이하듯 추위를 맞이해야 한다. 뻣뻣하게 굳어 아린 어깨와 빨갛게 언 손으로 고된 하루를 마감하지 않으려면 아예 추위의 일부가 되는 것도 비결 중 하나다.

살면서 피할 수 있는 것도 있다. 그러나 대부분 피할 수가 없다. 특히 추위와 본인에게 닥친 나쁜 일들은 대부분 피할 수 없다. 실연, 실망, 채찍질과도 같은 아픈 비극을 어찌 피한단 말인가.

랄프는 추위와 소문에 아랑곳하지 않기로 결심했다. 가슴을 펴고 당당히 서서 아득히 뻗어나간 철로에 시선을 고정했다. 자신의 모습이 멀쩡해 보이기를, 추레하게 보이지 않기를, 어리석어 보이지 않기를, 융통성 없어 보이지 않기를 희망했다. 눈이 쏟아져 옴짝달싹 못하기 직전, 그에게 불어닥치는 혼란과 가망 없는 고독이 겉으로 드러나지 않기를 희망했다. 한편으로는 이런 희망을 품고 있다는 사실 자체가 놀라웠다.

랄프는 좋은 사람이 되고 싶었고, 지금도 악인은 아니다. 첫 갈망과 상실을 경험한 후로 아무것도 바라지 않는 쪽으로 자신을 다잡았다. 그런데 지금 무언가를 갈망하고 있었다. 자신에게 있는 욕망을 느끼고 그는 스스로 놀랍기도 하고, 화가 나기도 했다.

기차역으로 나오기 전, 집에서 옷을 입으며 랄프는 거울에 비친 자신의 얼굴을 쳐다보고 흠칫 놀랐다. 얼굴에 새겨진 슬픔과 오만의 흔적에 충격을 받았다. 증오와 격노, 회한의 세월이 무척이나 길었다.

셔츠 칼라의 단추를 잠그고 넥타이를 맸다. 매일 아침 이렇게 차려입었고, 까다로운 남자 특유의 엄격한 눈으로 매무새를 가다듬었다. 거울 속에서 초조한 희망을 품고 있는 자신의 모습을 보기 전까지는 이 어리석은 계획이 실제로 이행되었을 때 충분히 해낼 수 있다고 믿었다. 그러나 거울 속에서 기운 빠진 얼굴을 보자, 그 순간이 두렵게 느껴졌다.

지금까지 죽음과 소름 끼치는 당혹감을 감내하고 가슴속에서 솟구치는 온갖 본능을 억누르며 하루하루를 버텼다. 매일 아침 마을에서 식사를 하고, 아버지의 사업체를 운영하면서 어쩔 수 없이 마을 사람들의 삶의 무게까지 감당해왔다. 랄프는 본인의 얼굴이 내비치는 이미지가 '괜찮다, 아무 문제없다.'라고 생각했다. 그러나 오늘 아침 거울을 통해 자신의 실상을 보면서 지금껏 속았다는 것을 깨달았다. 신경 쓰지 않는다고 여겼지만, 그는 잔뜩 신경 쓰고 있었다.

마을 사람들과 그들의 아이들은 병을 앓고 있었다. 아내와 남편은 서로 사랑하기도 하고, 사랑하지 않기도 했다. 그들의 옷 아래 숨겨진 왕성한 성생활이 랄프의 머릿속을 어지럽혔다. 타인의 욕정, 서로의 살결을 어루만지는 손길들. 그 와중에 자식들은 죽어갔다. 한 달 안에 가족 모두 디프테리아나 장티푸스, 독감으로 사망하는 경우도 종종 있었다. 어느 날 밤 추위 속에서 실성한 남편 혹은 이내가 아무 이유 없이 집에 불을 지르고, 친척들에게 총을 쏘거나 자녀를 죽였다. 뱀처럼 온몸을 비틀며 남들 앞에서 옷을 찢고 노상 방뇨를 하고 교회에서 아무 데나 변을 보았다. 멀쩡한 가축을 참혹하게 죽이고 헛간을 불살랐다. 매주 신문에는 그러한 사건들이 수두룩하게 실렸다. 매일 새로운 비극이 발생했다. 조금씩 기괴한 이유로 평범한 일상이 무너졌다.

가솔린이 묻은 옷을 입고 불 가까이 갔다가 불길에 휩싸였다. 독을 마셨다. 서로에게 독을 먹였다. 친딸을 범해 딸을 낳게 했다. 기분 좋게 잠자리에 들었다가 정신줄을 놓은 채 깨어났다. 멀리 달아났다가 스스로 목을 맸다. 끝없는 사건사고의 연속이었다.

랄프는 사람들이 자신의 얼굴과 몸짓에서 아무것도 읽어내지 못한다고 생각했다. 자신은 공정하고 연민 어린 시선으로 사람들을 대하고, 그들의 슬픔과 문젯거리를 접한다고 여겼다. 그는 애써 신경을 끄고 잠자리에 들었지만 아침이면 다시 비극적인 사건과 마주쳤다.

거울에 비친 피부가 창백했다. 머리카락은 생기 없이 푸석거렸다. 축 처진 입가와 눈가에는 오만과 비애가 깊게 새겨져 있었다. 바짝 가까이에서 쳐다보다가 거울 속 이미지가 내뱉는 말들이 너무 소란스러워 고개를 약간 뒤로 젖히고 말았다. 그의 몸은 마음의 섬뜩한 고요를 그대로 내비쳤다. 모든 이들이 그것을 보았다. 속내 하나 감추지 못했으니 이 얼마나 어리석은가.

랄프도 거리에서 모퉁이를 돌 때마다 사랑에 빠지던 시절이 있었다. 모자에 달린 멋진 리본 같은 사소한 것에 마음이 끌렸다. 가벼운 발걸음, 스치는 치맛단, 주근깨 핀 코에 다가드는 파리를 내쫓는 하얀 장갑 낀 손에 반했다. 그 정도면 심장을 두근거리게 하기에 충분했다. 심장이 기쁨으로 마구 뛰었다. 잔인할 만큼 큰 기대감으로 쿵쾅거렸다. 몸이 상할 정도로 사랑에 몰두했다. 그러나 지금은 습관처럼 이어지던 낭만을 잃어버렸다. 거울을 보면서 색을 탐했던 젊은 시절의 자신에게 일말의 질투를 느꼈다.

성인 여성의 맨팔을 처음 보았던 때가 기억났다. 처음으로 랄프에게 머리카락을 풀던 여인도 기억났다. 풍성한 머리카락이 폭포처럼 흘러내리자 방 안 가득히 퍼졌던 비누와 라벤더 향, 그 방에 있던 가구 하나하나가 전부 기억났다. 첫 키스도 기억났다. 랄프는 그 모든 것을 사랑했다. 한때는 여인이 그의 모든 것이었다. 육체적 갈망에 대한 충족만이 삶의 의미였다.

바닥까지 떨어지기 전까지는, 어느 정도 절망하더라도 그럭저럭 살 수 있다. 이제 그의 나이 쉰넷. 부지불식간에 체념이 랄프를 침식했다. 희망이 사라진 때가 언제인지 정확히 알 수 없었다.

플랫폼에서 서성이던 마을 사람들이 옆으로 지나가며 공손하게 목례를 했다.

"안녕하세요, 트루잇 씨."

그러다 더는 참지 못하고 말을 이었다.

"기차가 좀 늦어지네요."

그들을 때리고 싶었다. 꺼지라고. 좀 내버려두라고 말하고 싶었다. 그들은 이미 알고 있었다. 그동안 전보와 전신 송금, 기차표가 오간 것까지 속속들이 알고 있었다.

갓난아기 때부터 지금까지 그가 살아온 내력을 모르는 이는 이 마을에 없었다. 마을 사람들은 거의 대부분이 주철 공장, 벌목지, 광산, 물건 매매, 임대료 징수 업무 등을 하면서 이런저런 방식으로 그를 위해 일하고 있었다. 그는 매시간 부를 증식하면서도 그들에게는 낮은 임금을 주었다. 그를 위해 일하지 않은 이들은 목숨을 연명하고자 막판에 마지못해 일해야 할 때를 제외하고는 대개 아무 일도 하지 않았다.

어떤 이들은 몹시 게을렀다. 남편은 아내와 자식들에게 잔인하게 굴고, 아내는 따분하고 고리타분한 남편에게 질려 바람을 피웠다. 겨울은 너무 길고 혹독했다. 그 겨울을 견딜 수 있다고 자신하는 이는 없었다.

평범한 삶이 악몽으로 변하기도 했다. 사람들은 끔찍한 겨울을 보내며 굶어 죽었다. 무리에서 벗어나 금방이라도 무너질 듯한 숲 속 오두막에서 홀로 살기도 했다. 침을 흘리고 벌거벗은 채 돌아다니다가 정신병원에 수감되어, 차가운 시트를 몸에 두르고 전기 충격을 받은 끝에 제정신으로 돌아와서는 침묵했다. 일상적인 일이었다.

그러나 매일, 더 많은 이들이 하루를 살았고, 더 많은 이들이 떠나지 않고 남았다. 마을에 남은 실성한 이들, 제정신을 가진 이들은 랄프 트루잇과 관계를 맺고 살았다. 랄프 트루잇 또한 추위와 몸서리치는 외로움을 견디며 살았다.

그들이 말했다.

"눈이 많이 내리겠어요."

"하늘이 벌써 어두워졌네요."

오후 4시인데 이미 어두웠다.

"안녕하세요, 트루잇 씨. 아무래도 큰 눈이 올 것 같네요. 이맘때는 날씨가 그렇다고 연감에도 나와 있어요."

그들은 온갖 핑계를 생각해 접근했고, 작은 용기를 발휘해 말을 걸었다. 한참 동안 생각하고 여러 번 고민하고, 이리저리 궁리하다가 말을 건네고는, 그가 없는 자리에서 주고받은 말을 다시 곱씹으며 다른 이들에게 들려주는 식이었다.

감히 그를 다른 이름으로 부르지 못하고 아내에게 말할 것이다. "오늘 트루잇 씨를 봤는데 고맙게도 당신이랑 애들 안부를 물어보더라고. 애들 이름도 하나하나 다 기억하고."

그들은 그를 증오했지만 필요로 했고, 그의 잘못을 용서했다. 구
두쇠에 인심 사납고 거만한 개자식이라고 남편들이 큰 소리로 욕할
때면 아내들은 이렇게 말하곤 했다. "그래도 여보……, 그분은 모진
일을 겪었잖아요."

물론 그들은 알고 있었다. 모두 알고 있었다.

랄프는 홀로 잠을 잤다. 그는 어둠 속에서 마을 사람들의 생활을
그려보곤 했다. 어둠 속에서 그들의 삶을 상상했다.

남편은 아내를 돌아보며 욕정에 사로잡힌다. 모슬린 잠옷만으로
도 활활 타오르는 그들의 삶과 욕망……. 자식은 열한 명, 혹은 열
세 명쯤 두었을 것이다. 그중 아홉은 죽고, 넷은 살겠지. 여섯은 살
고, 일곱은 죽겠지.

한밤중에 랄프는 죽음과 탄생이라는 광기의 레이스 속에서 성행
위와 희열을 떠오르며 마을을 하나로 아울렀다. 낮 동안 걸쳤던 무
겁고 고통스러운 옷을 벗어던지고 어둠 속에서 맞닿는 살결. 랄프는
남편들이 온기를 머금은 시트 속으로 뛰어들어 다시 젊어지는 모습
을 상상했다. 남편은 어둠 속에서 고작 15분에 불과하지만 다시 젊
어져 격한 사랑을 나누고, 그 옆에 기진하여 누운 아내도 그 순간만
큼은 땋은 머리를 반짝이며 가볍게 웃음짓는 아리따운 여인으로 되
돌아간다. 어둠 속에서 랄프가 생각하는 것은 오로지 섹스였다.

그는 대부분의 밤을 견뎌냈다. 그러나 어떤 밤은 견디기 힘들었
다. 낮에는 서로를 지긋지긋해하면서도 밤이면 말없이 육체의 정을
나누고 욕구를 보상받는 부부들을 상상하면, 욕정의 무게에 짓눌려
질식할 것만 같았다.

그들의 침대에는 섹스가 있었다. 랄프는 매일 마을 거리를 걸으며

그들이 어둠 속에서 섹스라는 행위를 통해 서로를 위로하고 있음을 느꼈다. 그러나 자신은 그런 위로가 없어도 잘 살 수 있다고 스스로를 다독였다.

랄프는 마을 사람들의 장례식에 참석했다. 그들이 다툴 때 판결을 내려주고, 상대방에게 장황한 비난을 쏟을 때도 참고 들어주었다. 그들을 고용하기도 하고 해고하기도 했다. 무언의 어둠 속에서 서로의 몸을 더듬고, 갈구하고, 위안을 받고, 일출과 함께 다시 하루를 시작할 힘을 얻는 모습을 절대 놓치지 않았다.

그날 아침 거울 속에서 랄프는 자신의 얼굴을 보았다. 남에게 보이고 싶지 않은 얼굴. 내면의 갈망, 탐욕스러운 고독은 아직 죽지 않았다. 그리고 주변을 서성이는 사람들의 눈은 예리했다. 그날 아침 랄프가 자기 얼굴을 보며 느낀 섬뜩함을 마을 사람들은 줄곧 느꼈을 것이다.

랄프의 주머니에는 그가 알지 못하는 어느 평범한 여인의 사진이 동봉된 편지가 들어 있었다. 부츠 한 켤레를 사듯 주문한 시카고의 여인. 그 사진 속에 담긴 것은 랄프의 미래였다. 그러나 다른 것은 아무래도 좋았다. 어떤 결과가 초래될지 판단을 내리기도 전에 이미 결정을 했으니까. 연착 중인 기차를 기다리는 동안 구경꾼들 속에서 느끼는 수치심은 그리 중요하지 않았다. 그들의 흘끔거리는 시선을 피할 수도, 이미 내린 결정을 철회할 수도 없었다.

다소 늦어지더라도 기차는 올 것이다. 전에 일어난 일들은 전부 지나간 일이고, 차후에 일어날 일은 차차 생각하면 된다. 멈추기엔 이미 늦어버렸다. 과거도 절박한 희망을 품고 이런 일까지 하게 만든 일련의 사건에 불과했다.

쉰넷. 거울에 비친 자신의 얼굴은 충격적이지만 몇 분 후 그 이미

지도 마음에서 깨끗이 지워질 것이다. 그 정도의 희망은 스스로에게 허용하기로 마음먹었다. 누구나 단순한 것을 원한다. 무엇을 얼마나 소유하고 있든지, 자녀가 죽든지 살든지, 우리는 그저 사랑을 원한다. 그가 남들처럼 살고 싶다고 해서, 무언가를 원한다고 해서, 과욕이라 할 수 없을 것이다.

지난 20년간, 불을 끄고 누운 그에게 잘 자라고 말해준 사람은 아무도 없었다. 잠에서 깨어났을 때 좋은 아침이라고 말해준 사람도 없었다. 20년간, 이름을 아는 이에게서 입맞춤을 받은 적도 없었다. 그러나 눈이 가볍게 흩날리는 지금, 그는 부드러운 입술의 감촉, 그 달콤한 갈망을 떠올리고 있었다.

마을 사람들이 쳐다보았다. 하지만 남들의 시선은 더 이상 중요하지 않았다. "우린 그 자리에 있었어. 그 여자가 기차에서 내리는 모습을 봤어. 우린 그 자리에 있었어. 그 여자를 처음으로 바라보는 그의 눈을 우리는 똑똑히 봤어." 그들은 자식들과 이웃들에게 떠들어댈 것이다.

랄프는 손에 편지를 쥐고 있었다. 편지 내용은 이미 머릿속에 담겨 있었다.

트루잇 씨에게

저는 단순하고 정직한 여자입니다. 아버지와 함께 세상 구경을 많이 했어요. 교사로 활동하면서 세상의 실체를 보았기에 환상 따윈 갖고 있지 않아요. 가난한 이들도 보았고 부자들도 보았는데, 부자도 가난한 이만큼 굶주려 있으니 그들 사이의 간격은 그리 크지 않다고 봐요. 부자들은 하나님의 사랑에 굶주려 있더군요.

상상하기 힘들 만큼 지독한 병을 앓는 사람도 보았어요. 세상이 그들에게 하는 짓을 보면서 더는 그런 세상에 살고 싶지 않다는 생각을 했어요. 제가 할 수 있는 일이 아무엇도 없고, 하나님도 하실 수 있는 일이 없다는 것을 알게 된 거예요.

저는 학교에서 신부 수업을 착실히 받은 여학생은 아니에요. 지금까지 딸로서만 살아왔고, 누군가의 아내가 되겠다는 희망은 오래전에 접었죠. 당신이 저에게 주려는 것이 사랑이 아니란 걸 알아요. 제가 바라는 것도 사랑이 아니라 안정된 집이에요. 그것이 제가 바라는 전부예요. 당신이 주시는 것이 별것 아니라는 뜻은 아니랍니다. 그저 선하고 관대하게 대해주기만 바랄 뿐이에요. 지금껏 살면서 본 세상이 너무 비참해서, 더는 아무것도 바라지 않아요. 저를 받아주신다면 그리로 가겠습니다.

그녀는 편지와 함께 사진을 보냈다. 랄프는 지나가며 아는 척을 하는 이에게 모자를 들어 올려 가볍게 인사했다. 드물게 질이 좋고 비싼 자신의 검정 정장과 부츠, 목덜미가 털로 장식된 외투를 눈여겨보는 다른 이의 시선을 곁눈질로 파악하면서, 엄지로는 해진 사진의 가장자리를 쓰다듬으며 사진 속 얼굴을 어루만졌다. 예쁘지도 않고 수더분하기만 한 얼굴을 눈앞에 그릴 수 있었다. 사진사가 터뜨리는 플래시를 가식 없이 바라보는 크고 맑은 눈동자. 평범한 소재에 목깃이 달린 소박한 원피스. 20년 연상인 낯선 남자와 결혼을 결심할 정도로 남편이란 존재를 절실히 원하는 평범한 여인.

그는 사진을 보내지 않았다. 그녀도 사진을 요구하지 않았다. 대신 그녀가 살고 있는 너저분하고 시끌벅적한 기독교 기숙사가 있는 곳으로 기차표를 보냈다.

그리고 1907년 초겨울, 위스콘신 주에 있는 작은 마을의 유지 랄프 트루잇은 캐서린 랜드가 타고 올 기차를 기다리며 추위 속에 서 있었다. 이미 오랜 세월을 기다렸기에 조금 더 기다리지 못할 이유는 없었다.

2

캐서린 랜드는 거울 앞에 앉아 과거를 지우고 있었다. 지난 세월이 그녀의 마음을 무자비할 정도로 완고하게 만들어놓았다.

'이야기의 끝을 알고 싶을 뿐이야.' 캐서린은 생각했다. 그녀는 거울 속에 있는 혼란스러운 자신의 얼굴을 바라보았다. 아직 이야기는 시작되지도 않았지만 어떻게 끝이 날지 알고 싶었다.

캐서린은 어떤 상황이든지 시작점에 서는 것을 좋아했다. 빈방, 첫 키스, 첫 도둑질의 순수하고 하얀 가능성을 좋아했다. 그리고 종착점도 좋아했다. 산산이 부서지는 유리, 죽은 새, 눈물로 점철된 이별, 마지막으로 내뱉는 모진 말로 이루어진 드라마. 입 밖에 내지 않고서는 견딜 수 없는, 그래서 결국 잊혀지지 않는 모진 말.

캐서린이 한숨을 돌리는 곳은 중간점이었다. 시작부터 관성에 떠밀려 계속 앞으로 나가는 상황에서 그녀는 중간점에 서 있었다. 시작은 달콤하고 종착점은 늘 쓰라렸다. 양쪽으로 팽팽히 당겨진 줄 위에 서 있는 것 같았다. 지금이 바로 중간점이었다.

차창 너머로 평평한 지평선이 눈발 속에 흘러갔다. 머리를 움직이지 않으려 했지만 기차가 덜커덩거려 귀고리가 덩달아 흔들리며 반짝거렸다. .

거실에 침실, 전등까지 구비된 이 개인용 객차는 랄프가 보내준 것이다. 다른 승객은 보이지 않았으나 같이 타고 있다는 것은 알고 있었다. 캐서린이 꽃과 여러 가지 장식으로 꾸며진 개인용 객차에 있는 동안, 말갈기 같은 회색 머리카락과 창백한 피부를 가진 사람들이 각자의 자리에 차분히 앉아 있을 것이다. 문득 이 기차가 창녀 집 같다는 생각이 들었다. 바퀴 달린 창녀 집.

기차는 어둠이 내린 후 출발해 철로에 쌓인 눈을 치우느라 간간이 멈추면서 천천히 밤을 가로질렀다. 말수 적은 흑인 심부름꾼이 윤기가 흐르는 풍성한 식사를 가져다주었다. 구운 쇠고기, 얼음에 얹은 새우, 아름다운 모양으로 크림을 얹은 케이크를 접이식 탁자에 올려다주었다. 와인은 제공되지 않았으나 굳이 요청하지 않았다. 호텔에서나 볼 수 있는 고급스런 은식기는 매끄럽고 묵직했다. 캐서린은 심부름꾼이 가져오는 음식을 남김없이 먹었다.

아침에 심부름꾼이 모락모락 김이 나는 달걀과 햄, 롤빵, 혀를 데일 정도로 뜨거운 블랙커피를 가져와 마치 마술을 부리듯 섬세하게 탁자에 차렸다. 캐서린은 그것도 전부 먹었다. 달리 할 일도 없었고, 그동안 오랫동안 계획한 복잡한 일이 조금씩 결실을 맺고 있는 지금, 기차의 덜컹거림이 마치 최면이라도 거는 듯 식욕을 증폭시키고 있었다.

그녀는 식사를 하거나, 풀 먹인 깨끗한 시트를 덮고 잘 때가 아니면 화장대 앞에 앉아 거울 속에 비친 자신의 얼굴을 바라보았다. 그 얼굴은 확실히 캐서린의 것이었다. 얼굴은 그녀를 결코 배신하지 않을 것이니 의지할 수 있었다. 세상에 나온 지 34년의 세월이 흘렀지만 매일 아침 볼 때마다 변함없이 늘 아름다운 얼굴, 잡티나 주름 하나 없는 해맑은 피부를 보고 캐서린은 마음이 놓였다. 편치 않은 인생살이가 아직까지는 얼굴에 영향을 미치지 않았다.

그러나 초조함은 사라지지 않았다. 앞으로 선택할 일과 계획들, 뒤죽박죽이 되어버린 과거의 기억들, 자신을 호화로운 객차에 태워 중간점에 이르게 만든 삶의 흔적을 돌아보며 머리를 이리저리 바쁘게 굴렸다.

중간점에서는 많은 일이 일어나기 마련이다. 머릿속으로 골백번 연습했다고 해도 완전히 마음을 놓을 수 없었다. 언제든지 들통 날 수 있으니까. 균형을 잃고 흔들리다 탄로 날 수도 있다. 중간점에서는 늘 계획하지 않은 일들이 일어난다. 그 가능성에 대한 생각으로 머릿속이 복잡해졌다.

사랑과 돈, 목적이 없는 척박한 삶. 캐서린은 마지막까지 사랑도 돈도 없이 인생이 끝난다고 믿고 싶지 않았다. 아니, 받아들일 수 없었다. 그걸 받아들인다는 건 그녀의 인생이 이미 종착점을 지났다는 것을 의미했다.

냉정하게 마음먹었다. 사랑과 돈을 조금이라도, 삶을 지탱하는 데 필요한 만큼이라도 가져야만 했다. 사랑과 돈이 때맞춰오리라 막연히 믿으며 수년을 보냈다. 하늘에서 천사가 내려와 미모라는 축복을 주었듯이, 부(富)라는 축복도 내려주리라 믿었다. 기적을 믿었다. 아니, 믿었었다. 그러나 어느 날 불현듯, 지금껏 살아온 세월이 바로 자신의 인생임을 깨달았다.

진흙으로 빚어진 육신은 오랫동안 무한히 변신했고, 변치 않은 구체적인 개체로 자아를 담는 껍질이 되었다는 사실을 깨달았다. 당시에도 그 사실을 알고 놀랐었는데, 거울 속 얼굴을 바라보는 지금도 뺨을 맞은 듯 충격적이었다.

갑자기 어린 시절이 떠올랐다. 소박한 흰 원피스를 입은 어린 캐서린은 마차를 타고, 당시에 살아 있던 어머니 옆에 앉아 있었다. 편안했다. 고향 버지니아에 살았을 때의 기억이었다.

어머니의 금발이 폭이 넓고 화려하게 장식된 정교한 비단 원피스에 반사되어 반짝거렸다. 어머니는 앞자리에서 대형 마차를 몰았고, 캐서린은 어머니와 어떤 군인 사이에 앉아 있었다. 그 군인은 아버지가 아니었다. 기억 속에서 군인의 얼굴은 보이지 않았다. 뒷좌석에는 젊은 사관생도 세 명이 견장과 장식용 수술, 줄무늬가 들어간 몸에 꼭 맞는 모직 제복을 말쑥하게 차려입고 꼿꼿하게 앉아 있었다.

마차를 타고 가는 도중에 비가 내렸다. 단시간에 사납게 쏟아붓는 소나기였다. 뒤로 젖혔던 마차 지붕을 앞으로 당겨서 올렸다. 비가 내렸지만 햇빛은 계속 그들을 비추었다. 세차게 내리는 비 때문에 마차를 끄는 말들 옆구리에서 김이 무럭무럭 나는 것도 간신히 보였다. 이윽고 비가 그쳐 사관생도 한 명이 마차 지붕을 도로 젖히자 상쾌하고 시원한 공기가 그들을 감쌌다. 기적처럼 아름다운 순간이었다. 어머니 머리에 마차 지붕에서 떨어진 작은 빗방울이 후두둑 떨어졌고, 어머니의 매력적인 웃음소리가 곧 들렸다. 그 웃음소리까지 또렷하게 기억났다. 그 소리, 날씨, 폭우까지도 아련했다. 아름다운 추억이었다.

마차 지붕을 젖힌 젊은 사관생도가 캐서린에게 저기 무지개가 나타났다고 속삭이며 손으로 방향을 가리켰다. 수년이 흐른 지금도, 깔끔한 제복 속 젊은 육체에서 풍기던 달콤한 땀냄새를 잊지 못하고 있다. 어린 시절 중 가장 뚜렷한 기억이었다. 무지개가 빛나는 곳 너머에 보이던 웅장한 버지니아 산맥보다도 그 땀냄새가 캐서린의 뇌리에 강하게 박혔다. 그 목소리가 얇은 가슴뼈를 진동시켰고, 피부 아래로 깊은 떨림을 전해왔다. 그는 무지개 끝자락에 노다지가 있다고 하면서, 그 노다지가 캐서린을 기다릴 것이라고 속삭였다.

기적 같은 순간이었다. 비가 그치고 곧 근사한 일몰이 하늘에 피어났다. 감각을 자극하는 빛이 모든 이의 얼굴을 아름답게 물들였고, 달콤하고 신선한 공기가 가슴을 들뜨게 했다. 캐서린은 아직 곁에 있는 어머니, 그리고 아버지가 아닌 어떤 군인 사이에 앉아 지금은 기억나지 않는 어느 시골길을 가고 있었다. 길 쪽은 거의 쳐다보지 않아 어디쯤이었는지는 기억나지 않으나, 그때 이런 생각을 했다. 완벽하게 행복하다고…….

살면서 행복하다는 생각을 했던 건 그때가 마지막이었다. 그 남자들이 누구였는지는 알 수 없었다. 그들이 마차를 타고 어디로 갔었는지, 어쩌다가 동행하게 됐는지, 목적지에 도착한 후 어떻게 됐는지도 기억나지 않았다.

하나의 의식 같았다. 남북전쟁 당시 사망한 이들, 끝없이 그 땅을 배회하는 소년과 남자들의 영혼을 달래는 의식. 접은 깃발을 올리고 트럼펫을 불고 오랫동안 천천히 북을 치는 추도식과 비슷했다. 그날 어머니와 캐서린이 잘생긴 군인 네 명과 함께 비, 무지개, 일몰 속에 마차를 타고 가는 동안 아버지는 어디에 있었는지 알 수 없었다.

어머니는 캐서린이 일곱 살 때 여동생 앨리스를 출산하면서 세상을 떠났다. 캐서린은 아름다웠던 어머니를 추억하며 그리워했다. 문득 그 군인들이 기억났다. 그들의 체취, 재킷 소매를 가득 채운 건장한 팔뚝, 면도한 목덜미를 스치는 희고 빳빳한 목깃, 거친 남성. 그때가 바로 캐서린의 시작점이었다. 그 후에 일어난 모든 일들의 시작점.

지금에서야 깨달았지만 그것은 욕망의 시작점이었다. 찬란히 빛나는 아름다움이며 붉게 물든 욕망이었고, 사랑이었다. 끝없는 사랑, 대상 없는 욕망. 그러나 그때 이후로 캐서린은 그런 감정을 알지도, 느끼지도 못했다.

시작점에서부터 캐서린은 줄곧 앞으로 나아갔다. 다리에 피로가 몰려올 때까지, 그리고 어머니가 세상을 뜬 후에는 비탄으로 심장이 부서질 때까지. 빛나는 시작과 어울리는 빛나는 결말이 맺어질지 늘 궁금해하면서, 가끔은 이해하지 못할 정도로 사랑이나 돈과는 무관하게 살기도 했다.

이제 더는 과거를 곱씹지 않기로 했다. 무지개와 노다지 말고는 떠올리고 싶은 기억도 없었다. 좋은 일이 일어나기를 기다리며 이를 악물고 독하게 버텼으나 바람대로 되지 않았다.

지금껏 살아온 세월이 바로 자신의 인생임을 깨달은 그날, 무엇에 의지해 계속 살아갈지, 잠과 잠 사이의 공허한 시간을 어떤 사건으로 메울지 스스로에게 물었다. 그러나 귀고리의 떨림까지도 감지할 만큼 고요한 순간, 그 대답이 '별로 없다.'가 아니라, '전혀 없다.'일지도 모른다는 생각이 들었다.

돈이나 사랑 없이는 살아갈 수도, 살고 싶지도 않았다. 얼굴 없는 젊은 군인들을 영원히 기억할 것이다. 캐서린의 기억 속에서 그들은 언제나 젊은 모습 그대로일 것이다. 구름 사이로 비치던 찬란한 햇빛과 무지개도 늘 가슴에 품고 살 것이다. 캐서린은 어머니의 매력을 고스란히 물려받았다. 그 매력이 과연 소용이 있을까? 미지의 중간점을 향해 달리는 기차, 그 기차 안 거울 앞에 앉아 있는 매력적인 캐서린 랜드. 시작점과 종착점 사이에 서 있는 그녀에게 그 매력은 무슨 쓸모가 있을까?

부드러운 노크 소리가 들렸다. 지금껏 식사를 가져오고 침대를 접어 젖혀주었던 심부름꾼이 잘생긴 검은 얼굴을 객실 안으로 들이밀며 말했다.

"30분 후 역에 도착합니다, 아가씨."

"고마워요."

캐서린은 마음을 홀리는 거울에서 눈길을 거두지 않은 채 나지막이 대답했다. 문이 닫히고 다시 혼자가 되었다.

6개월 전 일요일, 캐서린은 탁자에 앉아 커피를 마시며 신문을 읽다가 랄프 트루잇이 낸 개인 광고를 보았다.

믿을 만한 아내를 찾습니다.

낭만적인 이유가 아닌

실용적인 이유 때문입니다.

편지로 연락바랍니다.

랄프 트루잇.

본인은 위스콘신 주에 거주하며,

신중한 성격입니다.

"믿을 만한 아내라……." 캐서린은 미소를 지었다. 이런 종류의 광고를 수천 번 읽었다. 뜨개실처럼 취미 삼아 읽는 광고들이었다. 외로운 남자들이 광대한 황무지에서 짝을 찾으려 아우성치는 흥미로운 광고들……. 종종 여자들이 이런 광고를 낼 때도 있는데, 그녀

들은 강인함이나 끈기, 상냥함 혹은 예의바른 언행을 갖춘 남자를
원했다.

캐서린은 그들이 올린 광고를 비웃고, 한심하고 무모하다며 코웃
음을 쳤다. 결국 자기들처럼 외로운 사람, 그 외로움에서 필사적으
로 벗어나려는 사람을 짝으로 맞을 것이다. 어떻게 그 이상을 기대
할 수 있을까? 우스꽝스러웠다.

그들은 삶의 위안을 얻기 위해 애처로운 광고로 서로를 찾았다.
사랑이나 돈은 아닐지라도, 최소한 붙잡고 매달릴 만한 또 다른 삶
을 찾는 것이다. 이런 광고는 매주 하나씩 실렸다. 그 광고를 내는
이들은 고독을 떨치고 싶었을 것이다. 어쩌면 그중 일부는 더 나은
삶을 찾게 될 수도 있다.

기차를 타기 전날 밤, 잠들기 직전에 캐서린은 침대에 누워 있는
자기 모습을 위에서 내려다보는 묘한 경험을 했다. 외로움과 죽음
의 한기가 먹구름처럼 자신의 몸을 에워쌌고, 공중에 뜬 채로 침대
에 누운 육신을 내려다보았다. 다정하고 따뜻하게 자신을 감싸줄
사람을 찾지 못한다면, 그대로 죽을 것 같았다. 그 느낌은 지금도
여전했다. 끔찍한 폭풍 속에서 보호해줄 사람을 찾지 못하면 틀림
없이 그리될 것이다.

랄프 트루잇이 게재한 짤막한 개인 광고가 그 시작을 약속해주는
출발점이었다. 휘황찬란하지 않아도 새로운 느낌을 주는 광고. 캐
서린은 '저는 단순하고 정직한 여자입니다.'로 시작되는 편지를 보
냈고, 랄프가 답신을 보내왔다. 그들은 여름 내내 편지를 주고받으
며 각자의 삶을 조심스럽게 이야기했다. 랄프의 필체는 단순하지만
힘이 있었다. 캐서린은 상대가 자신의 매혹적인 필체에서 노련미와
세련미를 느끼기를 원했다. 캐서린이 마지막 편지를 보내면서 사진

을 동봉하자, 랄프는 마치 결혼이 결정된 것처럼 장황한 답신을 보냈다. 캐서린이 머뭇거리는 척을 하자, 그는 아내로 삼겠다고 약속하며 기차표를 보내왔다.

마차 옆자리에 앉아 있던 젊은 군인은 지금쯤 나이가 꽤 들었을 것이다. 군인의 손바닥에서 엄지가 튀어나와 있던 모양, 그가 몸을 가까이 기울였을 때 허벅지에 닿던 다리의 감촉을 여전히 기억했다. 그 군인은 아내와 자식들이 생겼는지도 모른다. 그는 아내와 자식들을 사랑하면서 따뜻하게 대해줄 것이다. 세상은 그녀에게 그런 가정이 흔치 않음을 알려주었다. 그래도 캐서린은 어딘가에 자신과는 달리 따뜻한 가정을 꾸리는 소수의 사람들이 있다고 믿기에 지금껏 불행을 견디며 살아왔다.

어쩌면 이 랄프 트루잇이라는 남자가 그 소수에 해당하지 않을까. 이 남자라면 다른 삶을 제공해줄지도 모른다. 태양이 매일 저물 듯, 그녀의 인생도 찬란하게 저무는 날이 오지 않을까.

도착까지 남은 시간은 30분. 캐서린은 화장대 의자에서 일어나 붉은 비단신을 벗어 가지런히 내려놓았다. 화려하게 수를 놓은 여행복 재킷도 재빨리 벗어버렸다. 비단 블라우스, 묵직한 붉은 벨벳 치마도 벗었다. 수를 놓은 코르셋 레이스 끈을 풀어 훌훌 벗으니 갑자기 몸이 가벼워져서 발치의 진홍색 벨벳 웅덩이에서 솟아오른 기분이었다.

옷과 신발을 벗는 동안 거울에 비친 자신의 모습을 유심히 바라보았다. 머리를 제외한 몸이 거울에 비친 순간, 기분이 좋아졌다. 여자들이 종종 그렇듯 캐서린은 자신의 몸을 즐겨 감상했고, 상점 진열장을 들여다보듯 냉정한 시선으로 평가했다. 몸이라는 원재료를 정확히 이해한 후로 천 배에 가까운 효과를 거두었다. 매일 그 원재료를 밀고 당기고 장식하여 타인의 시선을 끌어당기는 모습으로 변모시켰다.

그러나 이제부터는 아니었다.

허리를 굽혀 벗어놓은 비단신을 깔끔하게 하나로 묶었다. 객차 창문으로 다가가 창문을 열고 값비싼 옷과 신발을 어둠 속, 기차 바퀴의 소음 속으로 내던졌다. 차창 밖에는 눈이 내렸다. 봄이 오려면 한참 기다려야 한다. 그때 쯤이면 아름다운 옷과 신발은 시커먼 잔해로 남을 것이다.

작고 낡은 회색 여행 가방을 선반에서 끌어내렸다. 걸쇠를 열고 검고 소박한 모직 원피스를 꺼냈다. 가방에는 비슷한 원피스 두 벌이 더 들어 있었다. 화장대 앞에 다시 앉아 치맛단을 약간 뜯었다. 착용하고 있던 보석들, 석류석 팔찌와 귀고리, 화려한 장신구를 빼서 시큼한 오드콜로뉴 향이 풍기는 남성용 손수건 위에 놓고, 마지막으로 우아한 다이아몬드 반지를 빼서 그 손수건 위에 같이 놓고 돌돌 말았다.

잰 손놀림으로 바늘에 실을 꿴 후 보석이 담긴 손수건을 아랫단 안에 대고 꿰매었다. 대단한 보석은 아니어도 과거에 자신이 어떻게 살았는지를 떠오르게 하는 물건이었다. 소박한 원피스 아랫단에 과거의 삶을 감춘 것이다. 만일의 경우, 암담한 상황이 닥쳤을 때 탈출을 도와줄 티켓이며 일종의 보험이었다. 캐서린의 독립을 보장해줄 장치이자 그녀의 과거였다.

원피스를 입고 열세 개의 단추를 잠갔다. 이제부터는 이 옷을 비롯해 원피스 세 벌이 전부였다. 그녀가 소유한 유일한 옷. 어머니에게 배운 대로 직접 재단해서 만든 옷이었다. 코르셋 같은 고정 장치가 없어서 대단히 가벼웠다. 순식간에 옷을 차려입었다.

앞으로 펼쳐질 삶이 어떨지 세세한 부분까지 이미 염두에 두었기 때문에 크게 걱정되진 않았다. 수많은 시간, 수개월 동안 예행연습을 했으니까. 습관처럼 자주 쓰는 말들, 가짜 기억들. 캐서린은 자신만의 삶이나 자아가 확고하지 않을 까닭에 또 다른 가짜 인생의 틀을 익히는 데 별 어려움이 없었다. 실제로 그런 삶을 살았던 적은 없지만 진짜처럼 살 수 있었다.

머리카락을 풀어내렸다. 곱슬곱슬한 검은 머리카락이 얼굴을 감쌌다. 눈이 아플 때까지 머리카락을 뒤로 바짝 당겨 틀어 올린 후, 목 뒤쪽에서 깔끔하게 쪽을 찌었다.

기억을 하나씩 과거로 흘려보냈다. 마차 옆자리에 앉아 있던 군인, 여동생을 몸 밖으로 밀어내며 죽어가던 어머니, 무지개……. 원피스 아랫단에 보석을 꿰매넣듯이 기억을 차곡차곡 깔끔하게 머릿속에 꿰매넣었다. 과거의 번잡한 기억을 정리해야만 단순한 여자로 새로운 삶을 살 수 있기 때문이었다.

이제 그녀는 뜻밖에 호화로운 개인용 객차를 타게 된, 단순하고 정직한 여자였다. 어머니와 누군지 모를 군인 사이에 앉아 있던, 흰 리넨 원피스를 입은 소녀였다.

캐서린은 시작점과 종착점 사이에 자리를 잡고서 마지막 순간까지 화장대 앞에 앉아 있었다. 속도를 늦추던 기차가 드디어 멈추었다. 심부름꾼이 들어와 선반에서 여행 가방을 내려주었고, 캐서린이 후하게 팁을 주자 미소를 지었다.

캐서린의 시선은 여전히 거울 속 자신의 얼굴에 있었다. 돈이나 사랑 없이는 살 수도, 살고 싶지도 않았다. 랄프 트루잇이 마지막 편지에서 삶을 공유하고 싶다고 수줍게 약속했으니, 캐서린은 그가 주는 것을 받을 것이다. 앞으로 일어날 일들에 대해 캐서린은 랄프보다 더 많이 알고 있었다.

의자에서 일어나 묵직한 선교사용 검은 망토를 어깨에 두르고 객실 밖으로 나가 등 뒤로 조용히 문을 닫았다. 초조하지 않았다. 복도를 따라 걷다 굽이치는 증기 속에서 심부름꾼의 손을 잡고 계단을 내려갔다. 랄프 트루잇을 만나기 위해 플랫폼으로 다소곳이 걸음을 옮겼다.

3

캐서린은 소용돌이치며 휘날리는 눈보라 속으로 발을 내디뎠다. 아득하고 눈부셨다. 눈보라는 움직이는 빛으로 그녀를 휘감으며 플랫폼의 공기를 어둑하게도, 환하게 빛나게도 했다. 낯선 이들이 서로 인사를 나누고, 키스를 하고, 트렁크와 여행 가방을 어깨에 둘러메고, 차가운 바람 속에서 아기들을 보호했다. 수평으로 날리는 눈이 허공으로 치솟으며 서둘러 플랫폼을 떠나는 사람들에게 어지러운 회오리바람을 일으켰다. 영원히 끝날 것 같지 않은 눈보라였다.

플랫폼에 남은 이가 그 남자뿐이어야 비로소 그를 알아보리라 생각했다. 그러나 예상은 빗나갔다. 주변 상황에 반응을 보이지 않은 얼굴, 썰물처럼 밀려나가는 사람들과는 동떨어진 분위기. 개시린은 단번에 그를 알아보았다. 대단히 부유하고 대단히 외로워 보이는 그 남자를……

갑자기 두려워졌다. 그와 나눌 대화를 따로 생각하지 않았던 것이다. 인사까지는 몰라도 그 이상의 대화는 준비하지 못했다. 대화 시간이 무한히 늘어날 것 같은 예감이 들었다. 결혼한 부부가 계속해서 나누게 될 소소한 대화, 세밀한 표현, 상대의 말을 받아들이고 말을 이어가고, 질문을 받아넘기고 요구에 응하고, 결혼한 이들이라면 으레 하는 이야기들.

그와 결혼하게 될 것이다. 그가 결혼하겠다고 말했으니, 그리할 것이다. 하지만 일상을 어떻게 채워야 할까? 끝없이 되풀이될 식사, 사소한 집안일, 눈이 부셔 앞이 보이지도 않는 이 무한한 눈보라치는 시간을 견디면서 과연 어떤 말을 입 밖으로 낼 수 있을까.

시작점은 언제나 매혹적이지만, 중간점을 어떻게 채워야 할지 캐서린은 두려움 속에서 경직된 채로 서 있었다. 병이 나면 그가 간호해줄 것이다. 그와 물건 값에 대해서 얘기를 나눌 것이다. 그가 비싸 보이는 옷을 입고 있지만 소비에는 인색할지도 모른다. 그녀는 생활비를 요청하고, 돈을 받아서 필요한 물건을 산 다음, 무엇을 샀는지 보고해야 할 것이다. 저녁 식사 자리에서 그런 얘기를 나누며, 그녀가 만든 음식을 함께 먹을 것이다. 바람이 길게 울부짖는 저녁이면 난롯가나 화롯가에 앉아 날씨를 비롯한 세세한 일상을 이야기하며 같이 책을 읽을 것이다. 평범한 부부처럼 행세하며 살아가야 할 텐데, 실은 그런 말과 행동을 잘 알지 못한다는 것을 지금에서야 깨달았다.

시카고를 출발해 느긋하게 달리는 객차를 타고 오는 동안에는 모든 것이 명확하고 또렷하게 시야에 들어왔다. 그러나 지금, 펑펑 내리는 눈과 살을 에는 추위 속에서 모든 것이 흐릿해지고 무뎌져서 형체마저 뿌옇게 흩어졌다. 갑자기 두려움이 엄습했다.

달리 도리가 없었다. 캐서린과 랄프뿐만 아니라 다른 이들도 마찬가지로 서로 꼭 붙어 봄을 기다리는 것 외에는 딱히 할 수 있는 일이 없었다. 그동안 캐서린은 계획한 일을 해낼 것이다.

검은 롱 코트 주머니에 손을 넣고 서 있는 그에게 다가갔다. 목깃의 검은 털에 눈이 내려앉아 반짝거렸다. 돌아보는 그의 얼굴에서 감정을 가까스로 읽을 수 있었다. 그의 모습을 뭐라고 표현해야 할까? 슬퍼 보인다고 해야 하나, 멋져 보인다고 해야 하나. 아니, 외로워 보였다.

검은 모직 원피스를 입고 판지로 된 싸구려 회색 여행 가방을 든 자신의 모습이 새삼 우스꽝스럽게 느껴졌다. 이제 겨우 시작이라고 캐서린은 생각했다. '다가가 인사를 하자. 그럼 어떻게든 되겠지.'

"트루잇 씨, 캐서린 랜드라고 해요."

"아닌데, 나한테 그 사람 사진이 있소."

"다른 사람 사진을 보냈어요. 제 사촌 인디아의 사진이에요."

랄프는 여자에게 기만당한 자신을 바라보는 마을 사람들의 시선을 느꼈다. 참을 수가 없었다.

"제대로 된 외투가 필요하겠군. 여기는 시골이오."

"이 망토밖에 없어서요. 죄송해요. 사진에 대해서는 미안하게 생각해요. 설명해드릴게요."

마을 사람들 앞에서 여자에게 속아 넘어간 바보가 되다니. 랄프는 심장박동이 빨라지고 얼굴에 핏기가 가셨다.

"밤새 여기 이러고 있을 수 없으니 당신이 누구든지 일단 가방을 이리 주시오."

캐서린은 가방을 내주었다. 짧은 순간이지만 그의 손에서 온기를 느꼈다.

"이게 다인가?"

"설명해드릴게요. 짐이 많지는 않아요. 저는……."

그의 눈길에는 온기도, 환영의 뜻도 담겨 있지 않았다.

"눈보라 속에서, 남들 다 보는 앞에서 계속 이러고 서 있을 수는 없소. 시작부터 거짓말이라니. 내가 그 점을 명확히 한다는 걸 잊지 마시오."

그가 주머니에서 사진을 꺼내 보여주었다. 그 사진을 꺼냄과 동시에 캐서린이 그 사진 속의 숫기 없고 수더분한 여자로 변하기라도 할 것처럼.

캐서린은 그 사진을 바라보았다.

"댁이 누군지는 모르겠지만, 이 여자가 아닌 것만은 확실하지."

"설명해드릴게요. 당신을 우습게 만들려고 여기 온 게 아니에요."

"아니, 필요 없소. 무슨 말을 해도 그쪽은 이미 거짓말쟁이니까."

그가 돌아서더니 적막해진 플랫폼을 가로질러 옆에 세워놓은 마차로 향했다. 캐서린은 그 뒤를 따라갔다. 말들이 초조하게 발을 구르며 콧김을 무성히 뿜어냈다. 랄프는 캐서린의 가방을 마차 뒷좌석에 싣고 두꺼운 가죽 끈으로 고정시켰다. 그리고 한마디 말도 없이 그녀의 손을 잡고 마차에 태워주었다.

쏟아지는 눈 속으로 잠시 사라졌던 랄프가 다시 모습을 드러내고 마차 좌석에 올랐다. 그리고 처음으로 캐서린의 얼굴을 똑바로 쳐다보았다.

"내가 멍청한 사람인줄 알았다면 착각한 거요."

그가 고삐를 채자 말들이 하얀 허공 속으로 빠르고 맵시 좋게 나아갔다. 말발굽 소리는 이내 정적에 묻혔다. 길가 집들 창문으로 새어나오는 불빛은 아득한 곳에서 부드럽게 반짝였다. 맹렬하게 쏟아지는 눈 때문에 그 집들과 마차의 거리가 어느 정도인지 가늠하기 어려웠다. 마을에 상점이나 주택이 몇 채나 있는지도 알 수 없었다. 코앞에 다다른 후에야 그곳이 갈림길임을 간신히 알 수 있었다. 그러나 랄프는 이미 알고 있었다. 마차를 끄는 말들도 알고 있었다. 이곳에서는 캐서린만이 낯선 이방인이었다.

눈 때문에 바퀴소리도 들리지 않았다. 대화도 없었다. 캐서린은 외떨어진 곳에서 소리 없는 허공에 떠 있었다.

"사람이 몇 명이죠?"

"어디?"

"이 마을이요."

"대략 2천 명쯤. 상황에 따라서 매년 차이는 있고."

"어떤 상황이요?"

"태어나는 사람보다 죽는 사람이 더 많으냐 아니냐에 따라서."

곧 대화가 끊겼다. 저 멀리 보이는 불빛이 가족이라는 인연으로 얽힌 인생들이 함께 살고 있다는 것을 보여주고 있었다. 하지만 두 사람은 별개의 외로운 인생이었다.

랄프는 아무 말도 하지 않았다. 그는 예상했던 계획이 있었고 마침내 기다리던 여인이 도착했다. 그런데 모르는 여인이 온 것이다. 갑자기 모든 것이 달라져버렸다. 마차가 지나는 길가의 집집마다 랄프가 아는 이들이 살고 있었다. 그들은 서로를 잘 알았고, 랄프도 잘 알았다. 랄프는 그들의 아기를 품에 안아주고, 결혼식에 참석했으며, 돌연 실성하여 광기와 분노를 터뜨리는 모습에 충격도 받았다. 랄프는 그들 삶의 일부이기도 했고, 아니기도 했다. 그는 이곳에서 그들이 자신에게 요구하는 일, 기대하는 일을 수행해왔다.

사람들은 겨울을 나며 정신줄을 놓았다. 종교에 빠져들어 미치광이가 되어 돌아오기도 했다. 익숙한 광경이었다. 제정신일 때도 랄프가 자신들의 아기를 품에 안아주면 그 아기에게 행운이 따른다고 믿었다. 랄프는 그것이 자신에게도 의미 있는 일이라는 듯 마을 사람들이 착각하도록 두었다. 그들 가족 간의 인연은 랄프가 상상할 수 없을 정도로 단단히 얽혀 있었다.

이 여자의 출현은 전혀 예상 밖이라 랄프는 화가 났다. 혼란스러웠다. 지금껏 여자의 편지를 손에 쥐고 닳을 때까지 읽고 또 읽었다. 여자의 사진을 천 번도 넘게 쳐다보았다. 그러나 지금 이 여자는 사진 속 사람이 아니고, 정체가 무엇인지도 알 수 없었다. 랄프와 마을 사람들과의 관계는 그가 자신에게 일어나는 모든 일을 완벽하게 통제한다는 사실에 기반을 두고 있었다. 그런데 지금 전혀 뜻밖의 상황이 벌어진 것이다. 늦게 도착한 기차, 시야를 가로막는 사나운 눈보라, 그리고 이 여자.

실수였다. 모든 게 잘못되었다는 느낌이 가슴속 깊은 곳에서 일어났다. 편지도, 사진도, 어리석은 희망도 모두 어긋나버렸다. 애초에 여자를 원한 것이, 욕망을 느낀 것이 잘못이었다. 랄프는 욕망에 휘둘렸고 그 욕망을 달래줄 대상을 원했다. 마침내 욕망의 대상이 도착했으나, 그가 예상하고 원했던 여자가 아니었다. 그는 단순하고 정직한 여자를 원했다. 조용히 살고 싶었다. 실성하는 이 없는 안정적이고 편안한 삶.

그렇다고 이대로 눈보라 속에 이 여자를 버려둘 수는 없었다. 그런 모습을 보였다가는 마을에 온갖 말들이 오갈 것이다. 불친절하게 보이고 싶지 않았다. 집에 데려가 하루나 이틀 정도 쉬게 해주기로 결정했다. 그 이상은 아니었다. 예상 외로 뛰어난 미모가 제일 신경에 거슬렸고, 고운 목소리와 마차에 태우면서 잡아본 가녀린 손도 마음에 걸렸다. 사진 속 여자는 대체 누구란 말인가? 심란해진 그는 고삐를 사납게 쥐며 여자 쪽은 쳐다보지도 않았다.

"집에 자동차가 한 대 있는데, 이 마을에는 하나밖에 없는 차요."

뜬금없는 말에 캐서린은 곧바로 대답할 말을 찾지 못했다.

"눈 속에서 몰고 다니기엔 별로 좋지 않아서."

'여긴 황무지구나. 야만인들 사이에서 혼자가 되었어.' 캐서린은 조금 불안했다.

이내 마을이 저만치 멀어졌다. 말들이 바람을 가르며 불안하게 달렸다. 말을 거칠게 다루지는 않았으나 고삐를 통해 전해오는 말들의 초조함을 랄프는 느낄 수 있었다. 말들은 한시라도 빨리 목적지에 다다르고 싶어 안달이었다.

휘날리는 눈 속에서 캐서린은 한쪽으로 끝없이 펼쳐진 평야를, 다른 쪽으로는 얼음이 꽁꽁 얼어붙은 넓은 강을 보았다. 참 황량하고 쓸쓸한 풍경이었다. 찬란한 도시의 조명, 넘치는 활기, 눈 내리는 밤에도 여지없이 빛나는 맥주홀, 음악, 웃음소리, 모자가 벗겨지지 않게 손으로 잡아 누르고 달려나가는 여자들을 떠올렸다.

여자들은 연서를 보낸 남자들과 따뜻한 불 앞에 앉아 소리 내어 웃었다. 구운 쇠고리 요리를 먹고 샴페인을 마신 후, 치맛자락을 무릎까지 걷어 올리고 눈 속으로 내달렸다. 도박대와 난로의 열기, 음악, 일행들에게 이끌려 웃으며 달려나갔다.

그러나 이곳, 흐릿한 불빛을 뒤로하고 달리는 지금, 어떤 소리도 들리지 않았다. 나란히 앉은 두 사람, 마차, 길을 비추는 랜턴의 빛뿐이었다. 그리고 강철처럼 단단히 얼어붙은 강물이 있었다.

캐서린은 뮤지홀 여자들의 모습을 마음속에 그렸다. 주머니에 카드 꾸러미를 담고 장화에 권총을 꽂은 남자들, 나른하고 달콤한 아편굴의 공기, 몹시 추워 돌아다니기 힘든 밤에도 아편굴은 따뜻했다. 폭풍이 지나가거나, 새벽이 밝아오거나, 손님들 돈이 다 떨어지면, 아편굴의 중국인이 차를 내오며 손님들을 깨웠다. 거리에는 이미 노면전차들이 일터로 향하는 평범한 노동자들을 싣고서 달리고 있었다. 여자들은 자신들의 몰골을 보고 웃음으로 얼버무렸다.

그러나 이제 그곳은 아주 멀리에 있다. 또 다른 인생, 또 다른 밤, 저 매끄러운 검은 강을 따라 까마득히 멀리 떨어진 밝고 시끌벅적한 도시. 친구들은 이미 밤 치장을 마치고 온기를 찾아 달리고 있겠지. 그녀들을 휘감는 음악, 아름다운 드레스, 캐서린의 어리석음을 비웃는 웃음소리가 들리는 듯했다. 그들에게 캐서린은 이미 지나간 과거였다. 그들은 기억하지 않을 것이다.

그때 갑자기 사슴이 길로 뛰쳐나왔다. 놀란 사슴이 껑충 뛰더니 순식간에 사라졌다. 사슴의 놀란 눈동자를 보았는가 싶었는데 이내 가지처럼 뻗은 뿔이 말들을 스치고 지나갔다. 세상이 하얀 혼란 속에 휩싸였다.

겁먹은 말들이 뒤로 펄쩍 뛰다가 다시 앞으로 뛰쳐나갔다. 마차는 옆으로 흔들리며 전복될 뻔했으나 간신히 균형을 잡고 말들이 끄는 대로 내달렸다. 캐서린의 귀에 '히힝!' 거리는 날카로운 울음소리가 들리는가 싶더니, 말들이 갈기에 붙은 얼음가루를 휘날리며 제멋대로 질주하기 시작했다. 랄프가 의자에서 일어나 온 힘을 다해 고삐를 잡아당겼다. 캐서린은 지독한 오한과 예상치 못한 섬뜩한 공포를 느꼈다.

말들이 방향을 틀면서 마차가 길에서 벗어났다. 아무도 밟지 않은 새하얀 눈 위로 바퀴가 굴러가자 칼날로 뼈를 써는 듯한 소리가 들렸다. 마차는 낮은 울타리를 지나 돌진했고, 소음과 혼란 속에서 랄프는 한쪽 다리를 마차 앞쪽으로 내딛고 말들의 이름을 크게 불렀다. 랄프가 고삐를 당기고 욕설을 내뱉었다. 한층 더 매서운 한기가 느껴졌다. 겁에 질린 캐서린은 의자를 꼭 붙잡았다. 가을에 흐르던 개울 바닥의 갈라진 틈을 마차 바퀴가 거칠게 지나는 순간, 랄프가 고삐를 놓치고 공중으로 떠올랐다. 캐서린은 랄프가 바퀴 쇠테에 머리를 부딪힌 후 마차에서 떨어지는 모습을 보았다. 마차는 덜커 덕거리며 계속해서 달렸다. 길에서 벗어난 말들이 검은 강을 향해 돌진했다.

캐서린은 무작정 손을 휘저었다. 바람에 휘날리던 고삐를 간신히 잡았다. 마차가 곳곳에 깊게 팬 벌판을 비틀거리며 달리는 동안, 캐 서린은 고삐를 잡고 간신히 버텼다. 거추장스런 망토가 바람에 휘 날리며 숨통을 조여서 끈을 풀고 던져버렸다. 망토는 소용돌이치는 눈보라 속에서 잠시 유령처럼 휘날리다가 마차 뒷좌석에 떨어졌다.

캐서린은 말들을 멋대로 달리게 두어야 한다는 것을 알고 있었다. 그들의 본능을 믿어야 한다는 것도. 들썩이는 말의 검은 엉덩이에 서 공포가 전해졌다. 캐서린의 힘으로는 말들이 느끼는 공포를 제 압할 수 없었다. 그저 고삐를 잡고 버틸 뿐, 달리 할 수 있는 일이 없었다.

말들은 미친 듯이 질주했다. 좁은 강둑을 전속력으로 내달리다 얼 어붙은 강으로 진입했다. 말들이 한 바퀴 원을 그리며 돌자 마차도 위태롭게 쓰러질 것 같았다. 얼음 위에 검고 기묘한 자국이 새겨졌 고 불현듯, 안전한 길에서 얼마나 멀리 벗어났는지 깨닫자 공포가 밀려왔다. 그중 한 마리가 중심을 잃고 미끄러져 얼음 위에 널브러 졌다. 얼음은 금이 갔지만 깨지지는 않았다. 캐서린은 차가운 얼음 물에 빠져 말들과 뒤엉켜 익사하는 장면을 떠올리며 두려움에 떨었 다. 숨죽인 채 고삐를 쥐고 가만히 앉아 있었다.

얼음은 깨지지 않았다. 마음이 놓일 정도는 아니지만 그나마 다행이었다. 말들이 버둥거리며 얼음 위에 발을 딛고 일어서자 캐서린은 고삐를 잡고 의자에서 일어나 김이 무럭무럭 나는 말 등으로 옮겨탔다. 그리고 검은 거세마의 귀에 대고 속삭였다. 속삭임은 거센 바람에 묻혀 이내 흩어졌지만 말을 안심시키기에는 충분했다. 말의 부드러운 목덜미에 가만히 손을 대고 계속해서 속삭였다.

그녀의 손길 아래 말들이 안정을 되찾고 공포를 떨쳐냈다. 울부짖는 바람에 묻혀 들릴 듯 말 듯했지만 말들은 목소리를 들었다. 캐서린은 조금씩 뒤로 물러나면서도 말에서 손을 떼지 않았다. 자신이 그들과 함께 있으며, 책임지고 안전하게 집까지 데려가겠다고 약속한 것이다. 말들은 참을성 있게 버텼다.

캐서린은 다시 천천히 고삐를 잡았다. 말들은 지친 기색이 역력했으나 다시 천천히 걸었다. 캐서린은 왔던 길로 되돌아가기 위해 어둠 속에서도 눈에 힘을 주고 바닥을 살피며 눈 위에 찍힌 바퀴 자국을 찾았다. 사슴이 갑자기 뛰쳐나와 순식간에 정적을 공포로 만든 지점으로 되돌아가야 했다.

다시 길에 올라서자 말들이 기가 빠진 모습으로 측은하게 멈추었다. 거세마는 쓰러지기 직전이었지만 꿋꿋이 버텼다. 말 두 마리가 마차를 끌고 다시 하얀 어둠 속으로 나아갔다. 기적적으로 마차의 랜턴이 깨지지 않아서 전방을 약간이나마 볼 수 있었다.

얼마쯤 지나 랄프를 발견했다. 바로 앞에서야 알아볼 수 있어서 하마터면 마차로 칠 뻔했다. 랄프는 약간 비틀거렸지만 차분하게 길 한가운데 서 있었다. 뼈가 드러날 정도로 깊이 찢어진 이마에서 피가 흘렀다.

여기까지 먼 길을 왔는데 그를 죽게 내버려둘 수는 없었다. 지금은 아니었다. 캐서린은 마차에서 뛰어내렸다. 그 순간 치맛단이 의자 모서리에 걸려 찢어지는 소리가 났고, 캐서린은 하마터면 그의 팔에 떨어질 뻔했다. 랄프의 얼굴은 온통 피투성이였다. 그 피가 검은 외투의 목깃 털에 묻어 눈과 범벅이 되었다. 캐서린은 얼른 그의 팔꿈치를 잡으며 부축했다. 그는 뿌리치려다 중심을 잃고 비틀거렸고, 캐서린이 다시 팔을 잡았다. 이번에는 밀어내지 않고 몸을 기댔다. 그의 온기는 물론, 체격과 다부진 몸집, 너른 가슴을 느꼈다. 그를 부축해 마차 의자에 앉혔다. 이마에서 계속 피가 흘렀다. 그녀는 망토를 찾아서 부들부들 떨고 있는 랄프를 덮어주었다.

"말들은 괜찮소?"

그의 목소리는 긴장감이 역력했다.

"우리를 집까지 데리고 갈 수는 있을 거예요."

캐서린은 마차에 오르며 대답했다.

"어느 쪽으로 가야 되죠?"

"말들이 길을 아니까 알아서 가게 내버려둬요."

말들이 걷기 시작했다. 한 마리는 다리를 절면서 가쁘게 숨을 몰아쉬었다. 어두운 밤이라 한 치 앞도 보이지 않았으나 말들은 어디로 가야 하는지 확실히 아는 듯했다.

랄프는 모진 통증에 굴복하지 않으려 최대한 허리를 펴고 앉았으나 버티기가 쉽지 않았다. 몸이 천천히 옆으로 기우는가 싶더니 어느새 캐서린에게 기대었다. 그녀가 팔을 뻗어 그의 머리를 편안하게 가슴 쪽으로 끌어안았다. 랄프는 뜀박질하는 그녀의 심장을 느낄 수 있었다.

4

캐서린의 원피스에 검게 굳은 피가 얼어붙었다. 랄프의 머리와 얼굴과 옷, 그녀의 고운 손톱 밑에도. 그러나 캐서린은 침착했다. 랄프를 이대로 죽게 두지 않으리라 마음을 굳게 먹었다. 잠시 후 집이 보였고 창문에 어떤 사람이 나타났다.

일순간 정적이 흘렀다. 캐서린은 팔에 안긴 랄프의 무게, 그의 집, 창문에 나타난 몹시 놀란 얼굴, 말의 부러진 다리 등을 세세하게 확인했다. 얼어붙은 강에서 들은 소리가 얼음이 갈라지던 소리가 아니라, 말 다리뼈가 부러지는 소리였음을 깨달았다. 머리카락은 온통 헝클어지고, 장갑도 끼지 않은 두 손은 차갑게 얼어붙었다. 캐서린은 치맛단이 찢어지면서 그 속에 있던 꿰맨 보석들이 떨어져 원피스가 한결 가벼워졌음을 느꼈다.

캐서린은 마당을 둘러보았다. 쇠테 두른 바퀴에 쌓인 눈, 고통 속에서 지친 머리를 숙인 말들, 그리고 집, 그의 집. 집이 꼭 깨끗한 흰 셔츠 같았다. 문 뒤에 걸어놓은 깨끗한 흰 셔츠.

깔끔한 현관에는 기둥에 있고, 드리워진 커튼 사이로 따뜻한 불빛이 새어나왔다. 현관 앞에 놓인 의자는 여름부터 그곳에 있은 듯했다. 세부적인 모습은 보이는데 전체를 볼 수가 없었다. 뾰족한 지붕 끝도 보이지 않았다. 그러나 따뜻한 분위기가 느껴졌다.

말들이 멈추었다. 갈색 암말은 땅에 대고 발굽을 구르는데, 검은 거세마는 떨어지려는 발굽을 위태롭게 달고서 오른쪽 다리를 들고 있었다. 들썩이는 말 옆구리에 맺힌 땀을 현관 조명이 비추었다. 말의 넓은 콧구멍에서 뿜어져나오는 하얀 숨이 성긴 깃털처럼 휘날렸다.

소박한 정도는 아니지만 단순하고 정돈된 집이었다. 실내에서 밝은 빛이 흘러나왔다. 캐서린의 상상과 전혀 달랐다. 정사각형 집은 잘 손질된 잔디 중앙에 위치해 있고, 넓은 현관까지 계단이 있었다. 캐서린은 이보다는 지저분한 집, 수년간 방치되어 너저분한 집을 상상했었다. 그러나 고적하고, 정다운 손길이라곤 전혀 없는 적막한 집이 아니라, 얇은 흰 종이로 산뜻하게 포장하고 푸른 리본까지 묶은 깜짝 선물 같은 집이었다.

정적이 지나고 시간이 다시 빠르게 흘렀다. 창문으로 비추던 사람이 울부짖으며 잠시 사라지더니 현관문이 열렸다. 문 안쪽에서 어떤 여자가 놀란 표정으로 아무 말도 못하고 밖을 내다보았다. 랄프는 피를 심하게 흘리며 캐서린에게 무겁게 기대었다. 호흡은 안정됐으나, 눈동자는 초점이 없었다. 안전한 실내까지의 거리가 한없이 멀게 느껴졌다.

"트루잇 씨?"

현관문 밖으로 머리를 내민 회색 머리카락의 여자가 눈보라 이는 바깥을 향해 눈을 부릅떴다. 그 여자의 목소리가 캐서린의 귀에 들렸다.

"거기 트루잇 씨인가요?"

"도와주세요, 여기예요!"

캐서린이 소리쳤다. 그때 나이 지긋한 남자와 여자가 집 밖으로 달려나왔다. 그들의 머리카락과 옷이 거센 바람에 마구 휘날렸다. 남자는 앓는 소리를 내며 비틀거리는 거세마에게 다가가 다리에 난 상처가 어느 정도인지 파악했다. 말 옆구리에 손을 대고 차분하게 속삭이며 다리를 살펴보더니 고개를 가로저었다. 부러진 다리뼈가 살을 찢고 돌출된 것을 캐서린도 보았다. 고통으로 들썩이는 거세마의 가슴만 보더라도 가망이 없음을 알 수 있었다.

여자는 곧장 랄프에게 달려왔다.

"맙소사! 이게 무슨 일이죠? 대체 무슨 짓을 한 거죠?"

여자는 날카로운 눈으로 캐서린을 쳐다보며 힐난했다.

"말들이 갑자기 날뛰었어요. 사슴 때문에…… 말들이 놀라 날뛰자 트루잇 씨가 떨어졌어요. 떨어지면서 마차 바퀴에 머리를 부딪힌 것 같아요. 제가 한 짓이 아니에요. 사슴 때문에…… 사슴이 별안간 길로 뛰어드는 바람에……."

캐서린이 속절없이 덧붙이는 말은 듣지도 않고 여자가 소리쳤다.

"안으로 모셔요, 라슨!"

바닥에 주저앉는 거세마를 지켜보던 남자가 고개를 들었다.

"트루잇 씨 상처가 심각해요. 어서 집으로 모시라고요."

그들 셋은 랄프를 들어서 집 안으로 옮겼다. 랄프가 통증과 출혈로 경련을 일으켜서 데리고 들어가기가 몹시 힘들었다. 마침내 그들은 랄프를 벨벳 소파에 눕히고 머리에 베개를 받쳐주었다.

여자가 중얼거렸다.

"이렇게 피를 많이 흘리다간 죽겠네."

"의사를 불러와야 해요. 어서……."

여자가 캐서린을 돌아보며 대답했다.

"이 날씨예요? 아무리 트루잇 씨를 위해서라도 그건 불가능해요. 왕복 수마일은 되는데, 의사를 찾는다고 해도 너무 늦어요. 게다가 의사는 술에 잔뜩 취해 있을 테니, 데려와도 술에 절어서 쓸모도 없을 거예요."

캐서린이 침착하게 말했다.

"제 가방을 갖다주세요. 마차에 있어요. 회색 가방이에요. 뜨거운 물도 준비해주시고요. 수건과 요오드도 있으면 가져오세요."

부부인 듯한 그들은 어쩔 줄을 모르고 캐서린을 바라보기만 했다. 랄프는 멍하니 앞을 바라보며 소파에 누워 있을 뿐이었다.

여자가 남편에게 말했다.

"라슨, 가서 이분이 말한 가방 가져와요. 총도 갖고 가서 말도 처리하고요."

라슨은 서둘러 문으로 향했다. 여자도 캐서린이 말한 물건을 가지러 나갔다. 눈을 감고 있던 랄프가 다시 정신을 차리고 눈을 떴는데, 눈에 핏발이 서 있었다. 정적 속에서 캐서린과 랄프는 서로를 바라보았다.

"죽지 않을 거예요."

"나도 바라는 바요."

라슨이 문을 열자 현관홀에서 세찬 바람이 몰아쳤다. 캐서린과 랄프는 그들이 오기를 기다렸다. 캐서린은 그의 손을 잡아줄까 고민했지만 그러지 않기로 했다.

마당에서 총성이 들렸다. 캐서린은 벌떡 일어나 무거운 벨벳 커튼을 젖히고 창밖을 내다보았다. 거대한 거세마가 피를 흘리며 쓰러져 있었다.

한참 후에야 라슨은 쌓인 눈을 헤치고 마차로 가서 캐서린의 회색 가방을 들고 돌아왔다. 한 손에는 캐서린의 가방을, 다른 손에는 총을 느슨하게 들고 있었다. 그가 캐서린의 발치에 가방을 내려놓았다. 마치 이 모든 사단이 캐서린 때문이며 절대 용서할 수 없다는 듯, 증오에 찬 눈으로 캐서린을 쏘아보았다.

캐서린은 녹슨 싸구려 걸쇠를 풀고 가방을 연 다음, 검은 옷가지와 속옷들 사이를 뒤적여 반짇고리를 찾아냈다. 그런데 뒤로 돌아서다가 치맛단을 밟는 바람에 치마가 찢어졌다. '맙소사, 내 보석들!' 캐서린은 얼른 무릎을 굽혀 밑단을 만졌으나 아무것도 없었다. '젠장!'

수건을 팔에 잔뜩 걸치고 김이 모락모락 나는 뜨거운 물이 담긴 대야를 들고 돌아온 라슨 부인이 캐서린의 표정과 치마를 눈여겨보았다.

캐서린은 얼른 일어섰다.

"아무것도…… 아니에요. 아랫단이 찢어져서 뭘 좀 잃어버리긴 했어요. 아까 마차 사고가 났을 때요."

"봄까지는 못 찾는다고 생각하세요."

"별것 아니에요."

잃어버렸다. 보석들과 함께 이곳을 빠져나갈 수단도 잃고 말았다.

캐서린은 랄프를 내려다보며 말했다.

"아플 거예요."

"지금도 아픈데."

그는 억지로 힘없는 미소를 지었다.

"술 같은 거 있어요?"

"난 술은 마시지 않소."

"그냥 꿰매면 더 아플 텐데요."

"알고 있소."

"일어나 앉을 수 있을까요?"

라슨 부부가 랄프를 일으켜 앉히자, 그는 신음소리를 냈다. 캐서린은 소파에 앉아 그의 머리를 허벅지에 뉘었다. 이마에서 흐르는 피가 치마로 뚝뚝 떨어졌다. 피가 치마에 스며들면서 다리를 축축하게 적셨다.

캐서린은 라슨 부인이 들고 있는 대야에 수건을 담가 뜨거운 물로 적신 후 부위를 조심스럽게 닦아냈다. 몹시 아플 텐데도 랄프는 차분했고 호흡도 느긋했다. 그는 눈을 뜨지 않았고 신음 소리도 내지 않았다. 눈물만 뺨을 타고 흘러내릴 뿐이었다.

"내가 어린애처럼 울고 있군."

"말하지 않았으면 몰랐을 거예요. 저기 요오드 주세요."

라슨 부인이 앞치마에서 유리병을 꺼내 캐서린에게 내밀었다. 캐서린은 그것을 받아서 옆으로 약간 기울여 상처에 조금씩 부으면서 옆으로 흐르는 요오드를 수건으로 가볍게 두드려 닦았다. 뼈를 드러낸 상처에 날카로운 자극이 가해지자 랄프가 움찔거렸다. 코를 찌르는 약 냄새가 지금 캐서린이 하고 있는 응급처치가 얼마나 긴급한지 새삼 일깨워주었다.

'우리를 이곳까지 데려다준 가여운 말이 지금 눈 위에 쓰러져 있을 거야. 내일이라도 눈이 그치면 라슨은 살아 있는 말을 이용해 죽은 말을 뒤쪽으로 치우겠지.'

캐서린은 문득 죽은 말이 떠올랐다.

"반짇고리 이리 주시고 절 좀 도와주세요. 성함이……."

"라슨 부인이라고 부르세요."

"라슨 부인, 이 상처 가장자리를 손으로 살짝 눌러 고정시켜주세요. 이렇게요."

캐서린은 엄지로 상처 부위를 반듯하게 펴서 누르는 시범을 보여주었다. 상처 부위가 깔끔하지 않아서 꿰매더라도 자국이 남을 것 같았다.

캐서린은 제일 튼튼한 실을 꺼내고 바늘을 요오드 액에 담근 후, 바늘과 상처 부위를 입으로 불었다. 출혈이 더 심해지고 있었다. 바늘에 실을 끼우고 상처 부위에 찔러 넣는데, 라슨이 달리 바쁜 용무라도 있는 척 옆으로 고개를 돌리며 말했다.

"나가서 마차나 치워야겠습니다. 혹시 필요한 게 있으면……."

"아뇨, 없어요."

바늘로 살을 꿰매는 캐서린의 손은 차분하고 흔들림이 없었다. 현관문이 열렸다 닫히는 소리가 어둠 속에서 들렸다. 상처 부위가 봉합되면서 출혈량도 줄어들었다.

라슨 부인이 물었다.

"간호사 출신인가 봐요?"

"아버지가 의사셨어요. 저는 옆에서 보기만 했어요."

태연하게 대답했지만 거짓말이었다. 캐서린의 아버지는 술꾼에 거짓말쟁이었고, 직업도 없었다. 지금 캐서린이 머릿속에는 먼 길을 왔는데 이 사람을 죽게 할 수 없다는 굳은 결의뿐이었다. 꼭 의사가 쓰는 방법이 아니더라도 벌어진 상처를 꿰매는 데는 여러 가지 방법이 있을 거라는 생각에 과감하게 직접 바늘을 든 것이다.

"그럼 직접 해본 적은……."

"없어요. 하지만 아버지가 하시는 걸 여러 번 봤어요. 지금으로선 다른 도리도 없고요."

어느 순간 랄프의 머리가 옆으로 스르르 미끄러졌다. 의식을 잃고 있었다. 통증을 견디며 한곳을 응시하던 흐릿한 눈동자에 눈꺼풀이 덮였다. 상처를 치료하느라 얼굴을 내려다보던 캐서린은 문득 그의 피부로 시선을 옮겼다. 가까이에서 마치 돋보기를 대고 관찰하는 느낌이었다.

황량한 들판에 검게 말라붙은 밀 그루터기 같은 턱수염이 보였다. 피부가 창백해서인지 멀리서 볼 때는 나이보다 젊게 보였는데, 가까이에서 보니 미세한 주름이 셀 수 없이 많았다. 강하고 굵은 뼈대에 붙은 근육은 늘어지고 피부도 처졌지만, 캐서린의 눈에 다른 부분이 먼저 들어왔다. 바로 그가 남들에게 희망을 주기 위해 늘 애써 유지해야 했던 침착한 표정의 흔적들, 강철 같은 평정심 속에 숨겨진 슬픔과 메말라버린 생기였다.

길게 찢어진 상처를 누르고 있는 라슨 부인의 손을 따라 캐서린은 가느다란 손가락을 민첩하게 움직이며 한 땀 한 땀 꿰맸다. 다 꿰매고 보니 그럴듯해 보였다.

랄프가 눈을 떴다.

"다 됐어요."

캐서린은 허벅지에 머리를 대고 누운 그를 내려다보며 여전히 그의 얼굴에 손을 댄 채로 미소를 지었다.

"침대로 데려다 드릴게요. 잠시 동안은 가급적 깨어 있는 편이 좋아요. 안 그러면 나중에 머리가 아플 수도 있거든요. 버틸 수 있을 때까지 방에서 걷도록 하세요."

캐서린이 그의 얼굴에 조심스럽게 손을 대려고 하자 라슨이 쿵쿵거리며 다가왔다.

"저희가 모실게요. 제가 부축해서 방 안에서 걷게 할 테니 더는 신경 쓰지 마세요. 집사람이 저녁 식사를 준비해드릴 겁니다. 제가 모실 테니 그냥 두세요."

라슨이 랄프를 부축해 소파에서 일으켰다. 랄프는 비틀거리며 일어섰고, 캐서린은 두 사람이 무거운 발걸음으로 계단을 오르는 모습을 소파에 앉아 바라보았다. 라슨 부인이 부산을 떨며 두 남자 뒤를 따랐다.

다들 위층으로 올라가고 처음으로 혼자가 된 캐서린은 방 안을 둘러보았다. 놀라웠다. 멋진 방이었지만 캐서린이 애초에 상상했던 모습은 아니었다. 간소하고 깔끔하고 티끌 하나 없었다. 평범한 정사각형의 방 여기저기에 놓인 가구들은 마치 다른 집에서 가져온 것처럼 어울리지 않았다. 밝은 색감의 사치스런 직물들. 우아하고 정교한 가구들 사이사이로 평범한 농가에서나 볼 수 있는 물건들, 도자기, 소나무 소재의 소박한 대형 괘종시계가 놓여 있었다.

캐서린이 앉은 소파도 어울리지 않는 가구 중 하나였다. 팔걸이는 모두 도금이었고, 백조 문양이 새겨져 있었다. 그리고 소재는 다마스크 직물로 석양빛이었으나 지금은 랄프의 피로 얼룩져 있었다. 완벽하게 정돈되었지만 실제로 사용하지 않는 방 같은 느낌이었다.

튼튼한 떡갈나무로 만들어진 소박한 의자 옆에 있는 간소한 탁자에 놓인 재떨이와 담배통을 보아 하니, 저녁마다 랄프가 앉아서 시가를 피우는 의자인 듯했다. 탁자에는 농업 잡지와 연감, 장부가 쌓여 있었다. 탁자 옆에 놓인 색유리의 갓 램프에서 다채로운 빛이 뿜어져 나왔다. 진홍색과 보라색, 포도와 낙엽과 날아가는 새가 섬세하게 그려진 갓이었다. 호텔에서나 볼 수 있는 호화로운 램프인데, 가정집에서 보게 될 줄은 몰랐다.

정말 대단한 부자라고 캐서린은 생각했다. 그 생각을 하자 몸에 온기가 돌았고 얼굴에 미소가 떠올랐다. '저 남자는 죽지 않을 거야. 이제 시작이야.' 상점에서 양가죽 장갑을 훔칠 때처럼 심장이 빠르게 뛰었다.

위층에서 묵직하게 움직이는 세 사람의 발소리, 장화 한 짝이 바닥에 떨어지고 다른 한 짝이 마저 떨어지는 소리가 들렸다. 라슨 부부가 랄프의 옷을 벗기고 있었다. 그들은 랄프의 나약한 모습을 보이기 싫어서가 아니라, 그의 벗은 몸을 보이게 하기 싫어서 캐서린을 아래층에 혼자 두게 한 것이었다.

괘종시계가 계속해서 똑딱거렸고 바람은 쉴 새 없이 울부짖었다. 캐서린이 누군지 아는 이가 있다면, 손가락에 온통 피를 묻히고 치맛단이 찢어져 보석마저 잃어버린, 다리 위에 두 손을 모으고 얌전히 앉아 있는 그녀의 모습을 상상이나 할 수 있을까.

담배를 피우고 싶었다. 작은 은제 담뱃갑에 들어 있는 담배와 오한을 물리칠 위스키 한 잔. 그러나 그것은 이미 과거의 삶이었다. 지금 이 집에서 캐서린은 다리 위에 두 손을 모으고 조용히 앉아 있는 정숙한 여자였다. 이 집에서 네 사람은 각기 다른 방에 머물렀다. 랄프의 머리를 치료하느라 원피스까지 피에 젖었지만 언제나 그랬듯이 여기서도 혼자였다. 캐서린은 외로웠다.

가끔 이렇게 앉아 마음을 비우고 초점 없는 눈으로 주변을 응시하며 눈동자를 가로질러 떠다니는 느릿한 티끌을 바라보곤 했다. 어렸을 때는 놀라웠으나, 지금은 그것이 자신의 시선을 따라 움직이는 잔상에 불과하다는 것을 알았다. 그 잔상은 세상을 무기력하게 떠다니면서 아무렇지 않게 다른 잔상과 부딪치고, 자유로이 홀로 표류했다.

캐서린은 다른 방법을 알지 못했다. 사전 계획이라는 것도 실은 내키지 않은 망상에 불과했다. 워낙 서투른 계획이라 열정적으로 수행하기도 어렵고, 결국 실패할 것 같다는 생각이 자꾸만 들었다.

소파에서 일어나 이 방 저 방을 돌아다니며 구경했다. 방은 많지 않았고 거의 비슷했다. 투박한 시골 가구와 호화로운 도시 가구가 묘하게 섞여 있는 깨끗한 방들. 자그마한 주방으로 들어가보니 식탁 위에 두 사람 분의 저녁 식사가 정성스럽게 차려져 있었다. 캐서린은 식탁에 놓인 화려한 포크를 집어들었다. 길이가 팔뚝만 하고 의외로 묵직했다. 제조사를 보려고 뒤집은 순간, 조명을 받은 포크가 아름답게 반짝였다. 제조사는 뉴욕의 티파니 앤 코. 이렇게 아름다운 포크는 난생 처음이었다.

"남편이 트루잇 씨랑 같이 있어요."

라슨 부인이 식당으로 들어오며 불쑥 말을 건네는 바람에 캐서린은 깜짝 놀라 식탁에 포크를 떨어뜨렸다. 라슨 부인이 계속해서 말했다.

"저녁식사를 준비했는데, 아직 음식이 괜찮을 테니 드세요."

라슨 부인은 캐서린이 떨어뜨린 포크를 식탁 위에 바로 놓았다. 포크는 다른 식기들과 완벽한 조화를 이루며 가지런하게 자리를 잡았다.

"저는 그저……."

"구경하고 있었다고요? 알아요. 앉으세요. 금방 식사를 내올게요. 배가 많이 고프겠어요."

캐서린은 식탁에 앉았다. 돌아가기엔 너무 먼 길을 와버렸고, 이젠 정말 혼자라는 생각에 눈물이 날 것 같았다. 흐트러진 머리카락을 매만지려다 그만두었다.

맑고 뜨거운 수프, 이국적이면서도 감칠맛 나는 소스로 요리한 양고기까지. 요리 하나하나가 도시의 어느 레스토랑과 비교해도 손색이 없었다. 오히려 더 훌륭했다. 캐서린은 라슨 부인의 소박하면서도 능숙한 요리 솜씨에 놀라면서도 기분이 좋았다. 별로 배고프지도 않았는데, 캐서린은 나오는 요리를 전부 먹었다. 윤기 나는 부드러운 커스터드 소스에 떠 있는 말랑말랑한 머랭그까지.

아름다운 접시에 담긴 요리가 빈 접시로 돌아갔다. 식탁 위에 놓인 식기들도 모두 사용했다. 식사 수발을 마친 라슨 부인은 주방 문간에 서 있었다. 두 여자는 위층 침실에서 랄프를 부축해 방 안을 거닐고 있는 라슨의 장화 소리에 귀를 기울였다. 러그 위를 가로질러 마루로, 다시 러그 위로 올라서는 발소리.

"잘 먹었어요."

"멋진 축하 만찬이 되길 원했는데……."

위층에서 발소리가 계속해서 들렸다.

"하지만 앞으로 만찬 기회는 많을 테니까요. 그런데요, 아가씨."

"네?"

"여기서 행복하게 지냈으면 좋겠어요. 진심으로요. 성대한 환영식을 해드리진 못했지만, 저도 그렇고 우리 모두 아가씨를 환영하고 있어요."

당황한 캐서린은 얼굴을 붉혔다.

"요리 솜씨가 대단하시네요."

"사람마다 재능을 타고나잖아요."

라슨 부인은 바느질하는 시늉을 하며 말을 이었다.

"저는 바느질에는 젬병이에요. 그런데 주방에만 들어오면 내 세상이죠. 오랜만에 들어와도 어떻게 해야 하는지 훤히 알죠."

캐서린은 의자에서 일어섰다. 그녀들은 서로를 어색하게 쳐다보았다. 캐서린은 갑자기 기운이 쭉 빠지는 느낌이었다. 쿵쿵대는 발소리를 들으며 천장을 올려다보았다.

"괜찮을까요?"

"남편이 트루잇 씨를 잘 돌봐줄 거예요. 어렸을 때부터 서로 알고 지낸 사이니까. 트루잇 씨는 이제 많이 안정됐어요."

라슨 부인이 접시를 치우기 시작했다.

"저도 도울게요. 혼자 차려 먹고 치우는 데 익숙하거든요."

"그러지 말고 쉬세요. 가서 주무시든가."

"어디서 자야 하는지……."

"침실이요? 따라오세요."

라슨 부인이 행주로 물기를 닦고는 손가락 끝에 침을 발라 탁탁 소리를 내는 촛불을 눌러 껐다. 은식기에 반사되던 반짝이는 빛들도 사라졌다. 주방 밖으로 나간 라슨 부인은 캐서린의 가방을 챙겨 들고 앞장서서 계단을 올라갔다.

"괜찮은 방으로 준비했어요. 창밖으로 강이 보이고. 우리 부부가 사는 작은 집도 보여요."

라슨 부인이 문을 열자 우아한 침실이 보였다. 간소한 침대에는 질 좋은 리넨 시트가 깔려 있고, 네 모서리에 기둥이 있고 덮개가 달린 정교한 침대에는 레이스 커튼이 드리워져 있었다.

라슨 부인은 침대 위에 가방을 놓고 화장대로 가서 물주전자를 기울여 도자기 대야에 물을 따랐다. 욕실로 들어가서는 아름답게 세공된 크리스털 잔에 차가운 물을 담아 침대 옆에 내려놓았다.

"화장실은 복도 저 아래 실내에 있어요. 실내예요. 이 동네에서는 제일 좋아요. 괜찮게 꾸미려고 나름 애를 썼답니다. 도시 출신이라고 하셔서."

"그리 대단한 도시도 아니에요."

"식사 중에 포크를 어떻게 사용해야 하는지 기본도 모르는 이들이 얼마나 많은지 알면 놀랄 걸요. 식사하는 모습을 보면 어떤 환경에서 살았는지 알 수가 있어요. 아가씨는 꽤 좋은 곳에서 살았던 것 같아요."

라슨 부인이 방을 나가자 캐서린은 짐을 풀기 시작했다. 애처로울 정도로 초라한 원피스들을 작은 벽장 안에 걸고 속옷은 서랍장에 넣었다. '이제 여기가 내 집이야. 이건 내 물건들이고. 나는 내 집에 소지품을 정리하고 있는 거야.' 라고 생각하면서. 여행 가방에 남은 물건은 파란색 작은 약병 하나뿐이었다. 창가 의자에 앉아 한참 동안 그 약병을 바라보다가 가방 안쪽 비단 주머니에 집어넣고 가방을 침대 밑에 밀어넣었다.

묵직한 커튼을 열자 차가운 공기가 느껴졌다. 한기가 살결에 닿자 피곤이 좀 풀리는 것 같았다. 집 안에 켜진 몇 안 되는 조명이 바깥에서 꾸준히 소용돌이치는 눈보라를 비추었다. 캐서린은 푸른색 벨벳을 댄 작은 의자에 앉아 휘몰아치는 눈을 내다보았다. 옆방에서 들려오는 라슨의 장화 소리와 함께 얕은 잠에 빠져들다 나오기를 되풀이했다. 자신의 인생이 마치 타인의 인생처럼 느껴졌다.

마침내 발소리가 멈추었다. 캐서린은 집 안 전체가 고요할 때까지 기다렸다가 일어서서 열세 개의 단추를 풀고 지저분해진 원피스를 벗었다. 옷에 묻은 피에서 진한 철분 냄새가 풍겼다. 침대 옆 탁자에 놓인 대야에 리넨 천을 담가 따뜻한 물로 적신 후 최대한 몸을 깨끗이 닦아냈다. 이틀 전 손수 바느질로 만든 간소한 잠옷으로 갈아입고, 종종 그랬듯이 타원형 거울 앞에 서서 얼굴을 들여다보았다. 폭풍이 치는 중에 집에 들어와 여기 이렇게 서 있는 것은 환상이 아니었다. 현실이었다. 문득 가슴이 저릿해지고 눈시울이 뜨거워졌다.

이런 삶을 살지 않을 수도 있었다. 무릎에 아이를 앉히고 어르며, 질병이나 화재나 죽음으로 고통받는 이웃에게 음식을 가져다주는 여자로 살 수도 있었다. 이렇게 추운 밤이면 딸들에게 헐렁한 원피스 잠옷을 입히고 이야기책을 읽어주는 여자로 살 수도 있었다. 한 치 앞도 보이지 않는 캄캄한 밤에 딸들에게 환상적이고 경이로운 세상 이야기를 들려주는 삶. 어쩌다가 그런 기회를 놓쳤는지는 정확히 알 수 없었다. 나보다 연기를 못하는 다른 여배우에게 배역이 넘어가는 것을 속수무책으로 지켜보는 것처럼, 우아하게 상실감을 받아들일 뿐이었다.

캐서린의 진실한 마음은 내면 깊숙한 곳, 거짓말과 속임수와 변덕이라는 두꺼운 담요 아래 묻혀 있었다. 눈에 파묻힌 그녀의 작은 보석들처럼 이 진실한 마음은 해빙기가 올 때까지 드러나지 않을 것이다. 그런데 내면에 과연 진실한 마음이 존재하기는 할까. 절단 후에도 수년 동안 욱신거린다는 군인의 잘린 팔처럼, 폭풍이 몰아치면 쑤시기 시작하는 골절 부위처럼. 진실된 마음 따위는 애초에 없었는지도 모른다. '도대체 다른 여자들은 어떻게 했기에, 귀엽고 개구장이인 아이들을 데리고 레스토랑이나 기차역에서 웃고 떠들며 실 수 있을까? 파노라마처럼 소용돌이치는 일상 속에서 어째서 나만 배제된 것일까?

캐서린은 살면서 단 한 번이라도 무대의 중심에 서고 싶었다. 랄프 트루잇과의 게임은 생각보다 훨씬 위험했다. 그리고 지금 그녀는 외로운 농가에 들어와 거울 앞에 서 있었다.

도시의 신문에 실린 개인 광고에 응답한 외로운 여자, 남자의 돈으로 머나먼 거리를 이동한 여자가 바로 자신이었다. 자신은 상냥하지도, 감상적이지도 않고, 단순하지도, 정직하지도 않았다. 모처럼의 기회를 잡고자 필사적이었고 기대에 차 있었다. 어리석은 꿈으로 친구들에게 호되게 조롱당하는 여느 여자들과 다를 바 없었다. 다른 점이 있다면 거울에 비친 그런 자신을 직시하고 있다는 것. 그리고 그 상황을 전혀 우습게 여기지 않는다는 것이었다.

조명등을 껐다. 침대 옆 탁자에 놓인 촛불 때문에 방 안에 빛이 일렁였다. 묵직한 커튼을 쳐서 눈보라를 가린 후, 숙녀에게 어울리는 고상하고 편안한 침대로 미끄러지듯 들어갔다.

몸을 기울여 촛불을 끄자마자 날카롭게 방문을 노크하는 소리가 들렸다. 칠흑 같은 어둠 속에서 차가운 바닥을 재빨리 가로질러 문을 열었다. 문 밖에서 라슨 부인이 창백하고 초췌한 얼굴로 말했다.

"트루잇 씨가 열이 많이 나요."

5

몸에 열이 펄펄 끓는 랄프에게 여자들이 다가갔다. 부들부들 떠는 그의 몸을 구겨진 시트에서 일으켜 세워 잠옷 차림 그대로 미지근한 물을 채운 욕조에 담갔다. 눈동자는 제멋대로 구르고 호흡도 몹시 거칠었다. 이어서 오한이 들었는지 몸을 떨기 시작했고, 여자들이 그를 꼭 잡아주었다.

한참 후에 그녀들이 다시 랄프를 일으켜 세웠다. 피부처럼 달라붙은 잠옷에서 시원한 물이 굵은 강물처럼 흘러내렸다. 여자들은 젖은 잠옷을 벗기고 벌거벗은 몸뚱이를 수건으로 닦은 후 새 잠옷을 입혀 그의 아버지 침대에 다시 눕혔다. 침대는 어느새 새 시트가 깔려 있었다. 지난 20년간 어떤 여인도 본 적이 없는 벌거벗은 몸을 그녀들이 보았다.

그녀들은 랄프를 혼자 두지 않았다. 팔이나 이마, 떨리는 가슴에 손을 대거나, 때로는 그의 손을 잡아주었고, 열을 내리기 위해 천에 차가운 눈을 싸서 머리에 얹어주었다.

그녀들은 랄프의 머리와 턱을 잡고, 진한 색을 띤 죽을 스푼으로 떠서 힘없이 늘어진 입에 넣어주었다. 그녀들의 나지막한 목소리가 들리기는 했으나 어렴풋했다. 랄프는 몹시 앓고 있었다. 그는 젊지 않고, 육체는 더 이상 생생하지 않았다. 여자들이 그에게 손을 대고 몸을 보았다. 그녀들은 소리 없이 다가왔다 물러갔으나 한꺼번에 물러가지는 않았다. 언제나 곁에 한 명이 지키고 앉아 그의 몸에 손을 댔다.

아무 생각도 들지 않았다면 거짓말일 것이다. 오랜 세월 단 한순간도 여자의 손길을 떠올리지 않은 적이 없었다. 그러나 그 생각이 너무도 간절하고 격렬해서 지금 이 순간이 현실임을, 몸에 와 닿는 손의 감촉과 아득히 먼 곳에서 들려오는 여자들의 목소리가 현실처럼 느껴지지 않았다. 그러나 현실이었다. 한 명은 그가 아는 여자, 다른 한 명은 모르는 여자. 그녀들은 줄곧 곁에 있었다. 어둠 속에서, 흐릿한 햇빛 속에서, 매 순간……

라슨 부인은 그를 위해 기도했으나, 다른 여자는 기도하지 않았다. 그녀들이 손가락으로 그의 몸을 만졌다. 눈꺼풀로 내려온 머리카락을 치워주고, 기침을 하려고 하면 허리를 잡고 일으켜 앉힌 후 손수건을 입에 대주었다. 그녀들은 랄프의 신음소리를 들었다. 머리와 목덜미에 얼음주머니를 얹어주었다. 근육 하나 움직일 수 없게 긴 다리를 두꺼운 양모 담요로 덮고 온몸을 단단히 싸매어주었다.

오랜 세월 이 집에서 살아온 주변에 머물렀던 수많은 사람들이 끓어오르는 열 속에서 하나씩 떠올랐다. 어머니와 아버지, 남동생, 아내, 생전에 아내는 이 집을 무척이나 혐오했으니 유령이 되어서도 이 집을 돌아다니지는 않을 것이다. 그리고 눈보라보다 더 깊은 허공 속으로 사라져버린 아이들.

어린 시절부터 이 집은 암울했다. 랄프는 지금은 죽고 없는 동생과 다락방에서 함께 놀곤 했다. 그는 열두 살 때 아버지가 부자라는 것을 알았다. 그 재산이 얼마나 어마어마한지, 아버지 돈이 얼마나 많은 이들의 생활을 쥐락펴락할 수 있는지 알게 된 건 열여섯 살 때였다.

그러나 가족들은 여전히 농장에서 살았다. 옛 물건을 버리고 사치스러운 물건을 들이거나, 페인트칠을 새로 하거나, 장미 한 송이 새로 심지 않았다. 가난한 이들처럼 살았다. 이민자들로 이루어진 나라인 만큼 다른 이민자들처럼 검소하게 생활했다.

집 안에서도 대단한 부의 흔적은 엿볼 수 없었다. 오직 하나님이 있을 뿐이었다. 어머니가 밤낮으로 이야기하는 가혹하고 무시무시한 하나님. 사람들을 불태우고 비난하는 하나님. 어머니는 섹스에 골몰하고, 몸에 손댈 궁리나 하고, 돈을 더 벌려고 악착을 떠는 아버지를 악마처럼 취급했다.

가족은 아침에 한 번, 저녁에 한 번 교회에 갔다. 일요일마다 각각 다른 교회에 나갔다. 예배는 수시간 계속되었다. 아버지는 꾸벅꾸벅 졸았고, 어머니는 불처럼 활활 타올랐다. 어머니는 아버지의 영혼은 구원받을 수 없을 거라고 말했다.

그들은 아침 식사와 저녁 식사 자리에서 기도를 했다. 아이들이 난폭하게 굴거나, 예의 없이 굴거나, 건방을 떨 때마다 기도를 했다. 지옥이 저 땅 아래 깊은 곳이 아니라 바로 옆집에 있기라도 한 것처럼 절실하게 기도했다.

아버지는 신앙심이 없었다. 어머니가 유난스럽게 기도할 때면 아버지는 랄프에게 슬쩍 윙크를 했다. 어머니는 아버지가 지옥에 떨어질 거라고 했는데, 아버지는 알지도 못하고, 개의치도 않는 듯했다. 어머니는 사람들 앞에서 아버지를 구원하겠다며 설교를 했고, 사람들이 없는 데에서는 더 심하게 닦달했다. 마치 아버지의 영혼이 태어날 때부터 구제불능이었던 것처럼.

주방 식탁 앞에 앉아 바느질을 하고 있는 어머니에게 랄프가 다가가 물었다.

"지옥은 어떤 곳이에요?"

어머니는 바느질을 멈추고 말했다.

"손 내밀어봐."

랄프가 손을 내밀었다. 주방의 조리용 난로에서 뿜어나오는 열기가 손에 느껴졌다. 식탁에 깊게 팬 자국들이 보였다. 어머니는 식탁에 묻은 허기의 흔적을 매일 문질러 닦았다. 그가 내민 손은 흔들림이 없었고, 어머니에 대한 신뢰도 무한했다. 그는 겨우 여섯 살이었다.

"지옥이 어떤 곳이냐고?"

어머니의 날카로운 눈빛을 응시하고 있는데, 어머니의 손이 주방의 숨 막히게 답답한 공기를 가르고 다가왔다. 어머니가 그의 엄지손가락 아래, 부드러운 살 속에 바늘을 깊게 꽂아넣었다. 고통이 팔을 찢고 뇌까지 올라왔으나 그는 꼼짝하지 않고, 어머니의 매섭고 차분한 눈을 마주보았다.

어머니가 바늘을 비틀었다. 바늘이 뼈를 긁는 아픔이었다. 혈류에 쐐기풀을 흘려넣은 것처럼, 지독한 통증이 온몸의 혈관을 지나 심장에 다다랐다. 어머니는 참을성 있고 다정하며 슬픈 목소리로, 전혀 분노하는 기색 없이 말했다.

"지옥은 이런 곳이란다. 이런 고통이 계속되는 곳이야. 영원히."

어머니는 아들 눈에서 시선을 떼지 않고 바늘을 빼내, 교회 갈 때를 제외하고 늘 걸치고 있는 앞치마에 쓱쓱 문질러 닦았다. 그리고 차분하게 다시 바느질을 시작했다. 그는 울지 않았다. 그리고 그 일을 한 번도 입에 올리지 않았다. 아버지나 동생, 어느 누구에게도 그 일을 발설하지 않았다. 하지만 단 한순간도 어머니가 한 짓을 잊지도, 용서하지도 않았다.

"지옥의 고통은 치유받을 수 없어. 1초도 멈추지 않고 활활 타오르지. 결코 사라지지 않아."

랄프는 어머니의 말이 옳다는 것을 알기에 잊을 수가 없었다. 그날 밤 이후로 그의 믿음은 예전 같지 않았다. 바늘에 찔린 부위가 세균에 감염되어 퉁퉁 부어올라 노란 고름이 흘러나오다가 점차 나았고, 진한 보라색을 띠던 상처는 점차 색이 옅어져 그만이 알아볼 수 있는 작은 점이 되었다. 랄프는 어머니 말이 옳다는 것을 알면서도 그날 밤 이후로 숨 쉬는 매 순간마다 어머니를 증오했다.

수년 후 그가 대학에 진학해 집을 떠날 때 어머니가 말했다.

"너는 사악한 아이로 태어났어. 너무나 사악해서 나는 너를 1년 동안 품에 안지도 않았지. 너는 사악한 어른으로 자랄 거야. 사악하게 태어났으니, 사악하게 죽겠지."

그리고 돌아서서 현관문을 세차게 닫았다. 그는 작은 여행 가방을 손에 들고 넓은 현관에 홀로 남았다. 그리고 어머니가 어떻게 자신의 사악함을 간파했는지 의아했다. 어머니의 말은 옳았다.

거리에서 본 여자들은 어머니와 달랐다. 원피스 옷깃 위로 뻗은 우아한 목선은 크림을 분출하는 분수 같았고, 그녀들의 치마에서는 쇠, 가솔린, 분 냄새가 풍겼다. 아버지와 시내를 걸을 때면 그녀들이 다가와 손을 잡거나 턱을 만졌는데, 그럴 때마다 찌릿한 전류가 몸에 흘렀다. 그 느낌은 어머니의 바늘이 주던 통증과 비슷하면서도 확연히 달랐다. 그 찌르르한 느낌에는 방탕한 기운이 있었다. 당시 나이가 겨우 일곱 살밖에 안 되었지만, 여자 앞에 서면 나른하고 뜨끈하면서 속절없이 무너지는 느낌이 들었다. 그 느낌이 어디서 오는지, 어떻게 해야 하는지도 알 수 없었지만, 그 느낌을 애타게 갈망하고 있다는 것만은 알 수 있었다.

그가 알고 지내는 소녀들, 가끔 어른들 허락을 받아 말을 건네는 그 소녀들은 성인 여자들과는 느낌이 달랐다. 한번은 그보다 약간 나이 많은 이웃 소녀와 서로 손가락이 닿았는데, 갑자기 사타구니가 얼얼해져서 황급히 손을 뒤로 뺐다. 또래 소녀들은 피부가 크림보다 말간 우윳빛이었고, 몸에서는 달콤한 꽃향기가 풍겼다. 다만, 달콤함을 더욱 진하게 만들고 심장까지 불타오르게 하는 금속성 냄새는 섞여 있지 않았다. 그는 밤이면 침대에 누워, 아버지가 알고 지내는 여자들 중 한 명과 키스하는 상상을 하며 자신의 팔뚝에 입을 맞추었다.

당시에는 꿈속에서, 지금은 열병 속에서, 여자들이 다가와 그를 품에 안았다. 랄프는 그녀들에게서 한시도 떨어지지 않았다. 교회에 앉아 있거나 다른 소년들과 함께 운동장을 가로질러 달려갈 때에도 소녀들이 어디에 서 있는지, 소녀들의 시선이 자신을 향하고 있는지 항상 의식하며 파악했다.

그러나 그런 감정을 입 밖에 내지는 않았다. 동생이나 아버지에게도 말하지 않았으나 그들은 이미 알고 있었다. 어머니가 밤낮으로 읽어대는 그 장황한 성경구절들이 실제로는 어떤 의미인지 잘 알고 있었다.

세상이 여자에 대한 남자의 갈망과 함께 시작되었으며 뱀의 독이 모든 남자의 피 속에 흐르는 까닭에, 남자는 일할 때나 잠잘 때도 그 갈망을 잊지 못하고 오직 여자의 품속에서만 잊을 수가 있다. 욕정. 그 구절들은 욕정에 관한 이야기였고, 욕정은 그가 짊어진 죄악이었다. 지옥은 영원히 그의 본향일 것이다. 그의 처신은 완벽했고 태도는 차분하고 품위가 있었으나 열망은 견딜 수 없을 정도로 강렬했다.

열다섯 살 무렵, 그는 고요한 어둠 속에서 베개를 입에 물고 목구멍이 아플 때까지 신음 소리를 내뱉었다. 손목이 아릴 때까지 성기를 문질렀다. 하루에 여덟 혹은 열 번은 바지 속에 손을 넣었다. 바지를 발목까지 내리고, 성기를 쥔 손을 향해 빈약한 엉덩이를 달싹였다. 그 후로도 종종 바늘에 찔렸을 때처럼 날카로운 통증을 느꼈다. 극심한 고통으로 이마에 식은땀이 솟고, 두 손은 땀에 젖어 끈끈해졌으며, 허리 뒤쪽도 축축해졌다. 쐐기풀 같은 바늘에 찔렸을 때처럼, 사타구니에서 온몸의 혈관을 타고 고통이 치솟았다. 그 고통이 점점 자주 느껴질 때마다 하나님에 대한 증오도 더욱 커졌다.

처음 당황스런 느낌을 받은 후로, 또래 소녀들에게 손끝도 대지 않았다. 격한 욕망이, 욕정에 뿌리를 둔 썩어빠진 악의가 소녀들을 죽일 거라는 생각 때문이었다. 그 믿음은 확고했고 흔들리지 않았다. 자신이 증상도 없고, 병명도 알 수 없는 병으로 죽을 것이라고 믿었다. 그 병은 장티푸스처럼 자신뿐만 아니라 다른 이들까지도 감염시킬 것이며, 심장에 칼을 꽂는 것처럼 확실한 죽음이라고 생각했다.

사악하게 태어났으니, 사악하게 죽을 것이다. 가끔 어떤 여자가 계단에 앉은 그의 곁에 다가와 우연찮게 허벅지를 건드릴 때가 있었다. 랄프는 그 여자가 죽을지도 모른다는 생각에 얼른 자리를 옮겼고, 조용한 방에 혼자 들어가 바지를 발목까지 내린 후 뱀의 예리한 송곳니에 물린 듯한 날카로운 쾌락을 즐겼다.

아버지는 남자였다. 아버지는 어머니에게 손을 댔지만 죽지 않았고 어머니를 죽게 하지도 않았다. 그럼에도 불구하고 랄프의 믿음은 흔들리지 않았다.

고개를 돌릴 때마다 곳곳에서 죽음의 증거가 보였고, 자신에게 일어나야 할 마땅한 일들이 타인에게 일어난다는 소문이 들려왔다. 여자들은 뜨개질바늘을 휘두르며 분노를 쏟아냈다. 아내의 얼굴에 침을 뱉은 남편들은 심장마비로 사망했다. 사람들은 죽은 아기를 관에 넣고 사진을 찍었는데, 아기가 입은 검은 비단 원피스는 생명을 잃은 피부만큼이나 뻣뻣했다. 욕정은 죄악이고, 죄악은 죽음이었다. 랄프는 끝없는 고통 속에서 살았다. 혼자가 아니었지만 어느 누구에게도 속내를 털어놓을 수 없었다.

수년 후에야 그런 믿음이 잘못됐다는 것을 깨달았다. 이런 공포를 다른 이에게 털어놓았다면 착각에 불과하다는 조언을 들었을 것이다. 속을 털어놓을 사람을 찾을 수만 있었다면 말이다. 당시에는 확고한 죽음의 표식인 뱀의 이빨자국에 대해, 그 공포에 대해 무어라 표현할 말조차 찾지 못했다.

그는 훤칠하고 잘생긴 청년으로 자라났다. 아버지가 대단한 부자라는 사실을 어머니나 아버지가 아니라 다른 소년들의 비아냥거림을 통해, 그들의 아버지들이 자신의 아버지를 위해 일한다는 사실을 통해 알게 되었다. 마을에서는 아무리 엄격한 어머니라도 단돈 1달러에 자기 딸을 기꺼이 랄프 트루잇에게 팔려고 했다.

어머니는 그를 놓고 기도했다. 아버지는 《아서왕의 죽음》을 그에게 읽어주었다. 원탁의 기사들과 성배에 관한 오래된 이야기였다. 아버지는 랄프가 도시에서 교육받기를 바랐다. 랄프의 남동생은 착하기는 한데 머리가 그다지 좋지 않았고 사업 쪽에도 소질이 없었다. 아버지는 하루하루 커가는 자신의 제국이 본인이 죽은 후에도 지속되기를 바랐기에 랄프를 후계자로 점찍었고, 랄프도 그 점을 잘 알고 있었다.

랄프는 아버지처럼 살고 싶지는 않았다. 그는 '호수의 란슬로트' 같은 삶을 꿈꾸었다. 잠에서 깨어보니 비단 양산을 든 네 명의 여왕이 자기를 내려다보는 그런 삶. 란슬로트의 어머니인 호수의 여인은 란슬로트가 기사가 되도록 세상에 내보냈다. 그녀는 사랑하는 란슬로트의 영혼이 다칠까 두려워하면서도 그를 보내주었고, 정신의 미덕과 육체의 미덕이 어떻게 차이가 나는지 알려주었다. 육체의 미덕은 아름다운 얼굴과 강인한 몸을 가진 이들의 것이나, 정신의 미덕은 선함과 친절함, 연민을 가진 이의 것으로 누구나 그 미덕을 갖출 수 있다고 했다.

자신은 미덕 따위는 없을 뿐더러 키가 크지도, 잘생기지도, 호감형도 아니라고 여기면서도 소년다운 감수성으로 그 문구를 마음에 새겼다. 그리고 여전히 본인을 육체적으로 열등하고 정신적으로도 의지할 곳 없는 존재로 여겼다.

이야기 속에서 란슬로트는 어머니 곁을 떠나 세상으로 나왔다. 란슬로트는 강하고 용감했지만 여자들 앞에서는 여지없이 무너졌다. 순수함과 강인함, 아름다움, 용기는 란슬로트를 실패와 타락으로 이끌었고, 그는 결국 성배를 찾지 못했다. 아버지가 읽어주는 이야기를 들으며 랄프는 란슬로트의 육체적 힘이 아닌 속절없는 욕정이 세상을 파멸시켰음을 알게 되었다. 랄프의 눈에 뜨거운 눈물이 고였다.

욕정과 사치, 육체의 미덕은 별다른 난관 없이 랄프의 것이 되었다. 스스로를 늘 비하했지만 랄프는 사실 큰 키에 잘생긴 외모, 강한 체력을 갖춘 부유한 젊은이였다. 자신이 미덕을 갖추었는지는 알 수 없으나, 어머니의 끝없는 열심히 기도를 봐서는 아마도 없는 듯했다. 어머니는 소박한 교회의 평범한 나무 의자에 앉아 열심히 기도하며 천국을 생각했다. 랄프는 어머니 옆에 앉아 벌거벗은 여자들과 화려한 배경, 비단 양산, 멋진 마차, 끝없는 쾌락을 떠올렸다.

여자들에 대한 열망과 두려움, 자신의 죽음과 여자들의 죽음에 대한 공포는 결코 사그라지지 않는 증오로 자라났다. 증오는 달콤함을 앗아가고 신랄함만을 남겼다. 그의 어린 시절은 욕망과 악몽이 늘 서로 뒤섞여 있었다.

그는 대학에 합격해 시카고로 떠났다. 어머니의 지긋지긋한 설교에서 벗어나 밤낮으로 쾌락을 좇으며 자유롭게 살았다. 그는 흥청망청 생활했고 인기도 많았다. 혼자 있으면 자괴감으로 괴로웠기 때문에 가급적 혼자 있지 않으려 했다. 샴페인에 맛을 들이고 호텔 방에서 벌거벗은 여자들과 뒹구는 데 재미를 붙였다. 그런 여자들과는 한 번씩만 만났다. 욕망이 그 여자들에게 죽음의 씨앗을 퍼뜨릴까 두려워했다. 그런 속내를 알았으면 그녀들은 듣기 좋은 목소리로 비웃었을 것이다. 랄프는 레스토랑에서 파티를 열었다. 벨벳 소파를 사들였다. 벌거벗은 성인聖人이 화살을 맞고 있는 오래된 그림들을 구입했다. 재단사도 고용했다.

그는 잘생긴 외모였지만 스스로 의식하지 않아 더욱 돋보였다. 잘생겼는데도 남들 앞에서 숫기 없이 구는 그런 부류였다. 거울에 비친 모습이 보기 싫어 섹스에 몰두했다. 눈은 필요 없이 손과 입만으로 상대를 탐닉했고 여자들은 그 점을 매력적으로 여겼다. 사막에서 갈증으로 죽어가는 남자처럼, 아무리 여자들을 물고 빨아도 갈망은 채워지지 않았다.

어머니는 아들에게 한 번도 편지를 쓰지 않았고 그도 집에 가지 않았다. 그는 카드놀이를 했다. 철학자들의 글을 읽었다. 알아듣지도 못하는 창녀들에게 프랑스 시를 읽어주었다. 돈이 어떻게 불어나는지를 예측하는 도표를 연구했고, 경마장에서는 경주마의 혈통에 따라 우승 가능성을 분석하는 경마 정보지를 탐독했다.

아버지는 영원히 마르지 않는 샘물처럼 계속 돈을 보내주었다. 랄프는 아버지에게 의무적으로 편지를 쓰는 것도 그만두었다. 수개월씩 강의에 빠지기도 했다. 입에서 샴페인 냄새를 풍기며 아침에 눈을 뜨는 생활을 하다보면 학구적인 고요한 삶과 먼지 낀 도서관, 교수들의 단조로운 목소리가 그리워질 때도 있었다.

아버지에게 편지 한 통 보내지 않는데도, 매달 거금이 랄프의 당좌예금 계좌로 들어왔다. 랄프가 돈을 찾으러 가면 은행 직원들은 혀를 끌끌 차고 그를 선망과 혐오의 눈길로 쳐다보면서도 요구하는 돈은 전부 내주었다.

아버지는 랄프가 인생을 한껏 즐기도록 내버려두는 것으로 똥고 완고한 아내에게 복수를 하고 있었다. 랄프가 방탕하고 사악하게 변했다는 얘기를 들어도 아버지는 전혀 개의치 않았을 것이다.

랄프의 동생 앤드류는 따분하고 신앙심이 독실한 편으로, 집에서 생활하면서 아버지의 사업장에서 쉬지 않고 죽어라 일을 했다. 불평 한마디 하지 않고 열심이었으나 사업적인 재능은 전혀 없었다. 일을 능숙하게 처리했지만 그 이상의 능력은 없었다. 교회에서 어머니 옆에 앉아 예배를 드리는 동안 앤드류의 눈은 어머니처럼 활기를 띠었다. 앤드류는 열여덟 살에 결혼했고 이듬해 유행성 감기로 사망했다. 앤드류의 장모는 딸의 노다지를 놓친 어이없는 상황에 큰 충격을 받고 실성하고 말았다. 앤드류의 아내는 재산을 상속받을 후계자도 낳지 못하고 미망인 수당도 받지 못하는 상황에서 시어머니와 함께 살아야 하는 생활을 견디지 못하고 결국 친정으로 돌아갔다. 남편도 죽고 없는데, 신앙적 올곧음을 강요하며 숨통을 조이는 시어머니와 한 집에 사느니 차라리 실성한 어머니와 같이 사는 편이 낫겠다고 판단한 것이다.

랄프의 아버지는 아내와 둘만 남게 되자 점점 밖으로 나돌았다. 본인 소유인 광산과 가축 떼를 보러가거나, 여러 동업자들과 철로 건설 문제를 논의해야 한다고 장기 출장을 다녔다. 한두 달쯤 출장을 다녀온 후에는, 한층 더 부자가 되어 성공으로 고무된 얼굴로 집에 돌아왔다. 그러나 돌아와봤자 여전히 암울하고 허름한 집뿐이었고 아내는 늘 추레한 원피스 차림이었다. 사랑하는 큰아들 랄프에게 하고 싶은 말이 있었지만 전하지 않았다. 그것은 바로 집으로 돌아오라는 말이었다.

랄프는 5년째 집에 가지 않았다. 그는 섹스를 사랑하면서 동시에 증오했다. 파멸시킨다고 해도 신경 쓸 필요가 없다는 이유로 나쁜 여자들을 품에 안았다. 그런 탐닉의 밑바닥에는 증오, 날카로운 이빨로 물어뜯고 예리한 바늘로 찌르는 듯한 혐오가 있었으나 멈출 수 없었다. 그는 화환과 금으로 장식된 침대가 있는 호화로운 호텔 침대를 떠날 줄 몰랐다. 웨이터들이 랄프 트루잇 씨와 맥켄지 양, 아이언즈 양, 케니 양을 위해서 혹은 가수들, 댄스홀 여자들, 창녀, 예술가의 모델들을 위해서 소리 없이 드나들며 샴페인을 날랐다. 땅 밑에 누워 잠든 동생 앤드류의 고요함이 부러웠다. 이 소름끼치는 욕망은 죽어야만 끝날 것 같았다.

랄프는 유럽으로 떠났다. 아버지는 '긴 방랑을 위한 시간'이라고 불렀는데, 당시의 젊은이들에게는 흔한 일이었다. 유럽에서 랄프는 소위 교양을 쌓는 한편, 오만한 젊은 남자의 삶을 살았다. 그가 주로 쌓는 교양이라는 것은 프랑스 말을 하는 법, 아내가 아닌 여자와 호텔 방에 무사히 들어가는 법 등이었다. 그는 일명 유럽 순례 여행을 하면서 안개 낀 런던, 눈부시게 화창한 파리를 돌아다녔고, 미술관과 경마장, 궁핍한 귀족들의 거실을 방문했다. 랄프를 이용하려 접근한 이들은 겁먹은 딸들을 합금 탁상시계를 선물하듯 그에게 바치려 했다. 그러다가 랄프가 뒤돌아서면 곧장 조롱했다. 그러나 랄프는 개의치 않았다. 어느 레스토랑에서든 음식을 주문할 수 있었고, 음식 값을 지불하는 데 어려움이 없었다.

랄프는 시카고에서 알고 지냈던 에드워드라는 친구를 이탈리아의 피렌체에서 우연히 만났다. 에드워드는 화가가 되려고 하는 중이었다. 그는 우피치 미술관과 피티 미술관에서 세월을 보내며 숙취 속에서 스케치를 했고, 랄프조차도 충격적일 만큼 방탕한 생활을 했다. 랄프는 웅장한 별장을 빌려서 에드워드를 불러들였다. 그들은 샴페인 병을 얼음 통에 담가두고 수시로 꺼내 마시며 웃고 즐겼다. 밤마다 하얀 촛농이 대리석 바닥으로 뚝뚝 떨어질 때까지 카드 파티, 음악 파티, 나체 파티를 벌였다.

아침마다 젊은 하녀들이 들어와 무릎을 꿇고 촛농을 긁어내는 동안 에드워드와 랄프는 지친 창녀들과 함께 값비싼 침대에서 늘어지게 잠을 잤다. 색다를 것도 없고, 끝도 없는 퇴폐 속에서 인생은 평온하게 흘러갔다. 가끔, 프레스코화로 아름답게 장식된 교회에 우연찮게 들어가면, 어렸을 때 그가 알던 하나님보다 덜 무섭고, 훨씬 호화로운 하나님을 볼 수 있었다.

랄프는 요리사 한 명, 정원사 두 명, 공작새 여섯 마리, 제복 입은 마부가 딸린 마차 한 대를 보유했다. 그리고 정확히 어떤 일을 하고 있는지 불분명한 하인 한 명이 제복을 입고서 늘 마차 뒤에 있었다.

에드워드가 아는 약국을 통해 랄프는 원하는 약을 전부 은밀히 구할 수 있었다. 대성당 위로 해가 뜨고 지고, 또 뜰 때까지 48시간 동안 잠을 자게 해주는 가루약, 4시간 동안 발기 상태를 지속시켜주는 가루약 등. 랄프와 에드워드는 진청색 약병에 담긴 독약도 구입했는데, 그것을 미량으로 먹은 랄프는 지금껏 알지 못했던 행복감을 맛보았다. 피부의 모든 땀구멍으로 황홀감을 느꼈다.

아버지는 전혀 나무라지 않고 꾸준히 돈을 보내주었다. 랄프는 욕망이 결코 사라지지 않는다는 걸 깨닫게 되면서 이러다 몸에 무슨 이상이라도 생길까 겁이 났다. 심장은 고통에 무뎌지지 않았고 증오는 무자비한 울림을 멈추지 않았다. 그 무렵 에밀리아를 보았다.

에밀리아가 탄 반짝이는 마차가 랄프의 마차 바로 옆에서 달리고 있었다. 검은 머리카락을 등꽃으로 섬세하게 장식한 열여섯 살의 미인은 하얀 모슬린 원피스 차림이었다. 에밀리아를 만난 후로 랄프는 약국 출입을 끊었다. 카드놀이도 그만두고 에드워드와 창녀, 카드 판의 사기꾼들, 술꾼들을 강 건너 크고 어두운 집으로 보내버렸다. 에밀리아를 사랑하게 된 것이다.

그 후로 생활이 달라졌다. 아침에 일어나도 머리가 맑고, 그 전날 밤에 방을 나설 때와 똑같이 방 상태가 깔끔했다. 눈동자가 검고 침착한 하인들이 내오는 토스카나 지방 고유의 멋진 요리 맛이 제대로 느껴지자 충격을 받았다. 그리고 운동을 시작했다. 권투도 배웠다. 에밀리아에게 말을 걸고 싶어 대학생에게 매일 수시간씩 이탈리아어 강습을 받았다. 말을 타고 사냥을 다니는 동안, 이름 모를 그 소녀의 마음을 얻을 수 있는 남자가 되어야겠다고 다짐했다.

랄프는 옷차림도 세련되고 예의도 바른 편이었다. 조상의 혈통은 알 수 없으나 미국인이라고 보기에 충분할 듯했다. 머리카락에는 머릿기름을 바르고, 몸에서는 산타 마리아 노벨라의 약국에서 구입한 오드콜로뉴 향수와 미국의 돈 냄새를 풍겼다.

그는 먼저 에밀리아의 아버지를 소개받았고, 곧 그녀의 어머니와도 인사를 나누었다. 그 집 거실에 들어가 천천히 사교적인 인사를 주고받으며 둘러보니, 고풍적인 화려함과 전통이 느껴졌다. 마침내 에밀리아와 얘기해도 좋다는 허락을 받았는데, 그 무렵 20대 중반이던 랄프는 그 집 가족에 비하면 세상물정 모르는 어린애나 다름없었다.

어떻게 보면 그들은 평범한 가족이었다. 무일푼의 허세로 아름다운 딸을 비싼 값에 팔아 단단히 한몫 잡으려고 벼르는 사람들. 랄프는 그들을 실제보다 훨씬 괜찮은 이들로 착각했다. 대부분의 이탈리아인들이 가문의 케케묵은 작위를 들먹이며 허세를 부린다는 것을 잘 알지 못한 탓이었다. 그들 부부에게 급료를 받지 못한 하인들은 참다못해 집을 나가버렸고, 랄프가 앞문으로 들어올 적에 옷값을 받지 못한 재봉사는 분노하며 뒷문으로 나갔다. 그들 부부가 유일하게 시장에 내다 팔 만한 자산이 바로 에밀리아라는 사실을 랄프는 간파하지 못했다.

섬세한 미인 에밀리아는 꾀꼬리 같은 목소리와 우아한 자태를 지녔다. 랄프는 따로 강습을 받았지만 이탈리아어는 어린애 수준에 불과했다. 에밀리아의 프랑스어는 듣기 좋았고 영어는 익살스러웠다. 그가 눈이라도 마주치려고 하면 에밀리아는 새벽녘의 하늘처럼 얼굴을 붉혔다. 수개월 동안 그녀는 늘 상냥하고 매력적이었으나,

나무 꼭대기에 매달린 복숭아처럼 쉽게 손이 닿지 않았다.

랄프는 아르노강을 따라 걸으며 에밀리아의 이름을 되뇌었다. 그녀와 떨어져 있으면 마치 온몸의 신경이 불타는 것처럼 괴로웠다. 그녀와 함께 있을 때에만 스스로를 용납할 수 있었다. 그녀의 사랑을 얻기 위해 촛불에 불을 붙였다. 그리고 기적을 바라며 기도를 했다. 그러다 마침내 깨닫게 되었다. 돈으로 에밀리아를 살 수 있다는 것을……

에밀리아는 상냥했고, 매혹적이었다. 사랑을 전혀 알지 못했던 랄프는 자신이 느끼는 감정이 그녀의 얼굴에서도 보인다고, 그녀도 자신을 사랑한다고 믿어버렸다. 에밀리아의 아버지는 딸과의 헤어짐을 슬퍼하겠지만 딸이 랄프를 사랑한다면, 그리고 어떤 식으로든 상실감을 보상받을 수 있다면 기꺼이 딸을 보내줄 것이라고 순진하게 생각했다.

물건을 사는 일은 랄프에게 쉬운 일이었다. 이미 지난 3년간 유럽의 은제품과 그림 시장에서 수많은 거래를 했었다. 귀족들은 언제나 보물을 내놓는 것을 주저하지만, 보물을 잃어버리는 게 아쉬워서가 아니라 어떻게든 가격을 올리기 위해 주저한다는 것을 랄프는 잘 알고 있었다.

랄프는 다시 아버지에게 편지를 썼다. 상당히 많은 돈을 보내달라고 요청했다. 아버지는 그리 해줄 테니 당장 집으로 돌아와 사업을 이어받으라고 답장을 보냈다. 그렇게 협상이 이루어졌다. 아버지의 양해 하에 오랫동안 회피했던 의무를 떠안는다면 에밀리아를 얻을 수 있었다. 랄프로서는 기분 좋은 해결책이었다. 아버지가 언제까지 자유를 허락할지 몰라도, 조만간 입 안에 꽂힌 낚시미늘의 따끔함을 느끼면서 집으로 끌려가게 되리라는 것을 알고 있었다.

그가 평생 소망한 것이 있다면, 종국에는 누군가를 진심으로 사랑하게 되어 내면에 숨겨진 두려움을 이야기하고 떨쳐내는 것이었다. 그는 에밀리아에게 끔찍한 비밀, 혈관에 흐르는 불처럼 고통스러운 두려움, 심장에 박힌 잔혹한 분노를 털어놓았다. "바보 같은 생각인 거 알잖아요, 아무도 안 죽어요." 에밀리아는 웃음과 키스로 그를 치유했다.

에밀리아는 그가 하는 말을 제대로 이해하지 못했다. 그녀의 영어는 예의범절, 시, 빛에 대한 표현뿐이었고 랄프의 암울한 이야기를 온전히 이해하기엔 어휘력이 부족했다. 그녀가 아는 것은 부모가 언젠가는 자신을 누군가에게 팔기 위해 키웠다는 것, 랄프에게 팔리는 것이 최악의 선택은 아니라는 점이었다.

에밀리아의 아버지는 딸의 정교한 혼수품이 파리에서 도착하길 기다렸다가 받아서 몇 부분을 여러 차례 수리했다. 한편, 온갖 상인들에게서 기타 혼수품을 구입했고 악착같이 랄프와 지참금에 대해서 협상을 진행했다. 그때 전보가 도착했다. '아버지가 아프시다. 당장 돌아와라.' 그러나 랄프는 떠날 수가 없었다. '아버지가 돌아가실 것 같다.' 두 번째 전보를 받고도 에밀리아가 준비를 마치길 기다렸다.

'아버지가 돌아가셨다.' 세 번째 전보가 도착했다. 랄프는 서둘러 에밀리아와 결혼한 후, 함께 기차와 보트, 다시 기차로 갈아타며 위스콘신 주 농장에 도착했다. 그는 돌아온 탕아였다.

집에 도착하기 전 에밀리아는 임신을 했다. 랄프는 아이의 탄생을 반기면서도 한편으로는 두려웠다. 그는 아버지 묘지 옆에 무릎을 꿇었고 에밀리아는 그 곁에 섰다. 파리에서 산 에밀리아의 풍성한 진주색 치마가 햇빛에 반짝거렸다. 피렌체에서는 천사처럼 아름답던 에밀리아의 얼굴이 단조로운 이곳에서는 지나치게 이국적이고 기묘하게 느껴졌다.

모두 오래전의 일이었다. 지금은 그들 모두 세상을 떠났다. 아버지, 에밀리아, 위스콘신 주에 와서 처음으로 맞이한 봄에 에밀리아가 낳은 딸, 앤드류. 그리고 랄프를 결코 용서하지 않았던 매정한 어머니까지도.

시간이 지나면 기억이 흐려질 줄 알았는데 아니었다. 지난 20년간, 어느 누구도 다정하거나 욕망 어린 손길로 그를 만진 적이 없었다. 자제하고 지내다보면 갈망이 잦아들 것이라 생각했지만 매년 해가 바뀌어도 젊은 시절을 집어삼켰던 욕정은 여전히 안에서 뜨겁게 타올랐고, 분노도 마찬가지였다. 세월이 흐를수록 욕정은 심장 주변에 더욱 단단히 자리를 잡고 그를 놓아주지 않았다.

지금까지 랄프는 그에게 다가와 말을 건네는 여자들의 부드러운 목소리를 외면했다. 손만 뻗으면 그들 중 아무라도 취할 수 있다는 걸 알았지만 그러지 않았다. 대신 고독을 선택했다. 아니, 선택을 받았다. 소름끼치는 고독은 깨뜨릴 수도 없었다. 그러나 매 순간, 밤낮으로 육체는 욕망으로 꿈틀댔고, 신경은 온통 주변 남녀들의 성생활에 쏠려 있었다. 그는 타인들을 혐오하면서도 동시에 그들 같은 삶을 꿈꾸었다. 그의 사랑은 에밀리아, 딸과 함께 죽었으나 욕망은 척박한 황무지 같은 심장에 무성하게 자라나 언제나 그의 귓가에 부드럽게 속삭였다.

지금, 몸에 열이 끓는 중에 여자들이 랄프에게 다가왔다. 그녀들은 그에게 손을 댔다. 그 손길은 그를 뜨겁게 달구고, 동시에 서늘하게 식혔다.

6

사흘째 눈이 내렸다. 캐서린은 너무도 지루해서 이대로 실성하지 않을까, 적어도 방향을 잃지는 않을까 걱정스러웠다. 이런 위기일수록 계획을 늘 염두에 두어야 한다고 스스로를 다독였다. 밤마다 파란 약병을 손에 쥐고 이리저리 돌리며, 약병에 담긴 액체를 통해 눈보라를 바라보았다. 마치 스노 글로브 속 풍경을 바라보듯이. 그리고 랄프가 죽지 않게 해달라고 밤마다 기도했다.

랄프를 간호하지 않는 동안에 그녀는 이 방 저 방 돌아다니며, 가구며 물건들을 구경하고 만져보았다. 접시며 은식기들을 뒤집어 그 아래 찍힌 상표를 확인했다. 프랑스의 리모주, 뉴욕의 티파니 앤 코, 영국의 웨지우드. 식기들의 가격이 얼마나 나갈지, 전부 얼마인지도 대략 계산해보았다. 라슨 부인과는 랄프의 몸 상태를 비롯해 몇 번 대화를 했는데, 마치 외국어로 대화하는 것처럼 어렴풋하게만 알아들을 수 있었다.

"트루잇 씨는 신발을 문 옆에다가 둔 적이 없어요. 늘 서랍장 옆에 두었죠. 뉴욕에서 구입한 신발이에요."

"제가 치울게요."

"아뇨, 그냥 두세요. 제가 치울게요. 트루잇 씨 취향이 어떤지는 제가 잘 알아요."

깊은 밤 그녀들은 랄프 곁에 앉았다. 라슨 부인이 말했다.

"아기처럼 주무시네요. 머리가 수박만큼 크게 붓기는 했지만, 돌아가시지는 않을 거예요."

캐서린은 어떻게 대답해야 할지 갈피를 잡을 수 없었다. 이곳에서는 어떤 식으로 대화해야 하는지 아직 감을 잡지 못했다.

캐서린은 소박한 검은 원피스를 입고 랄프 방에서 의자에 앉은 채로 매서운 바람 소리를 들으며 잠을 청했다. 캐서린은 정성껏 그를 간호했다. 그리고 하루에 세 번, 윤기 나는 식탁 앞에 홀로 앉아 라슨 부인이 내오는 정성스런 음식을 먹었다. 루비처럼 붉은색이 도는 맑은 수프, 밤을 넣은 머랭그, 겨자 소스로 양념한 오리 고기, 한 번도 본 적 없는 아름다운 요리를 보고 캐서린은 놀랐다. 라슨 부인에게 남편과 함께 같이 식사하거나, 아니면 주방에서 셋이 같이 먹자고 말한 적이 있었다. 물론 계획했던 바는 아니었다. 라슨 부인은 괜찮다며 거절했고, 캐서린은 결국 커다란 식탁의 상석에 혼자 앉아 식사를 했다.

샘솟는 식욕 때문에 들뜨면서도 한편으로는 섬뜩한 기분이 들었다. 라슨 부인이 내오는 풍성한 요리는 이 삭막한 시골과는 어울리지 않았지만, 추위를 달래는 데는 그만이었다. 그러나 캐서린의 허기는 따분함과 불안감에서 비롯된 것이기에 아무리 음식으로 배를 채워도 해소되지 않았다.

밤이면 창가에 몇 시간이고 서서 눈 내리는 바깥 풍경을 내다보며 눈 속에 버려두고 온 것들을 생각했다. 낮에는 하얀 빛이 너무 밝아서 손으로 눈을 가릴 정도였다. 눈이 부셔서 몇 분 이상 커튼을 열어둘 수도 없었다.

사람들, 평범한 사람들, 도시의 거리를 오가는 사람들을 생각했다. 그들이 꾸리는 평범한 삶은 캐서린에겐 늘 경탄의 대상이었다. 버리고 떠나온 방들, 잠에서 깨어 숨 쉬던 방들, 가구가 배치되어 있던 모양새, 열린 창문으로 들리던 목소리들, 그 안에서 서성이면서 눈물 흘리던 날들을 생각했다. 그 방에서 자신에게는 허락되지 않은 귀하디귀한 평범한 일상을 어이없을 만큼 쉽게 거머쥔 멍청하고 무기력한 사람들을 내려다보며 살았다.

그 사람들은 접시를 소유했다. 양말을 소유했다. 세상은 사람들로 가득한데, 그중 진정으로 속을 터놓고 지낸 이들이 거의 없다는 사실에 캐서린은 자조했다. 그 사람들의 삶이 공허하고 어리석으며 지루하다고 비웃었으나, 지금 캐서린은 무자비하게 내리는 눈 속에 우두커니 서 있는 적막한 이 집에 혼자 있었다. 지금 같아서는 기꺼이 남들처럼 평범하게 살고 싶은 마음이었다.

예전에는 담배를 피우고 술을 마시고 마약을 복용하면서 주변 사람들에게 필요한 것을 얻었다. 극장의 높은 특등석에 앉은 캐서린에게 남자들은 연서를 보냈고, 그녀는 답장을 했다. 우아한 생활이었다. 마음에 드는 편지를 보낸 남자와 한 시간, 혹은 여름 한철, 혹은 하룻밤을 보내며 다른 일은 모두 잊었다. 푸른 눈의 남자, 갈색 눈의 남자, 검은 눈의 남자. 그들은 얼굴을 바짝 들이밀면서 캐서린이 도저히 들어줄 수 없는 요구를 했다.

찰나의 떨림이 사라지고 호화로운 아름다움도 희미해지면 어리석음과 악취, 자기혐오만이 남았다. 이 남자들이 느끼는 쾌락을 자신은 영원히 느끼지 못할 것임을 매 순간 깨닫는 데서 비롯된 혐오감이었다. 그런 이유로 캐서린은 그곳을 떠나기로 한 것이다.

담배 생각이 간절했다. 예전에는 머리 위로 피어오르는 아편이나 모르핀의 아련한 연기 속에서 현실을 도피했다. 그러나 지금은 그 모든 것과 멀리 떨어진 곳에 있었다. 백포도주 한 잔도 마시지 않을 것이다. 계획대로 이행할 것이고, 성과를 거둘 것이다. 그러려면 랄프 트루잇이 아직 죽어서는 안 된다.

"트루잇 씨는 좀 어때요?"

"잠을 잘 못 주무세요. 열도 있고요."

"강한 분이니 걱정 마세요. 잘 견디실 거예요."

'재산을 차지하면 멀리 떠나야지. 아는 이가 없는 나라에 가서 그 나라 언어도 사용하지 않고 다시는 어느 누구와도 말을 섞지 않을 거야.'

캐서린은 다짐했다.

'아니, 애초 계획이 그건 아니지. 재산을 차지하면 아무짝에 쓸모없고 아름답기만 한 연인과 결혼해 환희에 찬 인생을 사는 거야!'

잊고 있던 계획이 갑자기 떠올랐다.

우연히 머물게 된 어느 도시에서 불안과 불만이 내면을 잠식할 때마다 캐서린은 시립 도서관을 찾아가 여러 시간 머물렀다. 언젠가 갈 수도 있는 여러 지역에 대한 설명서와 안내 책자를 보기 위해서였다. 부에노스아이레스, 세인트루이스, 런던의 지도를 눈에 익히고, 직접 본 적이 없는 여러 장소에 대해 상세한 정보를 얻었다. 열심히 공부하는 여학생처럼 시립 도서관의 조명 아래 앉아 다양한 책을 읽었다.

쓸모라곤 찾을 수 없는 어린아이 같은 연인과 함께 이탈리아의 베네치아에서 생활하는 모습을 머릿속에 그려보았다. 반쯤 먹다 남은 달콤한 디저트와 빈 샴페인 병, 아름다운 속옷이 흐트러진 호텔 객실에서 오후까지 늦잠을 잘 것이다. 이런 상상을 하며 캐서린은 도서관의 높은 창문에 비스듬히 앉아 이탈리아어를 공부했다.

캐서린은 연인과 함께 나른하게 침대에서 일어날 것이다. 모르핀 기운이 퍼진 연인의 검은 눈동자는 필름을 씌운 듯 흐릿할 것이다. 비단옷을 입고 담배 연기를 몸에 휘감은 그들은 키안티를 마시면서 곤돌라^{이탈리아 베네치아 시내에 있는 운하를 운항하는 배}를 타고 검은 수로를 따라 리도 섬의 빛을 향해 나아갈 것이다. 곤돌라를 젓는 사공이 사랑의 노래를 부르면, 양옆 건물의 창문들이 활짝 열리며 사치스럽고 아름답고 매력적인 오래된 방이 들여다보이고, 각 방에 머무는 귀족들, 공주들, 백작들, 왕들이 캐서린과 연인의 양쪽 뺨에 입을 맞출 것이다. 그리하여 캐서린과 연인은 늙지도 않고, 죽지도 않을 것이다. 외롭지도 않을 것이다. 랄프의 돈까지 수중에 넣는다면 그야말로 부족할 게 없을 것이다. 이것이 바로 캐서린의 계획이었다. 랄프 트루잇과 결혼할 것이고, 랄프는 서서히 늙어갈 것이다. 그리고 그가 죽으면 재산을 모두 차지하면 된다.

"라슨 부인?"

"네, 아가씨?"

"이 음식들은 어디에서 오는 거죠?"

라슨 부인이 오리 가슴살에 소스를 끼얹으며 웃었다.

"어디서 오느냐고요? 제 손에서 나오는 거죠."

"그게 아니라……."

"우리가 육포나 먹고 사는 줄 알았나 봐요. 쇠고기 소금절이와 양배추, 시월에서 오월까지는 햄을 먹고요? 시골뜨기처럼? 그렇게 사는 이도 있지만 우린 아니에요. 얼음 창고에 재료를 보관하고 있어요. 트루잇 씨가 시카고에서 따로 재료를 주문하기도 하고요. 아가씨가 타고 온 기차에도 트루잇 씨가 주문한 재료가 실려 있었어요."

"요리 솜씨가 대단하세요."

"오래전에 배웠어요. 어렸을 적에. 그땐 여기 말고 다른 집에서 살았는데 지금하고는 다른 분위기였어요. 어쨌든, 다시 요리할 수 있어서 참 좋아요. 제대로 해야죠."

"다른 집이라뇨?"

"오래전 얘기예요."

"그 집은 어디 있었는데요?"

"지금도 있어요."

"어디에 있나요?"

"근처에요. 1마일도 안 돼요. 하지만 그 집에 가지 않아요."

"어떤 집인가요?"

바닥에 유명 제조사 상표가 찍힌 아름다운 식기들을 그 집에서 가져올 수도 있다는 생각이 들었다.

"얘기할 필요도 없어요. 우린 그 집에 안 가니까. 눈이 계속 내리면 이렇게 화려한 음식들을 더는 못 만들 수도 있지만요."

라슨 부인이 식당 밖으로 나갔고, 캐서린은 빛나는 은식기와 함께 기다란 식탁 앞에 혼자 남았다.

캐서린도 요리, 특히 프랑스 요리에 대해 잘 알았다. 도서관에서 책으로 읽었다. 실제로 만든 적은 없지만 소스 만드는 방법을 알고 있었다. 그러나 라슨 부인의 신경을 곤두서게 할 수도 있기 때문에 과도한 관심을 내비치지는 않았다.

도서관에서는 앉아서 읽기만 하면 온갖 경이로운 것들을 배울 수 있었다. 이를테면, 독약 만드는 방법도 있었다. 마치 요리책처럼 간편하게 독약을 만들 수 있도록 여러 페이지에 걸쳐 상세하게 설명되어 있었다. 읽기만 하면, 아무도 알아채지 못하는 방법으로 누군가를 독살할 수 있었다.

랄프의 집에는 책이 없는 대신 직립형 피아노가 있었다. 자수가 놓인 스페인 풍 숄이 덮인 낡은 피아노였다. 간호하다 쉴 때, 그리고 식사 전에 캐서린은 그 피아노로 소곡들을 연주했다. 종일 이 집에 있어도 자신이 어디에 속하는지 알 수 없었고, 라슨 부인을 제외하고는 말을 거는 이도 없었다. 쾌할하고 정직한 라슨 부인은 캐서린을 격이 없이 대해주었다. 자기가 편안하게 대해주면 캐서린도 여기서 편안히 지낼 수 있다고 생각하는 것 같았다. 라슨 부인은 몸집이 크고 친절한 반면, 자그마하고 마른 체력인 라슨은 캐서린을 의심스러운 눈초리로 예의주시하면서 경멸스러운 눈빛을 굳이 감추지 않았다.

캐서린은 라슨 부인이 남편에게 하는 말을 들었다.

"여보, 그냥 좀 둬요. 불쌍한 여자한테 기회를 주자고요."

'기회라니 무슨 기회? 설마 눈치를 챈 건가.'

불안감이 밀려왔다. 이 집에서는 편하게 앉을 의자도, 마땅히 서 있을 자리도 없었다. 얼어붙은 바깥 풍경을 내다보며 저 눈 밑에 있을 보석들을 생각했다. 이유 없이 눈물이 흘렀다.

이느 날, 라슨 부인은 캐서린과 함께 침대 시트를 세로 깔고 랄프의 무거운 몸을 부축해 하얀 시트 위로 옮기다가 난데없이 말했다.

"트루잇 씨가 또다시 상처를 받는다면, 저는 못 참을 것 같아요."

"누가 상처를 준 적이 있나보죠?"

"모든 사람이 그랬죠. 오래전 일이지만 그런 일은 절대 쉽게 잊혀지지 않아요. 그 일로 트루잇 씨의 삶이 많이 망가졌거든요."

"트루잇 씨를 무척 아끼나봐요."

"전 트루잇 씨를 존경해요. 지독한 슬픔을 견딘 분이니 존경할 수밖에 없죠. 저 같으면 자살했을 것 같아요. 그래서 말인데, 이분한테 상처주지 마세요. 그랬다간 제가 가만있지 않을 거예요."

"상처줄 일이 뭐가 있겠어요."

"암요, 그래야죠."

캐서린은 거짓말을 했다. 그러나 적어도 아직은 해칠 생각이 없었다. 그녀가 상처를 내기 전에 랄프는 우선 멀쩡하게 회복되어야 한다. 사랑도 돈도 없는 자신을 오도 가도 못하게 버려두고 죽어서는 안 된다. 오랜 시간 기차를 타고 여기까지 왔는데, 빈손으로 돌아간다는 것은 있을 수 없는 일이었다.

스푼으로 음식을 떠서 랄프의 입에 넣어주었다. 이마에 맺힌 땀을 부드럽게 닦아주고, 열이 심하게 오른다 싶으면 잠옷을 벗겨주었다. 라슨에게 의사를 불러달라고 부탁했으나, 의사가 지금 눈 때문에 발이 묶여 두 마을이나 떨어진 곳에서 옴짝달싹 못한다고 했다. 라슨은 캐서린이 랄프의 이마를 꿰매는 광경을 본 터라 그녀가 여느 의사만큼이나 치료를 잘할 것이라 믿었다. 그리고 매일 눈이 점점 심하게 쌓여서 의사를 부르러 가는 것도 불가능했다.

캐서린은 랄프에게 뜨거운 차를 마시게 했다. 그의 두 다리를 무거운 모직 담요로 단단히 동여매고 곁에 앉아 꼬박 밤을 지새웠다. 라슨 부인과 함께 옷을 벗기고 욕조에 몸을 담갔다가 일으켜 세웠다.

한밤중에 열이 나 부들부들 떠는 랄프를 캐서린은 나란히 누워 두 팔로 꼭 끌어안았다. 체온이 전달되어 오한이 사라질 때까지 안아주었다. 그녀의 유두가 솟으면서 떨고 있는 랄프의 등짝으로 열기를 내뿜었다.

인간적인 배려와 에로틱한 매혹, 다정한 위로, 캐서린이 그동안 잊고 살던 감정이었다. 캐서린의 몸을 더듬었던 뭇 남자들의 손길처럼, 랄프의 몸을 쓰다듬었다. 그러나 그는 그녀만큼 강렬하게 그 손길을 인지하지 못했다. 마침내 오한이 사라진 랄프가 편안하게 잠들었다. 캐서린은 새벽까지 의자에 앉아 있었다. 체내에 스며든 한기가 좀처럼 사라지지 않아 조용히 어둠 속을 응시하며 몸을 떨었다.

나흘째 밤, 드디어 열이 내렸다. 눈도 그쳤다. 랄프는 살아났다. 캐서린이 목숨을 구한 것이다.

캐서린은 창턱에 파란 약병을 올려놓고 어둠 속에서 몇 시간씩 서 있었다. 달빛 아래 사방을 뒤덮은 반짝이는 눈이 어린 소녀들이 꿈꾸는 요정 왕국 같은 분위기를 자아냈다.

끝도 없이, 무한하게 눈꽃이 펼쳐져 있었다. 마당에서 헛간 지붕, 아득히 뻗은 들판의 끄트머리에 위치한 둥글고 매끈한 연못까지 하얗게 눈이 뒤덮였다. 발자국 하나 있지 않고 작은 흔적도 없이 온전하게 펼쳐진 은색의 눈.

'조만간 모든 게 새롭게 시작될 거야.'

캐서린은 반드시 그리되도록 해야 했다.

소박한 원피스를 입은 캐서린은 완벽하게 따뜻하고, 완벽하게 편안한 기분으로 밤새 창가에 서서 아침이 오기를 기다렸다. 랄프 트루잇과 얘기를 나누어야 하기에……

7

해가 뜨자, 새로 얹은 지붕처럼 이글거리는 구릿빛을 띠던 눈밭은
장밋빛으로 바뀌고 별안간 눈부신 빛을 반사하며 하얗게 빛났다.
헛간을 비롯해 건물들이 타오르는 아지랑이 속에서 떠다녔다. 캐서
린은 손으로 눈을 가렸다.

　그녀는 적막한 이 집에서 조심스럽게 옷을 차려입고 조심스럽게
계단을 내려갔다. 그리고 피아노 앞에 앉아 쇼팽의 전주곡을 연주
했다. 난이도가 높은 곡은 아니었다. 자고 있는 이들을 깨울까봐 아
주 조용히 연주하고 있는데, 어느새 랄프가 다가와 등 뒤에 서 있는
것을 느꼈다.

　"아내가 좋아하던 곡이었지. 그 곡을 몇 번이고 되풀이해서 치곤
했는데……."

　랄프가 어린 여동생을 대하듯 말문을 열자 캐서린은 깜짝 놀랐다.
몸이 많이 약해진 듯 자세가 구부정했다.

"미안해요. 그만 칠게요."

"아니, 그럴 것 없어. 듣고 싶으니까 계속해."

캐서린은 음표 하나 빼지 않고 달콤하면서도 소박하게, 기교를 배제하고 깔끔하게 연주했다. 연주를 마친 후 캐서린은 의자에서 일어나 방 한가운데 놓인 난롯가로 다가가 랄프의 맞은편에 앉았다. 그는 핏기가 전혀 없었고 우울해 보였다. 캐서린이 연주한 음악이 아내를 잃은 슬픔을 되살린 것일까.

캐서린은 겁먹은 개를 달래듯 나지막하게 말했다.

"아버지는 음악이 하나님의 목소리라고 믿으셨어요. 아버지는 하나님의 뜻을 전하는 선교사셨죠. 아프리카, 인도, 중국 등 말씀을 전파하기 위해 어디든 가셨기 때문에 우리는 아버지를 따라 세계 곳곳을 돌아다녔어요. 그러다 중국에서 저와 제 여동생만 남겨두고 돌아가셨어요. 아버지는 영어가 통하지 않는 땅에서 사람들과 소통하기 위해 음악을 사용하셨어요. '음악은 보편적이다. 하나님이 음악을 통해 사람들에게 말씀하신다.' 라고 하셨거든요. 저더러 연주를 잘한다고 칭찬도 해주셨어요."

캐서린은 아프리카인과 중국인에 대해, 자신의 서툰 연주에 감동하고 아버지의 설교에 마음이 움직여 그리스도인이 된 이교도들에 대해 이야기했다. 모든 이야기는 도서관에서 본 책 내용을 가지고 지어낸 것이었다. 아프리카 부족들의 관습, 중국 궁궐에 사는 여자들의 엄격하면서도 멋진 복장, 중국 여자들의 자그마한 발과 가는 목소리를 상세하게 설명했고 랄프는 귀 기울여 들었다.

알고 있는 내용을 다 털어놓고 이야기를 마치자 얼마 안 되는 밑천이 너무 빨리 동난 것 같아 겁이 났다. 랄프는 한동안 가만히 듣기만 하다가 물었다.

"당신은 대체 누구지?"

"캐서린 랜드. 당신한테 편지를 쓴 여자지만 사진 속 여자는 아니에요. 하지만 편지는 제가 썼으니 당신한테 오기로 한 여자는 제가 맞아요."

그가 바지를 잡고 만지작거렸다. 앞으로 해야 할 말에 대해 아직 결심이 서지 않은 듯했다.

"들려줄 얘기가 있어. 우린 결혼하게 될 거야. 당신이 누구인지, 어떤 사람인지는 모르겠지만, 이제부터 당신이 알아야 할 게 있어."

"아직…… 확신이 없는 것 같네요. 절 의심하고 계시잖아요."

"당신은 내 목숨을 살렸어. 그거면 충분해. 나를 위해 어떤 일을 해줬는지 잘 알고 있어."

랄프는 캐서린의 눈을 응시하며 말을 이었다.

"당신이 해준 일을 다 알아. 몹시 앓았을 때, 거의 죽기 직전이었지만 의식은 있었지."

캐서린은 다리 위에 두 손을 모으고 가만히 앉아 있었다. 그리고 가만히 랄프의 눈을 바라보았다.

"편지에 쓰인 그런 분위기의 여자는 아니지만……."

"아버지는 제 얼굴이 악마의 작품이라고 하셨어요. 악한 짓을 하도록 만들어진 얼굴이라고. 그래서 다른 사람 사진을 보냈어요. 외모가 평범한 사촌 인디아의 사진이요. 당신이 제 얼굴을 싫어할 것 같아서. 아버지도 저에 대해 그렇게 말씀하셨고……."

캐서린은 어쩔 줄 모르겠다는 듯이 말끝을 흐렸다.

"됐어. 그만하면 충분해. 앞서 말했듯이 어차피 결혼하게 될 테니까. 당신은 여기서 살게 될 거야. 우리는 결혼할 거야."

그들은 가운데 놓인 난롯불 너머로 서로를 응시했다.

랄프가 부드럽게 말했다.

"잘 들어. 이제부터 내가 살아온 얘기를 할 테니."

그는 한참 동안 불만 바라보며 침묵하다가 다시 입을 열었다.

"이건 내 인생 이야기야."

랄프는 몇 시간에 걸쳐 모든 것을 털어놓았다. 가혹하고 괴로웠던 어린 시절, 어머니와 바늘, 일요일마다 설교 시간이면 늘 생채기 나던 영혼, 매 순간 자신을 쳐다보던 어머니의 눈길에 대해……

사랑하는 이들이 우리에 대해 하는 말이라면 우리는 그 말을 믿는다. 그래서 랄프도 어머니의 말을 믿었다. 사랑하는 이가 하는 말이라면 분명 진실일 테니까. 그리고 지금 그는 모든 이야기를 캐서린에게 털어놓았다. 암울하고 고통스럽던 욕망. 그가 미처 느끼기도 전에, 어머니는 아기였던 그의 내면에 깃든 욕망을 보았기에 그를 요람에서 들어올리지도, 안아주지도 않았다.

동생의 죽음에 대해서도 이야기했다. 얼어붙은 땅이 녹아야 매장할 수 있기에 겨우내 상자에 담아 얼음 창고 안에 보관한 동생의 시신. 그리고 궁전 같은 유럽 저택과 창녀촌에서 방황하던 시절까지.

랄프는 양해를 구하지 않았다. 감상에 빠져 고개를 옆으로 기울이지도, 동의나 공감을 얻기 위해 뜸을 들이지도 않았다. 캐서린 역시 그의 눈길을 피하지 않았고, 방 안을 서성이거나 발을 움직이지도 않았으며, 물 한 잔 마시고 싶다는 말조차 꺼내지 않았다. 조용히 귀를 기울였다. 랄프는 결점투성인 자기 삶을 이야기했다.

육욕에 탐닉하고 자기 학대를 일삼았던 그의 삶은 캐서린이 보기엔 용기 있고 대담한 삶이었다. 랄프는 타인에게 고통을 주었다. 부정할 수 없는 사실이었다. 그러나 그도 그만큼 고통을 받았다. 이미 대가를 치른 것이다.

강렬하게 에밀리아에게 빠져들었던 시절을 이야기했다. 에밀리아의 피부가 얼마나 맑았는지, 머리를 장식한 꽃들이 어떤 식으로 하늘거렸는지, 진주목걸이가 피부를 어떻게 장밋빛으로 물들였는지, 랄프가 서툰 이탈리아어로 말하면 얼굴이 어떻게 발그레해졌는지를. 그는 에밀리아를 사랑했고, 그 지독하고 강렬한 사랑 때문에 아버지가 보낸 편지나 전보에도 답하지 않았고, 결국 임종도 보지 못하고 추위 속에서 임신한 아내와 함께 아버지 무덤 옆에 무릎을 꿇어야만 했다고 고백했다.

랄프는 모든 것을 이야기했다. 누구에게도 한 적 없는 이야기를 모조리 털어놓은 이유는 캐서린이 이제 아내가 될 것이기 때문이었다. 과거 정도는 알려주는 것이 도리라고 생각했다. 그리고 스스로를 동정하지 않으려 했다. 잘잘못을 따지거나 특별히 자기 탓이라고 수긍하진 않았지만, 그렇다고 책임을 회피하지도 않았다.

공기 중을 떠다니던 재스민 향기, 피렌체 궁전에서 비단천이 바스락거리던 소리, 오래되어 망가진 커튼에서 떨어져 나온 먼지에 대해 묘사했다. 그러나 시적인 우아함을 배제하고 그림엽서를 보여주듯 담담하게 과거를 털어놓았다. 그리고 캐서린은 도서관에서 조용히 책을 읽는 것처럼 이야기를 경청했다.

"나는 좋은 아들이 아니었어. 지금 생각하면 어떻게 그랬나 싶을 정도로 경솔하고 방탕하게 살았지. 노력은 했지만 좋은 남편이나 아버지도 아니었고."

랄프의 허심탄회한 고백을 듣고 캐서린은 도망치고 싶었다. 캐서린은 알고 싶지 않았다. 그 이야기는 랄프를 현실적인 인물로 느끼게 했다. 그를 하나의 인간으로 생각하고 싶지 않았다. 그의 심장박동 소리를 듣고 싶지 않았다.

"에밀리아는 이 집을 싫어했어. 짐작하겠지만, 이 집에 적응하지 못했지. 에밀리아는 어머니를 싫어했고 어머니도 그녀를 싫어했지. 그래서 임신 중인 에밀리아를 위해 저택을 따로 지었어."

저택 이야기가 나오자 캐서린의 주의가 잠시 흐트러졌다가 다시 돌아왔다.

"여기서 멀지 않은 곳에 있어. 짓는 데 꽤 오래 걸렸지. 이탈리아에서 데려온 건축가가 지었는데, 내가 알기로 그는 영어를 한마디도 못했어. 그는 많은 이탈리아 인부들을 데리고 왔지. 그리고 내 딸이 태어났는데, 그 아이가 바로 프래니야."

랄프의 손이 초조하게 흔들렸다. 잠시 목소리가 잠겼으나 계속해서 말을 이었다.

"에밀리아는 그 아이를 프란체스카라고 불렀지. 내 딸이지만 참 예뻤어. 아기들이 원래 그렇지. 프래니는 물처럼 맑고, 작고 예뻤어. 에밀리아는 프래니를 마차에 태우고, 매일 집을 짓는 현장에 갔어. 그 궁정 같은 저택으로. 그곳에서 이탈리아어로 수다를 떨었고, 날이 어두워진 후에야 이 집으로 돌아왔어. 에밀리아는 적어도 조금 행복해 보였어. 낮에 그곳에 가 있는 동안에는.

어마어마한 돈이 들어갔지. 대리석 계단과 값비싼 고급 도자기……. 당신도 이 집에서 그 도자기를 봤으니 알겠지. 한때 교황이나 어느 지역의 왕이 소유했다는 은식기와 침대들, 커튼과 그림들. 에밀리아는 행복해했지.

공사가 끝나고 우리는 그 저택으로 거처를 옮겼어. 그런데 어디에 앉아야 할지 모르겠더군. 어디서 잠을 자야 하는지 하녀에게 물어봐야 했지. 그 저택으로 이사를 간 후로 에밀리아와 한 침대에서 잔 건 몇 번 없었어. 에밀리아는 자기 방에서 따로 잠을 잤으니까. 2년 동안 그렇게 지냈지.

그러다 프래니가 성홍열에 걸렸어. 아기들에게 흔한 병인데, 그해 겨울에 많은 아이들이 그 병에 걸렸어. 그때 프래니는 겨우 두 살이었지. 닷새 동안 꼬박 열이 나다가 가라앉았는데, 그 후로 프래니가 이상해졌어. 영혼이 사라진 거야. 몸은 회복되었는데 영혼은 죽어버렸어. 내가 늘 불안해하던 일이 현실이 된 것이지. 욕망은 독이니까. 욕정이라는 병이 내 딸의 영혼을 앗아가고 만 거야. 착하고 예쁘고 물처럼 맑은 아이였는데……. 프래니는 창문 색유리를 무척 좋아했어. 하녀들이 자기 몸에 화려한 원피스를 입혀주느라 수선 떠는 것을 보고 좋아라 했지. 프랑스에서 데려온 여자 재봉사와 같이 살았는데, 그녀는 해가 떠서 질 때까지 에밀리아와 프래니를 위해 이런저런 옷을 만드는 게 일이었어.

저택은 늘 외국인으로 붐볐어. 사방에서 모여드는 외국인들이 에밀리아를 행복하게 해주었지. 그런데 자기 딸하고는 단 1분도 같이 있지 않는 거야. 한 번씩 프래니를 동화 속 공주처럼 입히고 마치 원숭이를 구경시키듯이 사람들 앞에 내놓고 자랑하는 게 전부였어.

캐서린은 그가 묘사하는 저택 복도를 따라 걷고 있는 자신을 상상했다. 미소 지으며 손님들 곁을 지나면 손님들은 허리를 굽혀 인사한다. 공작과 공작부인, 부자들, 배우들, 철로 소유주들, 단순히 승마를 하면서 과시용으로 아라비아말을 구매하는 이들. 상상 속에서 캐서린은 탁자 위에 놓인 물건들에 손을 대며 그것이 자신의 소유임을 인식했다. 그리고 어둠 속 어딘가에 프래니가 서 있고, 빛 속에서 화려한 피아노 연주 소리가 들리는 듯했다.

"에밀리아는 이탈리아에서 피아노 선생을 데려왔어. 넘쳐나는 게 이탈리아인들이라서 이름도 묻지 않았는데, 그 작자를 들인 게 도가 지나친 일이란 걸 알았을 땐 이미 늦었지. 얼마 후 둘째 아이가 태어났어. 사내아이였는데, 에밀리아는 그 아이를 안토니오라고 불렀지. 나는 애칭으로 앤디라고 불렀고. 앤디는 제 엄마처럼 머리카락이 검었어. 꼭 에밀리아가 아마존에서 잡아온 진귀한 새 같았지. 사내아이치고는 지나칠 만큼 예쁘게 생겼지. 머리숱도 많았고. 네 살짜리 아이의 인물이 아주 훤했지. 우리는 그런 식으로 그 저택에서 8년을 살았어.

에밀리아는 그놈과 계속 붙어 지내더군. 그 피아노 선생 말이야. 진작 알았어야 했는데. 나는 모든 걸 다 알고 있다고 생각했는데 그게 아니었어. 상상해봐. 그들은 언제나 이탈리아어로 서로 속삭이고, 수다를 떨고, 정원에서 산책을 했어. 그놈은 매일 저녁 우리 가족과 함께 식탁에 앉아 손님처럼 식사를 했고, 나는 매주 수표로 수업료를 지불했어.

그땐 몰랐어. 생각도 못했지. 에밀리아는 백작 가문 출신이고, 백작 부인의 작위를 가진 여자니까. 에밀리아는 내 저택에서 행복하게 지냈지만, 그 행복을 유지하려고 나는 어마어마한 돈을 썼고. 내 귀여운 딸은 매일 부쩍 컸지만 앞이 보이지 않는 사람처럼 두 손을 빛을 향해 뻗으며 더듬더듬 걸어다녔어.

안토니오…… 앤디가 태어난 후로 에밀리아는 나와 한 침대에서 자지 않았어. 매일 밤 자기 방에서 자더군. 나에게 오지 않았고, 나도 그녀에게 손을 대지 않았어. 에밀리아는 툭하면 밤새 창녀나 건달들과 카드놀이를 하면서 나를 비웃었어. 가끔 아침 식사를 하러 계단을 내려갈 때, 손에 샴페인 잔을 들고 담배 연기를 뿜으며 계단을 올라오는 에밀리아와 마주치곤 했지.

그렇게 6년을 더 견디며 살았어. 에밀리아에게 손끝 하나 대지 않은 채로. 그러다 그들을 본 거야. 에밀리아와 피아노 선생이 한 침대에 있는 모습을. 물어볼 게 있어서 에밀리아 방으로 갔는데, 그들이 침대에서 뒹굴고 있더군. 그들은 나한테 들켰는데도 딱히 놀란 표정도 아니었어. 둘이서 그 짓거리를 대단히 즐기는 것 같지도 않았어. 내가 추궁했더니 이미 수년째 그런 관계를 맺었다고 실토했어. 앤디가 태어나기 전부터 둘이 놀아났으니, 상당히 오래된 관계였지. 내 집에서 그 피아노 선생 놈이 어떤 모습이었는지 지금도 기억나. 내 집인데도 내가 침입자 같고, 그놈은 자기가 있어야 할 곳, 내 아내의 벗은 다리 사이에 당당히 자리를 차지한 것 같은 분위기였어. 다들 그 둘 사이를 알고 있었어. 나만 빼고 전부 다.

나는 에밀리아를 때렸어. 피아노 선생도 거의 죽일 만큼 팼지. 그리고 둘 다 멀리 내쫓았어. 어린 딸은 두 팔을 활짝 벌리고서 제 엄마가 집을 나가는 모습을 지켜봤어. 나는 그 저택에서 일하던 하인들과 하녀들, 정원사들, 장식 붙은 외투를 입은 마부들까지 전부 해고했어. 당시 어린 소녀였던 라슨 부인만 남겨두고. 내가 알기로 라슨 부인은 보기보다 나이가 그렇게 많지 않아. 어쨌든 모두 오래전 일이지. 그 저택을 그대로 둔 이유는 프래니한테서 뭐든 하나라도 더 빼앗고 싶지 않아서였지. 하지만 아무도 그 저택을 찾아오지 않았어. 초대하는 사람이 없으니 찾아오는 사람도 없었던 거지.

나는 앤디를 증오했어. 하나밖에 없는 아들이지만 가까이 갈 수가 없었어. 앤디는 늘 제 엄마 편이었지. 제 엄마 얼굴과 피부와 눈동자까지 빼다박아서 그 녀석을 볼 때마다 내게 거짓말을 일삼고 교활하게 굴던 에밀리아가 떠올랐어. 부당한 걸 알면서도 나도 모르게 앤디에게 손이 갔고 고함을 질렀어. 그 녀석이 증오의 눈빛으로 나를 쏘아볼 때까지. 절대 사그라지지 않을 증오가 어린 눈빛에 가득했지. 나는 그 녀석을 비난할 자격도 없어.

그리고 얼마 후에 내 딸이 세상을 떠났어. 유행성 감기에 걸려서 내 품에 안긴 채 숨을 거뒀지. 딸이 죽던 날 그 저택을 나와서 문을 잠갔어. 아내가 좋아하는 모습을 보고 싶어서 세계 곳곳에서 사들였던 화려한 쓰레기를 전부 그 저택에 남겨두고서. 다시는 그리로 돌아가지 않았어. 옷들은 아직도 벽장 안에 그대로 걸려 있어. 접시들 몇 개는 가져왔지만……. 당신도 봤을 거야. 은식기를 비롯해 부피가 작은 물건들. 비싸지만 작은 물건들은 일부 가져왔어. 저 소파는 예외야. 저 소파는 부피가 크기는 하지만 이미 익숙하게 쓰던 거라서 가지고 왔지. 겉이 노란 비단이어서 감촉이 매끄럽거든.

달리 갈 데가 없어서 이 집으로 돌아왔어. 어머니는 그런 나를 보더니 캔자스 주에 사는 자기 여동생하고 살겠다며 집을 떠났어. 그 후로 어머니를 본 적이 없어. 나는 이 집에서 살면서 아들이 피투성이가 될 때까지 때리곤 했지. 앤디는 어느 정도 나이가 들더니 집을 나가버렸어. 당시 앤디는 열네 살이었고 무척 잘생겼지. 그날, 녀석은 나를 미치게 만들려고 오래된 피아노 앞에 앉아 이탈리아 음악을 연주했어. 지금도 녀석이 앉아 있던 모습이 선해. 나는 녀석에게 시카고에서 불이 나서 네 엄마가 불에 타 죽었다고 말했어. 물론 거짓말이었지. 하지만 그 얘기를 하면서 기쁘다고 말했어. 네 엄마가 죽었다는 소식을 들으니 7년 만에 처음으로 자유롭게 숨이 쉬어진다고. 다음 날 밤, 앤디는 집을 나갔지."

랄프는 캐서린을 올려다보았다. 그제야 그녀가 앞에 있다는 걸 깨달은 표정이었다. 그녀가 누구인지를 곧장 알지 못한 것도 같았다.

"유감이야. 이 얘기를 달리 우아하게 표현할 방법이 없군. 지금껏 아무한테도 말한 적이 없어. 다들 알고는 있지만 내 입을 통해서 제대로 들은 사람은 없지. 지금이 처음이자 마지막이 될 거야."

캐서린은 두 손을 무릎에 얌전히 얹은 채, 침착하게 랄프의 눈을 마주보았다. 그가 어떤 얘기를 하더라도 완전히 끝날 때까지 팔목조차 움직이지 않겠다고 결심했기에 그저 조용히 앉아 있었다. 이야기를 모두 듣고 나서 어떻게 대응할지 결정하기로 했다. 그런데 지금 그녀의 맥박이 빠르게 고동치고 있었다. 손목에서 요동치는 맥박이 느껴졌다.

이야기는 거의 끝나고 있었다.

"지난 12년간 사람을 사서 앤디의 행방을 추적했어. 어린 딸의 무덤에 꽃을 놓고, 한편으로는 아들을 열심히 찾았지. 그리고 얼마 전에 찾았어."

캐서린은 자기도 모르게 화들짝 놀라며 물었다.

"어디 있나요? 살아 있나요?"

"살아 있어. 세인트루이스에. 어느 창녀 집에서 피아노를 연주한다고 하더군. 전에는 엉뚱한 사람을 앤디라고 한 적이 있지만, 이번에는 제대로 찾은 것 같아. 앤디를 집으로 돌아오게 하고 싶어."

"어째서요?"

"내 아들이니까. 내가 가진 전부이기도 하고."

"제 말은, 어째서 찾아낸 그 남자가 아들이라고 생각하죠?"

"당신이 그 애 엄마가 즐겨 치던 곡을 연주했으니까. 언젠가 어떤 계기로 그간 내가 살아온 이야기를 전부 털어놓게 되는 날, 잘못된 상황이 바로잡힐 거라고 믿어왔어. 내가 이야기를 해서 아들이 집으로 돌아오게 될 거라고. 내가 미신을 신봉하는 사람은 아니지만, 그것만은 믿고 있어."

랄프의 차가운 눈동자에 눈물이 반짝였다. 하지만 눈물을 닦지 않았다. 눈물이 맺혔다는 것조차 인식하지 못하는 것 같았다. 검은 바지를 쥔 채 떨고 있던 그의 손이 공기 중의 먼지 한 점을 붙잡아 비틀어 허공에 날려보냈다. 그는 많이 아파 보였다. 캐서린은 미동도 하지 않았다.

"나는 착하게 살려고 노력했어. 내 기분이 어떻든지, 얼마나 힘이 들든지 상관없이 친절해지려고 애를 썼지. 당신은 상상도 못할 거야. 어쨌든 그렇게 돈을 모았어. 앤디는 돈이 필요할 거야. 사치스런 놈이거든. 내가 잘 알지. 제 엄마를 닮았으니까."

캐서린은 그를 바라보았다. 랄프에게 느끼는 감정은 사랑이 아니었다. 캐서린은 사랑을 알지 못했다. 그러나 사랑만큼이나 낯선 감정이었다. 그가 괴로워하는 모습을 보고 생겨난, 희석되지 않은 욕망이었다. 남자의 눈물. 이런 이야기를 하는 것이 그에게 쉽지 않은 일일 것이었다. 어색한 분위기 속에서 캐서린의 가슴과 몸이 욕망으로 달아올랐다.

"지쳐 보이네요."

"당신이 나와 결혼한다면 알아야 할 것들을 다 얘기하지 못할 정도로 지치지는 않았어. 당신은 내 목숨을 구했어. 내 아내가 좋아했고, 내 아들이 연주했던 곡을 직접 피아노로 쳤고."

"단순한 곡이에요. 여학생이라면 누구나 아는 곡인걸요."

"어쨌든 당신은 그 곡을 연주했어. 나는 세상물정 모르는 순진한 사람이 아니야. 괜찮은 사람도 아니고. 거짓말을 한 번이라도 한 사람을 거짓말쟁이라 부른다면 나야말로 거짓말쟁이지. 앤디한테 에밀리아가 불에 타 죽었다고 거짓말을 했어. 물론 에밀리아가 몇 년 뒤에 정말로 세상을 뜨기는 했지만 불에 타 죽지는 않았지. 당신은 나와 결혼할 거잖아. 나 역시 당신이 나와 결혼해주길 바라고 있어.

결혼 후에 우리는 그 저택으로 옮길 거야. 그럼 집안 전체에 생기가 돌고 반짝거리겠지. 집으로 돌아온 앤디는 생각보다 모든 면에서 훨씬 나은 모습으로 살아가는 아버지와 새어머니를 보게 될 테고."

캐서린은 그쯤에서 말하지 않을 수 없었다.

"이 얘기는 꼭 해야겠어요. 그래야 공평하니까요. 저는 당신을 사랑하지 않아요."

"사랑은 기대하지 않아."

"실은 더 심해요, 트루잇 씨. 저는 당신을 사랑할 수가 없어요."

"사랑해달라는 요구 같은 건 안 해."

"그런데 아들이 돌아올 거라고 어떻게 확신하죠? 아들 이름이 뭐라고 하셨죠?"

"앤디. 안토니오라고도 부르지."

"앤디가 돌아올 거라고 어떻게 확신하죠?"

랄프는 캐서린을 한참 동안 바라보았다. 창문으로 눈부신 햇빛이 쏟아졌다. 주방 쪽에서 음식 냄새가 나는 걸 보니 점심이 거의 준비된 것 같았다. 괘종시계가 똑딱거렸다. 맞은편에 앉은 랄프의 얼굴이 보였지만, 폭설 속에서 길을 잃기라도 한 듯 눈앞이 아득했다.

"당신이 기차를 타고 세인트루이스에 가서 앤디를 데려올 거니까."

창문으로 찬란한 햇빛이 들어왔다. 눈이 멀 것 같은 강력한 빛이었다.

8

캐서린을 만지고 싶었다. 섹스를 하다 지쳐 늘어진 모습을 보고 싶었다. 따뜻한 방 안에서 머리에 꽂은 머리핀을 빼고, 깨끗한 잠옷을 머리 위로 벗기고 싶었다. 그녀의 매끄럽고 건조한 피부에 처음으로 손이 닿는 느낌을 알고 싶었다.

그러나 랄프는 아무 말도, 아무런 행동도 하지 않았다.

"여기서는 눈이 영원히 내릴 것 같아요. 내리고, 내리고 또 내리는 걸 보니……."

"캐나다에 가까운 지역이니까. 호수 탓도 있고. 구름이 호수를 건너면서 눈발이 더욱 거세지지."

"호수가 며칠씩 완전히 말라붙을 때도 있겠네요. 설마 그런 일이 일어나겠냐고 하겠지만, 실제로 일어나기도 하잖아요. 저렇게 눈이 내리는 걸 보니 그런 생각이 들어요."

캐서린이 아침 식사가 차려진 식탁을 보다가 랄프에게 시선을 돌렸다. 눈부시게 하얀 햇빛이 장미처럼 발그레한 그녀의 피부를 창백하게 바꾸어버렸다.

"그래서 놀란 건가? 여기는 북쪽 지역이야. 호수를 건너면 캐나다라고."

"아뇨, 놀랄 게 뭐 있겠어요. 그런가보다 하는 거죠."

캐서린과 대화를 나눌 때마다 랄프는 바보가 된 것처럼 주춤거리다가 허리를 곧게 펴고 머리카락을 만지작거렸다. 그가 바라는 것은 오직 하나, 나체로 바닥에 누운 캐서린의 모습을 보는 것뿐이었다. 잔인하지 않게, 함부로 대하는 일 없이 황홀감에 도취되고 싶었다. 사랑에 빠지고 싶었지만, 사랑이란 감정은 언제나 타인들의 것이었다.

"눈은 언제 그치게 되나요?"

"사월이나 오월."

무엇보다 최악인 것은 캐서린에게 냉담한 남자라는 인상을 준 것이었다. 캐서린은 자신을 성욕도 없고, 저 바깥 풍경처럼 차갑게 얼어붙은 사람처럼 여길 것이다. 당장이라도 그렇지 않다고 말하고 싶었다. 캐서린이 지금 이 바닥에서 나체로 몸부림치는 모습을 볼수만 있다면 전 재산이라도 내놓고 싶은 심정이었다. 그러나 아무 말도 하지 않았다. 약간이라도 캐서린에게 매혹당한 몸짓은 보이지 않았다.

무슨 말이든 해도 좋았을 것이다. 슬픔이 내면을 철저히 불살라 그간 쌓은 죄가 재로 변했다고 말해도 됐을 것이다. 어머니가 바늘을 엄지 아래 뼈까지 찔러넣으며 고통과 고난을 겪어야만 선한 영혼이 될 수 있다는 말을 했다고. 슬픔을 겪은 후 완전히 선한 사람이 되었다고. 그러나 랄프는 아무 말도 하지 않았다. 캐서린이 그의 슬픔이나 죄에 대해 신경이나 쓸까? 이 여자는 세계 곳곳을 여행하면서 선교사로 일했다고 하는데, 조신하고 얌전한 태도, 한순간도 흐트러짐 없이 새침하게 입을 다문 모습을 보고 있노라면 전혀 의심이 들지 않았다. 그녀는 여러 곳을 여행했으니 죄에 대한 이야기는 물리도록 들었을 것이다.

"제가 이 집에서 할 일이 없어요. 뭐든 할 게 있으면 좋겠는데. 당신이 아팠을 때는 제가 여기 있을 수 있었죠. 당신한테 필요한 일을 하고 있다는 기분이었고, 제가 조금 아는 분야라서 즐겁게 일할 수 있었어요."

랄프는 이마에 생긴 보라색 상처를 손으로 만졌다.

"이제 나는 많이 좋아졌으니까 당신도 편하게 지내도록 해."

"집안일을 돕고 싶은데, 라슨 부인이 원하지 않아요. 저는 청소도 할 수 있고, 트루잇 씨 밑에서 일하는 분들 중 아픈 가족이 있다면 찾아가서 위로도 할 수 있어요. 사무실에 같이 가서 하시는 일을 도울 수도 있고요."

"그런 일을 해주는 사람들은 따로 있어. 그러니까 여기서 편하게 지내도 돼. 책이라도 읽든가."

"책 읽는 건 좋아해요."

"그럼 그렇게 해. 원하는 책이 있으면 얼마든지 주문해줄 테니. 이틀이면 도착해. 소설, 신문, 뭐든 가능해."

"목록을 만들어 드려도 되나요?"

"물론."

랄프는 심장이 세차게 고동치면서 숨통이 죄어드는 느낌이었다.

"먼 길을 왔는데 우울하게 지내게 하고 싶지 않아. 당신이 행복했으면 좋겠어. 하고 싶은 일 하면서 편하게 지내도록 해."

"이유가 있어서 저를 여기로 오게 한 거잖아요."

"그건 그렇지."

"어쨌든 후회는 안 해요. 앞으로도 그럴 거고요."

랄프는 욕망으로 달아오른 캐서린이 숨이 차 헐떡일 때 내는 신음소리를 듣고 싶었다. 격식을 차려 맞이했던 죽은 아내가 자신의 모든 것을 부정했지만, 이제는 이 여자에게 모든 것을 인정받고, 이 여자를 소유하고 싶었다. 젊은 시절 그랬던 것처럼 진심으로 깊이 소유하고 싶었다. 혈류 속에 흘러드는 마약처럼 이 여자를 갖고 싶었다. 종일 사무실에 앉아 돈을 벌면서도 핏줄을 타고 흐르는 희열을 느끼고 싶었다.

욕망에 대해, 캐서린을 향한 자신의 욕망에 대해, 목구멍을 움켜쥐는 숨 막히는 욕망에 대해 털어놓고 싶었다. 그녀 앞에서 벌거벗은 몸으로 서고 싶었다.

그러나 말을 아꼈다. 복도에서 옆을 지나칠 때도 몸이 닿지 않게 조심했다. 랄프는 바보가 아니었다. 캐서린이 얌전해 보이는 외양과는 다른 면모를 가진 여자임을 느낌으로 알았다. 옷 속에 감춰진 모습이 어떨지도 짐작하고 있었다.

랄프는 외로움이 뼈에 사무쳤다. 가끔 누군가 악의적으로 그의 머리카락을 잡아당기고 있다는 느낌이 들 정도로. 그것도 무자비하게 세게 당기는 느낌이었다. 캐서린에게 손을 뻗고 싶었지만 그러지 않았다. 열병을 앓는 듯 고통스러웠다.

캐서린의 옷을 벗기고 싶었다. 수수한 검정 원피스에 달린 수많은 단추를 풀고 목 위로 옷을 벗겨 하얀 어깨를 보고 싶었다. 그 원피스를 기름진 검은 웅덩이처럼 그녀의 발치에 떨어뜨리고 싶었다. 그녀가 그 웅덩이에서 걸어나와 속옷 차림으로 서 있는 모습을 보고 싶었다. 얇은 면 속치마에 짙은 색 면 스타킹을 신은 날씬한 여인, 그 섬세한 맨발이 바닥에 닿도록 스타킹을 조금씩 말아서 벗기고 싶었다. 속치마는 등 쪽에 단추가 달려 있을 테니 그녀를 돌려세워야 할 것이다. 진주 단추를 단춧구멍에서 부드럽게 빼내면 얇은 속치마가 엉덩이를 가볍게 스치며 떨어지겠지.

처음으로 하얀 등, 그리고 어둡고 차가운 방에 켜진 촛불에 비쳐 가느다랗게 빛나는 목덜미의 잔머리가 눈에 들어올 것이다. 하얀 눈에 반사된 달빛이 커튼 사이로 비쳐드는 가운데, 흰 등골을 혀로 길게 핥고 싶었다. 그녀는 스스로 움직이지 않을 테니 그녀의 어깨를 잡고 돌려세운 뒤 입을 맞춰야 할 것이다. 달콤한 피부에 자신의 입술이 부드럽게 닿을 것이다. 본격적인 애무가 시작되기 전, 순수하고 다정다감한 욕망을 느끼며.

그녀에게 아주 가볍게 입을 맞춘다. 유두가 그의 셔츠 앞섶에 닿는다. 그녀의 입술이 헤아릴 수 없이 오랜 세월 동안 키스를 한 적이 없는 그의 입술을 스친다. 그의 혀가 그녀의 혀에 닿는다. 두 손으로 그녀의 고운 얼굴을 단단히 붙잡고 부드럽게 입을 맞춘다.

어쩌다 키스도 못하고 세월을 허투루 보낸 걸까? 어쩌다 젊은 시절을 다 보내고, 여자의 손길과 칭찬과 사랑 없이 이렇게 늙어버린 걸까? 육체가 무너지기 시작했으니 되돌릴 수 없을 것이다. 10년 후면 그야말로 노인이 되고 만다.

랄프는 모든 것을 원했으나 아무것도 하지 않았다.

그간 살아온 세월을 모조리 고백하고 일주일이 지난 어느 날 저녁, 랄프가 식사를 하면서 캐서린에게 말했다.

"추수감사절에 결혼을 하는 게 어떨까 싶은데. 당신만 괜찮다면."

"괜찮을 것 같아요. 손님들은요?"

"손님들을 꼭 불러야 하나?"

"모르겠어요. 보통 다들 그러잖아요. 당신 친구들도 있을 테고. 마을 사람들도 그렇고. 아직 저는 당신이랑 라슨 부부 외에는 다른 사람들을 본 적이 없으니까요."

"당신이 마을로 가는 건 별로 권하고 싶지가 않아. 사람들은 말이 많거든. 날씨도 좋지 않고."

"그래도 결혼식인데 하객은 있어야죠."

"몇 명이면 되겠지."

"그럼, 손님을 부르는 거죠? 요리도 하고. 만찬 정도면 좋겠어요. 그래야 결혼식이죠."

랄프는 이 여자의 옷을 벗기고 싶어 안달이 났지만, 지금 이 순간만큼은 이 여자가 낯설게 느껴졌다. 그녀의 입에서 나오는 말들과 요구가 낯설었다. 오랫동안 그에게 이런 요구를 한 사람은 없었다.

"저는…… 순결하지 않아요. 그 점은 아셔야 해요."

랄프가 말없이 바라보았다.

"어렸을 때 아프리카에서 아버지와 같이 일하던 동료 선교사가 밤중에 저를……. 어쨌든 저는 순결한 몸은 아니에요. 사통의 죄를 저질렀죠. 아버지는 결국 그를 죽였어요. 아셔야 될 것 같아서……."

그녀가 가여워졌다. 처음으로, 잠시지만 캐서린의 손을 잡았다.

"과거일 뿐이야. 오래전 일이고. 당신 잘못도 아니었어. 더는 그 일을 곱씹지 마."

캐서린의 시선은 아득히 먼 곳을 향해 있었다.

"상관없어. 순결한 사람은 아무도 없으니까. 내 딸 프란체스카를 제외하고 순결한 사람은 없어."

랄프는 복도에서 캐서린 곁을 지나쳤고, 같이 저녁을 먹었다. 그녀는 볼수록 아름답고 속을 알 수 없는 여자였다. 그녀를 자신의 침실로 데려가고 싶었다. 생전에 아버지가 사용했던 헤드에 거대한 조각이 새겨진 체리 나무 침대로. 주름 하나 없이 빳빳한 시트가 곱게 펼쳐진 그 침대로 데려가고 싶었다.

침대 덮개를 옆으로 치우고 살균 처리된 희고 서늘한 리넨 시트, 자신이 소유한 공장 기계들이 매일같이 온종일 만드는 시트에 그녀를 가만히 눕히고 싶었다. 멜빵을 벗고 단숨에 단추를 풀고 허리띠를 끄르고서 그녀 앞에 서기를 간절히 바랐다. 그때 아버지에게 물려받은 묵직한 은제 손목시계를 침대 옆 탁자에 내려놓을 것이다. 라슨 부인이 매일 세탁해주는 늘 청결한, 가랑이부터 목까지 단추가 달린 원피스 속옷을 입고서, 그녀 곁에 누울 것이다.

랄프의 옷은 늘 청결했다. 매일 날이 밝기 전, 랄프는 터키탕처럼 향긋한 증기로 가득한 욕실에 들어가 델 정도로 뜨거운 물에 목욕을 했다. 캐서린 앞에 서게 되더라도, 한때 자신의 육체가 얼마나 강하고 단단했는지 떠올리지는 않을 것이다. 창녀들에게 어떤 식으로 몸뚱이를 던졌는지도 생각하지 않을 것이다.

예전에 랄프의 벗은 몸을 본 창녀들은 흥분하며 가쁜 숨을 내쉬곤 했다. 그의 젊은 육체는 강인하고 우아했다. 긴 거울에 비친 자신의 벗은 몸을 볼 때면 스스로도 강인함과 우아함을 느낄 수 있을 정도였으니까. 창녀들은 기뻐서 키득거렸고 알아듣지 못하는 이탈리아어로 소곤거렸다. 다 오래전 일이었다.

랄프는 캐서린을 바라보며 자신의 침대에 누운 그녀의 모습을 상상했다.

캐서린이 천천히 시선을 들어 자신을 마주볼 때까지 그녀 얼굴을 손으로 잡고 싶었다. 눈동자를 바라보며 그녀가 누구인지, 숨겨진 영혼을 들여다보고 싶었다. 볼을 손으로 잡고 입 맞추고 싶었다. 그녀의 혀가 열정적으로 자신의 키스에 응해주기를 바랐다. 그녀의 손이 그의 셔츠 속에 들어와 가슴 털을, 피부를 만지는 그 첫 느낌을 원했다. 그는 그녀도 이 모든 것을 원하기를, 두려워하기를, 그러나 그에게 몸을 맡기기를 갈망했다.

가끔 외로움이 피부 밑에서 불처럼 타올랐다. 면도칼로 피부를 얇게 벗긴다면 이 줄기차게 타오르는 외로움이 멈출 수 있을까.

멈출 수 없음을 랄프는 이미 알고 있었다. 절대로. 영원히.

"하고 싶은 게 있어요."

캐서린이 불을 바라보며 입을 열었다. 처음으로 소망을 표현하는 순간이었다.

"뭐든 말해."

"웨딩드레스를 입고 싶어요. 시카고에 재료를 주문해주시면 제가 웨딩드레스를 직접 만들려고요. 여자들은 누구나 그런 걸 꿈꾸거든요. 반지도 끼고 싶어요. 크고 화려한 반지 말고요. 아버지는 제가 결혼반지를 끼는 일이 없을 거라고 하셨는데, 그래서 더 끼고 싶어요. 아버지에게 앙갚음하겠다는 것이 아니라, 사람들이 뭐라고 말하든 가끔은 작은 꿈이 이뤄지기도 한다는 걸 나에게 알려주고 싶거든요."

"전에도 말했듯이, 원하는 건 뭐든지 구해다줄게."

"걱정 마세요. 대단한 걸 바라지는 않아요. 우리 결혼은 철부지들의 열정이 아니라 일종의 합의잖아요. 우린 둘 다 결혼을 해야 할 이유가 있으니까 하는 것뿐이죠."

그리고 캐서린은 미소를 지었다. 랄프는 그녀의 미소를 처음으로 보았다. 그 미소 속에 숨겨진 과거의 모습이 안쓰럽게 느껴져서 하마터면 눈물이 날 뻔했다.

"생각해봤는데 회색이 좋겠어요. 가능하면 비단으로요. 결혼식이 끝난 후에도 입을 수 있어야 하니까요. 우리가 딸을 낳는다면 나중에 물려줄 수도 있고요."

"원하는 건 뭐든지 얘기해. 필요한 목록을 적어줘. 내일 바로 전보를 쳐서 주문할 테니까."

랄프는 손수 만든 웨딩드레스를 입고 이 집에 서 있는 캐서린의 모습을 상상했다. 자신의 혈류를 타고 흐르는 죄악을 떠올렸다. 썩어버린 욕망에 대해서도. 자신의 욕망이 캐서린을 죽일지도 모른다. 그래, 그들은 부부가 돼서 아이를 낳을 수도 있다. 그러나 그 아이는 또 다른 괴물이 될 것 같았다.

지금 자신의 서랍 속에 있는 사진 속 여자. 캐서린이 직접 쓴 편지인지는 알 수 없지만, 그 편지에 동봉된 사진 속 여자를 이제 원하지 않았다. 랄프가 원하는 여자는 매일 복도에서 마주치고 옆으로 지나다니는 여자, 식탁 맞은편에 앉아 함께 저녁을 먹는 여자, 섬세하고 매력적인 모습으로 자그마한 이를 반짝이며 음식을 먹는 여자, 식후에는 소스라든지 자신은 맛조차 느끼지 못한 재료에 대해 늘 라슨 부인에게 묻는 여자였다.

랄프는 캐서린이 자그마한 이로 자신을 깨물어주기를, 등과 다리에 잇자국을 남겨주기를, 머리카락으로 목을 졸라주기를, 그의 손길이 닿아도 그녀가 죽지 않을 거라고 말해주기를 원했다. 랄프는 그녀의 배를 가르고 따뜻한 피가 도는 그녀의 몸 안에 들어가 눕고 싶었다.

랄프는 술을 입에 대지 않았다. 담배도 피우지 않았다. 많은 이들이 알지도 못하는 여자들과 섹스를 하러 시카고에 갔지만, 그는 가지 않았다. 그런 행위가 얼마나 하잘것없고 어떤 위안도 되지 않는다는 걸 알기 때문이었다.

오직 벌거벗은 몸뚱이로 캐서린과 가슴을 맞대고 누워, 쌀쌀한 밤에 날아든 하얀 새처럼 자신의 어깨 위에서 파르르 떠는 그녀의 두 손을 느끼고 싶었다. 보이지 않는 바늘에 실을 꿰고 바느질하면서 바삐 움직이는 그녀의 손가락을 느끼고 싶었다. 자신의 욕망이 순수하고 깨끗하며 중단되지 않은 삶 자체임을 알고 싶었다. 다른 이들 못지않은 선량한 삶이라는 것을. 깨끗한 삶이라는 것을. 완벽하게 건강한 삶이라는 것을 확인받고 싶었다. 랄프의 바람은 그런 단순한 것이었다.

랄프의 상상 속에서 아침은 밝아오지 않았다. 상상 속에서 그들은 눈부신 아침 햇살에 수줍게 눈을 뜨고 서로를 쳐다보는 일 따위 하지 않았다. 내일은 없었다. 오직 이 순간뿐이었다. 캐서린의 손이 처음으로 그의 살갗 사이로 미끄러져 들어오고, 그의 몸은 그녀의 가장 은밀하고 감히 손댈 수 없는 곳으로 미끄러져 들어갔다. 그는 그녀의 육체뿐 아니라 삶 속으로 들어갔다. 그리하여 욕망 그 자체로서, 서로의 육체에 대한 맛과 향을 영원히 기억함으로써 두 사람은 하나가 되는 것이다.

랄프는 손길이 닿았던 모든 여자들을 기억했다. 이름이라든지 대학 성적, 같이 술을 마시고 비밀을 털어놓은 남자들의 얼굴은 시간이 지나면 잊혀지기 마련이니 그 여자들도 곧 잊게 되리라 생각했다. 그러나 고독하게 살아가는 세월이 길어지면서 과거에 즐겼던 성생활이 점점 되살아났다. 그녀들의 이름과 비단 드레스, 다이아몬드 귀고리까지도 생생히 떠올랐다. 싸구려 사랑을 나누던 여인들을 위해 그가 구입한 자질구레한 보석들이 어느 보석상한테서 산 물건인지 기억날 정도였다.

밤에 침대에 누워 있으면 과거의 어느 날 '레이디 루시'라 불리던 영국 여자와 섹스를 하던 자신의 모습이 눈앞에서 그려졌다. 그 모습을 방 저편에서 친구와 룸메이트가 지켜보았는데, 그들은 너무 취해 자리에서 일어나거나 성적인 자극에 응하지도 못했다. 루시의 손톱이 보였다. 그의 발을 핥는 루시의 혀가 느껴졌다. 그의 남성을 목구멍으로 넣는 루시의 입이 보였다. 그리고 세면기 앞에서 천을 들고 팔과 다리 사이를 씻던 붉은 머리카락의 사라. 사라의 등 뒤에 서서 그녀의 가늘고 지친 어깨에 무수히 입을 맞추던 기억. 복잡한 기억들이 머릿속을 헤집었다.

일 때문에 자주 드나들던 인접한 주에서 만난 어떤 미망인. 수수한 외모의 그 미망인은 자신의 침대로 랄프를 이끌었고 한마디 말도 없이 무너졌다. 열정에 휩싸인 그녀는 등을 활처럼 구부리고 다리를 벌려 온몸으로 그를 받아들였다. 그녀는 그의 입에 혀를 밀어넣었고 그의 남성에 입을 맞추었으며, 그를 두 다리로 감싸고 누웠다. 그들은 서로에게 주었다가 잃었던 모든 것들을 애도했고, 그 슬픔이 식어가는 땀처럼 그들을 서늘하게 에워쌌다. 어둠 속에서 그들은 몸을 떨었다.

그 미망인 곁을 떠나면서 랄프는 잘 자라는 인사도 하지 않았다. 그녀는 팔을 접어 머리를 대고 엎드린 채 짓눌린 베개와 헝클어진 머리카락에 눈물을 떨어뜨릴 뿐, 고개를 들지 않았다. 랄프는 녹색 의자 등받이에 붉은색 스카프를 걸쳐놓았다. 그러나 그 스카프를 가지러 되돌아가지는 않았다. 다시는 그 집에 가지 않았다. 둘 다 이미 예상했던 일이었다. 스카프 한 장의 가치보다도 못한 사랑이었다.

에밀리아가 떠난 후, 에밀리아와 그녀의 연인을 찾으러 미친 듯이 시카고로 향했던 일도 기억났다. 그러나 랄프가 찾고 싶었던 것은 에밀리아가 아니었다. 그녀가 거리에서 알몸으로 구걸을 하더라도 다시 집으로 데려오지 않았을 것이다. 그는 그저 그녀의 다리 사이 갈라진 틈새, 어둠 속 그녀의 검은 유두, 기름진 흙 같던 그녀의 피부를 찾고 싶을 뿐이었다.

랄프는 복도에서 캐서린 곁을 지나갔다. 위층 창문으로 캐서린을 지켜보았다. 그녀는 집에서 길게 뻗은 길을 따라 쌓여 있는 지저분한 눈을 막대기로 여기저기 찌르며 돌아다녔다. 가끔은 화를 내며, 가끔은 절망하고 무기력한 어린아이처럼 하얀 눈을 막대기로 찔러댔다.

"산책하러 나가서 뭘 하는 거지?"

"그냥 구경이요."

"뭘 잃어버렸나?"

"별것 아니에요. 그냥 구경하고 있었어요."

'이 여자는 어떤 사람일까?' 랄프는 주철 공장의 어두운 사무실에 앉아 전국에 제품을 보내고 깊은 땅에서 부의 원천을 끌어내는 일을 하는 동안, 이 여자가 종일 무슨 생각을 하며 지내는지 궁금했다. 라슨 부인은 점심 식사 후에 집 밖을 나가 돌아다닌다고 말했다.

랄프는 캐서린을 만지고 싶고, 그녀의 옷을 찢고 싶었지만 그러지 않았다. 대신 선물을 사서 안겼다. 시카고에서 온실 장미를 주문했다. 프랑스 시인과 영국 공작의 이름을 딴 피처럼 붉은 장미를 꽃병에 꽂았다. 그러나 유리 온실에서 억지로 화려하게 핀 장미였기 때문에 향기가 없었다.

이번에는 초콜릿을 주문했다. 동물과 꽃 모양의 마지팬 과자도 주문했다. 사탕도 주문했는데, 캐서린이 즐겨 먹지 않자 라슨 부인이 단것을 좋아하는 남편에게 슬쩍슬쩍 주어 결국 하나도 남지 않았다. 랄프가 보닛 모자를 주문했지만 마땅히 쓰고 다닐 일이 없었다. 뮤직 박스와 반짝이는 귀고리도 사용하지 않았다.

소설책도 주문했는데, 캐서린은 젊고 방탕한 자들이 벌이는 모험담, 죽은 연인을 찾으러 황무지를 돌아다니는 영국 여인들의 절망스런 이야기를 즐겨 읽었다. 랄프는 작은 새도 주문했다. 그 새는 캐서린이 잠들 때까지 노래를 불렀다. 캐서린은 새가 자유롭게 방 안을 날아다니게 두었다. 캐서린이 쓰고 있는 그 방은 랄프가 소년 시절에 침실로 쓰던 방이었다. 아직 농장 밖으로 나가도록 허락하지 않아서 캐서린은 마을을 제대로 둘러보지 못했다. 대신 자잘한 선물을 주었다.

오랫동안 억누르며 살았지만 랄프는 원래 사치스런 취향을 갖고 있었고 아름다운 것을 모으는 취미가 있었다. 그는 좋은 와인이나 브로치, 비단 고르는 법을 알았다. 이런 심미안은 육체에 새겨진 기억과도 같았다. 최고급 상품, 혹하는 물건들, 매일 집에 올 때마다 그의 손에는 캐서린을 위한 자그맣고 값비싼 선물이 들려 있었고, 그녀는 약간 놀란 표정으로 수줍어하며 선물을 받았다. 캐서린이 그런 물건을 몸에 걸치거나, 보관할 만한 마땅한 장소가 없다는 걸 알면서도 랄프는 계속해서 선물을 사 날랐다.

리본을 비롯한 온갖 선물들은 캐서린에게 닿는 랄프의 손길과도 같았다. 그 시기가 지나면 구할 수가 없고, 소수의 부자라든지 사치스런 취향을 가진 이들을 위해 특별히 제작되는 물건들이 매일 랄프의 손을 거쳐 캐서린에게 전달되었다. 선물을 받을 때면 캐서린은 놀란 숨을 내쉬며 말하곤 했다.

"어머나, 너무 아름다워요."

오랜 기간 술을 끊었다가 다시 브랜디를 입에 댄 술꾼처럼, 그는 지금껏 고수한 단순한 삶이 저 멀리 사라지는 느낌을 받았다.

사랑은 사람들을 미치게 만들었다. 매일 랄프는 그 증거를 보았다. 매주 신문에서 사랑의 광기에 휩싸인 이들에 대한 기사를 읽었다. 헛간 화재 사건, 비소 음용 사건, 아기의 존재를 숨기기 위해, 아기를 아버지와 떼놓기 위해, 사랑의 광기를 알지 못하게 하기 위해, 아기를 우물에 빠뜨려 죽이는 사건들이 매주 신문을 채웠다.

저녁 식사를 마친 후 랄프는 그런 기사를 큰 소리로 캐서린에게 읽어주었고, 캐서린은 슬픔에 잠긴 여자들과 실성한 남자들에 대한 이야기를 지어내 들려주었다. 캐서린이 그들 이름을 되풀이해 입에 올리자 그 이름들 자체가 일종의 정신이상처럼 혼란을 일으켰다.

"사람들은 왜 그런 짓을 할까요? 무엇이 그들을 그토록 깊은 슬픔에 잠기게 하는 걸까요……."

"긴 겨울과 종교 때문이야."

"우리도 그렇게 될까요?"

"아니."

캐서린은 마을에 가고 싶어 했다. 남들처럼 거리를 걷고 싶어 했다. 다음 주에는 자기 아이들을 익사시킬지도 모를 평범한 마을 여자, 하룻밤 사이에 자기 소 40마리를 도륙할지도 모를 피곤에 지친 노동자를 보고 싶어 했다. 마을 사람들은 이미 캐서린이 그 집에 머물고 있다는 걸 알았지만 랄프는 캐서린을 마을로 가지 못하도록 하였다. 캐서린이 마을에 나타나면 그들은 '드디어 납셨네.' 라고 생각할 것이다.

'충만한 사랑이 사람들을 실성하게 만든다면, 사랑이 결핍되면 어떤 작용을 할까? 나 같은 괴물을 만들겠지.'

랄프는 생각했다. 캐서린을 간절히 원했지만 그녀에게 손을 대지는 않았다. 그는 캐서린을 비롯해 모든 여자들에 대한 욕망을 현실의 자아와 분리했고, 늘 캐서린과 거리를 유지했다. 현실 속에서 사랑하는 법, 욕망을 품는 법을 알지 못했다. 연애하는 법을 잊어버린 것이다.

그러나 밤마다 서늘한 겨울밤 향기를 풍기는 깨끗한 시트에 누워 복도 저쪽 방에 있을 캐서린을 생각했다. 음란한 동판화를 그리듯, 캐서린의 숨겨진 부분들을 마음에 그렸다. 그러나 자신의 몸을 쓰다듬지는 않았다. 나이가 지긋한 남자로서 그런 행동을 하고 싶진 않았다. 노년에 가까운 나이에 그런 행동을 하는 것이 어리석게 느껴졌고, 복도 바로 저쪽에 그녀가 있기에 더더욱 할 수가 없었다.

랄프의 죄는 삽입과 치욕에 대한 아슬아슬한 상상에 있지 않았다. 그는 침묵함으로써 성욕을 느꼈다. 침묵하고 거리를 두면서 상대에게 욕정을 품었다. 맑은 정신으로 침대에 바로 누워, 30년 전 피렌체에서 만났던 레이디 루시 베리지를 생각했다. 귀족다운 변덕과 사람을 기분 좋게 자극하는 여자였다. 그러나 어둠 속에서 루시의 얼굴, 세라피나의 얼굴, 심지어 에밀리아의 얼굴이 이내 캐서린의 얼굴로 바뀌었다. 자신을 비웃는 캐서린의 얼굴로.

밤늦은 시각, 어둠 속에서 랄프는 궁금했다. 깨끗하고 호화롭고 품위 있는 복도 저쪽 방에서 캐서린도 자신을 생각할까. 그러나 캐서린은 랄프를 생각하지 않았다. 그녀의 마음에는 그가 들어오지 않았다.

깨끗하고 소박한 잠옷을 입고 침대에 누운 캐서린은 눈부시게 밝은 달과 흩날리는 눈을 바라보며 담배를 생각했다. 그리고 멀리 떨어진 형편없는 마을의 구겨진 시트 위에서 다른 여자 곁에 누워 있을 아무짝에도 쓸모없는 연인의 몸뚱이를 생각하고 있었다.

9

랄프는 캐서린에게 다이아몬드 반지를 선물했다. 크고 노란 다이아
몬드 주변에 자잘한 다이아몬드가 데이지 꽃처럼 박혀 있는 반지였
다. 랄프는 캐서린의 손에 입을 맞추었다. 가느다란 금줄에 금 십자
가가 달린 목걸이도 선물했다. 캐서린의 머리카락을 옆으로 쓸어넘
기고 목걸이를 걸어주었다. 캐서린은 눈 속에 묻혀 있는 애처로운
싸구려 보석들을 생각했다. 자유를 얻게 해줄 티켓이라 여겼던 그
보석들이 이제 하찮게 느껴졌다.

끝없이, 걷잡을 수 없이 내리는 눈을 내다보며 캐서린은 생각했
다. 남자들은 여자가 원하는 것을 주지 못할 때 자기네가 줄 수 있
는 것으로 마음을 대신하려 한다고.

캐서린의 바람은 랄프 트루잇과 서둘러 결혼해 그를 고통 없이 죽
이는 것이었다. 그녀는 사랑과 돈을 원했다. 랄프를 통하지 않으면
둘 중 어느 것도 가질 수 없다. 엄밀히 말해, 그 두 가지는 랄프가

죽어야지만 얻을 수 있는 것이었다.

자신의 삶에 주도권을 갖는 것, 지금은 의미 없지만 화려했던 그녀의 과거를 상징하는 싸구려 보석들을 눈 속에서 되찾는 것, 불성실한 연인과 멀리 떠나서 다시 한 번 동침하는 것이 캐서린의 바람이었다. 불결하고 비열하며 욕정에 물든 삶을 살았던 그녀지만, 놀랍게도 지금은 생기로 충만했다. 에로틱한 봄날, 순수하고 핏기 없는 겨울을 갈망하고 있었다.

하얀 눈에서 반사된 빛이 시야를 어지럽혀 두통이 생겼다. 머리가 며칠째 심하게 지끈거렸다. 아버지를 닮아 눈동자 색깔이 옅은 탓도 있었다.

"햇빛 때문에 검은 선글라스가 필요해요."

"이상하게 보일 텐데?"

"저 빛 때문에 눈이 아파요."

"창밖을 안 보면 되잖아."

"이 집에서 제가 할 일은 그것뿐인걸요."

랄프는 회색 선글라스를 구해주었다. 캐서린은 낮에 집 안에서 선글라스를 착용했다. 눈 먼 사람처럼 선글라스를 쓰고서 텅 빈 하얀 화폭을 내다보았다. 캐서린의 유일한 취미였다. 눈 속에 얼어죽은 토끼가 보였다. 죽은 토끼의 살점을 쪼아먹으려 지상으로 내려온 까마귀들도 보였다. 자신을 지켜보는 라슨도 보였다. 선글라스 덕분에 하얗기만 하던 창밖 풍경이 자세히 보였다. 그리고 눈가에 맺힌 반짝이는 눈물도 들키지 않았다.

비둘기색 민무늬 비단, 옷본을 뜰 때 사용하는 종이 등, 주문한 물건이 도착했다. 랄프는 정교하게 가공한 다이아몬드 반지와 십자가 목걸이를 선물하면서 전 부인이 쓰던 것이 절대 아니라고 강조했다. 그리고 캐서린을 데려가 저택을 구경시켜주었다.

캐서린은 선물이라면 전에도 많이 받았다. 소년들은 캐서린과 나란히 산책할 수 없는 처지라는 걸 알면서도 아기자기한 장난감이며 서커스 폭죽 따위를 선물했다. 그런데 그 저택은 달랐다. 가지라고 주는 것이 아니므로, 엄밀히 따지면 선물이 아니었다. 랄프는 단지 보여줄 뿐이었다. 캐서린이 요구를 들어준다면, 그와 결혼을 하고 아들을 도로 데려온다면, 그 저택이 장차 그녀의 집이 될 수도 있음을 알려주는 것뿐이었다.

그러나 한없이 똑같은 풍경 속에서 돋보이는 저택을 직접 눈으로 보는 것만으로도 캐서린은 이미 선물을 받은 것 같았다. 그것은 랄프의 어리석음과 처참한 미래를 상징하기도 했지만, 랄프가 캐서린에게 주는 가장 큰 희망이기도 했다. 랄프는 마음 둘 곳을 위해 그 저택을 지었지만, 의도와는 달리 그곳에서 망신과 수치만 당했다. 그런데도 랄프는 지금 그 저택을 보여주고 있었다. 랄프는 자신의 마음을 내보이는 것 같았다. 그러나 캐서린에게는 지금껏 어느 누구에게도 받아보지 못한 대단한 선물이었다.

들판을 가로질러 숲을 지나 길게 경사진 오르막을 오르자 바로 앞에 저택이 보였다. 대단히 멋졌다. 황금빛을 뿜으며 서 있는 거대하고 아름다운 정사각형의 저택. 보자마자 캐서린의 마음은 날아갈 듯 기뻤다. 이토록 광대한 황무지에 외롭게 서 있으며, 평범하기 그지없는 땅 한가운데에 제왕처럼 당당하게 있는 저택은 일찍이 본 적이 없었다.

캐서린은 두꺼운 양모 덮개에 얹은 두 손이 떨리게 하지 않으려고 말이 멈춘 후 랄프가 썰매에서 내릴 때까지 잠자코 기다렸다. 자기가 가진 자제력을 모두 동원해서 마음의 평정을 유지하려고 애를 썼다. 수년 동안 느끼지 못한 기쁨과 경이로움에 휩싸였다.

그들은 두 갈래로 난 널찍한 계단 중 하나를 택해 거대한 이중문으로 걸어 올라갔다. 랄프가 현관문 위에 걸린 그림을 손으로 가리켰다. 캐서린은 그 그림이 이 저택의 여름 풍경임을 알 수 있었다. 과수원과 정원, 웅덩이, 연못과 그 너머 강으로 이어진 긴 잔디밭까지 잘 표현된 그림이었다.

현관문이 열려 있어서 곧장 넓고 천장이 높은 홀로 들어갔다. 캐서린은 흥분을 억누르기 힘들었다. 숨이 막힐 지경이었다. 저택은 장엄한 분위기와 거대한 규모에도 불구하고 대단히 사랑스러웠다. 천장에는 날개가 달리고 머리에 꽃을 꽂은 귀여운 아기들이 프레스코화로 그려져 있었다. 노란 벨벳 끈에 매달린 유리 샹들리에가 방 안을 비추고 있었는데, 샹들리에의 각 면은 다른 보석으로 장식되어서 빛줄기마다 조금씩 다른 느낌으로 반짝였다. 랄프는 그 샹들리에가 베니스에서 온 것이며, 캐서린을 위해 밑으로 내려서 미리 불을 붙인 것이라고 말했다. 공중에 매달린 샹들리에의 크리스털 꽃에서 찬란한 빛이 발산되었다.

벽은 장미색 비단이었다. 헤아릴 수 없을 정도로 많은 초상화가 그들을 내려다보았다. 무늬가 들어간 대리석 바닥에는 비싸고 고풍스런 러그가 깔려 있고, 현관홀 양옆을 따라 도금된 커다란 소파가 있었다. 백작 부인들이 걸었던 홀. 공작들이 앉아서 시를 읽었던 소파. 지금은 높은 창문을 통해 햇살이 눈부시게 쏟아지고 있었다.

좀 더 규모가 큰 방들이 옆에 있었다. 랄프는 줄곧 느긋하고 무심하게 전체를 보여주었다. 무도회장, 음악실, 서재, 서른 명이 만찬을 즐길 수 있는 식당. 한때 난초와 야자나무 같은 이국적인 식물들이 자라던 유리 온실. 비싸고 고풍스런 가구와 다채로운 색깔로 장식된 거실들이 특히 눈에 띄었다. 버터처럼 연노란 거실, 청록색 거실, 초록색 거실, 격자무늬 바탕에 포도나무 덩굴과 꽃 그림이 그려진 거실 등. 창문은 모두 한없이 펼쳐진 하얀 들판을 향해 나 있었지만, 실내는 따뜻한 황금빛으로 가득했다.

"이 집은 항상 난방이 되어 있어. 라슨 부인이 자주 청소를 하지. 나는 몇 년 만에 처음으로 이곳에 와봐."

랄프는 별다른 감흥이 없는 표정이었다. 여행 가이드처럼 이쪽에 걸린 그림, 저쪽에 놓인 탁자 등을 가리키며 설명을 했다. 그 물건들은 여전히 그에게 특별한 의미가 있을 텐데, 표정만으로는 짐작할 수 없었다.

위층에는 각각 다른 색깔로 장식된 큰 침실 아홉 개가 있었는데, 캐서린이 일찍이 본 적 없는 따뜻한 온기와 사치스러운 기운이 가득했다. 언제라도 중요한 손님을 맞을 준비가 된 듯, 침대는 꽃다발과 리본으로 꾸며졌고 시트는 완벽하게 정리되어 있었다.

"여기가 에밀리아의 방이었어."

감청색을 주로 쓴 호화로운 스위트룸으로, 큰 방에 거실과 옷방이 딸려 있었다. 에밀리아가 사용했던 빗과 솔이 여전히 화장대 위에 있었다. 호박색 향수로 채워진 크리스털 향수병도 그대로였다.

"그리고 여기는 프래니의 방이었지."

랄프는 그 방 안으로 들어가지 않았다. 그들은 문 앞에서 머뭇거리며 공주에게나 어울릴 법한 작고 고급스러운 침대와 어린이용 가구, 화사한 커튼을 바라보았다. 높은 창문 아래 흔들 목마가 놓여 있었다.

"프래니는 몇 시간이고 저 흔들 목마를 타고 신나게 웃으면서 앞으로 뒤로, 앞으로 뒤로 몸을 흔들어댔어. 기쁨 그 자체인 아이였지. 프래니는 저 침대에서 세상을 떠났어. 그 무렵 나는 밤낮으로 프래니 옆을 지켰고."

랄프의 목소리에 슬픔이 가득했다.

당장이라도 프래니가 방 안으로 들어와 침대에 한 줄로 깔끔하게 놓여 있는 인형 중 하나를 집어들 것 같았다. 하나같이 순진무구하고 행복한 표정의 인형들이었다. 캐서린도 인형을 집어들고 싶었지만 방으로 들어갈 수 없었다. 캐서린에게 익숙한 죽음과 날카로운 슬픔이 느껴졌고, 공기 중에 여전히 어린아이의 냄새가 남아 있는 듯했다. 어린 시절의 끝. 순수의 종말.

안토니오의 방, 손님방, 하인방, 반짝이는 구리 냄비가 벽에 나란히 걸린 주방까지. 그들은 집 안을 전부 둘러보았다.

밖으로 나가 집 뒤로 돌아가니 벽으로 둘러싸인 공간이 하나 있었다. 에밀리아의 방과 넓은 복도 창문으로 그 공간이 내다보였다.

"에밀리아의 비밀 정원이야. '지아르디노 세그레토$^{giardino\ segreto}$'라고 하더군. 이탈리아인다운 짓거리지. 에밀리아는 이곳에 장미부터 시작해 여러 가지 꽃을 키웠어. 이탈리아에는 집집마다 이런 정원이 하나씩은 있다나. 에밀리아는 이 정원을 가꿔야 한다면서 이탈리아에서 정원사를 불러들였어. 저희끼리 휘감으며 자라는 나무들, 밤에 여자 향수 냄새를 풍기는 하얀 꽃을 심었지. 그리고 저기 있는 작은 온실에 레몬과 오렌지를 심었어.

하지만 제대로 크질 못했어. 이곳 여름은 너무 짧은데 기후에 맞지 않는 식물들만 심었으니 당연한 결과였지. 정원사 놈들이 멍청한데다 여기 기후를 잘 몰랐던 탓도 있을 거야. 레몬은 죽었어. 꽃들은 땅 속에서 얼어붙었는지 피지도 않더군. 에밀리아는 온실에서 재배한 꽃들을 사다가 레몬이 있던 자리에 심었어. 이탈리아인들은

제대로 하는 일이 없어. 쓸모없고 멍청한 종자들이지. 생각만 그럴
싸하지 제대로 하는 일이 없다니까."

저택 구경을 마치고 농가로 돌아가는 동안 캐서린의 표정은 랄프
처럼 차분하고 동요가 없는 듯 보였다. 그들은 환상적인 제국에서
작고 평범한 농가로 다시 돌아갔다.

캐서린은 그 저택에 있는 자신을 상상했다. 넓은 홀을 걷는 상상,
레이스와 자수로 장식된 비단 가운을 바닥에 끌며 넓은 대리석 계
단을 내려오는 상상을 했다. 상상 속에서 캐서린은 안주인이었다.

그날 이후 캐서린은 하루걸러 한 번씩 그 저택에 가기 시작했다.
라슨 부인이 저택 청소를 하러 갈 때 같이 따라갔다. 랄프가 출근한
후 저택에 가서 방마다 들어가 앉아보았다. 무도회장에서 오랫동안
조율이 안 된 피아노를 쳐보고, 서랍과 벽장도 들여다보았다. 오후
내내 벽으로 둘러싸인 하얀 비밀 정원을 바라보며, 팔월의 햇살 속
에 가득 피어날 레몬과 백합 향기를 그려보았다. 그 정원은 연인들
의 비밀스런 속삭임을 위한 장소였다. 마치 마음처럼, 세상 속에 있
으면서도 세상과는 거리가 먼 곳처럼.

랄프의 말 그대로였다. 저택은 모든 것이 그대로였다. 캐서린은
프란체스카의 방에서 벽장을 열고 그 안에 보관된 원피스들을 바라
보았다. 손을 대보니 부드러운 비단의 감촉이 느껴졌다.

"프래니 엄마는 자기 옷과 똑같이 디자인된 원피스를 딸에게 만
들어 입혔어요. 인형한테도 조그맣게 똑같이 만들어 입혔고요. 구
식 같기는 해도 엄청 화려하잖아요. 참 분별없는 짓이었어요. 이
옷들 좀 보세요. 이런 옷이 얘한테 어울리는 옷이냐고요. 생글생글
웃는 것 말고는 저 혼자 아무것도 못하는 아이였는데. 이것도 좀
보세요."

라슨 부인은 분개하며 소박하고 단아한 하얀 리넨 원피스를 선반에서 꺼내 보여주었다. 원피스 앞쪽에 글자가 수놓아져 있었다. 외국어였다.

"프래니는 혼자서 기도도 못했기 때문에 프래니 엄마가 재봉사한테 이 옷을 만들게 했어요. 옷 앞쪽에 이탈리아어로 된 기도 문구를 수놓게 한 거죠. '하나님과 함께 잠자리에 들게 하소서.' 라는 뜻이라고 직접 말하더군요. 프래니는 그 여자의 꼭두각시 인형이었어요. 영혼이 없는 꼭두각시. 하지만 내가 알기로 프래니는 마음을 가진 아이였어요. 흔들 목마를 좋아했고, 누가 안아주면 기뻐했고, 누군가의 노랫소리를 들으면 굉장히 행복해했어요. 하나님이 그 또래 아이에게 허락한 지능은 없었지만, 프래니는 꼭두각시가 아니라 사람이었어요. 그것도 온전한 사람. 프래니가 세상을 떠났을 때 트루잇 씨는 가슴이 갈갈이 찢어졌어요. 프래니가 살았을 때도 가슴 아파했지만요. 프래니가 그렇게 된 게 모두 자기 잘못인 것처럼 생각하셨거든요."

"그분 잘못이 아니에요. 절대로."

"그럼요. 그 여자 탓이죠. 나 같으면 저 옷들을 모조리 꺼내 불태웠을 거예요. 슬프지만 이제 프래니는 가고 없어요. 모두 죽었죠."

"아들은 살아 있다던데. 트루잇 씨한테 들었어요."

"글쎄요. 죽은 것과 다름없어요. 안토니오는 죽은 제 엄마처럼 아무짝에도 쓸모없는 녀석이에요. 트루잇 씨가 그 녀석을 찾으려고 애쓰고 있지만 별 소득은 없을 거예요."

캐서린은 그 저택에 드나든다는 걸 랄프에게 말하지 않았다. 에밀리아의 진주 목걸이를 목에 걸어보고, 나비 모양의 다이아몬드 핀을 머리에 꽂아봤다는 걸 굳이 얘기하지 않았다. 카펫이 깔린 마루에 끌릴 때면 기분 좋게 사그락 소리를 내는 구식 원피스들, 그녀에게는 사이즈가 작은 그 원피스들을 몸에 걸쳐봤다는 것도 털어놓지 않았다. 그 저택 서재에서 연애소설과 희곡, 시를 읽으며 긴 오후를 보낸다는 것도. 별 문제가 없었기 때문에 라슨 부인은 입을 다물어주었다. 라슨 부인은 랄프 트루잇의 행복을 바라는 사람이었다.

저녁 식사 시간에 랄프는 신문에 실린 광기와 범죄에 관한 기사들을 캐서린에게 읽어주었다. 모두 랄프가 아는 이들이 저지른 짓이었다. 캐서린은 랄프가 좋아하는 월트 휘트먼의 시를 읽어주었다. 캐서린이 아는 바로는 휘트먼의 시집은 랄프가 읽는 유일한 책이었다. 미국의 절망적인 풍경을 거대하게 고동치는 희망으로 노래하는 시, 살아 있는 모든 것에 대해서 애정이 깃든 시였다.

"낙심하지 마라.
전우애가 자유의 문제를 해결할 것이니.
서로 사랑하는 이들은 천하무적이로다."

캐서린은 랄프를 사랑하지 않았다. 밤마다 여행 가방에서 파란 약병을 꺼내 손에 쥐고 있으면 분노가 몸 안에 채워지는 느낌이었다. 파란 약병이 그녀에게 힘을 주었다. 그것은 단순하고도 유일한 계획이었다. 저택은 그녀의 소유가 될 것이다. 진주 목걸이와 책, 그림, 인도와 동양에서 만들어진 화려한 러그, 트루잇이라는 성姓도. 그러나 랄프와 사랑하며 같이 살지는 않을 것이다. 그와 사이좋게 늙어가는 일 따윈 없을 것이다. 한 방울, 두 방울. 그게 바로 그녀의 미래다.

캐서린은 은밀히 저택을 돌아다녔다. 머리카락에 눈가루를 묻히고 무릎까지 눈에 푹푹 빠지면서도 비밀 정원을 돌아다녔다. 그동안 라슨 부인은 주방에 있는 구리 냄비들을 문질러 닦고 묵직한 커튼에서 먼지를 털었다.

캐서린은 계획을 잊지 않았다. 그녀의 분노도 줄지 않았다. 파란 약병은 뜻한 바를 잊지 않게 해주는 방어 장치였고, 화려한 생활과 현기증이 날 만큼 웅장한 저택을 소유하기 위한 방편이었다.

캐서린은 여성복 책에서 고른 그럭저럭 괜찮은 옷본으로 회색 비단 드레스를 만들었다. 거울을 들여다보니 자신이 이 드레스를 왜 차려입고 있는지조차 잊은 듯한 멍한 표정이 보였다. 하루하루가 느리게 흘러갔다. 눈은 그칠 줄을 몰랐다.

그들은 농가 거실에서 결혼식을 올렸고 판사 앞에서 서약했다. 뜨거운 불덩이가 벽난로에서 타올랐다. 그날은 날씨가 맑았다. 마당에 마차 두 대가 서 있었다.

결혼 서약을 하는 랄프와 캐서린의 모습을 두 쌍의 남녀가 말없이 지켜보았다. 그들은 판사의 기록지에 증인으로 이름을 적었고, 점심을 함께한 후 농장을 떠났다. 어쩌면 이 지역 사람이 아닌 외지인들일 수도 있었다.

결혼식 중에 랄프는 캐서린을 한 번도 쳐다보지 않았다. 랄프에게 그녀는 계획을 실행하기 위한 첫 단계에 불과했다. 캐서린은 자신에게 중요한 인물이 아니며 큰 비중도 없었다. 앞으로 캐서린을 이용해서 해야 할 일이 있는데, 그녀의 출중한 미모가 눈길을 잡아끄는 동시에 신경을 곤두서게 했다. 그는 아들을 집으로 돌아오게 만들 계획이었다.

오후 시간이 끝없이 늘어졌다. 랄프와 캐서린은 거북하기만 했다. 마치 이 자리에서 처음 만난 사람들처럼 서로에게 말도 걸지 않았다. 캐서린은 피아노라도 치려고 했지만 너무 피곤해서 손가락 하나 까딱하기 힘들었다. 손가락에서 반짝이는 노란 다이아몬드는 그녀가 막 시작한 도둑질의 첫 전리품이었다.

랄프는 결혼식 예복을 입고 어색하게 난로 옆에 앉아 신문을 읽었다. 집 안은 싸늘했다. 바깥에선 햇빛이 하얀 눈에 반사되었다. 랄프는 일몰 속에서 한없이 뻗은 바깥 풍경을 내다보았다. 그들은 라슨 부인의 조용한 시중을 받으며 저녁 식사를 깨작거리다 위층으로 올라가 잠자리에 들었다.

"도와주셔야 돼요. 저는 잘……"

랄프의 귀에는 그 말이 들어오지 않았다. 아버지의 침대에 가만히 누워 있는 캐서린. 랄프는 그녀의 몸 안으로 들어갔다. 너무도 얌전한 자태라 처녀라고 해도 믿겨질 정도였다. 이제 캐서린은 랄프의 것이 되었다. 그녀는 광대한 땅이며, 향기와 감촉의 제국이고, 작은 한숨이었다.

이제 캐서린은 랄프의 아내가 되었다. 랄프는 두 손으로 그녀를 쓰다듬었다. 혀로 키스했다. 그녀는 그의 몸 아래서 물처럼 잔잔하게, 욕조처럼 따뜻하게 움직였다. 그녀의 벗은 몸에 처음 닿았을 때 랄프는 오랫동안 거부하며 살아온 모든 감각과 기억이 되살아나 숨이 막힐 지경이었다.

랄프는 매번 허락을 구하며 그녀 안으로 조금씩 들어갔다. 캐서린은 그의 귀에 대고 수줍게 허락의 말을 속삭였다. 그는 자신의 열정이 얼마나 깊고 복잡한지 잊고 살아왔다. 그런데 지금 그 열정이 그의 몸에 온기와 다정함으로 가득 채워지고 있었다.

캐서린은 애써 욕망을 억눌렀다. 수많은 전문적인 유혹의 기술을 굳이 떠올리지 않았다. 이 관계가 자기 것이 아니라고 생각하니 안

심이 되기도 했다. 그녀는 역할극을 하고 있다는 것을 명심하면서
그 역할을 꽤 잘하고 있었다. 캐서린은 남자들이 원하는 여성의 모
습을 보여주는 데 익숙했다.

랄프가 다시 시작하고 싶어 한다는 것, 순진무구하고 수줍음을 타
며 소심하고 조심스럽게 반응하는 여자와 다시 시작하고 싶어 한다
는 것을 간파했기에 그런 여자의 역할을 해주고 있었다. 무척이나
잘해서 본인 스스로도 거짓을 믿을 정도였다. 자신의 욕망을 관계
의 중심에 놓고 싶어 하는 남자, 상대를 맹목적인 유희에 필요한 부
분으로만 여기는 남자는 랄프가 처음이 아니었다. 캐서린은 기꺼이
그가 원하는 여자가 되어주었다. 어떤 면에서는 실제로 그런 여자
가 되고 싶다는 생각이 들어서 스스로 놀랍기도 했다.

랄프의 온기가 그녀를 채워주었다. 숙달된 방법과 기술이 그녀를
흥분시켰다. 그가 젊은 시절을 방탕하게 보냈다는 얘기를 듣기는
했어도 캐서린은 그와의 결합이 다른 남자들처럼 지루할 것이라고
예상했다. 그런데 막상 그의 살결은 그윽하면서 다채로웠고 무어라
형용할 수 없을 정도로 자극적이었다. 대단한 반응을 보이지 않고
가만히 있는 게 오히려 그를 더욱 흥분시킨다는 것을 알았다. 랄프
는 다시 젊은 시절로 돌아간 듯 달콤한 기분에 빠져들어 주도적으
로 관계를 이끌었다.

랄프는 안전한 남자였다. 위험하지 않은 남자. 상상했던 것보다
훨씬 정열적이고 친절했다. 그의 뜨거운 손길에 캐서린은 어두운
방 안에서 발을 헛디디고 헤매는 기분이었다. 그러나 잊어서는 안
된다. 애초의 계획을 잊어서는 안 된다. 그의 손을 잡고 손바닥에
입을 맞추고 싶은 충동, 그의 살결을 핥고 싶은 욕망을 꾹 눌러 참
았다.

밤마다 그들은 잠자리를 같이했다. 캐서린은 여행 가방에서 짙은 청록색으로 빛나는 액체를 바라보는 짓을 그만두었다. 계획을 잊지는 않았지만 잠시 미루기로 했다.

낮 시간이 한없이 길게 느껴졌다. 예의를 차린 저녁 식사는 고문이어서 식욕도 동하지 않았다. 라슨 부인은 그들의 눈을 똑바로 쳐다보지 않았다. 저녁 식사를 마친 그들은 위층으로 올라갔다. 캐서린은 방에서 옷을 모두 벗은 채 랄프의 방으로 가서 침대에 나란히 누웠다. 매일 밤 그들은 새로운 동작을 만들어냈고, 사소한 접촉에 자극을 받아 욕정을 분출했다. 가끔 그는 키스하면서 그녀가 자신의 이름조차 잊어버릴 만큼 강렬하게 정열을 쏟았다. 가끔은 키스만 하고 캐서린의 어깨에 기대어 잠들기도 했다.

랄프는 더 이상 슬픔을 이야기하지 않았다. 마치 성행위가 그들에게 필요한 대화의 전부인 것처럼 거의 말을 하지 않았다. 반면 캐서린은 신중하게 꾸며낸 어린 시절을 들려주었다. 성추행당했을 때의 두려움이라든지, 다른 대륙에서 선교사 생활을 했을 때의 이야기, 도서관에서 책을 읽으며 암기했던 자잘한 이야기를 들려주었다. 랄프는 공감을 하면서도 손으로 그녀의 입을 부드럽게 막아 결국 이야기를 중단시켰다.

랄프는 아이를 원했다. 손자뻘이 될 만한 아기를 무릎에 앉히고 어르고 싶어 했다.

조금씩, 감지할 수 없을 정도로 교묘하게, 캐서린은 성관계에 익숙해지는 척하며 그를 만족시켰다. 가끔, 랄프가 잠든 동안 캐서린은 천장을 올려다보며 상념에 잠겼다. 얻고 싶었던 것을 이미 얻은 게 아닌가 하는 생각이 들었다. 자신을 해칠 일이 없는 남자에게 받는 사랑과 돈. 함께 있는 순간이 우습게 느껴지지 않는 남자.

랄프는 캐서린을 사랑했다. 아니, 사랑하지는 않는다고 해도 그녀에게 사로잡힌 것만은 분명했다. 캐서린이 원한다면 뭐든지 주려고 했다. 새로운 풍경이 눈앞에 펼쳐진 듯 캐서린은 망설이고 있었다. 밤마다 꽃피우는 열정으로 너무 지쳐 판단이 흐려진 것일까. 여행 가방에 들어 있는 파란 약병. 그 약병의 존재를 자꾸만 잊고 싶었다.

캐서린은 마을에 나가보았다. 진흙투성이 좁은 길 옆으로 포목점과 철물점, 정육점, 이발소가 있는 평범한 마을이었다. 지저분한 창문으로 보이는 정육점 고기들이 서글프도록 메말라보였다. 사람들은 호기심 어린 표정으로, 약간의 경멸적인 시선으로 캐서린을 바라보며 고개를 끄덕여 인사했다. 캐서린은 머리 모양을 좀 더 우아하게 꾸몄다. 그리고 스웬슨 가족, 칼슨 가족, 매그너슨 가족을 만났다.

캐서린은 신문 기사에 실린 광기의 흔적을 찾으려 했지만 볼 수 없었다. 흥미를 끌 만한 아름다움을 찾으려 했지만 아직 때가 묻지 않은 아이들의 얼굴 말고는 아무것도 없었다. 세련된 유희를 찾으려 했으나 이곳에는 별다른 유희가 없었다. 그래도 지루하지는 않았다. 초조하지도 않았다. 매일 낮 시간을 그냥 보내면서 랄프가 집으로 돌아오는 저녁을 기다렸다.

캐서린은 옷을 입지 않은 그를 보면 아찔해졌다. 관계를 할 때에도 랄프는 늘 그녀의 뺨을 쓰다듬으며 황홀하게 만들었다. 그는 야생마를 다루듯 부드럽게 애무했다. 그들은 대화를 잊었다. 캐서린은 랄프를 위해 그가 좋아하는 곡, 그가 절대로 질리지 않을 곡을 피아노로 연주했다. 휘트먼의 시를 읽어주었다. 열정적이고 상처투성이이며 비옥한 이 나라 풍경 같은 시. 욕망으로 너울거리는 시. 그것은 어두운 방 안의 촛불 아래에 있는 랄프의 아버지 침대에서 곧 일어나게 될 비극의 서곡이었다.

　새해 첫 날, 회색 비단 웨딩드레스를 입고 어두운 선글라스를 낀 캐서린은 다시 기차에 올랐다. 파란 약병은 여전히 여행 가방에 들어 있었다. 그 약병은 뱀처럼 때를 기다리고 있었다.

　바람에 날리는 눈이 강인한 남자의 어깨만큼 높게 쌓일 것 같은 날씨였다. 랄프는 플랫폼에 서서 기차 차창을 통해 캐서린을 바라보았다. 그녀의 비밀스런 눈동자를 들여다보았다. 기차가 역을 출발해 멀어지는 동안에도 랄프는 손을 흔들지 않았다.

| 제 2 부 |

1908년 겨울,
세인트루이스 시

10

도시는 마치 거친 교향곡 같았다. 기차가 유니언 스테이션 역으로, 거대하고 멋진 대저택 같은 분위기의 역사驛舍 속으로 진입했다. 랄프의 객차에서 하차한 캐서린은 세계 최대 규모의 기차역에 발을 내딛었다. 불이라도 붙은 것처럼 피부가 화끈거렸다.

역에서 쇠고기와 신문지, 맥주와 철 냄새가 풍겼다. 오랫동안 도시와는 동떨어진 백색의 시골에서 다시 이곳으로 돌아오니 도시가 약속하는 온갖 모험, 친구들, 음식과 술, 다채로운 행사에 대한 기대감으로 심장이 달아올랐다. 사람들은 나쁜 짓을 하러 도시에 온다. 평소에 집에서 할 수 없는 짓들. 담배를 피우고 섹스를 하는 등, 기분 내기는 대로 살기 위헤 오는 것이다.

원래 라슨 부인이 같이 오기로 했는데, 출발 전날 라슨이 손을 심하게 다치는 바람에 캐서린 혼자 올 수밖에 없었다. 그녀는 랄프에게 받은 은행 신용장을 들고서 미주리 주 세인트루이스 시에 도착했다. 지은 지 얼마 안 되는 플랜터스 호텔에 이미 캐서린의 방이 예약되어 있었다.

6층에 있는 괜찮은 객실이었다. 어두운 모헤어 천으로 덮인 가구들, 정교한 꽃장식이 들어간 벨벳 커튼, 자그마한 난로가 딸린 작은 응접실, 간소한 침실로 이루어진 객실. 랄프가 이 호텔에서 제일 크고 웅장한 객실을 예약할 리는 없으니, 이만하면 적당하다고 생각했다. 위층 스위트룸의 화려한 모습을 상상해보았다. 나사 벽지와 샹들리에, 도자기 화분에 담긴 큰 식물들. 대규모 농장 소유주와 석유 왕, 맥주 재벌, 가진 거라곤 돈밖에 없는 남자들. 도시 여자들을 자기네 방식으로 바라보면서 사회 통념에 어긋나는 짓을 하기 위해 기꺼이 그 값을 치르려는 남자들.

캐서린은 마음 같아서는 몇 안 되는 소지품을 들고서 대리석 욕실과 진짜 그림들로 꾸며진 웅장한 객실로 옮기고 싶었지만, 지금 역할에 충실해야 하기에 얌전히 앉아 말로이와 피스크의 방문을 기다렸다. 그 두 남자는 방종하고 방탕하며 다루기 힘든 아들을 찾기 위해 랄프가 고용한 핑커튼 탐정회사 소속 탐정들이었다.

어쩌면 자신도 감시당하고 있을지도 모른다는 생각이 들었다. 누군가 일거수일투족을 지켜보면서 그녀가 어떤 사람인지, 하얀 황무지를 떠나 있을 때는 어떤 모습인지 랄프 트루잇에게 보고할 수도 있었다. 실제로 감시하는 이가 있는지 확실히는 알 수 없지만, 캐서린은 본모습을 드러내지 않으려 신중하게 처신했다.

은행 지점장은 미소를 지으며 캐서린이 요구하는 돈을 캐서린에게 즉시 내주었다. 그는 트루잇 씨의 안부를 물으며 차를 대접했다. 자칫 의심을 살 수도 있기 때문에 지나치게 많은 돈을 인출하지는 않았다. 호텔 로비에서 차를 마시며 나지막한 목소리로 조용히 대화를 나누는 숙녀처럼 보이기 위해 필요한 물건들을 구입했다. 랄프의 돈으로 스크러그스, 밴더부트, 바니 같은 세인트루이스 시 최대 규모의 고급 매장에서 쇼핑을 했다. 화려한 옷과 보석, 현대적 분위기의 매장을 돌아다니며 지금껏 느껴보지 못한 권력자가 된 기분을 맛보았다. 어떤 물건이든 살 수가 있었다. 노란 다이아몬드 반지가 반짝이는 손을 카운터에 올려놓기만 해도 매장 직원들이 곧장 굽실거리며 다가왔고, 눈길을 사로잡는 물건도 모두 살 수가 있었다. 그러나 캐서린은 소비의 향연에 탐닉하는 대신 충동을 억누르면서, 일찍이 해본 적 없는 역할을 수행하는 데 필요한 물건들만 구입했다.

우선 이 도시에서 입고 다니기에 적당한 단순한 원피스 몇 벌과, 멋지고 비싸지만 얌전한 작은 모자 몇 개를 샀다. 밍크 털이 달린 검정색 카라쿨 가죽 외투도 구매했다. 시골에서 입기엔 다소 사치스러웠지만 도시에서는 흔히 입고 다니는 외투라 그다지 눈에 띄지도 않았다. 이 도시의 다른 숙녀들처럼 거리로 나설 때는 검은 양가죽 장갑을, 호텔 로비에서 차를 마실 땐 흰 면장갑을 착용했다. 호텔 식당에서 다른 여자들을 주의 깊게 관찰한 후 그들과 비슷한 옷을 차려입고 비슷한 행동과 미소를 몸에 익혔다. 다들 차분하면서도 맵시가 났다.

차분한 원피스와 멋진 외투를 차려입고 이른 저녁 시간에 가볍게 눈이 날리는 거리로 나섰다. 가스등 조명이 뿌옇게 무리진 브로드웨이 거리를 따라 이 도시를 대표하는 게이트웨이 아치 쪽으로 걸어갔다. 거리는 맥주 통을 잔뜩 실은 손수레와 말, 사륜마차가 가득했다. 자동차를 소유한 랄프의 자긍심을 우습게 만들 정도로 도시에는 자동차가 많았다. 세인트루이스 시에서 랄프는 고만고만한 수

백 명의 부자들 중 하나에 불과할 것이다.

겨울인데도 농산물 시장에 고운 빛깔의 채소들이 가득했다. 추위를 막으려고 머리에 스카프를 두른 노점상들이 손가락 없는 장갑을 끼고 독일과 이탈리아 억양이 섞인 말투로 소리 높여 손님들을 불렀다. 그 옆에서 닳아빠진 얇은 원피스를 입은 어린애들이 비참한 몰골로 일을 돕고 있었다. 캐서린은 그들을 보면서도 동정 어린 시선을 주지 않았다.

시골에서 일어나는 일들은 정신이상으로 생긴 사건이 대부분이었다. 화재와 화상, 살인, 강간을 비롯해 상상조차 하기 힘든 잔혹한 사건들은 대부분 지인들 사이에서 일어났고, 개인이 대상이었다. 그런데 이런 도시에서는 광기라고는 없는 냉혹한 익명의 기계음이 흘러넘쳤다. 트루잇 가문의 주철 공장에서 생산되는 바퀴와 톱니, 차디찬 쇠로 이루어진 현대식 기계 모터들이 윙윙 돌아가는 소리. 도시의 소름 끼치는 가난 속에서 품위는 일종의 사치였다. 캐서린은 구걸하는 아이들에게 동전을 주었으나 그 아이들의 엄마에게는 눈길도 주지 않았다.

캐서린은 박람회가 끝나고 남은 시설물과 기념 조각상 사이로 걸어갔다. 박물관과 일본 전시관은 높은 예술성을 가진 수백 개의 작고 섬세한 물건들로 채워져 있었다. 실내복처럼 생긴 화려한 기모노도 보였는데, 정교한 자수가 돋보였다.

오데온 극장에서는 남의 이목을 끌지 않으려고 칸막이가 쳐진 특별석에 홀로 앉아 교향악을 들었다. 작곡가의 이름은 몰라도 장엄한 음악 소리가 좋았다. 군중을 위에서 내려다보는 것도 좋았다. 몸에 보석을 걸치지도, 부채를 들지도 않았다. 시선을 끌 만한 복장은 하지 않았다.

저녁에는 거리를 돌아다녔다. 맥주홀의 문이 열리고 닫히며 음악 소리가 흘러나왔다. 덜걱거리는 낡은 피아노로 연주하는 흥겨운 왈츠와 폴카 춤곡들, 흥에 겨워 맥주홀을 드나드는 남녀의 웃음소리. 캐서린은 안으로 들어가지 않았다. 호화롭고 천박한 원피스를 새로 장만한다든가, 소리 내어 웃는 여자들 중 하나가 되어 떠들썩한 군중 사이에 섞이는 일은 생각하지도 않았다. 예전이라면 눈 속에서 잃어버린 그 보석들을 목과 손목에 걸쳤을 것이다. 향수를 뿌리고 주변에 향기를 흩날렸을 것이다.

맥주를 목으로 넘길 때의 맛이 떠오르기는 했지만 그립지는 않았다. 담배 생각이 나기도 했지만 아득히 오래전 일이라 피우고 싶다는 생각이 간절하지 않았다. 추레한 흑인 가수가 피아노를 치며 나지막하게 부르는 음탕한 노래를 반쯤은 눈을 감고 앉아서 듣는 상상을 했다. 여느 부유한 유부녀들처럼 싸늘한 거리를 눈에 띄지 않게 돌아다녔다. 알아보는 이가 아무도 없으니 기분이 좋았다.

호텔 식당에서 혼자 식사를 했다. 홀로 식사하는 민망함을 우아함으로 견디며, 주문한 음식이 나올 때까지 제인 오스틴의 소설을 읽었다. 라슨 부인의 음식만은 못해도 그럭저럭 먹을 만했다. 그러나 기름지고 양이 많아서 나른해지면서 약간 울렁거렸다. 굴과 쇠고기, 채소, 시카고나 뉴욕에서 막 잡은 연한 색깔의 커다란 생선 요리를 먹었다. 발음이 힘들고 뜻은 더욱 알 수 없는 프랑스 요리가 나오면 웨이터가 옆에 서서 각각의 요리를 어떤 식으로 만드는지 인내심 있게 설명해주었다.

아침마다 캐서린은 그날 하루를 위해 장시간 단장을 했다. 새로 구입한 원피스 중 어떤 것을 입을지 결정하고, 지나치게 수수하거나 허세를 부리는 것처럼 보이지 않게 머리를 매만졌다. 무대에 오를 준비를 하는 여배우처럼 사소한 부분도 놓치지 않았다. 이 도시를 지켜보는 데 익숙해졌으니, 이제 주변에서 일어나고 있는 일들을 알아야 했다.

우선 다른 여행자들의 행동거지를 그대로 따라 했다. 머리를 빗은 후 빗에 붙은 머리카락을 전부 깔끔하게 떼어냈다. 매일 새것처럼 보이도록 객실을 청소하고, 먼지를 털어주는 호텔 메이드들에게도 부드럽고 친절하게 대했다.

캐서린은 랄프를 생각했다. 그의 소박함과 믿음직스러운 모습. 그런데 이상하게도 둘이 함께 보낸 밤들이 떠올랐다. 그의 몸은 젊지 않지만 그윽한 향과 좋은 감촉을 지녔고, 어딘지 모르게 익숙했다. 그의 성기는 위협적이지 않을 만한 크기였다. 그는 한 번도 캐서린을 고통스럽게 하지 않았다.

그와 보낸 밤들이 쾌락적이었는지는 확신할 수 없었다. 쾌락이 무엇인지 더는 알 수 없는 상태였다. 그래도 랄프는 그 밤을 통해서 개인적인 고뇌에서 해방되는 계기가 되었을 것이다. 오랫동안 닫혔던 창문이 열린 듯 그에게 남다른 의미가 있었을 것이다. 상대에게 쾌락을 선사할 때면 캐서린의 마음도 행복했다. 이 세상에서 남에게 위로받는 게 얼마나 가치 있는 일이며 드문 기회인지 캐서린은 잘 알고 있었다.

랄프는 캐서린이 가고자 하는 길에 놓여 있는 관문이었다. 그 관문을 통과해야만 했다. 그래도 랄프가 뚱뚱하거나 혐오스럽거나 잔인하고 포악하거나 무식한 사람이 아니라서 다행이었다. 캐서린이 지금까지 알고 지낸 남자들은 대부분 그런 부류였다.

랄프에게 어떤 감정을 느껴야 마땅한지, 어떻게 행동해야 되는지 알 수가 없었다. 이제 캐서린은 랄프의 아내였다. 합법적인 아내.

그는 상상할 수 없을 정도로 부유했다. 이런 이야기의 끝이 어떤지 캐서린은 알고 있었다. 랄프는 이 이야기의 끝에 등장하지 않을 것이다. 그러나 어떻게 가야 할지, 어떤 식으로 목적지에 도달해 어마어마한 보상을 거머쥘지 갈피가 잡히지 않았다. 가끔 캐서린은 계획을 이행 중이라는 사실을 잊었다. 어떤 규칙에 따라 계획을 실행해야 할지 명확하게 그려지지 않았다.

요즘 들어 이제야 남들처럼 사는 것 같다는 느낌이 들었다. 안개처럼 흐릿한 일상 속에서, 별 의심 없이 현실을 수긍하는 삶. 그런 삶이 너무 쉽게 주어진 것 같아 놀라웠지만, 한편으로는 무척 안심이 되었다.

오후가 되면 공립 도서관에서 시간을 보냈다. 높은 창문에서 창백하고 옅은 겨울 햇살이 기다란 탁자로 비껴들어 왔다. 남자와 여자, 신사와 숙녀들이 탁자에 앉아 소설이나 신문을 읽으면서, 혹은 지도와 일대기와 사전 등을 뒤적이고 심각하게 연구하면서 오후를 보내고 있었다. 남자들은 대부분 젊고, 윤기 흐르는 머리카락에 혈색이 좋은 잘생긴 외모였다. 캐서린은 이 사람들이 마음에 들었다. 마치 일행처럼 그들 사이에 앉아 책을 읽었다. 그들도 서로 낯선 사람들일 테지만, 그래도 그 분위기가 좋았다.

캐서린은 식물에 관한 책을 읽었다. 특히, 이탈리아의 정원과 그 정원을 소유한 저택에 대해서, 끝없이 푸르른 초목에 대한 이야기가 담긴 이디스 워튼의 책을 즐겨 읽었다. "오래된 이탈리아의 정원에서 아직까지는 배울 것이 무척 많다. 우리가 배울 수 있는 첫 번째 교훈은, 진심으로 영감을 받으려면 정원들을 그대로 모방해야 한다는 것이다. 겉모양이 아니라 정원에 담긴 정신을 모방해야 한다는 뜻이다." 피렌체의 감베라이아 저택의 노래하는 분수대, 페트

라이아 저택의 거대한 로지아_{한쪽 벽이 없는 복도 모양의 방}, 그리고 피렌체와 루카의 거리에 대한 내용을 읽었다. 괴기스럽고 신화적인 내용을 표현하는 정원의 조각상들에 대해서도 읽었다.

책을 읽으며 비밀 정원과 레몬 온실을 떠올렸다. 상상 속에서 레몬들은 다시 자라나 밤이면 향기를 뿜고 낮에는 다채로운 잎사귀를 선보였다. 늦겨울 눈이 내릴 때 꽃을 활짝 피운다는 크리스마스로즈, 디기탈리스와 참제비고깔, 오래된 부르봉 장미에 대해 읽었다. 헬리오트로프와 아마란스와 백합에 관해서 읽었다. 그늘에서 잘 자라는 비비추, 잎사귀가 섬세하고 잎 가장자리가 마치 붓질을 한 것처럼 은은한 쪽빛을 띠는 개고사리에 대해 읽었다. 식물의 이름을 되풀이해 발음하면서 목록을 만들었다. 금잔화, 콜레우스, 큰금계국 등. 캐서린은 식물에 매료되었다.

덩어리진 흙이 모래처럼 둥글고 고운 알갱이가 될 때까지 정원을 삼중으로 갈아엎는 법, 비료와 뿌리 덮개로 흙을 비옥하게 하는 법 등, 토양 준비에 관한 책과 목록도 찾아서 읽었다. 그런 자료들은 꽃에 대한 묘사처럼 시적이지는 않았지만 시보다도 그녀를 더 흥분시켰다. 캐서린은 묘사든 기능이든 사물에 대해서 상세하게 묘사된 자료를 몹시 좋아했다.

남들 눈에 캐서린은 도서관에서 원예 책을 읽는 여느 유부녀와 다를 바 없었다. 기다란 떡갈나무 탁자 위에 검은 양가죽 장갑과 지갑을 올려둔 채로, 높은 창문에서 비치는 햇살 속에서 책을 읽었다. 놋쇠 갓을 씌운 독서용 램프 빛에 책장이 하얗게 반사되었다.

식물 삽화와 손으로 직접 그린 동판화가 담긴 큰 책들을 사서에게 요청해서 꽃의 수술과 암술, 꽃잎, 잎사귀 모양을 외웠다. 그녀에게 좋은 아이디어가 떠올랐다. 마음에 큰 위안을 주는 아이디어였다.

작고 단순하고 마음을 편안하게 해주는 아이디어. 바로 벽으로 둘러싸인 비밀 정원을 복원하는 것, 그 정원에 식물을 심고 키워서 자신의 정원으로 삼는 것이었다. 세상과 차단된 정원이라면 안전할 것이다. 캐서린은 '지아르디노 세그레토'라는 단어를 되풀이해 중얼거렸다. 그녀는 비밀을 좋아했다.

마치 불이라도 붙은 듯 마음에 열정을 가득 담고서 호텔로 돌아와 하얀 새 시트가 깔린 좁은 침대에 누웠다. 비밀 정원의 모습을 마음에 그려보았다. 책에서 배운 대로 가꾼다면 정원은 어떻게 변할까. 상상에 그치지 않고 직접 실현해본다면……. 무언가에 대해 이렇게 애정을 가져보기는 처음이었다.

어머니와 젊은 군인들, 무지개와 함께 마차를 타고 가던 그날 이후 처음으로 애정을 갖게 된 대상. 오래전에 그 군인들이 약속한 노다지를 이제야 발견한 것 같았다. '무슨 일이 있어도 노다지를 반드시 손에 쥐고 말 거야.' 캐서린은 정원을 꾸밀 생각에 온통 사로잡혀서 말로이와 피스크를 까맣게 잊고 지냈다.

그런데 그 두 사람이 찾아왔다. 어느 날 오후, 유순해 보이는 호텔 직원이 들어와 명함을 건넸다. 잠시 후 말로이와 피스크가 안으로 들어와 갈색 모자를 벗어 손에 들고 작은 응접실에 앉았다. 체구가 비슷해 형제처럼 보였다. 피스크의 얼굴은 불그레했고, 말로이는 창백했지만 둘 다 푸른 눈동자를 지녔고, 특색 없이 디자인된 갈색 정장을 입고 있었다.

캐서린은 커피와 차를 차례로 권했지만 둘 다 거절했다. 이곳 세인트루이스에서는 누구나 맥주를 즐겨 마시므로 맥주를 권했으면 좋아했을 것이다. 그러나 지금 연기하는 인물과 맞지 않기에 권하지 않았다. 만약 맥주를 권했다면 이들은 랄프에게 보고할 것이다.

두 남자는 똑같은 종류의 작은 수첩을 펼치고 적힌 내용을 보고하기 시작했다.

랄프의 아들은 '토니 모레티'라는 이름으로 활동한다고 했다. 허술한 가명이었다. 진짜 성, 그의 진짜 아버지 성이 모레티이니 말이다. 그는 법적으로는 안토니오 트루잇이라는 이름이지만, 랄프 트루잇의 핏줄이 아니라고 확신했다. 그는 사람들에게 자기 아버지가 이탈리아의 유명한 피아니스트라고 떠벌리고 다닌다고 했다. 그는 검은 머리카락에 황갈색 피부를 가졌고, 키는 180센티미터가 넘는다고 했다. 신발 사이즈, 좋아하는 셔츠, 음악 취향, 미친 듯이 여자를 밝히는 성격까지 낱낱이 말했다. 이 부분을 말하면서 탐정들은 민망한지 잠시 말을 멈추었다. 그리고 그의 음주 습관, 아편, 수입은 얼마 되지도 않으면서 낭비가 심한 생활 습관까지 안토니오에 대해 빠짐없이 기록해두고 있었다.

안토니오는 밤의 여자들이 자주 드나드는 뮤직홀에서 피아노를 연주한다고 했다. 화류계 여자들과 노름꾼들이 주로 다니는 곳이라니, 캐서린이 지나다니면서 지나친 뮤직홀 중 하나일 수도 있었다. 그는 가벼운 클래식과 짤막한 대중적인 곡을 연주하면서 감상적인 유행가를 불렀고, 이탈리아 노래를 부를 때도 있는데, 그 뜻을 제대로 아는 것 같지는 않다고 말했다. 카루소 같은 재능은 없어서 노래를 그다지 잘하는 편은 아니라고 했다.

그는 여러 곳을 방랑하며 살았다. 샌프란시스코에서 뉴욕까지 곳곳을 돌아다녔다. 가끔 다른 이름을 쓸 때도 있었지만 거의 항상 토니 모레티라는 이름으로 살았다. 그는 피아노를 연주하면서, 창녀집과 아편굴에서 밤 시간을 게으르게 보냈다. 한 마을에 머물다가 시들해지고, 마을 사람들도 토니 모레티라는 이름에 진력을 낼 때쯤 다른 곳으로 옮겼다.

탐정들이 행방을 수소문하는 데 애를 먹은 것도 그래서였다. 탐정들은 몇 번이나 헛다리를 짚었다. 머무는 방을 찾았다 싶으면 모레티는 이미 그 방을 떠났다는 말을 들어야 했다.

"안토니오를 얼마나 찾아다녔나요? 마을마다 따라다녔나요?"

"피스크 씨와 저는 두 달 됐고, 세인트루이스에서만 일을 했습니다. 다른 도시에서는 다른 정보원들과 탐정들이 일을 했고요."

이름을 알 수 없는 여러 탐정들이 안토니오를 찾아다녔던 것이다. 이 두 사람이 찾은 남자가 다른 탐정들이 샌프란시스코나 뉴욕, 오스틴에서 찾은 남자와 동일인일 수도, 아닐 수도 있었다. 그들은 그 남자에 대한 정보를 줄곧 본사로 전송했고, 본사는 랄프에게 그 정보를 전달했을 것이다.

"그리 좋은 사람은 아닌 것 같습니다."

피스크는 지금까지 돌아다니며 사람들과 나눈 대화에서 요점을 모조리 기록했다는 듯이 수첩을 펼쳐들고 말했다. 단어 하나 낭비하지 않고 전보처럼 정확히 정보를 전달한다는 의미 같았다.

"친절하지도, 선량하지도 않고, 별다른 재능도 없고 게을러요. 무절제하고요. 사생아가 다 그렇지만."

"사람의 품성에 대해 대단히 높은 기준을 갖고 계시네요. 내가 알기로 요즘 사람들은……."

그러자 말로이가 웃음기라고는 전혀 없는 진지한 눈빛으로 캐서린을 바라보며 말했다.

"우리가 그다지 높은 기준을 적용한 것도 아닙니다. 꼭두각시처럼 아무짝에도 쓸모가 없어요."

캐서린은 랄프의 아들이 충격적일 만큼 방탕하다는 소식을 전해

들고도 크게 놀란 기색을 보이지 않으려고 신중을 기했다.

"그래도 그는 남편의 아들이에요."

이 말에 피스크가 나섰다.

"글쎄요, 트루잇 부인. 그럴 가능성은 별로 없다고 봅니다."

캐서린은 마치 자기 일인 것처럼 경멸스러운 시선으로 피스크를 노려보았다. 그러자 피스크가 수첩으로 시선을 떨어뜨렸다. 말로이가 한참 뜸을 들이다가 다시 입을 열었다. 그는 단어 하나하나를 신중하게 선택하며 말을 했다.

"트루잇 부인, 저희는 원하는 걸 얻기 위해 대단히 열심히 일을 합니다. 중요한 정보를 얻으려고 기진맥진할 때까지 밀어붙이죠. 그렇게 해서 얻은 정보로 고객을 행복하게 하는 것이 저희들의 제일 큰 보람이니까요. 하지만 가끔은 그렇게 노력해서 얻은 정보가 그만한 가치가 없다는 걸 알게 될 때도 있습니다."

"말로이 씨, 이건 우리가 선택할 수 있는 상황이 아니에요. 남편이 바라는 일이니까요. 그는 남편의 아들이고요. 그런데 그 남자가 안토니오가 확실히 맞나요?"

피스크가 말로이 대신 나섰다.

"맞습니다. 그리고 엄밀히 따지면 토니 모레티는 랄프 트루잇 씨 전 부인의 아들이죠. 그를 찾기는 했습니다."

"만나보고 싶네요."

"그러셔야죠. 그가 머무는 곳으로 찾아갈 겁니다."

"그가 나를 알아보기 전에 먼저 봤으면 해요. 뮤직홀이나 거리에서 익명으로 지켜보고 싶어요. 남편과 비교해보고 싶기도 하고요."

"그자가 연주하러 드나드는 뮤직홀은 부인께서 들어가기에 적합한 장소가 아닙니다."

캐서린은 그 부분까지는 생각하지 못했다.

"그렇겠네요."

"레스토랑이 하나 있는데, 수준 있는 사람들이 찾는 곳입니다. 그곳이라면 부끄러워하지 않으셔도 됩니다. 어색해하실 필요도 없고요. 그자는 저녁마다 일 같지도 않은 일을 하러 가기 전에 그 레스토랑에서 굴을 먹고 샴페인을 마십니다. 버는 돈을 전부 그런 곳에다 쓰는 것 같더군요."

"그럼 거길 가면 되겠네요."

말로이와 피스크는 할 말이 더 남았다는 듯 미적거렸다. 방 안에는 먼지 한 점 없었다. 나름대로 괜찮은 방이었다. 최고는 아니어도 괜찮은 방. 여기가 캐서린의 집이라면 손님에게 커피나 차를 내놓기에 알맞은 방, 만찬이나 극장에 가기 위해 옷을 차려입을 만한 방, 카나리아를 기르기에 좋은 방이었다. 그러나 이곳은 집이 아니었고 카나리아의 노랫소리도 없었다.

피스크와 말로이가 캐서린의 결정을 기다렸다.

마침내 캐서린은 입을 열었다.

"내일 저녁에 같이 가기로 해요."

11

꽃이 피는 기간이 짧고 맵싸한 후추향이 강렬한 히아신스. 노랑수
선화. 초롱꽃. 패랭이꽃. 보라색 꽃이 축 늘어져 대롱거리고 향이
매우 강한 프랑스 양파. 공기 중에 부드러운 향을 퍼뜨리는 라일락.
젊은 여인들이 연인에게 꽃다발처럼 받는 제비꽃. 그리고 관상용
허브인 로즈메리와 샐비어.

한때 아름다움으로 사람들을 미치게 만들었던 튤립은 너무도 연
약하고 진귀하며 꽃 피는 시기가 짧았다. 캐서린은 이스탄불의 술
탄에 대한 이야기를 책에서 읽었다. 그 술탄은 동양의 넓은 초원에
서 선물로 받은 튤립 수십만 송이를 재배해서 봄마다 저녁에 파티
를 열고 사람들에게 자랑했다. 책에는 튤립이 밤에만 향기를 뿜는
다고 나와 있었다. 술탄은 거북이의 등에 촛불을 고정시키고 튤립
사이를 기어 다니게 했다. 신하들은 보석 박힌 옷을 입고서 너무나
아름답고 믿을 수 없을 정도로 섬세한 향기를 풍기는 튤립을 둘러

보며 감탄했다. 동양에서 온 꽃향기였다. 캐서린은 그들이 몸에 걸친 보석, 왕관, 극도로 얇은 비단옷을 머릿속에 그려보았다. 그들이 기쁨에 겨워 흥얼거리는 말들, 촛불이 깜박이는 아름다운 꽃밭을 오가며 나지막이 불러대는 노랫소리, 시원한 향이 나는 과일 주스를 마시는 소리를 들을 수 있었다. 튤립은 씨앗이 알뿌리로 되어 있고 자라기까지 7년이 걸린다. 캐서린은 문득 촛불을 등에 지고 다녔던 거북이들이 불에 데지는 않았는지 궁금했다.

이탈리아인들은 커다란 테라코타 화분에 수국을 길렀다. 수국은 토양의 성질에 따라 색깔이 달라진다. 산성 토양에서는 프러시안블루 꽃을 피우고, 알칼리성 토양에서는 분홍색 꽃을 피운다. 저무는 태양처럼 강렬한 붉은색 꽃을 피울 때도 있다.

배움은 누구에게나 열려 있다. 책을 읽으면 누구나 무엇이든 배울 수가 있다. 배운 것을 행동으로 옮기는 것이 힘들 뿐이다. 캐서린은 말로이와 피스크를 기다리며 책을 통해 지식을 넓히고 좀 더 완벽한 계획은 세우는 데 시간을 보냈다. 애초에 어떤 계획이었는지 더 이상 확실하게 알 수 없게 됐지만……

그 아들이라는 자, 매춘부 같은 여자와 피아노 선생 사이에서 태어난 게 분명한 그 아들. 랄프는 처음부터 그 사실을 알고 있었을 것이다. 그런데도 안토니오를 집으로 불러들여 전 재산을 물려주려는 괴상한 소망을 품고 있다. 그 엄청난 재산을 말이다. 만약 안토니오가 집으로 돌아오겠다고 하면 어쩌지? 미묘하고 비밀스런 약물을 담은 파란 약병은 여전히 여행 가방 깊숙한 곳에 있고, 캐서린의 마음속에서도 맑은 암청색으로 빛나고 있었다. 그러나 계획을 실행할 적에 옆에서 지켜보는 이가 있다면, 소위 아들이라는 자가 같은 집에 살게 된다면 위험 부담이 매우 클 것이다. 어지간해서는 아무것도 건지지 못할 수도 있다. 앞으로 이 일은 더 힘들어지고 손쉽게 목적을 이루기는 어려울 것이다. 이제까지 살면서 이토록 혼란스러웠던 적은 없었다. 가만히 앉아서 머릿속에서 보다 명확하고 분명하게 계획이 구체화되기를 기다렸다.

뻣뻣한 소재의 검정 치마와 역시 검고 짤막한 상의를 차려입었다. 베일이 드리운 모자를 썼다. 딱히 얼굴을 감출 이유는 없지만, 지금까지 끈기 있게 기다리며 만남을 고대해온 그를 마주 대할 생각을 하니 가운데에 장막 하나 정도는 있어야 할 것 같았다. 계획을 실현하고픈 자신의 욕망과 부서진 꿈을 복구하려는 랄프의 바람 사이에서 마음이 복잡하고 초조해졌다. 랄프의 꿈은 결코 완성되어서는 안 되었다. 피스크와 말로이가 호텔에 도착하기 전, 캐서린은 셰리 한 잔을 주문해 서둘러 마셨다. 온기와 차분함이 몸 안에 스며들었다. 옛날에 즐기던 맛이라 몸이 따뜻해지면서 에로틱한 전율마저 느껴졌다. 한 잔 더 마시고 싶은 생각이 간절했지만 잔을 얼른 씻고 술 냄새가 나지 않도록 입안도 세심하게 헹구었다. 그리고 일몰을 기다렸다.

탐정들은 특별한 이유 없이 늦어지고 있었다. 캐서린은 방 안을 서성였다. 모자를 벗었다가 다시 써보고 치맛자락을 매만졌다. 손에 닿는 옷의 감촉이 확실하니, 이 상황이 망상은 아니었다. 서점에서 갈색 종이 상자에 담아 호텔로 배송된 원예 책자들이 창문 앞 탁자에 펼쳐져 있었다. 이탈리아의 아름다운 정원 그림들이 캐서린의 미음을 차분히게 해주었다.

피스크와 말로이는 어둠이 내려서야 호텔에 도착했다. 둘 다 어딘지 모르게 어색하지만 기민한 모습이었다. 캐서린은 모자를 쓰고 두 감시자와 함께 거리로 나섰다. 이윽고 쇠고기와 신선한 굴 요리를 광고하는 레스토랑 앞에 멈췄다. 따뜻한 가스등 불빛이 흘러나오고 있었다. 바닥에 톱밥이 깔려 있고, 길고 하얀 앞치마를 허리춤에 두른 뚱뚱한 웨이터들이 시중을 드는 식당이었다. 그들은 자리에 앉아 작은 스테이크를 주문했다. 말로이와 피스크는 음료를 거절하고는 테이블 위에 수첩을 내려놓았다.

토니 모레티는 7시에 레스토랑에 들어왔다. 얼룩 하나 없는 깔끔한 옷매무새에 지팡이를 손에 들고서 거만하고 익숙한 걸음으로. 한마디로 정갈했다. 마치 이곳의 주인인 양 당당한 태도가 깊은 인상을 남겼다. 그는 안내도 받지 않고 한 자리로 향했고, 자리에 앉기도 전에 웨이터가 굴과 샴페인을 가져왔다.

그는 굴 하나하나를 음미하며 먹었다. 그의 얼굴과 길고 검은 머리카락은 호화롭다는 단어 외에는 달리 표현할 길이 없었다. 캐서린은 부연 베일 사이로 그를 응시하면서 세밀하게 구석구석을 살폈다. 굴을 목구멍으로 넘기며 머리를 살짝 뒤로 젖힐 때 머리카락이 옷깃을 덮는 모양, 샴페인 잔을 향해 고개를 숙이는 모습, 샴페인을 목으로 넘길 때 눈을 감는 자태, 여인의 속눈썹처럼 기다란 속눈썹, 머리카락이 내려와 눈을 덮자 가볍게 머리를 뒤로 젖히는 움직임, 반짝이는 셔츠 앞섶, 아름다운 짙은 비단 넥타이까지 예술적이고 고풍스러운 멋이 흘렀다. 잘생긴 용모였다. 말로이와 피스크의 수첩에는 절대 기록되지 않을 사항이지만, 여자들의 탄성을 자아낼 만큼 대단한 외모였다. 여성적이지 않으면서도 아름다웠고, 길고 강인한 손가락은 흥분한 새처럼 접시 위에서 맴돌았다.

아들과 아버지가 전혀 닮지 않았다. 랄프가 생물학적 아버지가 아닌 것은 거의 확실했다. 랄프는 전형적인 미국인이었다. 강건하고 표준적이며 굳센 이미지였다. 잘생기기는 했지만 눈을 어지럽힐 정도로 아름답진 않았다. 그런데 그 아들은 영락없는 유럽인이었다. 매부리코에 높은 광대뼈, 거무스름한 턱수염, 움푹 꺼진 두 뺨, 날카롭게 반짝이는 치아, 기름을 바른 듯 반짝이는 눈동자는 반쯤 감겨 있고 몸매는 날렵했다. 랄프의 몸통 안에 수월하게 들어가고도 남을 정도로 날씬했다.

위스콘신 강의 얼음처럼 검고 차가운 눈동자를 가진 그는 오직 자신만을 위해 존재하고 있었다. 아니, 그렇게 보였다. 굴을 먹고 샴페인을 마시는 동안에도 그는 레스토랑에 있는 모든 여자들의 시선이 자신에게 있다는 것을 의식했다. 여자들이 샴페인을 조금씩 마시는 그의 얼굴과 몸을 기쁨에 들뜬 눈으로 자세히 훑고 있었고, 남자들은 경멸과 우월감이 담긴 시선으로 그를 바라보았다. 마치 어린애들이나 좋아하는 인형처럼 그는 사람이 아니라 아름다움의 대상이었다. 그는 오직 자신만을 위해 존재하는 것처럼 보였다.

그는 30여 개 정도의 굴을 먹고 식사를 마치자 뚱뚱한 웨이터가 다가와 그의 귀에 대고 속삭였다. 그는 미소를 지으며 고개를 끄덕였다. 천천히 자리에서 일어나는 모양새가 마치 햇볕을 쬐다 기지개를 켜는 고양이 같았다. 그는 레스토랑 뒤쪽 무대에 놓인 피아노로 향했다. 입을 열지도 뒤를 돌아보지도 않고 가만히 피아노 앞에 앉아 건반을 내려다보았다. 실내가 순식간에 고요해졌다. 숙녀들은 포크를 내려놓았다. 베일 너머로 거친 그림자와 빛나는 조명 속에서 하얀 피부와 검은 머리카락이 도드라지게 보였다. 마침내 그가 연주하기 시작했다.

유행가인데도 느리고 구슬퍼서 마치 처음 듣는 곡 같았다. 가볍고 하찮게 여겨졌던 음들이 그의 손끝에서 무게감 있게 울리며 완전히 새로운 곡, 전적으로 그의 곡이 되었다. 섬세하고 멋들어진 느낌이었다. 조그마한 보석처럼, 갓 피어난 사랑처럼. 그는 각각의 음을 손으로 어루만지는 듯했다. 짧은 곡이지만 경이로울 만큼 아름답게 표현했다.

연주가 끝나자 박수가 쏟아졌다. 그러나 그는 감사 인사도 없이 지팡이를 집고 의자에서 일어섰다. 음악의 여운이 아직 얼굴에 남아 있었다. 거울 앞에서 수천 번은 연습했을 듯한, 남들 시선을 의식하는 표정이었다.

그는 넥타이를 매만지고 무대를 내려다보았다. 레스토랑 전체를 훑고는 눈을 내리깐 채 천천히 문을 향해 걸어갔다. 손님들은 다시 식사를 시작했고, 숙녀들은 어깨 너머로 감탄의 눈길을 보냈다. 레스토랑은 음식 값을 받지 않으려 했다. 그가 이곳을 방문한 것만으로도, 혹은 짧게 연주한 것만으로도 충분한 모양이었다. 그러다가 그는 캐서린이 앉은 테이블 쪽으로 와서 갑자기 걸음을 멈추더니 웅크려 앉아 지팡이로 바닥에 깔린 톱밥을 뒤적였다.

캐서린은 당황했다. 말로이와 피스크도 테이블 위에 있던 수첩을 슬쩍 주머니로 넣으며 시선을 다른 곳으로 돌렸다. 그는 고개를 들어 촉촉한 눈으로 캐서린을 바라보았다. 폐 안에 공기가 하나도 없는 것처럼 말하기가 힘들었지만 캐서린은 짧고 부드럽게 숨을 들이쉬며 입을 열었다.

"뭐 찾으세요?"

"넥타이핀을 잃어버렸거든요. 사랑하는 이한테 받은 다이아몬드 넥타이핀입니다. 이쪽에서 본 것 같아서 와봤는데, 혹시 보셨나요?"

"아뇨, 못 봤어요."

"그럼 하는 수 없죠. 그런데 상중喪中이십니까?"

캐서린은 스스럼없는 태도에 놀라 불안한 시선으로 말로이와 피스크를 슬쩍 돌아보았다. 그러나 그들은 손만 내려다보고 있었다.

"아니, 아니에요. 실은 얼마 전에 결혼했어요."

"그렇다면 행복하게 사시길 바랍니다. 제가 넥타이핀을 잃어버린 것처럼, 부인께서도 누군가를 멀리 떠나보낸 것 같은 분위기라서요. 상중이 아니라니 다행입니다."

"넥타이핀을 잃어버려서 유감이네요."

"중요한 물건도 아닙니다. 어떤 여자한테 받았는데, 이제 그 여자는 저한테 더 이상 의미가 없으니까요. 물건을 잃어버리는 게 싫었을 뿐입니다."

그는 허리를 살짝 굽혀 인사를 한 후 레스토랑을 나갔다.

칼라꽃 같은 남자였다. 고독과 죽음을 의미하는 순수하고 하얀 꽃. 캐서린은 말로이와 피스크를 돌아보며 말했다.

"트루잇 씨의 아들은 확실히 아닌 것 같네요."

말로이가 말했다.

"그렇죠. 그래도 그분이 찾는 사람은 맞습니다."

피스크가 다음 말을 이어받았다.

"저 사람은 언제나 트루잇 씨의 아들이었습니다. 샌프란시스코에서도, 뉴욕에서도. 거짓말쟁이에 게을러터진 건달이기는 해도 그분의 아들이죠. 그분이 아들이라고 부르는 사람이긴 하지요. 우리가 맞게 찾은 겁니다."

피스크는 유감스러운 눈으로 캐서린을 쳐다보며 덧붙였다.

"그런데 헛수고만 했어요."

말로이도 안타깝게 말했다.

"저 사람은 집으로 돌아가지 않을 겁니다. 트루잇 씨는 돈만 낭비하셨어요."

"어째서요?"

"여기서 누릴 수 있는 온갖 쾌락을 두고 집으로 돌아가겠습니까? 지나치게 세련된 종자죠. 부도덕하기가 이루 말할 수 없고요. 예쁘장하기는 해도 아무짝에 쓸모 없어요. 트루잇 씨도 마음에 들어 하지 않을 겁니다. 5분도 같이 있지 못할 걸요. 공통의 이야깃거리도 없고, 그야말로 말도 안 통할 테니까요."

피스크가 맞장구를 쳤다.

"아무도 저런 사람을 좋아하지 않을 겁니다."

"그렇지만……."

캐서린은 말끝을 흐렸다. 심장이 두근거렸다. 아직도 그가 연주했던 음악이 마치 술처럼 혈관 속에 남아 그녀의 피를 데우고 있었다.

"글쎄 틀림없다니까요."

"남편은 그 사람 연주를 그리워해요. 아들을 보고 싶어 한다고요. 그이는 나름대로 생각과 꿈이 있어요. 우리는 그 꿈을 실현하려고 여기에 있는 거예요."

캐서린은 흥분한 것처럼 보이지 않으려고 조심했다. 복잡한 임무를 요청받은 여자로서 본분을 지켜야 했다.

"그래야겠죠."

캐서린이 그들에게 물었다.

"그에게 어떤 식으로 접근해서 말을 걸어야 될까요? 겁먹지 않도록 하는 게 중요해요. 아버지의 요구에 차분히 귀를 기울이도록 해야 하니까요. 남편의 요구에는 깊은 뜻이 담겨 있어요. 우리가 단순히 생각하는 것보다 더 깊은 뜻이요."

"그럼 일요일에 그를 찾아가보도록 하죠."

12

캐서린은 방 안을 서성였다. 도서관에도 가지 않았다. 정원 꾸미기 같은 숙녀다운 취미도 그녀의 머릿속에 더는 있지 않았다. 오직 토니 모레티 생각뿐이었다. 침대에 누워 있는 안토니오의 모습, 그와 한 침대에 눕는 모습을 상상했다. 그를 향한 캐서린의 욕망은 혈관을 타고 흐르는 마약과도 같았다. 안토니오는 캐서린보다 나이가 어렸다. 아마도 그는 캐서린이 젊은 시절 경험할 수 있는 마지막 모험일 것이다.

레스토랑에 앉아 굴을 먹는 모습, 촉촉한 눈, 평범한 유행가 가락을 구슬프게 연주하던 긴 손가락, 그녀를 뚫어져라 쳐다보며 넥타이핀에 대해 묻는 그의 눈동자를 생각하면 온몸이 달아올랐다. 어디에든 좀 앉아서 책이라도 읽으려고 했지만, 어느 곳에 자리를 잡아도 마음이 편치 않았다. 호텔 식당에서도 책 내용이 눈에 들어오지 않아 아예 책장을 펼치지도 않았다. 차분한 태도를 유지하고 분위기에 알맞은 옷차림을 하고 있었지만, 내면에 들어찬 욕망이 남들 앞에 까발려진 기분이었다. 상상 속에서 캐서린은 안토니오 곁에 벌거벗고 누워 음탕하게 놀아나고 있었다.

그를 보는 순간, 도시의 성적 흥분이 고동치기 시작했다. 전에는 알지 못했지만, 밤이고 낮이고 얼마나 많은 이들이 매 순간 사랑을 나누는지 문득 궁금해졌다. 창문 안쪽 방마다 초 단위로 성행위가 이루어지고 있었다. 가난한 자들은 무아지경에 빠져 짐승처럼 꿍꿍대고, 부자들은 세련되고 변태적인 방식으로 유희를 즐길 것이다.

잠을 잘 수 없었다. 가끔 랄프가 자신을 감시하고 있다는 느낌이 들 때도 있었다. 처음부터 일이 이렇게 될 줄 미리 알았던 게 아닌가 싶기도 했다.

결국 일요일이 돌아왔다. 햇빛은 화창한데 공기는 매섭도록 차가웠고 눈이 내렸다. 탐정들은 오후 2시로 시간을 잡았다. 그때쯤이면 그는 잠에서 깨어 있을 테고, 술에 취하지도 않고 혼자 있을 거라고. 캐서린은 외출 준비를 마쳤다. 결혼식 때 입은 회색 비단 드레스를 입고 다이아몬드 결혼반지를 손가락에 끼고 여기서 구입한 긴 외투를 걸쳤다. 그런 물건들이 마치 보호막이라도 되는 것처럼. 멀리 사는 친척을 오랜만에 방문하는 나이 지긋한 부인처럼 처신해야 할 것 같았다.

호텔을 나선 캐서린은 말로이, 피스크와 함께 햇빛으로 밝게 빛나는 거리를 걸었다. 지은 지 얼마 안 되는 현대적인 시설들이 즐비한 구역을 지나, 일요일에도 정적이 흐르는 오래된 거리로 들어섰다. 밤에도 조명이 환히 켜지는 고급 매장들이 즐비한 거리에서 값싼 적갈색 사암으로 지어진 허름한 집들이 늘어선 거리로 들어섰다.

거리의 집들은 마당도 없고, 창가에 화분 하나 놓여 있지 않았다.

우중충한 대리석 현관 층층대가 있을 뿐이었다. 더러운 창문 안쪽의 방이 어떨지 캐서린은 짐작하고도 남았다. 그녀도 예전에 그런 방에 살았으니까. 천장이 낮고 비좁은데다 수년째 청소를 안 해 기름때가 낀 방. 가구들은 전부 낡고 편안함이라곤 없을 것이며, 바닥은 비질을 하지 않아 너저분하고 양파와 싸구려 시가 냄새가 배어 있고, 창문은 언제나 닫혀 있을 것이다. 뒤쪽 방에서는 부모가 잠을 자고, 또 다른 방에서는 몇 명이 되든 상관없이 아이들이 한방에서 잠을 자겠지. 그 아이들 중 한둘은 시골에서 태어났거나 시골에서 잉태되었을 것이다.

슬프고 고단한 삶 · 애정이 메마른 삶 · 과거도 미래도 없이 현재뿐인 삶 · 즐기기보다는 견디며 살아가는 인생들……. 삶에서 유일한 리듬은 그들이 일하는 공장에서 쉴 새 없이 돌아가는 기계의 소음뿐이다. 밤이 되면 그들은 고향의 작은 마을을 꿈꿀 것이다. 해가 뜨고 지고, 계절이 바뀌고, 농작물을 심고 키우고 돌보고 수확하던 시골 마을. 잠에서 깨면 꿈은 희미해지고 침대에서 일어나 무자비한 일터로 향할 것이다. 매일을 그렇게 형언할 수 없는 무언가를 사무치게 그리워하면서 살아갈 것이다.

사랑받지 못해 거칠어진 가구만큼이나 얼굴은 초췌할 것이다. 가끔 저녁 무렵에 아내의 얼굴에 괴로운 표정이 스치면, 남편은 딸들에게 친절한 말 한마디 건넬 것이다. 아버지들은 술에 취해 있거나, 침울하거나, 혹은 그 두 가지가 복합된 상태이고, 가끔 폭력을 쓰기도 힐 깃이다. 학교 교육이나 보살핌을 받지 못한 아이들은 어머니가 고된 삶을 잠시 잊을 때가 아니면 애정 어린 말을 전혀 듣지 못할 것이다.

이곳은 활기 넘치는 강건한 미국이 아니라, 지치고 절망만이 가득한 지저분한 골목이었다.

따뜻한 회색 비단 드레스에 외투를 입은 지금, 캐서린은 그런 고된 삶이 까마득하게 느껴졌다. 장갑 낀 손으로 아무리 치맛자락을 올려도 자꾸만 축축한 눈에 쓸렸다. 시골에서는 눈이 금방 깔아놓은 침대 시트처럼 희고 깨끗한데, 도시의 눈은 더러웠다. 양모 스타킹을 신었는데도 부츠로 스며든 한기가 다리를 타고 올라왔다. 캐서린은 이곳 사람들의 가난하고 고되고 지친 삶이 자신과는 무관하다고 여겼다. 그녀는 언제나 카멜레온처럼 주변 상황에 맞게 억양과 태도를 바꾸며 살아왔다. 또다시 새로운 모습으로 변신을 했고, 이제는 과거의 모습으로 되돌아갈 수 없을 것 같았다. 가슴이 두근거리고 맥박 뛰는 소리가 귓속에 들렸다. 마침내 안토니오 앞에 나설 때가 온 것이다.

추레한 거리를 지나 한층 더 우울한 길로 들어섰다. 보도는 포장은커녕 자갈조차 깔리지 않았고 목재 주택 사이로 뻗은 진흙길뿐이었다. 집은 대부분 페인트칠이 되어 있지 않았고, 일부는 창문이 깨졌으며, 낡고 지저분한 커튼이 강한 조명을 받아 늘어져 있었다. 나무 한 그루 보이지 않는 이곳이 바로 그가 사는 린든 거리였다.

말로이와 피스크는 겸연쩍은 표정으로 간간이 캐서린을 바라보았으나 캐서린은 그들과 눈을 마주치지 않고 앞만 보고 걸었다. 그녀는 다른 생각에 빠져 있었다. 한 걸음 한 걸음 내딛을 때마다 자신의 암울했던 과거가 눈앞에 펼쳐지는 듯했다.

그들은 어느 3층짜리 공동주택 앞에 멈추었다. 탁한 붉은색 페인트가 칠해진 건물로, 오래전에 누군가 이 집을 그럴듯하고 세련되게 꾸미려고 했던 흔적이 보였다. 말로이가 수첩을 내려다보며 말했다.

"바로 이 집 18호입니다."

캐서린은 문득 오한이 느껴져 목깃을 세웠다. 피스크와 말로이는 지금껏 수많은 정보를 모았지만 막상 조사 대상자의 집 앞에 다다르자 어떻게 해야 할지 모르겠는 듯 현관 앞에서 망설였다.

결국 캐서린이 침묵을 깼다.

"춥네요. 안으로 들어가요. 여기까지 왔으니 만나야죠. 서두르는 게 좋겠어요."

캐서린이 앞장서 계단을 오르고 말로이와 피스크가 뒤를 따랐다. 캐서린이 건물 현관문을 밀었다. 문은 잠겨 있지 않았다. 문 안쪽으로 어두침침한 계단이 보였다.

"3층입니다, 트루잇 부인. 안쪽이 무척 어둡네요. 죄송합니다."

"그쪽 잘못도 아닌걸요."

캐서린은 옆으로 물러났고 탐정들이 먼저 계단을 올라갔다. 잠시 후 그들은 문을 두드렸다. 캐서린은 신경이 하나둘씩 곤두섰다. 드디어 문이 열리고 안토니오가 모습을 드러냈다.

그는 몹시 지친 모습이었으나 그 자체로 순수해 보였고, 성자처럼 빛이 났다. 페이즐리 무늬가 들어간 붉은색 비단 가운 차림으로 가슴을 거의 풀어헤치고 있었다.

"모레티 씨, 여기 숙녀분도 계시는데 복장이 좀……."

"아, 그렇군요. 숙녀분이 오시면 나는 늘 방으로 초대를 하죠."

말로이는 혼란스런 상황에서 갈피를 잡기 위해 수첩을 꺼내며 말했다.

"모레티 씨…… 아니, 안토니오 트루잇 씨. 우리는 당신을 집으로 데려가려고 왔습니다. 부친께서……."

순간이지만 안토니오의 이마에 치가 떨린다는 기색이 스치고 지나갔다.

"지금 뭐라고 하셨죠? 모르는 이름인데. 내 성은 모레티입니다. 내 이름은 토니 모레티입니다."

"아뇨, 랄프 트루잇 씨의 아드님이시죠. 고향은 위스콘신이고."

"안으로 좀 들어올래요? 브랜디가 좀 있는데……. 문을 열어놓으니 춥군요."

그들은 내키지 않았지만 그의 눈빛과 하얀 피부에 이끌려 응접실까지 들어갔다. 허름한 집과 어울리지 않는 섬세하고 품질 좋은 프랑스 가구와 이탈리아 가구가 있었다. 천장에는 오렌지색 비단이 마치 천막처럼 둘러져 있고, 모로코식 등을 걸었다. 어젯밤부터 켠 듯한 촛불이 곧 꺼질 것 같았다. 천막 모양의 비단 침실은 혁명 전에 버려진 궁전처럼 어질러져 있었다.

거실에도 여기저기 옷이 널려 있었다. 안토니오는 손님들이 앉을 자리를 만들려는 듯 옷가지 몇 개를 아무렇게나 치웠다. 그러나 아무도 앉지 않았다. 안토니오가 캐서린을 쳐다보며 미소 띤 얼굴로 물었다.

"아까 이름이 뭐라고 하셨죠?"

캐서린은 또다시 숨이 막혀서 목소리가 작아졌다.

"트루잇이요. 랄프 트루잇 씨."

"그렇다면 당신은……?"

"트루잇 씨 아내예요. 얼마 전에 결혼했어요."

"행복하시길."

"고마워요."

"어쨌든 내가 아는 이름은 아니군요."

말로이가 헛기침을 하며 나섰다.

"당신의 부친 성함입니다."

안토니오는 매끈한 목구멍이 보이도록 크게 웃었다. 두 뺨에는 어제부터 자란 수염이 거뭇하게 나 있었다.

"우리 아버지는 피에트로 모레티고, 어머니는 안젤리나입니다. 아버지는 고향 나폴리에서 아코디언을 연주하셨죠. 내가 세 살 때 부모님은 미국으로 건너와 필라델피아의 이탈리아인 마을에 정착했어요. 그때부터 아버지는 수많은 이탈리아 레스토랑을 돌아다니며 아코디언을 연주하셨고요. 그러다가 레스토랑을 하나 소유하게 됐는데 지금도 갖고 계십니다. 내 사촌인 비토리오가 주방에서 요리를 하는데 맛이 아주 좋아요. 아버지는 레스토랑에서 아코디언을 연주하고 어머니는 경리를 보고 계시죠."

말로이가 그의 말허리를 잘랐다.

"당신은 위스콘신에서 태어났습니다. 아버지 성함은 랄프 트루잇이고."

"대체 누구시죠?"

그러자 피스크가 나섰다.

"우리는 부친께서 당신을 찾으라고 고용한 사람들입니다."

"그럼 지금껏 나를 감시했단 말입니까?"

"몇 개월 됐죠."

"기분이 썩 좋지는 않군요."

말로이와 피스크는 고개를 숙였다. 안토니오는 캐서린에게 눈길을 돌리며 말했다.

"나는 필라델피아에 있는 음악학교에 다녔습니다. 나처럼 주제를 모르는 건방진 가난한 놈들은 그런 학교에 다니거든요. 자선시설이라 운영비용도 얼마 안 드는데다가 녀석들이 소란을 피우지 않고 학교 안에서만 연주를 하니 밤에 편하게 잘 수 있다는 이유로 부자들이 만든 학교죠. 어쨌든 나는 재능이 좀 있었습니다. 그래서 그 후 레스토랑에서 피아노를 연주하며 살았죠. 레스토랑이라 부르기도 민망한 곳에서 연주하기도 하죠. 개인 콘서트를 열 정도의 재능은 없지만 누굴 가르치기엔 재능이 넘쳤습니다. 그러나 난 애들을 싫어하고 어른들과 어울리는 걸 좋아하죠. 지금까지 이렇게 살고 있습니다. 트루잇 씨라는 분은 내가 모르는 사람이에요. 괜찮은 곳 같기는 하지만 위스콘신이라는 데는 가본 적도 없고요. 여기서 먼 곳이잖아요."

"거짓말 그만하시죠. 우린 모든 자료를 수집했습니다."

"확인해보세요. 내 신분을 증명할 수 있는 서류와 문서, 은행에서 발행한 수표장도 있으니까. 계좌에 돈은 별로 없지만 보고 싶으면 보시든지요. 아버지는 지금도 필라델피아에 살고 계시고, 어머니는 여전히 안젤리나라는 이름으로 경리를 보고 계세요. 브랜디 한 잔 마실래요?"

그는 흐릿한 조명 아래서 브랜디 잔을 빙빙 돌렸다.

"아니, 당신의 어머니는 에밀리아 트루잇 백작 부인입니다. 친부인 안드레아 모레티는 랄프 트루잇 씨가 고용한 피아노 선생이었습니다."

"대단한 백작 부인이셨네요. 아주 매력적이에요. 마음 같아서는 레스토랑 주인 아들 신분을 내던지고 귀족 가문의 아들이 되고 싶긴 하지만, 사실이 아니라서 유감이네요. 전혀 사실과 다르니까요. 어머니가 쓰신 편지라도 읽어드리고 싶군요. 어머니는 그만 고향에 돌아와서 괜찮은 여자를 만나 정착하라고 성화시죠. 랄프 트루잇 씨와 새로 결혼하셨다는 여기 이 숙녀 분처럼 괜찮은 여자를 말씀하시는 거겠죠. 내 아버지도 아닌데 랄프 트루잇 씨가 왜 나를 보고 싶어 할까요?"

"부친께서는 몹시 괴로워하고 계십니다. 과거에 당신한테 잘해주지 못했다고 하시면서 이제 그만 화해하고 싶어 하십니다."

말로이는 곁눈질로 캐서린을 흘끗 쳐다보며 대꾸했다.

"세인트루이스를 떠나 위스콘신으로 오라는 게 화해라고요? 딱히 대단한 장자의 권리처럼 들리지는 않군요."

"어쨌든 그분은 당신 아버지입니다. 당신이 태어난 후로 쭉 아버지 역할을 했으니까요."

안토니오의 얼굴에 언뜻 분노가 어렸다.

"아니, 내 아버지는 내가 태어난 후 진짜로 아버지 역할을 잘해주신 분입니다. 사진을 보여드릴까요? 안타깝게도 지금은 없네요. 어렸을 때 사진도 필라델피아에 있습니다. 내가 누구인지를 증명하는 건 아주 간단해요. 내가 당신들이 주장하는 그 사람이 아니라는 걸 증명하는 게 어렵지. 트루잇 씨가 얼마나 간절히 아드님을 만나고 싶어 하는지는 모르겠지만 나는 그분 아들이 아닙니다. 트루잇 씨가 속상해하신다니 마음이 안 좋기는 하네요. 내가 두루두루 협조를 잘하는 편이라서 도움을 줄 수 있으면 참 좋을 텐데 말이죠. 이 동네에서는 원래 손님 접대를 대충대충 하는 편이에요. 이 집에 있는 거라곤 브랜디뿐인데 댁들은 브랜디를 마시지 않겠다고 하니 그만 가주셔야겠습니다."

캐서린은 안토니오가 옷을 걷어치운 의자에 앉아 있었다. 안토니오가 옆으로 치운 옷가지들 사이에 짙은 여성용 스타킹이 보였다.

캐서린이 나지막하게 입을 열었다.

"모레티 씨."

"그 숙녀분이시구나, 그렇죠? 레스토랑에서 검은 옷을 입고 앉아 계시던. 내가 상중이냐고 물었던 그분이신 것 같은데."

"맞아요. 그때 말했다시피 나는 상중이 아니에요. 그날 연주는 무척 아름다웠어요."

말을 하면서 캐서린의 손이 살짝 떨렸다.

캐서린은 침대에 누워 있는 안토니오의 모습을 상상했다. 옷을 모두 벗고 흥분한 채 비단 베개에 등을 기대고 누워 기다리는 그의 모습. 안토니오의 몸에서 어젯밤에 뿌려 신선도가 떨어진 향수 냄새와 침대의 온기가 느껴졌다. 얼마 전에 이 방을 나간 여자의 체취도 맡을 수 있었다.

캐서린은 안토니오에게 명확하게 말했고, 그는 주의를 기울여 차분하게 들었다.

"당신이 고생했다는 걸 그이도 알고 있어요. 당신이 분노하고 있다는 것도 알아요. 그이도 마음을 많이 다쳤어요. 밤마다 자책하며 가슴에 생채기를 내고 있어요. 과거에 상처준 걸 아니까. 당신한테 얼마나 못되게 굴었는지 아니까 잘못을 바로잡고 싶은 거예요. 그래서 당신이 집에 오기를 간절히 바라고 있어요. 당신이 태어난 집. 그 저택이 다시 예전의 모습으로 돌아가길 원하죠. 그이가 당신을 사랑한다고는 말하지 못하겠어요. 하지만 당신한테 잘해주고 싶어해요. 모든 것을 깊이 뉘우치고 당신에게 용서받기를 바라고 있어요. 그러니 제발……."

"그렇다면 트루잇 부인, 그분의 우스꽝스런 환상을 현실로 만들기 위해 부인께서는 어떻게 하실 작정입니까?"

"그이한테 모든 방법을 강구하겠다고 약속했어요. 그리고 알다시피 그이는 부자예요. 당신이 원하는 건 뭐든 해줄 수 있어요."

"그럼 그 반지를 나한테 주시죠."

"뭐라고요?"

"넥타이핀을 잃어버렸거든요. 나는 다이아몬드를 무척 좋아하죠. 그러니까 그 반지를 주세요. 그걸 아무 여자한테 줄 수도 있고, 내가 껴도 될 것 같군요. 나한테는 이런저런 사치품이 좀 있답니다. 그러고 보니 그걸로 새 넥타이핀을 만들어도 되겠네요. 연주할 때 꽤 돋보일 겁니다. 조명을 받으면 화려할 테니까요. 아니면 미시시피 강물에 던지든지…… 꿀꺽 삼켜도 될 것 같고, 어쨌든 나한테 주세요."

옆에서 피스크가 불안한 목소리로 말렸다.

"트루잇 부인."

캐서린은 한참 망설이다가 노란 다이아몬드 반지를 빼서 안토니오의 손에 올려놓았다.

"여기 있어요. 그이가 무슨 방법이든 쓰라고 했으니 나중에 말하면 돼요. 이제 당신 거예요. 그러니 같이 집으로 돌아가요."

"그게 내 집이라면, 나와 어떤 관계가 있는 곳이라면 부인을 위해 기꺼이 당장이라도 가드릴 수 있습니다. 사랑스러운 손에서 빼주신 이 반지를 굳이 받지 않더라도 말이죠."

그가 반지를 새끼손가락에 끼우고는 말을 이었다.

"작지만 예쁘네요."

펄럭거리는 촛불에 다이아몬드가 반짝거렸다.

"이제 좀 쉬고 싶으니 다들 나가주시죠. 내 인생이 그렇게 좋아 보입니까? 내가 사랑에 둘러싸인 것처럼 보이나요? 전혀. 이 가식적인 놀음을 더는 하고 싶지가 않군요."

그는 캐서린에게 반지를 돌려주며 덧붙였다.

"작고, 촌스러운 이 다이아몬드 반지도 가져가시고 다들 여기서 꺼져주세요."

그러나 말로이는 쉽게 포기하지 않았다.

"안토니오 트루잇 씨, 우리가 사람을 잘못 찾는 일은 없습니다."

안토니오의 표정에 분노가 일어났다.

"경고하는데, 한 번만 더 나를 그 이름으로 부르면 가만두지 않을 겁니다. 내 성은 트루잇이 아니라 모레티란 말입니다. 오늘은 내가 쉬는 날이고, 낯선 사람들한테 친절을 베푸는 시간도 이제 끝났습니다. 정신 나간 이야기는 이제 그만 싸들고 그 시골뜨기 양반한테 돌아가시죠. 가서 사람을 잘못 찾았다고 전하고요. 아니, 더 나은 방법이 있네. 지금 바로 기차를 타고 필라델피아에 가서 아무나 붙잡고 모레티 씨 집이 어디냐고 물어봐요. 그리고 그 집 아들에 대해 물어보란 말입니다. 우리 부모님은 피아노 연주는 여자들이나 하는 거라고 생각하시기 때문에 내가 하는 일을 별로 좋아하지 않으세요. 그분들도 내가 집으로 돌아오길 바라시죠. 나도 지인들이 살고 있는 고향으로 돌아가고 싶어요. 하지만 지금은 여기가 내 집입니다. 당신들은 지금 내 집 안에 있고. 당장 나가요."

그는 술병을 열고 큰 잔에 브랜디를 다시 따랐다. 캐서린은 그 술의 온기가 마치 불처럼 뜨겁게 혈관으로 흘러들어오는 느낌이었다.

"나중에 다시 오겠습니다."

피스크가 부드럽게 말했다. 그의 목소리에 위협적인 기운은 없었다. 그저 상황에 알맞은 말투였다.

"그럴 필요도, 이유도 없습니다."

안토니오는 이렇게 말하며 파란 벨벳 의자에 앉았다. 그의 진홍색 가운 앞섶이 풀리며 맨가슴이 드러났다. 배꼽까지 드러난 상체가 캐서린의 시야에 들어왔다.

달리 어찌할 도리가 없어 그들은 집을 나왔다. 어두침침한 계단을 내려가는 등 뒤로 웃음소리가 들렸다. 핑커튼 탐정회사 소속 탐정들은 굴욕감을 느꼈고, 캐서린은 반지를 도로 손가락에 끼우며 미소를 지었다.

캐서린은 호텔로 돌아오는 길에 일요일에 열리는 시장을 지나쳤다. 싸구려 원피스와 얇은 외투, 주석 반지, 꽁꽁 언 양배추, 구리 솥 사이를 지나다가 새를 파는 남자를 보았다. 노랗고 파랗고 빨간 카나리아들이 고운 소리로 지저귀고 있었다. 추위 때문에 거의 죽을 것 같은 카나리아 한 마리와 정교한 새장을 샀다. 호텔로 가는 동안 장갑 낀 손으로 카나리아를 감싸 쥐고 바들바들 떠는 몸뚱이에 따뜻한 입김을 불어주었다. 얼어붙은 일요일, 캐서린은 그렇게 세인트루이스 거리를 걸었다.

13

캐서린은 꼬박 닷새를 기다렸다. 심장이 불붙은 듯 뜨거웠지만 참고 기다렸다. 그러나 더 이상 기다릴 수가 없었다. 한 시간도 더 버틸 수 없었다.

기다리는 동안 캐서린은 랄프에게 편지를 썼다. 안토니오 얘기를 꺼내기 전에 먼저 저택의 정원을 어떻게 꾸밀지 계획을 이야기했다. 그동안 읽은 책들, 도서관에서 이런저런 자료를 읽으며 보낸 오후와 도서관의 높은 창문, 고요한 정적이 흐르는 기다란 탁자와 비껴들던 햇빛, 정원이 어떻게 바뀔지, 어떻게 다시 꽃피울지 이야기했다. 글투는 전보다 부드러워졌지만 랄프라는 남자를 아직은 잘 알지 못했기 때문에 필요 이상으로 다정하게 굴지는 않았다.

집으로 돌아올 안토니오를 환영하기 위해 봄에 심을 씨앗을 일부 구입하고 식물을 주문해도 되는지 물었다. 랄프가 어떤 답장을 보낼지 이미 알고 있었다. 랄프는 분명 하고 싶은 대로 하라고 할 것이다.

미주리 식물원을 찾아간 캐서린은 여러 시간 동안 서서 다리 아픈 줄도 모르고 경이로운 난초들을 감상했다. 난초는 토니 모레티처럼 희고 우아하며, 곱고 아름다웠다. 유리 온실에서 키우면 잘 자랄 것이다. 식물원 직원이 캐서린의 설명을 듣고는 기후에 따라 어떤 식물이 잘 자라고, 어떤 식물이 맞지 않는지를 구분해 목록으로 정리해주었다. 그동안 캐서린은 카운터 앞에서 잠시 기다렸다. 위스콘신의 봄은 얼마나 길까? 여름은 얼마나 더울까? 캐서린은 알지 못했다. 막연히 짐작할 뿐이었지만 그래도 세심하고 신중하게, 희망을 갖고 식물을 구매했다. 현금으로 값을 치르고 은행에서 돈을 더 찾았다. 구입한 씨앗과 식물이 언제 배송되어야 하는지 알려주었다. 그리고 붉고 하얀 피렌체산 면지 수첩과 작은 은제 펜을 사서 주문한 식물 이름과 특징을 꼼꼼히 기록했다.

앞으로 갖게 될 정원을 상상했다. 그리고 조각난 천들을 이어붙인 퀼트 같은 자신의 삶을 돌아보았다. 각각의 삶에서 경험과 지식, 통찰력을 얻었지만 모든 것들이 지금의 삶에서는 별로 쓸모가 없어 보였다.

캐서린은 '선善'을 몰랐다. 마음이 없으니 선함, 옳음에 대한 개념도 없었다. 내면에서 들끓는 격한 분노를 표출할 곳도 없었다. 그런데 정원에는 질서가 있었다. 정원은 야생의 황무지에 질서를 부여할 것이다. 캐서린은 정원에 희망을 품었다. 손가락에 새를 앉히고, 벽으로 둘러싸인 사각형의 비밀 정원에 질서, 소위 '선'이라는 개념을 부여하고 싶었다. 이렇게 기다리기만 하고 생각만 길게 하는 것은 좋지 않았다. 시간을 끌수록 과거가 떠오를 뿐이었다. 결코 되돌아가고 싶지 않은 과거……

안토니오는 캐서린과 닮았다. 그는 비밀 정원과 같았다. 자기 입에서 나온 거짓말을 스스로 믿었다. 한순간도 말을 더듬지 않고, 주춤거리지도 않았다. 그는 승리자였다.

캐서린은 랄프에게 다시 편지를 썼다. 말로이와 피스크의 예리한 감시의 눈길 없이 혼자 안토니오를 찾아가서 부드럽게 접근하면 그가 상황을 좀 더 긍정적으로 받아들일 거라고. 핑커튼 탐정 회사에서 사람은 제대로 찾았고, 자신을 '토니 모레티'라고 부르는 그 남자는 랄프가 찾는 안토니오가 맞다고. 그는 가명으로 살고 있을 뿐, 눈가에 이는 경련과 입술의 미묘한 비틀림을 통해 그가 거짓말을 하고 있다는 걸 알 수 있다고. 거만하고 건방진 태도 이면에 진실을 감추었으나 완벽하게 감추지는 못했다고 캐서린은 조심스럽게 덧붙였다.

안토니오의 나른하고 사치스러운 생활, 벨벳 가구와 비단 가운에 대해서도 언급했다. 피아노 연주에 대해서도 썼다. 겉은 우중충해도 실내는 이국적인 우아함과 분명한 취향이 돋보였던 그 집에 대해서도…….

돌아오기를 꺼리는 아들을 진심으로 불러들이고 싶은지, 확신이 있는지 랄프에게 물었다. 캐서린은 그만 버려야 할 과거도 있다는 것을, 슬프지만 놓을 수밖에 없고, 영원히 잃게 되는 일도 있다고 말했다. 마지막으로 일을 더 진행시키기 전에 답장을 기다리겠다고 썼다.

랄프는 달리 원하는 것은 없다고 답장을 보냈다. 그가 원하는 것은 오직 아들이었다. 아들의 귀향이 유일한 소망이었다. 필요하다면 어떤 방법이든 동원하라고 했다. 혼자 찾아가도 좋고, 거리에서 미행해도 좋고, 요구하는 대로 얼마든지 돈을 주어도 좋다고 했다.

캐서린은 랄프의 목적을 달성하기 위한 수단이었다. 랄프가 그런 말을 하지는 않았지만 캐서린은 알고 있었다. 그가 세인트루이스로 가달라고 말을 꺼냈을 때부터 캐서린은 그 점을 명확히 파악했다. 자신은 랄프의 어리석고도 깊은 갈망을 이루기 위한 미끼이자 도구였다.

랄프가 감상적인 바보라는 걸 캐서린은 이미 간파했다. 그는 캐서린이 안토니오의 뇌쇄적인 매력 앞에서 어떤 욕망을 품을지 상상도 못할 것이다. 캐서린이 겉으로 전혀 티를 내지 않은 덕분이었다. 누구도 그녀의 행실에 의문을 제기하지 못할 것이다. 설령 말로이와 피스크가 그녀의 뒤를 밟는다고 해도 보고할 만한 건수를 찾지 못할 것이다.

캐서린은 언제나 자신의 영리함에 감탄하고 즐거워했다. 자신이 간파하지 못할 계략은 없다고 자신했다. 어떤 결과물이든 의지대로 이룰 수 있었다. 랄프의 협조를 구했고, 제대로 사기극의 주인공이 되었다. 지금껏 맛본 적 없는 자유와 탐욕을 느꼈다. 처음에는 랄프가 협조할지 자신이 없었지만 이제 그를 확실히 손아귀에 넣었다고 확신했다.

땅거미가 질 무렵, 캐서린은 카라쿨 가죽 외투를 목까지 단단히 여미고 베일을 내린 모자를 쓴 채 거리를 걸었다. 별로 개의치는 않았지만 그래도 혹시 미행이 있는지 확인했다. 적갈색 사암으로 지은 집들 사이를 지나, 우중충한 판잣집들이 늘어선 거리로 들어섰다. 이윽고 붉은 페인트가 칠해진 집 앞에 멈추었다.

지금쯤 안토니오는 옷을 입고 있을 것이다. 따뜻한 욕조에서 나와 침대 위에 놓인 옷을 입고 있겠지. 문 두드리는 소리가 들리면 아편 파이프와 주사기를 비롯해 정신을 혼미하게 하고 상상력과 음악성을 자극하는 도구들을 서둘러 치우겠지만 먼 곳에 두지는 않을 것이다. 노크 소리를 듣고 캐서린을 맞이할 준비를 할 것이다. 그는 문을 열기도 전에 방문객이 누구인지 알아차릴 것이다.

캐서린은 문을 두드렸다. 안토니오가 문을 열었다. 그는 한참 동안 캐서린을 바라보다 굴처럼 매끄럽고 짭짤한 혀를 그녀의 입으로 밀어넣었다. 그녀를 집 안으로 끌어들이고 문을 발로 차서 닫은 후, 거칠고도 익숙한 키스를 퍼부었다.

안토니오가 캐서린의 외투 아래 손을 넣어 원피스 목깃 아래, 고동치는 혈관을 어루만졌다. 캐서린은 단추도 잠그지 않고 헐렁하게 걸친 그의 옷을 찢다시피 벗긴 후 희고 부드러운 가슴팍, 단단하고 날씬하며 비단처럼 매끈한 배를 쓰다듬었다. 안토니오의 피부는 어느 누구의 손길도 닿은 적 없는 새것처럼 신선했다.

안토니오는 뭉개다시피 입술을 짓누르고 혀를 집어넣었다. 캐서린은 그의 입천장을 핥으며 그가 전날 밤에 얼마나 방탕하게 놀았는지 상상했다. 샴페인, 시가 냄새에 신선하지 않은 숨결이 느껴졌다. 캐서린의 머릿속은 백지가 되고 피부는 불붙은 듯 뜨겁게 달아올랐다. 그가 누구이며 정체가 무엇인지 알 수 없었다. 그녀는 눈부신 빛 속에서 혼란에 빠져들었고 그의 영혼에 두려움을 느꼈다. 그러나 아무것도 중요하지 않았다. 시간도, 열기와 한기도, 과거와 미래도 없었다. 오직 이 순간, 그의 피부를 어루만지는 그녀의 손, 그의 배꼽을 쓰다듬는 손가락, 그의 바지춤을 헤치는 손, 그리고 그녀의 고동치는 혈관을 내리누르는 그의 손가락이 존재할 뿐이었다.

그녀의 두 눈은 아무것도 보이지 않았다. 그녀는 캐서린이 아니었다. 어느 누구도 아니었다. 그녀가 어디에 있는지 아는 이는 없었다. 예전에 어디서 살았는지 아는 이도 없었다. 그녀는 감각의 왕국

속에서 끝없는 황홀경에 빠져들었다.

그들은 지켜보는 이가 있는 것처럼 섹스를 했다. 남에게 보이기 위한 동작처럼, 육체의 쾌락을 어렵지 않게 시연해보듯이, 스스로의 움직임과 애무에 민감하고 적나라하게 반응했다. 캐서린은 침대에 누웠고, 옷은 바닥에 아무렇게나 널브러졌다. 안토니오 역시 알몸이었다. 침대에 모로 누운 캐서린은 온데간데없이 사라지고, 위에서 밑에서 옆에서 파고드는 율동만이 그녀를 몰아붙일 뿐이었다. 그가 전문가적인 솜씨로 빠르고 깊게 절정으로 몰아가자, 그녀는 온기와 쾌락으로 온몸을 비틀었다. 안토니오가 캐서린의 몸 안으로 들어가며 울부짖었다. 그가 내는 유일한 소리였다.

그가 사랑하는 것은 바로 자신의 남성이었다. 그것이 바로 캐서린의 몸 안으로 달려들도록 밀어붙이는 원동력이었다. 자신의 기술과 쾌락, 유연함, 흉포성에 도취되어 마치 처음인 것처럼 그녀 속을 찢고 들어갔다. 그는 입술이 부풀어 오르도록 맹렬히 입을 맞추었다. 얼굴이 온통 키스 자국으로 뒤덮이고 몸 안은 쓰라렸다. 그러나 그녀는 완전해졌다. 다시금 온전히 완성되었다.

캐서린은 자기도 모르게 내뱉었다.

"트루잇."

그녀는 지금껏 수많은 남자들과 관계를 했었다. 얼굴조차 기억나지 않는 남자들. 안토니오도 수많은 여자들과 관계했다. 여자들의 이름이 그의 혀끝에서 맴돌았다. 캐서린이 지금 이 자리를 차지하는 여자라는 것은 중요하지 않았다.

안토니오와의 성관계는 음식과는 달랐다. 아무리 해도 양분처럼 흡수되지 않았다. 불처럼 뜨겁게 타올라서 캐서린이 그에게 다가가면 재가 되어 부서져내렸다.

관계를 마친 캐서린은 무방비 상태가 되어 꾸벅꾸벅 졸았다. 자신의 이름도 잊고서, 아무것도 상관하지 않고, 아무것도 기억하지 않았다. 비 내리는 숲 속에서 들려오는 바람 소리처럼, 멀리서 안토니오의 목소리가 들려왔다.

"나의 새, 나의 초콜릿."

캐서린은 부드럽게 웃었다. 피부와 피부가 닿는 감촉을 느끼면서 그의 품으로 파고들었다. 이 남자를 사랑한 것처럼 다른 누군가를 사랑하는 일은 결코 없을 것이다. 그녀는 그에게 정신없이, 속수무책으로 빠져들었다. 연습으로 완성시켰던 방어기제는 이 남자 앞에서 아무 소용이 없었다. 이성도 언어도 그녀를 막지 못했다. 관능에 도취된 그녀의 갈증은 더욱 커져갔다.

"당신은 나의 음악. 나에게 말해봐."

캐서린은 눈을 떴다. 그녀는 하늘색 비단이 천막처럼 둘러쳐 있고, 샹들리에가 드리워진 프랑스식 침실에 누워 연인의 팔에 안겼다. 안토니오가 꿈속으로 들어와 사랑에 대한 정의를 내려주었다. 그러나 왠지 초라했다. 슬펐다.

"무슨 말? 무슨 말을 하라고?"

안토니오가 슬픔과 이기심이 뒤섞인 눈빛으로 캐서린을 바라보았다.

"그 사람이 왜 아직 죽지 않았지?"

안토니오의 목소리는 얼음처럼 차가웠고, 눈동자는 벌거벗은 그녀를 예리하게 쏘아보았다. 캐서린은 침대에 아무렇게나 던진 숄을 끌어당겨 몸을 덮었다. 랄프 트루잇을 만나러 시카고를 떠나 기차를 타고 가면서 가방에 넣었던, 아름다운 자수가 놓인 검은색 숄이었다.

"그럴 수가 없었어. 아직은 그럴 틈이 없었어. 내가 뭘 어떻게 하길 바라는데?"

"뭘 바라는지 알잖아. 설마 우리의 약속을 벌써 잊은 건 아니겠지. 난 전부를 원해. 그걸 당신과 나눌 거고……."

캐서린은 일어나 앉았다.

"그 사람이 네가 집으로 돌아오길 바라는 줄 내가 어떻게 알았겠어? 이런 식으로 내가 너를 찾으러 오는 건 애초에 계획에도 없었잖아. 어쨌든 그는 당장 죽진 않을 거야. 시간이 필요해. 이런 일은 원래 시간이 오래 걸려. 우선 병이 들고 몸이 쇠약해진 후에 죽어야 티가 안 나. 앞으로 그렇게 되겠지만 당장 죽게 만들 수는 없어."

안토니오는 캐서린의 손을 끌어다가 자신의 성기에 얹어놓았다. 그녀의 손아래서 움직이는 그의 성기는 물고기처럼 부드럽고 나긋하며 숨결처럼 잔잔하게 오르내렸다.

"맹세해."

"약속할게."

침대에서 일어선 그는 수건을 손에 들고 성기를 닦아냈다. 그가 앉았던 침대 자리가 축축이 젖었다. 그는 캐서린의 몸 안에 사정한 적이 한 번도 없었다. 세상에 자기 자식이 태어나는 것을 두려워했다. 그는 바닥에 떨어진 자신의 멋진 옷을 집어 한쪽 구석에 던지고 장식장에서 같은 종류의 깔끔한 옷들을 꺼냈다.

"창녀 입에서 나오는 약속이 확실할 거란 기대는 안 해. 나 일 다녀올게."

캐서린은 울었다. 지금껏 안토니오가 자신을 창녀라 부른 적이 없기에 별안간 나온 그 말이 예리한 비수처럼 가슴을 찔렀다. 그에게 눈물을 보이지 않으리라, 어느 누구 앞에서도 울지 않으리라 굳게 결심했었다. 그러나 도저히 눈물을 멈출 수가 없었다.

"나더러 어쩌라는 거야?"

"그 사람을 죽여. 난 그의 돈을 원해. 그가 죽었으면 좋겠고 얼굴 볼 일이 없었으면 좋겠어. 그가 죽어갈 때 얼굴이 어떻더라는 얘기는 듣고 싶지만 그 얼굴을 직접 보고 싶지는 않아. 그 사람 배가 얼음처럼 차갑게 식었으면 좋겠어. 그 사람 이가 얼굴 안에서 썩었으면 좋겠어. 어머니 집에 살면서 아름다운 물건을 내 것으로 만들고 싶어. 내 말뜻 잘 알겠지?"

캐서린이 나지막하게 말했다.

"그래, 네가 원하는 대로 될 거야. 원하는 걸 전부 다 갖게 될 거야. 하지만 시간을 두고 일을 진행해야 완벽하게 감출 수 있어. 비소 독이 원래 그래. 느리고 눈에 띄지 않지."

안토니오가 옷을 입는 모습은 대단히 매혹적이었다. 아름다운 옷가지들이 한 겹 한 겹 소년처럼 날씬한 몸을 감싸는 모습. 몸에 옷을 걸치는 동작이 여인처럼 우아하고 요염했다. 그 몸은 캐서린의 비밀이며 소유물이었다. 캐서린이 호텔에서 홀로 잠든 어젯밤에는 다른 여자가 그 몸을 품었겠지만, 캐서린만큼 그를 잘 아는 여자는 없었다. 그도 말은 하지 않았지만 캐서린을 사랑했다. 그가 평생 기다린 모든 것을 손에 넣을 수 있는 열쇠가 바로 캐서린이기 때문이었다.

안토니오는 캐서린밖에 붙잡을 데가 없었다. 원하는 것을 줄 수 있는 사람은 캐서린뿐이었다. 그들은 함께 음모를 꾸몄다. 멜로드라마에나 나올 법한 충격적인 음모지만 캐서린이 영리하게만 굴면 불가능한 일도 아니었다. 그리고 캐서린은 자신의 영리함을 의심해본 적이 없었다.

캐서린이 안토니오를 달랬다.

"계획대로 될 거야. 알잖아. 잘 될 거야."

"그 과정을 설명해줘. 다시 말해줘."

"처음엔 그 사람 기분이 들뜨게 될 거야. 딱히 무엇인지는 몰라도 뭔가를 심하게 갈망하게 될 거야. 그 갈망이 마음에 독을 퍼뜨리면서 악몽에 시달리겠지. 피는 묽어지고 항상 몸이 차가울 거야. 담요를 아무리 여러 장 덮어도 한기는 가시지 않아. 머리카락이 빠지기 시작하고 몸져누웠다가 세상을 떠나는 거야."

안토니오는 잠자리에서 이야기를 듣는 아이처럼 귀를 기울였다.

"그런데 그 사람 속내가 궁금하지 않아? 내가 말한 건 전부 사실이야. 그는 네가 집으로 돌아오길 바라고 있어. 내가 본 어떤 집보다 더 아름다운 집을 너한테 주고 싶어 해. 아 참, 넌 이미 그 집을 알겠구나."

"그곳에서 살았던 하루하루를 한시도 잊지 않고 자세히 기억하고 있어. 하지만 그 사람은 내가 꿈꾸는 집에 포함되지 않아."

"그 사람은 널 사랑해. 아니, 널 사랑하고 싶어 해."

안토니오는 돌아서서 한쪽 무릎을 침대에 대고는 캐서린의 어깨를 붙잡고 인형처럼 흔들었다. 그가 폭력적으로 구는 중에도 캐서린은 옷 사이로 드러난 그의 하얀 속살에 눈길이 갔고 뜨거운 손길을 느꼈다.

"그가 나를 때렸어. 내 어머니를 죽였어."

"그렇지만……."

"그 사람이 내 아름다운 어머니를 끌어다가 입 안이 피투성이가 되고 이가 빠져 바닥에 떨어질 때까지 두들겨 팼어. 내가 다 봤다고. 나를 시카고까지 데려가서 그 현장을 보게 했거든. 그는 강한 사람이야. 지금은 모르겠지만 그때는 그랬어. 그 못생긴 손으로 어머니를 목졸라 죽였어. 내가 봤어. 그때 나는 열세 살이었어. 그런 내가 왜 그 사랑을 받고 싶겠어? 난 그 작자가 어서 죽기를 바라는 사람이야."

안토니오는 캐서린을 침대에 쓰러뜨렸다.

지금 하는 얘기는 이미 천 번도 더 들었지만 캐서린은 단 한 번도 진실이라고 생각하지 않았다. 안토니오를 사랑하기 때문에 랄프와 안토니오 사이에 정말 그런 일이 있었고, 그것이 불화의 주된 원인이라고 믿으려 했다. 그러나 진심으로 믿지는 않았다. 랄프가 어떤 사람인지 알게 되고, 랄프의 아내가 된 지금은 더 이상 안토니오 말이 믿기지 않았다.

적갈색 사암으로 지어진 지저분한 집들, 우중충한 공동주택에서는 그런 일들이 일어날 수도 있다. 다른 이들에게는 얼마든지 일어날 수도 있는 일이다. 그러나 랄프가 자제력과 이성을 잃고 미쳐 날뛰는 모습은 상상이 되지 않았다. 노력은 해봤다. 뺨에 거뭇하게 수염이 나기 시작한 어린 나이의 안토니오가 그 끔찍한 광경을 목격하는 장면을 머릿속에 그려보려고 했지만 불가능했다.

캐서린도 갑자기 주체할 수 없는 분노가 폭발했던 적이 있었지만 랄프 같은 사람이 그랬을 리는 없었다. 랄프는 어린 딸의 두 눈에서 초점이 사라지던 날에도 술 대신 기도를 택했고, 아내가 피아노 선생과 뒹구는 모습을 보고도 총을 집지 않고 방문을 닫은 사람이었다.

안토니오가 가볍게 입을 맞추었다. 그의 메마른 입술이 캐서린의 뺨에 깃털처럼 닿았다.

"우리의 미래가 걸렸어. 미래가 걸렸다고."

분노한 캐서린이 침대에서 몸을 일으켰다.

"그런데 넌 아무것도 안 하겠다고? 전혀? 넌 술 마시고 오입질이나 하고 아편굴에 가고 끝없이 외상을 주는 재단사들한테 옷이나 맞춰 입는 게 전부잖아. 그 사람들은 너한테 자기네 옷을 입히는 걸 영광으로 아니까, 그렇다고 쳐. 그런데 이 일을 나한테 모두 맡기고 넌 아무것도 안 하잖아."

"오입질이나 한다고? 당신 입에서 그런 말이 나오다니 참 안 어울리네."

"난 널 사랑해. 널 위해 뭐든 해줄 수 있어."

"사랑이 무척이나 드물고 아름답다는 걸 잘 알잖아. 나를 위해 일해주는 대신 당신은 사랑을 얻는 거야."

"어쨌든 일은 나더러 다 하라는 거잖아."

"아니, 그렇지 않아. 당신은 나한테 아버지만 넘겨주면 돼. 아버지의 죽음으로 나를 깜짝 놀라게 해주면 되는 거라고. 그럼 너의 사랑은 완전히 새로운 가치를 얻게 될 거야."

"알았어. 할게. 한다고."

"시간을 너무 오래 끌지는 마."

안토니오는 옷을 다 차려입은 후 멀찌감치 떨어져 섰다. 벌거벗은 캐서린은 차갑고 축축한 침대에 어색하게 앉아 있었다. 안토니오와의 이별은 죽음과도 같았다. 안토니오가 고개를 돌려 캐서린의 눈을 바라보았다. 그의 눈에 눈물이 고여 있었다.

"당신도 내 어머니를 봤어야 해. 정말 사랑스러운 분이었어. 목소리는 부드럽고 손도 자그마하셨지. 나를 무릎에 앉히고 피아노를 연주하면서 오래된 이탈리아 노래를 불러주셨어. 언제나 소녀 같은 모습이었어."

안토니오는 어두워지는 창가 옆 의자에 앉았다.

"어머니가 집을 나간 후, 아니 쫓겨난 후 누나도 죽고 말았어. 나는 예전에 어머니와 살던 집으로 몰래 들어갔어. 어머니의 방에 들어가서 벽장에 걸린 옷에 코를 묻고 어머니의 향기를 들이마셨어. 어머니한테서는 미국이 아닌 다른 나라의 향기가 났어. 언제나 음악과 춤이 함께하는 나라. 촛불로 환히 밝혀진 나라.

소녀 시절에 어머니는 사랑에 빠졌어. 사람들이 언제나 그렇듯이 사랑에 빠진 건 어머니 잘못이 아니야. 어쩌면 랄프 트루잇이 내 아버지일 수도 있고 아닐 수도 있어. 아무도 진실은 알 수 없을 거야. 하지만 그는 어머니한테 한 짓과 어머니가 나간 후 나한테 한 짓에 대해 대가를 치러야만 해.

나는 평생 그 사람을 증오하면서 살았어. 지긋지긋해. 그가 죽기 전에는 온전하게 살 수 없을 것 같아. 그러니 나를 위해 그 일을 해줘. 당신을 보면 어머니가 떠올라. 처음 보던 날부터 그랬어. 당신은 나름의 방법으로 나를 사랑해주었지. 닫힌 내 마음도 조금씩 열어주었고. 그러니 나를 위해 그 일을 해줘.

사람들은 나를 나쁜 놈이라고 하지. 아무짝에도 쓸모없는 쓰레기라고. 어쩌면 그럴 수도 있겠지만 아직 정해지지는 않았어. 나는 여전히 어머니의 어두운 벽장에 들어가 옷 냄새를 맡는 열 살짜리 꼬마야. 여기서 상태가 나빠질 수도 있고, 좋아질 수도 있겠지. 그 사람이 무덤에 들어간 날에 확실히 알 수 있을 거야."

안토니오는 의자에서 일어섰다. 밖은 어두워졌다. 그는 문을 열고 집 밖으로 나가버렸다.

캐서린은 집 안을 돌아다녔다. 벽장문을 열고 그 안에 보관된 자신의 멋진 옷들, 장식구슬과 깃털, 모자, 기다란 새 모양의 장신구와 보석, 곱디고운 하이힐들을 바라보았다. 붉은색, 녹색, 황금색,

모로코가죽으로 만든 하이힐에 반짝이는 단추와 죔쇠가 달려 있었다. 문득 예전 생활로 되돌아가고 싶다는 생각이 들었다. 옷의 감촉과 냄새, 향수를 뿌린 옷들이 과거를 되돌려줄 것 같았다.

오후가 되도록 침대에서 일어나지 않는 생활, 웃음과 음란한 농담과 야한 노래, 다시는 만나지 않을 남자들과의 섹스, 비단 지갑 속에서 짤랑이는 돈 소리, 거품이 꺼진 후 전율할 정도로 강한 단맛이 도는 샴페인, 아침에 일어났을 때 풍기는 고약한 입 냄새, 아편과 샴페인, 비단 리본이 달린 속옷을 입은 여자들과 서로의 피부를 쓰다듬으며 위층에서 밤을 보내던 기억. 그녀들과 밤새 이야기를 나눌 적에 앞으로 일어나게 될 일에 대해서는 편안하게 얘기를 나눴지만, 과거에 대해서는 그렇지 않았다. 그래도 서로 무슨 말을 하든 받아들이는 분위기였다.

캐서린은 일요일 아침에 탁자 앞에서 신문을 보다가 랄프 트루잇이 낸 개인 광고를 보았다. 그때 그 광고를 보지 말 것을. 그 이름을 안토니오에게 큰 소리로 얘기하지 말 것을. 당시 안토니오가 눈을 번뜩이며 그 신문을 움켜쥐었다. 그날 이 애처로운 광고를 어떻게 이용할지 안토니오 앞에서 떠들지 말았어야 했다. 랄프 트루잇. 구태의연한 사기극에 그를 엮지 말았어야 했다.

캐서린은 돌아갈 수 없었다. 이제 와서 상황을 돌이킨다 한들 어디로 간단 말인가? 어느 여름 날 소나기 속에서 매력적이었던 어머니, 사관생도들과 함께 마차를 타고 가던 그때로? 어린 여동생의 눈동자에 귀여움이 가득하던 시절로? 이 모든 일들이 일어나기 전의 시점으로?

캐서린은 벽장을 닫았다. 물주전자에 담긴 물로 꼼꼼히 몸을 씻었다. 더 이상 생각하지 않았다. 안토니오와 나눈 섹스의 흔적을 피부에서 씻었다. 캐서린은 온몸을 던져 그를 탐닉했고 아무것도 후회하지 않았다.

세심하게 다시 숙녀다운 옷으로 옷을 차려입은 캐서린은 세인트루이스의 어두운 거리를 두려운 기색 하나 없이 걸어갔다. 그쪽 거리는 어쩔 수 없는 사정이 아니면 다들 그 시각에 밖에 다니기를 꺼리는 곳이었다. 호텔로 돌아온 캐서린은 좁은 침대에 누워 순진한 소녀처럼 잠들었다. 천상의 음악 같은 카나리아의 노랫소리가 꿈결 속에서 그녀를 위로해주었다.

14

오랫동안 멀리했던 마약을 다시 맛본 사람처럼 캐서린은 멈출 수가 없었다. 상황이 진전되고 있지만 시간이 걸릴 것 같다고 랄프에게 편지를 썼다. 안토니오를 앤디라 칭하며, 앤디를 어떻게든 집으로 돌아오게 만들겠다고 약속했다.

그리고 매일 안토니오 집에 찾아갔다. 피스크와 말로이의 미행 따윈 더 이상 두렵지 않았다. 어쩌면 그들이 어두운 곳에 숨어서 지켜보고 있을지도 모른다고 생각했지만, 두려움을 갖기에는 이미 늦어버렸다.

안토니오와의 섹스는 짧고 강렬할 때도 있고, 밤에서 낮으로 다시 밤으로 바뀔 때까지 오랜 시간이 걸릴 때도 있었다. 그러고 나서 캐서린은 안토니오의 벽장에 있는 자신의 예전 옷을 꺼내 입고 함께 외출을 했다. 그들은 굴을 먹고 샴페인을 마셨다.

안토니오는 랄프에게 집착했지만 그 점을 제외하면 어린애 같은 순수한 매력이 있었다. 함께 있으면 다시 소녀 시절로 돌아간 것처럼 마냥 새롭고 신선한 기분이었다. 안토니오는 여행 이야기, 여행 중에 만났던 우스꽝스럽고 특이한 사람들 이야기를 들려주곤 했다. 결코 어른이 되지 않을 소년의 끝없는 모험담은 언제나 새롭고 순수했다. 그의 웃음소리는 봄을 맞은 숲에서 바위 위로 흘러넘쳐 반짝이는 맑은 물 같았다.

랄프와 함께 있을 때는 웃은 적이 없었지만 안토니오와 함께 있으면 캐서린은 웃을 수 있었다. 랄프는 믿음직하고 좋은 사람이고 여러 가지 장점이 많은 남자지만 캐서린을 웃게 하지는 못했다.

밤이면 호리호리하고 연약한 몸을 침대에 뉘이고 단단히 싸고 있던 갑옷을 벗은 안토니오가 가끔 말을 꺼냈다. 실제로 자신은 오랫동안 혼자 외롭게 돈을 벌었고, 다음 여자를 찾으려 안간힘을 쓰며 살았다고. 부모 없이 홀로 세상에 내던져져 돌아갈 집도 없는 신세지만 캐서린과 함께 굴과 샴페인을 앞에 놓고 앉아 있으면 햇빛과 깨끗한 시트만으로도 인생이 충만해진 기분이라고. 안토니오는 아무리 봐도 질리지 않는다고 캐서린의 미모를 칭송했다. 캐서린은 그 말을 믿었다.

캐서린은 안토니오가 피아노 연주를 하는 저속한 맥주홀에도 함께 갔다. 바로 앞에서 다른 남자들과 시시덕댔지만, 언제나 그랬듯 안토니오는 별다른 반응을 보이지 않았다. 가끔 노동자들끼리 격한 싸움이 벌어질 때도 있었지만 캐서린은 앉은자리에서 꼼짝도 하지 않았다.

그들은 맥주홀을 나와 아편굴에 들어갔다. 중국 여자들이 그들의 옷을 벗기고 비단으로 몸을 감싼 후, 따끈하고 향기로운 기름으로 마사지를 해주었다. 그리고 검은색을 띤 존득거리는 아편 덩어리를 입에 넣어주었다. 그들은 새벽녘에야 아편굴을 나와 안토니오 집으로 향했고 캐서린은 다시 점잖은 옷으로 갈아입었다. 호텔에서 안토니오 집으로 올 때 입는 옷, 그리고 다시 호텔로 돌아갈 때 입는 옷이었다. 캐서린이 많이 취해서 객실 자물쇠에 열쇠를 꽂지 못할 때에는, 졸음 가득한 눈을 한 호텔 포터가 도와주었다. 캐서린은 정오까지 잠을 자다가 새소리에 깨어났다.

캐서린은 진한 블랙커피를 마셨고, 달달한 잼을 바른 노란 식빵 외에는 음식에 거의 손을 대지 않았다. 늘 새벽에서 정오 사이에 잠을 잤다. 가끔 오후 늦게까지 있다 보면 허기가 져서 책 더미에 양가죽 장갑을 올려놓은 채 의식을 잃을 때도 있었다.

그녀는 장미 원예학을 공부했다. 책을 읽다보면 피부를 따끔하게 찌르는 장미 가시가 느껴지고 손등에 배어나오는 피 냄새까지 느껴지는 것 같았다. 캐서린은 랄프가 생각하는 사람도 아니고, 안토니오가 생각하는 사람도 아니었다. 어느 쪽이 진짜이고, 어느 쪽이 가짜인지 본인도 알 수 없었다.

세인트루이스에서 예전에 알고 지내던 친구들을 만났다. 해티 리노, 애니 맥크래, 마거릿, 루이즈, 호우프, 조 라모어, 테디 클론다이크. 이 광대한 도시 어딘가에서 살고 있을 여동생 앨리스를 찾으려고 친구들의 집을 돌아다녔지만 앨리스는 어디에도 없었다. 앨리스는 상태가 괜찮았을 적에 이 친구들과 어울려 지냈고, 캐서린과 함께 서커스와 오페라 공연을 보러 다니기도 했었다.

캐서린이 여러 권의 책을 사주었지만 앨리스는 한 번도 읽지 않았다. 캐서린이 보석 박힌 장신구를 사주면 남한테 줘버렸다. 그런데도 캐서린은 뭐든지 따로 챙겼다가 여동생에게 주었다. 여동생이 남부럽지 않게 생활하기를, 자매끼리 친구처럼 지내기를 원했지만 뜻대로 되지 않았다.

앨리스를 찾아내서 위스콘신으로 데려가고 싶었다. 도시에서 멀리 떨어진 하얀 눈으로 뒤덮인 시골에서 살다보면 앨리스의 심신이 치료되고 온전해질 것 같았다. 앨리스가 에밀리아의 고운 옷을 입고 원피스 자락을 끌며 대저택의 긴 계단을 내려와 프레스코화가 그려진 천장이 높은 홀을 거니는 모습을 상상해보았다. 앨리스는 걸작에 그려진 어린아이 같을 것이다. 캐서린은 앨리스를 구할 수 있다고 여전히 믿고 있었다.

해티 리노가 말했다.

"앨리스는 그만 잊어버려. 몇 달째 아무도 그 앨 보지 못했어. 마지막으로 눈에 띄었을 때는 꼴이 말이 아니었대. 아무도 걔한테 말을 걸지 않았고 걔도 신경도 안 썼어. 나도 창피했을 정도니까 말 다했지."

"내 동생이야."

"그래, 성질 못됐고 냉정한데다 병까지 들었지. 온전한 집에서 사는 걸 좋아하는 애가 아니야. 제멋대로 돌아다니며 사니깐. 남자들도 이젠 걜 안 좋아해."

"평생 제대로 된 집에서 살아본 적이 없어서 그래."

"그래서 걔가 죽기 전에 그런 집에서 살게 해주고 싶다 이거구나. 너랑 또 누가 같이 사는 집인데? 월세를 누가 내준대?"

캐서린은 랄프의 이름을 입에 올리지 않았다. 이곳을 떠날 때도 친구들에게 별다른 설명을 하지 않았다. 그래서 다들 시카고에 갔으려니 추측할 뿐이었다. 이유를 궁금해하지도 않았다. 새로운 남자를 찾으러 갔다고 생각한 것이다. 돈을 뿌려줄 새로운 남자.

"같이 살아야지. 그 애가 죽기 전에."

안토니오가 무어라 콕 집어서 말하기 힘든 방식으로 자신을 원한다는 걸 캐서린은 알고 있었다. 캐서린은 그가 자신을 숭배하는 것이라 여겼으나, 실은 그렇지가 않았다. 안토니오는 그것을 '사랑'이라 표현할지 모르지만 그것은 일상적인 필요, 습관, 중독에 불과했다. 사랑이 아니었다.

가끔 이른 오후에 빨간 카나리아가 손에 쥔 롤빵을 쪼아 먹고 있는 동안, 잠옷 차림으로 조용한 호텔 방에 있다 보면 문득 그 명확한 사실이 비수처럼 날카롭게 가슴에 꽂혔다. 그러나 안토니오가 캐서린에게 느끼는 감정은 또 달랐다. 안토니오에게 캐서린은 언제나 흥분되는 여자였다.

캐서린은 그를 몹시 필요로 했기에 늘 약자였다. 캐서린은 무엇이든 그가 요구하는 대로 해야 했으며, 다른 여자들과는 달리 언제나 무방비 상태였다. 캐서린에게 안토니오는 점점 잃어 가고 있는 젊음의 끝자락과도 같았다.

안토니오는 자신이 하고 싶은 대로 했다. 섹스를 하고 매질을 하고 발에 입을 맞추었다. 캐서린은 그의 요구를 뭐든지 들어주었다. 캐서린은 안토니오보다 나이가 많았다. 안토니오의 젊음은 그녀에게 가장 큰 관심거리였다. 술병에 남은 마지막 와인 한 모금처럼 간절했다. 그녀는 그의 아버지를 죽이고 그에게 모든 것을 줄 것이다. 뭐든 할 것이다. 이 일을 해내고 말 것이다. 아버지의 죽음은 안토니오가 간절히 바라는 바였다. 안토니오에게 랄프는 포커 게임에서 걸고 무너뜨릴 수 없는 무적이었다. 지금은 캐서린을 내세워 게임을 하고 있기에 기꺼이 기다리겠지만 무작정 오래 기다리지는 않을 것이다.

안토니오는 손가락을 캐서린의 안에 넣고 잠들었다가 눈을 뜨면 손가락에 묻은 사향을 핥곤 했다. 캐서린이 생리 중일 때, 술에 취했을 때, 잠들었을 때를 가리지 않고 섹스를 했다. 함께 있으면 그의 욕구와 그녀의 욕망은 한없이 충족되었다. 캐서린이 평범하고 단정한 원피스를 입고 집으로 찾아오면 낯선 누군가와 섹스를 하는 기분이 들어 더욱 흥분되었다.

캐서린은 꿈을 꾸는 듯했다. 어디에 있는지 기억하기 어려운 꿈. 그래도 매일 랄프에게 편지를 썼다. 이곳 생활에 대해 거짓을 늘어놓고, 머릿속으로 상상한 이야기를 장황하게 적었다. 랄프가 자신이 중요한 임무를 맡고 있다는 사실을 잊지 않기를 원했다. 랄프의 외로움에 종지부를 찍고, 아들을 집으로 데려오고, 정원을 다시 되살릴 수 있는 힘이 자신에게 있다는 것을 편지로 되새겨주었다.

한번은 섹스 후에 캐서린의 가슴에 머리를 얹고서 안토니오가 말했다.

"그 사람 얘기 좀 해봐."

그의 검은 머리카락이 캐서린을 자극하면서 정신이 혼미해졌다. 캐서린은 눈을 감고 랄프를 떠올려보았다. 잘 모르는 사람들 얼굴은 또렷하게 기억이 나는데 랄프의 얼굴은 머릿속에 그릴 수가 없었다.

"전부 다 알고 싶어. 다시 얘기해줘."

"그는 키가 크고 체격이 좋아."

"뚱뚱해?"

"아니. 건장한 편이야."

캐서린은 조심스러웠다. 안토니오를 기쁘게 해주고 싶었다. 그게 그녀가 해야 할 일이니까. 안토니오가 듣고 싶어 하는 말만 해주고 싶었다.

"돈이 아주 많은 것 같아. 그래서 벌여놓은 사업도 많고. 대부분 철강인데, 철도와 기계를 비롯해서 그의 손이 닿지 않은 데가 없어. 모두들 그 사람 회사에서 일해. 돈이 엄청나게 들어오지. 정확한 액수는 나도 몰라. 개인용 객차도 갖고 있어. 자동차도 있는데 그걸 자랑스러워하는 것 같더라. 그리고 너도 아는 그 집도 있어. 그 사람은 조용히 살고 있어. 그리고 밤마다 내가 시를 읽어줘. 참 슬픈 사람이야. 심장에 슬픔이 가득해."

"우리가 그 집에서 사는 모습을 상상해봐. 파티를 상상해보라고."

안토니오는 머릿속으로 파티를 그렸다. 어떤 파티인지 캐서린은 이미 알고 있었다. 지금의 생활과 별반 다르지 않게 방탕할 것이다. 다만 더 많은 손님과 더 많은 돈, 더 많은 샴페인과 더 많은 물건들이 안토니오에게 쾌락을 가져다주겠지. 시중드는 여자들이 그가 아무렇게나 벗어놓은 옷을 가져다가 세탁할 것이다. 누나의 무덤 옆에 아버지의 무덤이 있을 테고, 그는 아버지의 무덤에 침을 뱉을 것이다.

안토니오와 캐서린은 객차를 이용해 시카고와 세인트루이스에서 끝없이 사람들을 불러들일 것이다. 그들은 기분만 내키면 뭐든 해주는 안토니오를 위해 죽으라면 죽는 시늉까지 하겠지. 캐서린이 지켜보는 앞에서도 안토니오는 다른 여자와 섹스를 할 것이다. 그는 프랑스에서 가져온 도금된 거울 앞에서 면도를 할 것이다. 그의 어머니가 이탈리아에서 가져왔다는 황금 침대에서 잠을 잘 것이다. 그들이 시카고에서 사온 마약을 복용하고 마을 거리 한복판을 걸으며 아무것도 아닌 일에 미친 듯이 웃어대도 누구 하나 제지하지 않을 것이다. 돈은 결코 마르지 않을 것이며 호사스런 생활도 끝나지 않을 것이다.

"네 장난감도 그 집에 그대로 있어. 네 누나 옷도 벽장 안에 걸려 있고. 네 어머니 옷도. 전부 아름답더라."

"당신 다 입어."

"입어봤는데 너무 작아. 앨리스한테는 잘 맞을 거야. 박물관에 있는 옷처럼 죄다 구식이라 좀 그렇지만……. 네 어머니 화장대 안쪽에 보석함이 하나 있는데 진주랑 에메랄드랑 루비가 있어. 다이아몬드로 만들어진 나비 모양 리본은 네 머리를 뒤로 묶을 때 쓰면 될 거야. 다이아몬드 시계도 있어. 네 어머니가 집을 나가면서 깜박 잊고 못 챙기셨거나, 챙길 틈이 없으셨나봐."

"그는 사랑스러운 내 어머니를 때렸어. 어머니는 피투성이가 되도록 맞아서 정신이 하나도 없으셨어. 입고 있던 옷 말고는 아무것도 못 챙기고 집을 나가셨으니 말 다했지."

"어머니 물건들도 그대로 있더라."

"난 앨리스가 싫어. 절대 가까이 두고 싶지 않아."

캐서린은 앨리스 이야기를 하는 데 지쳤고, 안토니오를 달래는 데 지쳤다. 안토니오는 어린 시절에 그대로 갇혀버린 소년이었다. 몸만 자랐지 정신은 그대로였다. 캐서린은 알고 있었다. 아무리 랄프를 죽이고, 다이아몬드가 박힌 나비 모양 리본을 차지하고, 매몰차고 방탕하게 아무 생각 없이 살아도 잃어버린 소년 시절을 돌이킬 수 없다는 것을……. 안토니오가 잃어버린 것은 시간이고, 남은 건 분노뿐이었다.

안토니오도 알고 있었다. 그는 기억하려 애썼다. 누나와 어머니를 떠올리려 안간힘을 썼지만 기억나지 않았다. 그의 삶은 항상 분노 때문에 상처가 가실 줄 몰랐다.

"그는 온 마음으로 널 그리워해. 자기가 한 짓에 대해 미안해하면서, 늘 고통 속에 살고 있어."

"나는 고통 없이 사는 줄 알아? 좋아서 이렇게 멍청하게 살고 있는 줄 아느냐고?"

캐서린은 외줄 타는 곡예사처럼 한마디 할 때마다 조심스러웠다.

안토니오는 밤에 잠을 자지 못했다. 심장이 마구 두근거리고 관자놀이에서 혈관을 타고 피가 세차게 흘렀다. 날이 새도록 침대에서 뒤척이다가 일어나기도 했다. 더 이상 견딜 수 없을 때는 모르핀, 아편, 와인에 의지하기도 했다. 하지만 약이나 술에 취했다가 깨어나면 편히 쉰 것 같지가 않았다.

그의 영혼은 고통받았으며, 분노는 얼굴에 고스란히 나타났다. 안토니오는 얼굴이 찢어지고 분노의 고름이 높고 고운 광대뼈 아래로 흘러내리는 망상에 시달렸다.

안토니오는 죽지 않을 정도로만 먹었고, 그나마도 대단히 진귀한 음식뿐이었다. 굴과 샴페인, 메추라기 고기와 캐비아, 미국에서는 제철이 아니라서 남미에서 운송해온 멜로, 파르마 햄 등. 오래전에 세상을 떠난 어머니, 어린 시절 자신을 사랑했다고 굳게 믿는 어머니가 즐겨 먹던 음식이었다.

안토니오는 아름답기 때문에 섹스를 했다. 그것은 아름다움을 가진 자가 짊어져야 할 짐이었다. 섹스를 하는 동안에는 자신이 누구인지를 비롯해 모든 것, 아버지와 어머니와 작고 모자란 누나, 어린 몸뚱이에 쏟아지던 랄프의 매질과 욕설을 잠시나마 잊을 수 있었다. 랄프는 술에 취하지도 않고 멀쩡한 상태로 어린 안토니오를 지옥으로 몰아넣었다. 학대가 시작되었을 때 그는 겨우 여덟 살이었다. 그는 섹스를 하는 동안에 생각을 멈출 수 있었고, 섹스는 점점 하나의 존재, 움직임, 쾌락, 기술이 되었다. 그러고 나면 가끔씩 한

두 시간이라도 잠을 잘 수 있기 때문에 더욱 섹스에 매달렸다.

"더는 말하지 마. 그 사람 얘기는 듣고 싶지 않아."

"알았어."

캐서린은 예외였다. 안토니오는 자꾸만 이 여자에게 되돌아갔다. 사랑에 대해 말할 때 마음에 떠오르는 여자. 그녀도 평생을 학대당하며 살았지만 여전히 아름다웠고 병마의 손길이 닿은 적이 없었다. 캐서린은 자신이 무엇에 열중하는지 잘 알았다. 캐서린은 안토니오의 영혼을 들여다보았지만 활활 타오르는 불에 데지 않았다.

앨리스는 또 다른 예외였다. 안토니오는 캐서린이 랄프 트루잇과 결혼하기 위해 떠난 날 밤, 술이 취해 비틀거리며 집으로 돌아가다가 앨리스를 보았다. 앨리스는 마치 얼어붙기라도 한 것처럼 새벽녘에 길모퉁이에 꼼짝도 않고 서 있었다. 그는 앨리스에게 다가가 두 마디를 건넸다. 그들은 월광 소나타의 첫 소절을 연주하는 것보다 더 짧은 시간에 섹스를 마쳤다. 그리고는 서로에게 한마디도 하지 않았다. 안토니오는 너무 지루했고, 앨리스는 단지 말을 하기 싫었다.

"어디 있는지 알고 있어."

"누가?"

"앨리스. 와일드 캣 슈트에 있어."

캐서린은 고개를 돌리고는 두 손으로 얼굴을 감쌌다. 안토니오는 미소를 지었다.

15

앨리스.

캐서린이 일곱 살 때, 어머니는 앨리스를 낳다가 세상을 떠나 버렸다. 아버지는 충격을 받고 이성을 잃어버렸다. 아버지는 햇빛을 못 견뎌 했고 몸에 닿는 감촉을 끔찍하게 싫어했다. 싸구려 술로 입안을 데우지 않으면 본인의 침도 삼키지를 못했다. 결국 일자리를 잃었고 친구들도 모두 떠나갔다.

어느 날, 수중에 돈이 한 푼도 없었다. 집도 없어졌다. 집안의 가구는 눈 쌓인 거리에 내팽개쳐졌다. 그리고 아버지가 돌아가셨다. 어머니가 돌아가신 지 꼭 6년 만에. 학교에 다닐 정도로 장기간 한 곳에 정착해 살지 못했고, 어린 앨리스를 돌봐줄 사람도 없어서 캐서린은 학교에 다니지 못했다.

아버지는 물론 술 때문에 죽었다. 아버지는 죽을 때까지 술을 마셨다. 하지만 캐서린은 아버지가 어머니의 죽음을 슬퍼하다가 세상을 떠났다는 것을 알고 있었다. 그러나 아름답거나 낭만적이거나 슬프지 않았다. 진창길에서 힘겹게 마차를 끄는 말들처럼, 애처롭고 꼴사납고 가혹할 뿐이었다.

그 후 캐서린 자매를 돌봐줄 이는 아무도 없었다. 집도 없었다. 당시 캐서린은 열세 살, 앨리스는 여섯 살이었다.

캐서린은 앨리스를 데리고 부두를 따라 걸어서 소위 구빈원이라는 암울한 곳으로 들어갔다. 그곳은 가장 가난한 사람들을 수용하는 시설이었다. 앨리스는 자선단체 안에 마련된 작은 학교에 다니면서 캐서린에게 글 읽는 법을 가르쳐주었다. 캐서린은 빨래를 하고 바닥 청소도 하는 등, 주어진 일은 뭐든지 했다. 그리고 우연히 바느질감을 조금씩 맡게 되었는데 점점 솜씨가 좋아져 전문가 수준이 되었다. 캐서린이 처음으로 자부심을 갖고 하게 된 일이었다.

어느 날 앨리스가 학교에 가고 캐서린은 항구 근처의 작은 공원에 앉아 햇살 아래 반짝이는 연못을 바라보고 있었다. 그때 한 남자가 다가와 앉더니 손을 잡고는 싸구려 호텔 방으로 같이 가자고 했다. 그 순간, 캐서린은 앞으로 어떻게 살아야 하는지, 어떻게 살게 될지, 앨리스를 이 생활에서 어떻게 구할 수 있는지 알게 되었다.

호텔로 따라갔지만 어떻게 해야 할지 잘 몰랐다. 남자가 왜 그런 요구를 했는지, 왜 자신이 그 요구대로 했는지도 잘 몰랐다. 그런 건 아무 의미도 없었다. 몸이 은행이라는 것을 깨달았을 뿐이었다. 돈이 나올 곳이라곤 몸뚱이밖에 없고, 앞으로 필요한 것은 돈뿐이라는 것을 알게 되었다.

캐서린은 일을 하고 책 읽는 법을 배웠다. 밤에 구빈원 문이 잠기기 전 부두를 돌아다니다가 문간에서, 커다란 화물 운송용 상자 안에서, 술집 뒷방에 쌓아놓은 외투 위에서 자신이 팔 수 있는 유일한 것을 팔아 푼돈을 모았다.

가끔은 밤새 무자비하게 흐르는 시간 속에서 남자들 품을 전전하다가 아침에 구빈원으로 돌아오곤 했다. 그러고 나면 밤새 바닥을 걸레질한 것처럼 온몸이 욱신거렸다.

앨리스가 학교에서 글과 숫자를 배우는 동안, 캐서린은 남자들의 갈망 속에서 힘을 맛보았다. 남자들을 지배하는 힘, 욕망을 쥐고 흔드는 힘, 여동생을 지키는 힘, 어떻게 해야 앨리스를 지킬 수 있는지 알게 되었다. 어떻게 해야 더러운 쥐와 이, 그리고 자신들처럼 부모에게 버림받은 아이들한테서 앨리스를 떼어놓을 수 있는지 알게 되었다. 적어도 캐서린과 앨리스는 꿈결처럼 아득한 시골에서 한때지만 부모의 사랑을 받으며 자랐다.

캐서린은 낯선 침대들을 전전하며, 언젠가 돈을 모으면 앨리스와 함께 살게 될 집을 상상했다. 그 집에서 자매는 행복하고, 온전하게 살 수 있을 것이다. 집은 늘 청결할 것이고, 겨울에도 창문으로 햇빛이 잘 들어올 것이다.

당시 캐서린은 열여섯 살이었다. 돈이 어지간히 모이자 앨리스와 함께 필라델피아로 거처를 옮겨서 스쿨킬 강변의 판잣집에 방 한 칸을 얻었다. 캐서린은 밤늦게 집으로 돌아와 앨리스와 한 침대에서 잠을 잤고, 아침마다 볼에 입을 맞추어 앨리스를 깨웠다. 볼티모어에서 살던 때와 크게 달라지진 않았지만 그래도 앨리스를 제대로 된 학교에 보낼 수 있었다. 교칙이 엄격하고 창문이 몹시 지저분한 카톨릭계 자선 학교였다. 앨리스는 그 학교를 증오했지만, 캐서린은 밤마다 외출하기 전에 숙제를 도와주었고, 덕분에 보잘것없지만 작은 지식이나마 쌓을 수 있었다.

캐서린은 앨리스에게 제대로 된 옷을 만들어 입혔다. 시장에 가서 일일이 만져보며 옷감을 골라 직접 바느질을 했고, 겨울이면 따뜻한 외투를 만들어 입혔다. 그리고 도시를 돌아다니다가 큰 도서관을 발견했다. 도서관에서 역사와 예술, 과학 분야에서 필요한 지식을 전부 얻을 수 있다던 어머니의 말이 기억났다.

처음에는 겁이 났다. 도서관에 막상 들어가서도 어떤 요청을 해야 할지, 어디로 가야 할지를 알 수가 없어서 가만히 구경만 했다. 그러다가 마침내 바느질 책을 빌려서 시장 가판대에서 훔친 연필로 필기를 해가며 책을 읽기 시작했다.

이 배움이 생활에서 큰 비중을 차지하게 되었다. 서가에 꽂혀 있는 책 향기가 좋았고, 무한하지만 노력하면 알 수 있는 곳이 세상 같았다. 한 가지 사실을 배우면 그것이 또 다른 질문으로 연결되었고, 질문을 해결하려고 또 다른 책을 펼치게 되었다. 도서관의 카드 목록도 익혔다. 필요한 지식 위주로 공부를 했다.

연애소설을 읽기 시작하면서부터는 주변 탁자에서 책을 읽는 남녀들을 그 소설의 대상으로 여기며 상상했다. 남들은 무척이나 쉽게 행복하고 열정적인 삶을 사는 듯했다. 캐서린은 제인 오스틴, 새커리, 디킨스의 소설을 읽었다. 누더기를 입은 가난뱅이가 결국 더없이 행복한 삶을 누리게 된다는 내용이었다. 세계 각국의 수도, 대성당과 뾰족탑, 널찍한 대로, 변화무쌍하고 계속해서 팽창하는 과학 세계에 대해서도 읽었다.

열여덟 살 때 캐서린은 어떤 유부남의 첩이 되었다. 캐서린은 성인이었고 앨리스는 아직 어렸다. 그녀는 리튼하우스 광장 근처로 거처를 옮겨 그동안 꿈꿔왔던 제대로 된 호텔 방에서 살게 되었다. 캐서린은 남자의 무릎에 앉아 담소를 나누고 시가 끝을 잘라주는 등, 섹스 없이도 남자를 만족시키는 기술을 익혔다.

차츰 자신이 지적인 매력이 있다는 것을 알게 되었다. 도서관에서 지식을 쌓은 덕분에 수많은 주제로 편안하고 즐겁게 토론을 할 수 있게 되었다. 남자들은 캐서린의 지적인 모습에 매혹되었다. 캐서린은 책에 나오는 게이샤처럼, 고급 매춘부처럼, 높은 사람의 정부처럼 처신했다. 후원해주는 유부남이 파리에서 구입하여 브로드 거리의 장신구 가게에서 그로그랭 리본으로 포장해 선물한 원피스를 입을 때도 있었다. 그가 카드놀이 파티를 열 때면 캐서린은 재미있는 이야기를 하거나, 와인을 따르거나, 상스러운 농담에 웃어주며 그의 친구들의 비위를 맞추었다.

놀랍게도 그런 삶은 무척이나 단순하고 쉬웠다. 그 남자는 일요일 오후마다 캐서린을 찾아와 작은 선물을 주었다. 이 사랑스럽고 어린 여자가 자기 몸을 만지도록 허락해주고, 젖가슴에 손을 대도록 허락해주는 데 대한 고마움의 표시였다. 그러고는 그는 아내와 자식들이 있는 집으로 돌아갔다. 캐서린은 절대 보게 될 일이 없는 다른 집으로.

앨리스는 배움에 대한 끈기도, 소질도 없었다. 성격이 모난데다 냉소적이고 반항적이며 이기적이었다. 딱히 이유는 없었다. 캐서린이 부족한 것 없이 해주었지만 소용이 없었다. 캐서린은 앨리스를 위해 많은 시간을 할애했고, 여러 시간 동안 옆에 붙어 앉아 공부를 봐주기도 했다. 앨리스는 이성이나 지성이 결여된 채 순전히 감정적으로만 말하고 행동하는 아이였다. 결국 학교도 그만두었다.

앨리스는 예쁜 옷을 무척 좋아했고, 캐서린의 남자가 자매에게 사다주는 아름다운 옷을 차려입고서 남들 앞에서 보란 듯이 돌아다니는 걸 즐겼다. 앨리스는 건장하고 얼굴이 불그스레한 그 남자를 '스킵 아저씨'라고 부르면서 따랐다. 그리고 1년 후, 캐서린은 동생과 그 남자가 한 침대에 누워 있는 것을 보았다. 그때 앨리스는 열두 살이었다.

충격이랄 것도 없었다. 스킵 아저씨가 여자 둘을 돈으로 사서 즐기려고 했던 게 별반 놀라운 일은 아니었으니까. 그러나 캐서린은 분노를 가라앉힐 수 없었다. 결국 그 남자가 꾸며준 아름다운 방에서 훔칠 수 있는 물건은 모조리 훔쳐 팔고 앨리스와 함께 또다시 기차에 몸을 싣고 뉴욕으로 떠났다.

광대하고 가능성으로 가득한 새로운 도시 뉴욕은 텅 빈 화폭 같았다. 그러나 그곳 생활도 별반 다르지 않았다. 캐서린은 여전히 바느질을 하고 몸을 팔았고, 낮에는 도서관에서 시간을 보냈다. 앨리스는 어린 공주처럼 차려입고서 자유를 갈망했다. 남자들 시선을 한껏 끌어모으다가 비웃으며 쫓아버리는 걸 즐겼다.

앨리스가 캐서린을 증오한다고 말했다. 평생 감옥살이를 하는 것 같다고 원망했다. 캐서린은 놀라지 않았다. 그러나 머물 곳이 생기자마자 앨리스는 뒤도 돌아보지 않고 떠나버렸다. 그때 캐서린은 스물두 살이었지만 어지간한 일이 아니고는 놀라지도 않았다.

그렇게 앨리스는 떠났다. 나중에 캐서린은 그래머시 공원에서 앨리스를 보았다. 열다섯 살의 앨리스가 마흔 살 남자의 팔에 손을 얹고서, 작고 하얀 개를 끌며 산책 중이었다. 캐서린은 포기했다. 더 이상 할 수 있는 일이 없었다.

앨리스는 캐서린이 그토록 원하지 않는 생활을 했다. 더군다나 그녀에게는 이성이 없으니 상황은 더욱 나빴다. 어쩔 수 없이 몸을 파는 것이 아니라 본인이 원해서 그 일을 하고 있었다. 어리석고 외로운 남자들의 공허한 시선을 끄는 일. 생각이 없는 삶이었다.

캐서린은 뉴욕을 떠나 시카고로 갔고 그곳에서 수년을 사는 동안 앨리스의 소식을 전혀 듣지 못했다. 그러다 세인트루이스에서 만국 박람회가 개최된다는 기사를 신문에서 읽고 그리고 갔다. 수많은 남자들, 노동자들이 고향 이탈리아와 독일에 가족을 두고 돈을 벌기 위해 세인트루이스로 올 것이기 때문이었다. 그 무렵 캐서린은 인정이 바짝 메말라 있었다.

세인트루이스에서 지내던 어느 날, 우연히 길거리에서 앨리스를 보았다. 캐서린은 조심스럽게 다가갔다.

"앨리스, 나야."

앨리스가 돌아보았다. 언니를 알아보고 깜짝 놀라더니 이내 얼굴을 찡그렸다.

캐서린이 물었다.

"여긴 어떻게……?"

"언니랑 똑같아. 여기서 만국박람회가 열리잖아. 남자들과 돈이 넘쳐나지."

앨리스가 크게 웃었다.

"뉴욕에서 무슨 일이 있었니? 그래머시 공원 근처에 살았잖아."

"개도 죽고, 윌리엄이 손찌검을 해서 그냥 여기로 왔어. 벌써 거길 떠난 지 오래라서 언제였는지 기억도 안 나. 황금빛 서부를 향해 온 거지 뭐."

"나는……."

갑자기 앨리스가 캐서린의 뺨을 때렸다. 그녀는 캐서린의 뺨에 손자국을 남기고 깔깔대며 달아나버렸다.

그 후로 앨리스를 보지 못했다. 굳이 찾으려고도 하지 않았다. 그게 마음에 남아 불덩이처럼 속을 태웠다. 이제 캐서린은 돈이 생겼다. 앨리스를 데리고 살 집도 생겼다. 그저 동생을 구하고 싶은 마음뿐이었다. 단순히 동생을 돌봐주고픈 인정 때문이 아니라 혼란스런 과거를 정리하고 싶은 절박한 마음 때문이었다. 하얀 눈으로 덮인 위스콘신에서 살면 앨리스가 마음의 평화를 찾을지도 모른다. 눈부시게 깨끗한 눈이 앨리스의 영혼에 깃든 신랄함과 잔인함, 비정함을 씻어줄 것이다.

와일드 캣 슈트는 질이 나쁜 구역이었다. 갈 곳도 없고, 받아줄 곳도 없을 때 마지막으로 가는 곳이었다. 쥐와 쓰레기, 온갖 질병, 병자들로 가득한 곳. 강으로 이어지는 길 중간쯤에 위치한 그 구역은 한때 선박 화물을 도시로 들여오는 곳이기도 했지만 지금은 쓰려져 가는 판잣집들이 그 자리를 차지하고 있었다. 온전한 판잣집도 마련할 형편이 안 되는 사람들, 방을 감옥이라 여기며 잠을 자려 하지도, 잘 수도 없는 사람들, 환청을 듣는 사람들, 죽어가는 사람들이 그곳에 살았다.

어두운 모퉁이를 돌아 진흙으로 들어서자 아이들이 눈에 들어왔다. 그 아이들은 바로 캐서린 자신이었다. 그녀의 어린 시절, 과거, 배고픔, 두려움, 상실이었다. 아무리 외투를 껴입어도 그 시절의 한기에서 벗어날 수가 없었다. 아이들은 이름이 없었다. 얼굴에 생기라곤 없었다. 그 아이들을 기다리는 이도, 그 아이들이 갈 곳도 없었다. 앨리스는 어디에도 보이지 않았다.

어떤 이들은 앨리스 같은 여자를 본 듯도 한데, 자기가 알기로는 어떤 선원을 따라 이곳을 떠났다고 했다. 어떤 이들은 앨리스처럼 보이는 여자가 발길질을 하고 비명을 지르며 정신병원으로 끌려갔는데 아마 상태가 좋아져서 돌아올 거라고 했다. 병원마다 찾아다녔지만 소득이 없었다. 삶이 일정 수준 이하로 떨어지면 이름조차 무의미해진다. 그간 살아온 이력이나 특징, 친구도 없어진다. 앨리스는 바로 그 수준까지 떨어져버렸다. 인생의 밑바닥, 희망의 끝, 한 인간을 인격체로서 유지해주는 장치가 사라진 곳.

캐서린은 안토니오에게 애원했다.

"앨리스가 어디에 있는지 제발 가르쳐줘."

그는 알고 있을 것이다. 알고 있다고 말한 적이 있었다.

"상황이 바뀌었어. 사람들은 한곳에 머물지 않아. 서로의 침대에서 잠을 자고 서로의 자식들을 매질하면서 이리저리 떠돌며 살아가지. 앨리스는 거기 있어. 계속 찾아봐. 그래 봤자 당신만 상처 받겠지만."

"오늘 밤에 가야겠어. 밤마다 가볼 거야. 아니, 당장 갈 거야."

안토니오가 나체로 캐서린을 막아섰다. 어깨가 마지막 일몰로 붉게 물들었다. 안토니오의 아름다운 옷은 의자에 있었다. 그가 수건을 바닥에 패대기치며 돌연 지치고 분노한 얼굴로 캐서린을 노려보았다.

"대체 왜 그렇게 신경을 쓰는 건데? 누구나 가진 걸 잃어버리면서 살아. 늘 있는 일이야. 사람들은 늘 사랑하는 이를 잃으면서 살아간다고."

"그 애가 걱정돼."

"쓸데없는 걱정 따위는 집어치워. 이미 잃어버린 걸 되찾으려고 해봤자 소용없어. 전차에 놓고 내린 우산이나 길에 떨어뜨린 로켓 상자 같은 거야. 신경 쓸 것도 없어. 이거 하나만 말할 게. 애초에 앨리스는 찾을 필요도 없는 계집이야. 추악하고 아무것도 아닌 애라고. 얼굴도, 이름도, 사는 곳도 없어. 찾겠다고 돌아다녀봤자 아무것도 바뀌지 않아. 그냥 당신은 내 아버지를 죽이고 나랑 그 궁전에서 모든 걸 차지하고 살면 되는 거야."

안토니오의 멋진 옷, 아름다운 머리카락, 은빗을 쥔 손, 금이 간 은제 거울 속에 비친 잘생긴 얼굴. 그는 단 한 번도 캐서린의 속내를 진심으로 알아준 적이 없었다.

"넌 정말 지독하게 잔인하구나. 앨리스는……."

"그래, 앨리스는 착하고 귀엽고 상큼하지만 똑똑진 않지. 늘 손가락 하나 까딱 않고 당신 무릎에 앉아서 당신을 이리저리 부려먹었어. 그때도 영혼 같은 건 없는 애였다고. 언니처럼 약삭빠르지도 않고, 신중하지도 않고, 똑똑하지도 못해서 죽어가고 있지. 다 본인이 자초한 거야. 걔는 당신을 지겨워해. 당신 이름만 들어도 진저리를 쳐. 앨리스가 와일드 캣 슈트에 없는 것 같지? 주정뱅이들한테 당신 이름을 알려주고 앨리스를 보면 연락해달라고 말했지만 아무 소식이 없으니 말이야. 하지만 지금 걔가 있는 곳은 아무한테도 자기를 알리고 싶지 않을 때 가는 곳이야. 절대 모습을 보이고 싶지 않은 거야. 들어가는 길도 하나, 나오는 길도 하나뿐인 곳. 그러니 내버려둬. 그냥 두라고. 위스콘신으로 돌아가. 앨리스는 잊어버려. 나랑 약속한 그 일이나 잘해. 당신은 그 일을 하기 위해 태어난 거니까."

하지만 캐서린은 잊을 수가 없었다. 그리고 결국 앨리스를 찾아냈다. 캐서린은 새로 장만한 외투를 입고 어느 집 벽에 기대어 바람처럼 울부짖으며 앨리스를 불렀다. 그러자 침울한 표정의 어린 소녀가 캐서린의 손을 잡더니 골목 끝으로 데려갔다.

앨리스는 한밤중에 눈 내리는 골목에서 술 취한 선원과 섹스를 마무리하는 중이었다. 지나가던 사람들이 구경 값으로 자갈길에 1센트와 5센트 동전을 던져주었다. 옷을 추스른 앨리스가 길바닥과 선원의 신발에 침을 뱉었고, 선원은 바지 앞섶을 추스르지도 못하고 주춤주춤 물러섰다. 고개를 든 앨리스가 캐서린을 보더니 허리를 굽히고 어둠 속에서 동전을 주워모았다.

"여긴 왜 왔어."

"널 데리러. 좋은 곳으로 데려가려고 왔어."

"그런 얘기라면 듣고 싶지 않아. 알고 싶지도 않고."

"돈이 좀 생겼어. 줄게."

"됐거든. 그 돈 받아서 뭘 하라고?"

"널 만나려고 여기까지 찾아왔어. 그러니까 네가 사는 곳으로…… 일단 좀 가서 얘길 하자."

캐서린은 주변의 판잣집들을 둘러보았다. 늦은 밤 어둠 속에서, 창문 안쪽으로 촛불들이 펄럭였다.

"어느 집이야?"

"아무 데나 빈 집. 언니가 여기 오는 것이 난 진짜 싫어."

앨리스는 주워 모은 동전을 헤아리며 말을 이었다.

"어디 부자라도 물었나보네."

"응, 부자 맞아."

"따라와."

앨리스가 어느 빈 판잣집 안으로 허리를 굽히고 들어갔다. 벽에 판지를 몇 개 기대어 세운 집이었다. 캐서린도 허리를 굽히고 들어갔다. 앨리스가 주머니에서 어느 교회에서 훔친 게 분명한 2센트짜리 초 하나를 꺼내 손을 부들부들 떨면서 불을 붙였다.

"여기가 내 집이야."

깜빡이는 촛불에 비친 앨리스의 얼굴은 다시 소녀 시절로 돌아간 것처럼 부드러운 황금색이었다. 그러나 광대뼈 주위가 죽어가는 사람의 피부처럼 경직되었다. 어쩌다가 그리됐는지 굳이 물을 필요도 없었다.

캐서린은 예전에 앨리스에게 만들어주었던 예쁜 원피스를 떠올렸다. 주름 장식과 레이스, 길게 주름을 잡은 밑단, 함께했던 숙제, 앨리스의 아름답고 세심한 필체, 필라델피아의 편안했던 집을 생각했다. 그래머시 공원에서 보았던 작은 개도 기억났다. 그 모든 것이 사라지고 없었다. 이 세상에서 많은 것을 잃어버렸다. 너무 많이 잃고 말았다.

"의사한테 좀 가야겠다. 우선 나랑 같이 집에 가서⋯⋯."

"아, 집이라. 그 지갑에 돈이 두둑하게 있겠네."

"너한테도 줄게. 뭐든 줄 테니 같이 가자."

앨리스는 판잣집 벽에 등을 기댄 채로 담배를 말았다. 추위 때문에 손을 떨었다. 담배에 불을 붙인 앨리스가 캐서린을 쳐다보았다.

"언니도 알다시피 내가 게으르잖아. 피곤한 줄도 모르고 열심히 일할 때도 있기는 해. 그런데 밤에 잠을 못 자서 그런지 몸이 늘어지는 것 같아. 같이 살면 언니가 뭐든 다 해줄 테니 나는 더 게을러지겠지. 이젠 언니랑 못 가. 어디로 가자는 건지 모르겠지만 여기서 너무 먼 곳 같아."

"기차에 태워줄게."

앨리스의 표정이 다시 굳어졌다. 잠시지만 앨리스의 얼굴에 희망이 깜박였다가 꺼졌다. 어둠 속에서 담배 끝이 빨갛게 반짝였다.

"언니, 알면서 왜 이래. 난 언니를 좋아한 적이 한 번도 없어. 전에도 얘기했잖아. 지금 다시 얘기할 테니까 잘 들어. 단 한 번도 언니를 좋아한 적이 없어."

"나는⋯⋯."

"날 어디로든 데려갈 수 있겠지. 파리로 데려갈 수도 있고, 아주 멀리 있는 어느 온천으로 데려가서 기분 좋게 해줄 수도 있을 거야. 하지만 내가 형편없는 년인 건 변하지 않아."

"널 사랑하지 않은 적이 단 한순간도 없었어."

"장난감 인형을 예뻐하듯 했었지."

"넌 내가 가진 전부였어. 내 사랑을 전부 주고 싶었어. 나와는 다른 삶을 살기를, 나보다 행복하게 살길 원했어."

촛불이 깜박이다가 꺼졌다. 빛이라고는 앨리스의 담배 끝에 붙은 불뿐이었다. 캐서린은 손을 내밀려다가 말았다.

"필요한 게 있으면 말해."

머뭇거리던 앨리스가 캐서린의 손을 잡았다. 캐서린의 비단처럼 매끈한 피부를 거칠고 지저분한 손가락으로 쓰다듬었다.

"언니, 언니, 미안해. 난 못된 년이고 몸도 아파서 못된 말밖에 못해. 그래도 옆에 있어줘. 혼자가 아닌데도 늘 외로워. 다들 나한테서 멀찌감치 떨어져 있거든. 아무도 나를 안아주지 않아. 만지지도, 이름을 부르지도 않아. 그러니까 잠들 때까지 옆에 있어줘. 필요한 건 그것뿐이야. 그것만 해주면 돼. 부탁이야."

"다른 데로 갈까? 여기 말고, 호텔은 어때? 뜨거운 물에 목욕하고 깨끗한 시트에서 자면 좋잖아?"

"아, 웃겨 죽겠네. 건강이 좋아져서 몸을 깨끗이 씻고 모자를 쓰고 멋진 비단 원피스까지 차려입어도 여길 안 떠날 거야. 내가 살 곳은 여기야. 겨우 내가 속할 만한 곳을 찾았다고."

바닥에서 일어선 캐서린이 멋진 외투를 벗어서 동생에게 덮어주었다.

"이거 참 좋다. 언니는 항상 나를 돌봐주었지."

"그러려고 애를 썼지."

"왜 그렇게 잘해줬어? 난 그럴 가치도 없는 앤데."

"넌 나의 전부였으니까. 널 고통스런 삶에서 구하고 싶었어."

"아무도 다른 사람을 구원하진 못해. 이제 언니도 그걸 알 거야."

앨리스는 눈을 감았다. 언니의 외투를 매만지며 말을 이었다.

"그 부츠 기억난다. 필라델피아의 그 강도 기억나. 멋진 남자들이 튼튼한 갈색 어깨를 햇볕에 내놓고 강에서 노를 저었잖아. 물 위에서 미끄러지는 거미들처럼. 그 남자들, 정말 빨랐어. 이쪽에 있다가 금방 저쪽으로 이동하고. 언니는 내가 잊은 줄 알 거야. 잊으려고 노력해봤는데 안 되더라. 언니가 만들어줬던 예쁜 원피스들도 다 기억나. 정말 예쁜 옷이었지. 언니가 만든 건 뭐든 예뻤어. 그 작은 신발도, 단추걸이도. 그것들은 다 어디로 갔을까? 대체 무슨 일이 있었던 거지? 언니는 나한테 잘해줬어. 따뜻하고 다정하게 참 잘해줬어."

"그렇게 잘해주지도 못했는데……. 우린 잘 맞는 한 쌍이잖아."

"머리가 맑을 때 눈을 감고 있으면 이런 생각이 들어. 언니는 최선을 다했다고. 그런데도 난 언니를 미워하고 지겨워했어. 나한테 마지막까지 잘해준 사람은 언니뿐이었는데. 앞으로 다시 보지 못할 것 같으니까 이 말을 할게. 고마웠어. 누구한테도 이런 말을 한 적이 없지만, 지금은 하고 싶어."

"고맙긴."

"언니는 할 만큼 했어. 그만 가. 너무 늦었어. 시간이 더 늦어지면 다니기 힘들어. 언니가 머무는 좋은 호텔로. 언니의 부자 남자한테 돌아가. 언니는 나를 구원하려고 했지만 못했어. 하지만 그건 언니 잘못이 아니야."

담뱃불이 꺼질 때까지 그들은 그곳에 앉아 있었다. 앨리스는 손에 동전을 꼭 쥐고 잠이 들었다. 담뱃불이 꺼지자 주변에 쥐가 돌아다녔다. 한기가 밀려들고 눈은 더 거세게 내렸다. 동생의 여윈 얼굴을 보고 캐서린은 가슴이 무너질 것 같았다.

그 순간 캐서린은 천사라고밖에 표현할 수 없는 무언가를 보았다. 하나님의 은총이 옅은 안개처럼, 짙은 안개처럼 내려왔다. 동화책에서 본 듯한, 도서관의 이야기책에서 읽은 듯한 황금색 날개와 하얀 머리카락, 하얀 피부를 가진 천사였다. 빛과 공기로 이루어진 듯한 어떤 존재가 숨결처럼 고요하고 뿌옇게 하늘에서 사뿐히 내려오고 있었다. 캐서린은 그것이 천사임을 알 수 있었다.

기도에 응답받은 걸까. 판자를 가르고 들어온 천사가 곧 앨리스를 품에 안고 날아오르겠지. 천사는 런던으로, 로마로, 어머니처럼 자애롭고 찬란하게 푸르른 남미의 산맥으로 앨리스를 데리고 다니며 세상 구경을 시켜주고, 깨끗한 시트가 깔린 깨끗한 흰 침대에 앨리스를 부드럽게 누이겠지. 안전하게, 다치지 않게.

천사가 가까이 다가왔다. 캐서린의 귀에 부드러운 날갯짓 소리가 들렸다. 다른 소리는 들리지 않았다. 천사의 순결하고 하얗고 투명한 발이 보이고, 얼어붙은 볼에 닿는 따뜻한 숨결이 느껴졌다. 그런데 다시 어두운 밤하늘로 올라가는 천사의 품 안이 비어 있었다. 앨리스를 데려가지 않은 것이다. 앨리스는 버려진 인형처럼 힘없이 늘어졌다. 캐서린은 이미 늦었다는 걸 알고 있었다. 더는 어떤 희망도 품을 수 없었다. 동생은 구원받지 못했다.

그 순간 자신이 랄프 트루잇을 죽일 수 없다는 것을 깨달았다. 살아 있는 어느 누구에게도 해악을 가할 수 없음을 깨달았다. 더는 그렇게 살 수 없었다.

천사는 사라졌다. 천사의 날갯짓이 얼어붙은 더러운 강 위로 부는 싸늘한 바람이 되어 앨리스 랜드의 시신이 누워 있는 와일드 캣 슈트로 휘몰아쳤다.

눈이 더 심하게 내렸다. 추위가 뼛속까지 스며들었다. 동생의 손을 벌리고 갖고 있던 돈을 모두 쥐어주었다. 동전, 구겨진 지폐, 몸을 팔아 번 돈, 더러운 돈을 전부 주었다. 절망과 방탕, 병 때문에 흘린 식은땀으로 축축이 젖은 이마에 입을 맞추었다. 동생의 눈을 덮은 머리카락을 쓸어넘겼다. 열린 지붕으로 날아든 눈이 시신을 덮은 캐서린의 검은색 외투 위로 떨어졌다. 아침이 오기도 전에 그 손에 쥐어진 돈과 외투는 사라지고 없을 것이다.

캐서린과 앨리스가 살아온 삶이었다.

이런 삶도 있는 것이다.

16

앨리스가 영원히 떠났다는 사실을, 이제야 겨우 찾았는데 절망 속에서 삶을 마감했다는 사실을 캐서린은 마침내 분명히 인식했다. 캐서린은 호텔 방 침대에 누워 이틀을 울었다. 슬픔을 가눌 수 없었다. 위스콘신에서 가져온 평범하고 소박한 원피스를 입고 울기만 했다. 걱정이 된 호텔 메이드들이 어디 아프냐며 묻더니 죽을 가져왔다. 그들은 침대 시트를 갈아주고, 오후에는 뜨거운 목욕물을 받아주고, 짓눌린 베개를 두드려 푹신하게 만들어주었다. 카나리아에게 모이도 주었다.

캐서린한테 앨리스는 애지중지하는 자식과도 같았다. 앨리스가 자신과는 다르게 살기를, 괜찮은 남자를 만나 작고 평범한 집에서 부지런한 엄마로 살기를 바랐다. 그렇게 되면 사는 방식이 심하게 차이가 날 테니, 다시는 앨리스를 보지 않으리라 각오도 했었다. 앨리스가 이렇게 허망하게 갈 줄은 상상도 못했다.

캐서린은 교회에 갔다. 기도하는 방법을 몰라 목사에게 도움을 청했다. 창백한 얼굴로 무릎을 꿇고 용서를 구했다. 계속 살아갈 명분을 달라고 기도했지만 응답을 받지 못했다. 하나님은 언제나 그랬듯이 침묵했다. 천사들이 내려오지 않았고, 벌꿀 색 머리카락의 아기 예수도 없었다. 위로해주는 목소리도 들리지 않았고, 다시 살아가게 해줄 기적도 일어나지 않았다. 캐서린은 죽어버렸다. 앨리스와 마찬가지로 죽고 말았다.

　목사는 캐서린을 축복해주고, 죄를 용서해주고, 이마에 십자가 사인을 해주었다. 캐서린은 부끄럽지만 무엇을 하고 있는지 모르겠고, 어떤 구원의 손짓도 이제는 무의미하다고 목사에게 말했다.

　몇날 며칠을 한숨도 자지 못할 때가 있었고, 하루 종일 잠만 잘 때도 있었다. 언제 잠자리에 들었는지 알 수가 없고, 잠에서 깼을 때 밖이 어두운지 환한지도 분간하지 못했다. 어두우면 안토니오를 찾아갔다. 환하면 호텔 메이드들이 방을 드나드는 동안 옆에 우두커니 앉아 남편에게 받은 시집을 펼치고 지구상의 모든 것에 바치는 긴 사랑의 시를 읽거나, 봄부터 가꾸기 시작할 정원을 상상했다.

　랄프에게 조만간 집으로 돌아가겠다고 편지를 썼다. 안토니오를 데리고 갈지에 대한 여부는 일부러 모호하게 썼다. 그동안 안토니오와 좀 더 가까워진 것 같으니 함께 집으로 돌아가게 되기를 바란다고만 적었다. 너무 오래 집을 비워서 미안하다고 말했다. 건강히 잘 지내기를 바란다는 말과 함께 라슨 부인의 안부를 물었다. 이곳 세인트루이스에서는 라슨 부인이 만든 요리만한 음식을 먹어보지 못했다고도 썼는데, 이건 사실이었다. 편지 끝에 객차를 보내달라고 요청했다.

　랄프가 보낸 개인용 객차가 역으로 들어와 대기하는 동안, 캐서린은 황혼 속에서 마지막으로 안토니오를 찾아갔다. 공기 중에 감돌던 예리한 한기가 사라졌다. 겨울 추위가 한풀 꺾인 것이다. 안토니오의 집 앞에서 문을 두드리면서 오래되고 익숙한 분노로 몸이 떨리고 있음을 알아챘다. 왜 기적은 일어나지 않는 것일까? 왜 항상 시작점과 종착점 사이의 팽팽하게 당겨진 줄 위에 있어야만 하는 걸까? 이전의 삶이 자신의 눈앞에서 활활 타오르는 느낌이었다.

호랑이처럼 날렵한 안토니오는 밤을 맞을 준비를 이미 끝낸 상태였다. 그는 캐서린을 혐오했다. 동정했다. 필요로 했다. 전에는 알지 못했던 차분하고 꾸밈없는 아름다움에 새삼 끌렸다. 캐서린은 왠지 달라진 분위기 때문에 안토니오가 다른 사람처럼 느껴졌다.

"할 말이 있어서 왔어. 부탁할 것도 있고."

"들어와. 그리고 서 있지 말고."

간단한 말이지만 어떻게 꺼내야 할지 알 수 없었다. 안토니오와는 애인이라고 부를 정도로 가까운 사이였고, 오랫동안 그를 좋아했었다.

캐서린은 열려 있는 벽장을 들여다보았다. 이제는 쓸모없어진 멋진 물건들이 그 안에 있었다. 모자, 가방, 화려한 옷들이 오래전 물건처럼 느껴졌다. 그 화려한 옷들은 맛있게 저녁 식사를 한 후 식탁에 남아 있는 지저분한 접시들처럼 이제는 슬픈 추억에 불과했다.

"약속을 지킬 수가 없을 것 같아. 그렇게 됐어. 그 일 못하겠어."

"뭘 못한다고?"

안토니오가 긴 의자 등받이에 편안하게 기대 앉았다. 날씬한 근육질에 아름다운 몸과 광택이 흐르는 우아한 구두가 눈에 보였다.

"랄프를 죽이지 못하겠다고."

안토니오가 미소를 지었다.

"아니, 죽여야 돼. 내 말 잘 들어. 당신은 나한테 큰 의미가 있지만 당신 생각만큼은 아니야. 한때 당신은 나한테 달이고 별이었어. 기억나지? 새벽에 집으로 와서 오후까지 자다가 해질 무렵 사랑을 나누던 그 시절 말이야. 거친 꼬마였던 나를 당신이 그 술집에서 처음으로 봐주었잖아. 당신이랑 있으면 나도 우아하고 상냥해졌고 격정적인 사랑으로 차올랐어. 이 일만 성공시키면 우린 그 시절로 다시 돌아갈 수 있어. 영원히 그렇게 살 수 있어. 가능하다고. 이 지저분한 도시에서, 이 차갑고 상스러운 사람들한테서 벗어날 수 있어. 음악과 사치품, 끝없는 환희로 가득찬 삶을 살 수가 있어. 당신이 하겠다고 약속했었잖아. 우리를 위해서. 그러니 약속을 지켜."

"못하겠어. 랄프는 좋은 사람이야."

"그래서 사랑이라도 한다는 거야?"

"아니, 내가 누군가를 사랑할 수 있는지 모르겠지만, 만약 사랑한다면 그건 너일 거야. 너를 줄곧 사랑해왔으니까."

"그럼 왜 그래?"

"그 사람은 정직하게 속내를 털어놓았어. 그런 꼴을 당해도 싼 사람은 아니야. 집으로 가자. 그 사람이 너한테 잘해줄 거야. 나한테도 잘해주거든."

"됐어. 그자가 살아 있는 동안 그 집과 그 사람 돈은 나한테 아무런 가치도 없어. 그가 죽을 때까지 가만히 기다리진 않을 거야. 당신이 그 사람 침대에서 자는 동안 넋 놓고 있지는 않을 거란 뜻이야. 그자가 내 어머니를 죽였어. 그러니 당신도 그 사람과 다정하게 손잡고 그를 용서할 생각은 하지도 마. 잊지도 마."

"인생은 우리가 만드는 거야. 난 실패했고, 너도 마찬가지야. 되돌아보면 짧은 기간 동안은 꽤 달콤했어. 하지만 우린 잘못했어. 서로에게, 이 세상에게. 다 끝났어. 우리 관계도 이제 끝이야. 그만 멈춰야 해."

"그래, 언젠간 끝나겠지. 그 사람이 죽는 순간 끝나는 거야. 그 사람이 죽었다는 소식을 당신한테 전해 듣는 순간, 지금까지의 삶은 끝나고 나는 양처럼 순해질 거야. 우린 모든 것을 다 갖게 될 거야."

"난 이미 다 가졌어. 내게 허락된 것보다 더 많이."

안토니오가 의자에서 벌떡 일어섰다. 캐서린의 손목을 잡고 분노로 이글거리는 눈으로 노려보았다.

"당신이 지금 뭘 가졌든 상관 안 해. 예수의 얼굴이라도 본 것처럼 멍청한 말을 하는 걸 보니까 뭔가 깊이 뉘우치면서 여기에 온 모양이군. 위스콘신으로 가서 트루잇 집안의 이름을 딴 트루잇 마을에서 소박하게 한 남자의 아내로 살 생각을 했구만. 웃기고 있네. 자유라도 얻은 줄 아는 모양인데 착각하지 마. 내가 살아 있는 한 당신은 자유로울 수 없어. 약속한 대로 하지 않으면 안 돼. 내가 말한 대로 하라고. 왜인지 알아?"

알고 있었다. 정확히 알고 있었지만 그 입을 통해 확인받고 싶지 않았다. 캐서린은 안토니오의 아름다운 손에 잡힌 손목을 비틀어 빼냈다. 방을 가로질러 벽장으로 가서 옛 생활의 증거인 화려한 원피스들을 멍하니 쓰다듬었다. 도무지 안토니오의 얼굴을 볼 수가 없었다.

"당신이 약속대로 그를 죽이지 않으면 내가 그 사람한테 편지를 쓸 거야. 그 편지 하나면 끝나는 거야. 그가 이런 얘기를 듣고 싶어 할까? 새 아내가 아들과 동침하는 사이란 걸 듣고 싶어 할까? 추잡한 얘길 편지로 상세하게 써줄까? 아내라는 여자가 열네 살 때부터 그렇고 그런 짓거리를 해온 흔해 빠진 창녀란 걸 알게 되면 어떨 것 같아? 그래도 당신한테 다정하고 친절하게 대해줄까?"

"더는 못 참겠어. 죽을 것 같아."

"아직 죽으면 안 되지. 아직은 아니야. 수치심 때문에 죽진 않아."

"그냥 여기서 너랑 살게. 위스콘신으로 돌아가지 않을게."

"이 오물 속에서 살겠다고? 이렇게 추레하게? 그렇게는 안 되지. 지금은 안 돼. 위스콘신으로 돌아가. 지금까지 했던 것처럼 천사 행세를 하고 살란 말이야. 그자가 원하는 모습대로 공작부인이나 신앙인 행세를 하면서 그 사람 음식에 독을 넣어. 계획대로 해. 죽을 때까지. 그때까지는 기다려줄게. 어차피 평생 기다렸으니까. 계획대로 하지 않으면 여기서 그치지 않을 거야. 모든 걸 잃고 시궁창에서 삶을 마감하게 해주겠어."

캐서린은 벽장 안 옷을 붙잡은 채 무릎을 꿇었다.

"제발."

"가서 멋진 기차를 타고 남편한테 돌아가. 그리고 그를 죽여."

"제발."

"깰 수 없는 약속이라는 것도 있어. 이미 너무 멀리 왔어. 이제 와서 물러서기엔 목표가 너무 가까이 있잖아. 일어서서 나가. 그자가 죽기 전까지는 어떤 말도 듣고 싶지 않아."

"나는⋯⋯."

"한마디도 하지 마. 당신은 애걸할 권리도 없어. 그럴 자유도 없는 몸이야. 달리 갈 곳도 없는 신세지. 건드리는 것마다 파괴하는 게 당신 일이니까. 난 이제 나갈 건데, 집에 돌아왔을 때 당신이 여기 있는 모습을 보고 싶지 않아. 세인트루이스 어딘가에서 죽치고 있는 꼴도 보고 싶지 않아."

캐서린은 일어섰다. 그의 말이 옳았다. 빠져나갈 길이 없었다.

안토니오는 밖으로 나가기 전 뒤를 돌아보고는 다시 상냥한 목소리로 말했다.

"당신을 사랑했었다는 건 사실이야. 앞으로 또다시 사랑할 수도 있어. 우린 이게 어떤 일인지 잘 알고 있고, 서로를 사랑해서 시작했어. 당신도 잘 알잖아."

안토니오가 나가고 나서 캐서린은 집 안을 돌아다녔다. 예전부터 해오던 생각들이 또다시 마음을 어지럽혔다. 깊은 목욕통에 들어가 비소와 아편제, 염산 같은 독을 써서 자살하는 방법, 비단 끈을 튼튼한 기둥에 묶고 목매다는 방법, 호텔의 조용한 방에서 창문을 열고 새처럼 뛰어내려 죽는 방법, 물론 그전에 카나리아를 자유롭게 풀어줄 것이다. 기차 바퀴에 깔려 죽거나 주사기와 면도칼, 총알을 이용해 죽는 방법도 있다.

그러나 다시 살아날 것이다. 지금까지 늘 그랬듯이 캐서린은 자신의 의지와 상관없이 살아왔다. 대단한 배짱도 없으면서 꾸역꾸역 살았다. 마음을 놓지도 못하고, 자유를 누리지도 못하고, 누구 하나 손을 내밀어 마음을 어루만져주지도 않았다. 다정함과 위로 없이 견디며 살았다. 그리고 고난과 절망 속에 다시 갇히게 되었다. 캐서린이 해야만 하는 일은 하나뿐이었다. 바로 살아남는 것이었다.

제 3 부

1908년 겨울에서 봄으로,
위스콘신 주

랄프는 잠자리에 들기 전, 침대 옆에 맑고 차가운 물이 담긴 잔이 놓여 있는 것을 좋아했다. 포도나무 덩굴무늬가 새겨진 길고 곧은 물 잔을 라슨 부인이 아침에 씻었다가 밤에 냉수를 받아서 침대 옆에 놓아두었다. 이탈리아에서 들여온 아름다운 잔이었다. 아침에 햇빛이 비치면 반투명한 잔이 한층 더 아름답게 빛났다. 지난 20년간 밤마다 새하얀 시트에 누워 고독하게 시간을 보내다가 문득 일어나 앉아 침대 가장자리 너머로 발을 뻗고 앞뒤로 흔들었다. 그러다가 바닥에 발을 딛고서 맑고 차가운 물을 한 모금 마시곤 했다. 물을 마시다 숨이 막혀도 이 낡고 큰 집에서는 아무도 소리를 듣지 못할 수 있으므로 똑바로 일어나 앉아서 물을 마셨다.

침대 시트는 일주일에 두 번씩 교체되었다. 랄프는 가끔 넓은 침대의 반쪽 면, 그쪽에 놓아둔 전혀 흐트러짐 없는 베개를 슬픈 눈으로 바라보곤 했다. 라슨 부인이 일주일에 두 번씩 침대 시트를 벗길 때마다 전혀 사용하지 않은 반쪽을 눈여겨볼 것이라는 생각이 들어 민망했다. 외로움이 남의 눈에 띄는 순간인지라 난처한 기분이었다.

잔에 담긴 물로 위안을 받으며 밤마다 물을 마시는 습관을 고수했다. 물 자체는 별 의미가 없었다. 자다가 갈증이 날 때도 별로 없었다. 그저 하루를 마감하는 일종의 의식이었다. 부드러운 입맞춤처럼 메마른 입술에 물기를 주는 것이다.

깨끗이 세탁해 옷장에 넣은 흰 셔츠에서 비누, 청분靑粉, 흰 천 세탁용 표백제, 풀 냄새가 났다. 랄프는 그날 입었던 옷을 벗어서 의자 위에 올려놓았고, 아침이면 라슨 부인이 그 옷을 들고나가 세탁하고 깔끔하게 다림질했다. 그가 소유한 물건들은 무엇이든 항상 청결했다. 세제, 가구 광택제, 바닥용 왁스 냄새와 함께 라슨 부인의 부지런함이 느껴졌다. 깔끔하게 살림을 해주는 라슨 부인이 고마웠다. 그녀의 보살핌에 위로를 받았다. 랄프가 급료를 지불하고 남편까지 거둬주었고, 라슨 부인도 대가에 연연하지 않고 일을 했다. 랄프가 수많은 이들에게 급료를 주고 있지만, 라슨 부인만큼 따뜻하게 자신을 위해주는 사람은 없었다.

랄프는 라슨 부인의 이름을 부른 적이 없었다. 예전에는 이름을 알았는데 오래전에 잊어버렸다. 처음 라슨 부인을 알게 되었을 때 그녀는 어렸었다. 이름이 제인이었던가, 지네트이었던가. 당시 미혼이었고 그다지 예쁜 외모는 아니었다. 점점 나이를 먹고 중년이 되면서 라슨 부인은 랄프의 습관을 파악하고 삶을 편안하게 해주었다. 랄프가 알기로, 라슨 부인은 에밀리아를 한순간도 좋아한 적이 없었다. 에밀리아가 가출했을 때도 전혀 슬퍼하지 않았다.

라슨 부인은 항상 정성스럽게 요리를 만들어주었다. 그의 셔츠와 바지를 세탁해주었고, 신발을 닦아 광을 내고, 찢어진 곳을 고치고,

장화에 붙은 진흙을 닦아주었다. 세심한 친절에 랄프는 감동했다. 그녀는 추가로 대가를 바라지 않으면서도 그의 삶을 보살펴주었다. 무엇보다도 욕정에서 비롯된 친절이 아니라는 점에서 위안이 되었다. 이 집에서 벌어진 끔찍하고 슬픈 일들, 배신의 현장을 목격하고도 라슨 부인은 마치 아무 일도 없었던 것처럼 마음을 써주었다.

랄프의 지독한 고독을 알면서도 모르는 척해주었다. 보면서 기분이라도 좋으라고 저녁 식사 때마다 4~6인분의 요리를 풍성하게 차려놓았다. 그리고 랄프가 식사를 마치고 서재로 돌아가고 난 후에야 남편과 식사를 했다. 같이 식사를 하자고 했지만 그들 부부는 결코 랄프와 한 식탁에 앉으려 하지 않았다. 그 요구가 무리일 수도 있었다. 그들 부부에게는 편치 않은 일일 수도 있으니까.

예전에 랄프는 하고 싶은 것이 많았다. 시인이 되고 싶었다. 예술 애호가 겸 수집가로서 젊은 예술가들을 격려하고 교류하고 싶었다. 매력과 유혹이라는 육체적 본능에 충실하게 진탕 먹고 마시며 난잡하게 노는 삶을 살기를 원했고, 그렇게 했다. 아버지가 되어 자신의 육체와 예술에 대한 애정을 물려받은 자식들을 키우고 싶었다. 그러나 지금은 마음속 깊은 곳에 내재되었던 열정을 잃어버렸다.

어느 날 잠에서 깨어보니 자식들은 모두 떠나고 없었다. 마치 팔이 절단된 듯한 기분이었다. 어린 딸의 죽음, 아내의 불륜, 그리고 불륜의 소산인 아들을 향한 억누를 수 없는 분노. 그 후로 애정과 집착의 대상은 깨끗한 셔츠와 반쪽 면만 사용한 시트, 윤기 나는 장화와 맑은 수프로 바뀌었다. 딱지가 상처를 덮듯, 그의 마음은 육체와 쾌락의 세계를 내면에 묻어버렸다.

세인트루이스에서 돌아온 캐서린 랜드가 기차에서 내렸다. 한결 부드럽고 온화해진 얼굴, 애초에 예상치 못했던 아름다운 그 얼굴을 다시 보니 랄프는 상처가 다시 벌어져 고통스러웠다. 캐서린 곁에 아들은 없었다. 랄프도 캐서린도 그 부분에 대해서는 한마디도 언급하지 않았다.

랄프는 역에 서 있는 동안 캐서린의 몸에 손을 대지 않으면 내면의 무언가가 영원히 부서질 것 같아 손을 뻗어 그녀의 외투 목깃을 살짝 만졌다. 그게 전부였다. 그만하면 충분했다. 예전에 에밀리아와 만났던 초창기에 그랬던 것처럼 그는 또다시 희망과 욕망 속에서 길을 잃었다. 캐서린은 랄프의 모든 것이었다. 단순한 여인이 아니라 세상 전부였다. 캐서린이 상처를 주고 거짓말을 할 수도 있지만, 그래도 그 입술에서 나오는 다정한 말 한마디를 들을 수 있다면, 그녀와 몸을 밀착할 수 있다면, 다른 것은 아무래도 괜찮았다.

기꺼이 운명에 모든 걸 맡기고 싶었다. 작고 빨간 새가 들어 있는 새장을 들고 캐서린이 기차에서 내렸다. 그녀가 돌아왔으니 설레는 삶이 다시 시작될 것이다. 이제야 기차역에서 누군가를 기다릴 수 있게 되었다. 집으로 돌아오는 그녀를 마을 사람들은 지켜보았다. 캐서린이 랄프를 발견하고 미소 짓는 순간, 랄프는 캐서린을 위해서라면 기꺼이 죽을 수도 있다고 생각했다.

랄프의 피부는 깨끗한 가죽처럼 부드러웠다. 몸은 강하고 날씬했다. 그러나 젊지는 않았다. 심장은 오랜 세월 비탄과 회환에 잠겨 고통받았지만, 지금껏 잠잠했던 성욕이 다시 격하게 요동치고 있었다. 캐서린의 얼굴은 엄숙하다 못해 괴로움이 깃들었다. 새장 속 새가 지저귀었다. 캐서린이 다가와 볼에 진지하게 입을 맞추었다. 그녀가 돌아왔다. 집으로.

마차를 타고 집으로 향하는 동안 눈이 계속 내렸고, 그들은 입을 열지 않았다. 랄프는 심장이 두근거렸다. 캐서린을 원했다. 아들 애기도 듣고 싶었지만 어떤 말도, 어떤 손짓도 할 수 없었다. 무슨 말이든 하고 싶었다. 처음에 여기 왔을 때는 불안해 보이더니 지금은 차분하고 편안해진 것 같다고 말하고 싶었다. 다정하게, 스스럼없이 다가가고 싶지만 머릿속에 아무 말도 떠오르지 않았다. 그저 이마에 흐릿하게 남은 상처를 손으로 만지작거리며 전방만 응시할 뿐이었다.

집으로 돌아와 그들은 난롯불을 사이에 두고 마주 앉았다. 캐서린은 새 원피스를 입고 있었다. 머리카락과 얼굴은 차분하고 안정되었다. 그녀가 입을 열기 전에 랄프는 이미 어떤 소식인지 짐작했다. 안토니오와 함께 돌아오지 않았고, 얼굴에서 함께 왔으면 좋았을 것이라는 표정을 읽을 수 있었다.

캐서린이 말했다.

"그는 당신 아들이 아니라고 하더군요. 맹세까지 했어요."

"당신 생각엔 어때?"

"그 말을 그대로 받아들여야 한다고 생각해요. 더는…… 달리 생각할 것도 없고. 그는 자기 성이 '모레티'라고 했어요. 부모는 필라델피아에서 레스토랑을 운영한다고 했고요. 당신을 본 적도, 이름을 들은 적도 없고, 시카고라면 몰라도 위스콘신 쪽으로는 가까이 온 적도 없다고 했어요. 말로이와 피스크 씨는 그가 좋은 사람이 아니라고 했어요. 양심도, 도덕도, 품위도 없는 사람이라고. 설득해보려고 노력했지만 별로 진전이 없었어요."

"생김새는?"

캐서린은 신중하게 대답했다.

"이탈리아 사람처럼 생겼어요. 이국적이고 귀족처럼 세련된 외모였어요."

"어떻게 살고 있어?"

"뮤직홀에서 피아노를 쳐요. 싸구려 뮤직홀이라는데, 직접 가보지는 못했어요. 고향에 돌아오라는 말을 하려고 사는 집에 가봤어요. 그런데 위스콘신은 자기 고향이 아니라고, 무슨 말을 하는지 모르겠다고 하더라고요. 집을 서커스 천막처럼 꾸미고 살아요. 옷도 잘 입고, 한마디로 멋쟁이에요."

"그리고?"

"말로이와 피스크 씨는 그가 아무짝에도 쓸모없고 예쁘기만 한 물건이라고 하더군요. 수개월간 쫓아다녔지만 그만한 노력을 기울일 만한 가치가 없는 자라고 했어요."

"목소리는 어땠어?"

"당신 전 부인과 모레티 씨의 핏줄인 것 같기도 해요. 확실히는 모르겠어요. 당신이 더 잘 알겠죠. 당신을 모른다고 한 말은 거짓말 같아요. 당신을 용서할 수가 없어서 집으로 돌아오지 않겠다는 거예요. 지금도 싫고, 앞으로도 싫다고. 가망이 없는 것 같아요. 어쩌면……."

"계속해봐."

"어쩌면 내 노력이 부족했을지도 모르겠어요. 한다고는 했는데……. 집을 찾아갔어요. 당신 이름을 듣자마자 이마를 보일 듯 말 듯 찡그리며 주춤하더군요. 제가 오해했을 수도 있지만, 그걸 보고 거짓말인줄 눈치챘어요. 그래서 다시 찾아가 돈을 주겠다고 제안도 해봤어요. 여러 시간 얘기를 나눴죠. 당신이 후회하고 미안해한다는 얘기를 하고, 당신이 스스로를 용서하지 못한 채 살고 있다고도 말했어요. 그런데 신경도 쓰지 않더라고요. 제 손가락에서 반지까지 빼서 줬는데, 당신한테 받은 결혼반지 말이에요. 그걸 달라고 해서 빼줬어요. 그런데 웃으면서 돌려줬어요. 제 설득에 넘어오질 않았어요. 어쩌면…….”

“어쩌면?”

“어쩌면 그 사람이 진짜로 당신이 찾는 아들 같다는 생각이 들었어요.”

“얘길 들으니 그런 것 같은데.”

“그러게요. 그런데 그는 아니래요. 그는 자기 이름이 토니 모레티라고 했어요.

“당신 반지를 달라고 했다고?”

“빼서 줬는데 장난친 거였어요.”

캐서린은 랄프의 얼굴에서 극도의 고통을 읽었다. 랄프는 자신의 마음을 가장 아프게 하는 존재를 집으로 데려오길 원했다. 막상 아들이 오지 않겠다고 하자 몹시 괴로워했다. 캐서린이 이마의 상처를 꿰매줄 때보다 더 아파했다. 캐서린은 랄프가 자기 말을 믿기를 원했고, 점차 그렇다는 확신이 들었다.

랄프가 말했다.

“우리끼리 먼저 저택으로 이사를 하지. 다음 주에. 이 집은 라슨 부부에게 쓰라고 할 생각이야.”

“굳이 그럴 필요는 없어요. 그럴 이유도 없고요. 지금으로선 더더욱요.”

“수년 동안 앤디가 돌아올 때를 대비해 깨끗하게 준비해두었어. 말로이의 편지를 보니 앤디가 무척 사치스러워서 수중에 돈도 없을 거라고 하더군. 하는 일마다 실패하고 더 힘들어지면 고향으로 돌아오겠지. 우리가 먼저 들어가 살면서 기다리는 게 좋겠어.”

캐서린은 정원을 꾸밀 생각을 하니 벌써부터 마음이 들떴다. 천장이 높은 홀과 크리스털 샹들리에, 이름을 알 수 없는 초상화들이 머릿속에 떠올랐다. 저택 위층에 마련된 화랑의 긴 복도에서 치맛자락을 끌며 걷는 상상을 해보았다. 바로 캐서린이 원하는 생활이었다. 아들이 돌아오리라는 희망이 사라지자 랄프가 캐서린에게 누리게 해주려는 생활이기도 했다.

"이 집에서도 행복해요. 우린 여기서도 잘 살 수 있어요."

"나는 자식을 원해. 자식 없이 죽고 싶지 않아. 당신이 응해줘야 가능한 일이겠지만. 하나님께서 허락하시고 당신이 기꺼이 낳아준다면 정말 고맙겠어."

"그럴게요."

"아이들이 놀기에도 좋아. 모험 가득한 궁전이기도 하고. 비밀 계단도 있거든. 사실…… 내가 젊은 시절에 지은 집이잖아. 당시 나는 멋대로 사는 사치스럽고 어리석은 철부지였어. 당신 말대로 우린 잘 살 수 있을 거야."

그들은 조용히 저녁 식사를 했다. 그러나 조금밖에 먹지 않았다. 장시간 기차를 타서 식욕이 동할 만도 한데, 캐서린은 랄프의 슬픔을 알기에 음식에 별로 손을 대지 않았다. 랄프의 상황을 잘 알기 때문이었다. 그 슬픔이 가슴으로 느껴졌다.

랄프는 내면의 슬픔을 털어놓고 논의하는 방법을 알지 못했다. 지난 20년간 온전한 기쁨을 느껴본 적이 없기 때문에 사전 예고나 보호막 없이 갑작스럽게 닥친 지독한 슬픔에 그저 침묵할 뿐이었다. 잃어버린 아들, 예전의 끔찍했던 기억, 자신이 저지른 모진 짓거리를 후회하고 아들과 새로운 인생을 살려고 했지만 그 꿈이 사라진 것이다. 식어가는 커피를 마시던 캐서린은 랄프의 마음이 이해되기에 이 말을 하지 않을 수 없었다.

"탐정들과 함께 그 사람이 자주 가는 곳에 갔었어요. 어떤 레스토랑인데 거기서 피아노 연주를 하더라고요."

"연주는 어땠어?"

"멋졌어요. 슬프기도 했고요. 연주를 잘했는지 못했는지는 잘 모르겠어요."

"당신도 연주를 곧잘 하니 잘 알 텐데."

"모르겠어요."

'나는 모든 걸 잃었어.'라고 랄프는 말하고 싶었다. 자신을 버리고 스스로를 고문하면서 해야 할 일을 전부 착실히 했는데, 결국 모든 것이 부질없는 짓거리였다. 깔끔한 셔츠를 입고 다니고 비난받을 행동도 하지 않았지만 모두 쓸데없었다.

랄프의 마음은 약해질 대로 약해졌고, 눈빛에는 캐서린을 향해 싹트는 애정이 깃들어 있었다. 캐서린을 다시 볼 수 있어 기뻤다. 새장 안에서 새가 지저귀고 있었다.

잔인하게 학대당한 아들은 아비의 존재를 부정했고, 아비는 아들을 학대했던 기억으로 비통해했다. 감당하기 힘들었다. 그는 결국 입을 다물었다.

커피가 식었다. 저녁 식사를 마치자 시간이 꽤 늦었다. 계단을 오르며 랄프는 캐서린에게 따로 자는 게 어떻겠냐고 물었다.

"왜요?"

"여행 때문에 피곤할 것 같아서."

"당신은 제 남편이잖아요."

그들이 애처롭게 식어가는 커피를 마시며 꾸물대는 동안, 라슨 부인은 잘 자라는 뜻으로 여느 때처럼 침대 옆에 물 잔을 가져다놓았다. 캐서린이 혼자 여유롭게 잠옷을 입을 수 있도록 자리를 피해주려고 랄프는 욕실로 들어갔다. 바닥에 무릎을 꿇고 차가운 변기 뚜껑에 이마를 대고 열기를 식혔다. 잠시 후 침실로 돌아와 겉옷을 벗어서 갠 후 아침에 라슨 부인이 가지고 가도록 의자 위에 올려놓았다. 그리고 침대로 가서 시트를 들어올린 순간 깜짝 놀랐다. 흥분과 감동이 밀려왔다. 캐서린이 이 집에 오고 처음으로 아무것도 걸치지 않은 채 침대에 누워 있었다. 캐서린은 랄프를 받아들일 준비를 한 것이다.

랄프는 스스로도 놀랄 정도로 광포하게 캐서린을 안았다. 등과 가슴을 타고 땀이 흘러내렸다. 그는 입으로 입을, 손으로 부드러운 곡선을 그리는 그녀의 허벅지를 감쌌다. 팔로 체중을 버티며 손으로 더듬으며 온몸에 전율이 흘렀다. 캐서린의 섹스는 마치 따뜻한 물에 목욕을 하는 것 같았다. 캐서린이라는 따뜻한 물이 밀려왔다.

캐서린은 융통성 있게 협조했다. 적극적으로 달려들지는 않았지만 그가 편하게 움직이도록 도와주었다. 랄프는 캐서린을 만족시키는 동시에 스스로도 만족할 수 있어 기뻤다. 행위와 열정, 살결, 여자의 갈망을 말로 형언할 수 없는 방법으로 조종하며 흘리는 땀. 그는 순수한 움직임, 순전한 욕망 그 자체가 되었다. 육신과 사업, 끔찍한 고뇌, 심지어 얼굴과 몸통마저 사라지고 육체적 욕망과 말없는 슬픔만이 넓은 세상에 남았다. 그는 쾌락에 빠져든 캐서린의 부드러운 신음 소리를 들었다. 그 순간만큼은 마음이 놓였다. 랄프의 숨소리는 길고 긴 한숨이 되어 흘러나왔다. 두 손이 동작을 멈추었다. 분노는 사라지고 열정은 흩어졌다. 그는 캐서린을 감싸 안고 내리눌렀다. 잠시 후 그녀의 이마에 헝클어진 머리카락을 뒤로 쓸어 넘겨주었다.

"고마워."

캐서린은 옆으로 고개를 돌릴 뿐 아무런 대꾸도 하지 않았다. 랄프는 그제야 실수를 했음을 깨달았다. 오래전에 호텔 방에서 음탕한 여자들과 뒹굴고 난 후 여자들에게 하던 말이었다. 그가 하려던 말은 그런 의미가 아니었다. 마음이 돌이킬 수 없을 만큼, 어떤 위로도 소용이 없을 만큼 산산이 부서져서 슬픔과 분노만이 그를 버티게 해줄 뿐이라는 말을 하려고 했다. 하지만 자신의 마음을 말로 설명할 수가 없었다. 그런 말을 하는 데 익숙하지 않았다. 그래서 고맙다는 말로 대신하려고 했지만 그 말을 꺼내자마자 후회했다.

 랄프는 눈물을 흘리며 울고 싶었지만 지난 수년간 눈물 한 방울 흘려본 적이 없기에 지금도 울 수가 없었다. 자신을 위해서도, 아들을 위해서도 울 수 없었다. 언젠가 그 가혹한 짐을 떠안아야 할 지금의 아내 캐서린을 위해서도. 그때도 캐서린은 랄프 옆에 누워 잠을 잘 테고, 현실을 알고서 무기력해질 것이다. 그럼 랄프는 캐서린을, 그녀의 무기력함을 증오할 것이다.

 자기의 살과 피를 물려받지 않은 소년 때문에 고뇌하던 랄프는 문득 의아해졌다. 자신은 너무나도 많은 것을 갖고 있고, 이 여인도 품에 안았는데 왜 굳이 앤디를 집으로 불러들이려고 하는 것일까. 앤디의 귀향은 오랫동안 가슴에 품은 꿈이라 다른 무엇으로도 대체할 수 없었다. 그 무엇도 상실감을 보상할 수 없고, 아들을 돌려받고 싶은 마음을 채울 수 없었다.

 어렸을 때 아비에게 배신당한 소년. 랄프는 그 소년을 사랑해주고 어른으로 자라는 모습을 지켜볼 수도 있었다. 소년은 어린 마음에 반항하며 가출했지만 예전에 랄프가 그랬듯이 다시 집으로 돌아와 사업을 물려받고 생산과 회계에 대해 배울 수 있었을 것이다. 직원들을 관리하는 방법을 익힐 수도 있었을 것이다. 안토니오, 앤디,

토니 모레티! 그 소년은 잘생기고 제멋대로인 남자로 자라났다. 낯선 남자로. 랄프는 한때 모질게 학대했던 그 소년을, 그 남자를 이제는 알지 못했다. 전 아내의 아들, 그의 탕아. 그 소년에게 마음의 문을 활짝 열어도 되었을 텐데 그러지 못했다.

캐서린이 곁에 잠들어 있었다. 고른 숨소리가 침실의 공기를 달콤하게 채웠다. 어둠은 그들을 에워쌌고, 캐서린은 20년 동안 비어 있던 침대의 반쪽 면을 채우고 있었다. 아침이면 라슨 부인이 얼룩진 시트에서 부부 관계 흔적을, 랄프가 더는 혼자가 아니라는 증거를 보고서 미소를 지을 것이다. 그렇게 생각하자 랄프는 민망해졌다. 사소한 변화마저도 라슨 부인의 눈을 피하기 어려웠다.

어쩔 수 없었다. 랄프는 침대에서 일어나 바닥으로 내려섰다. 벌거벗은 몸이 한기로 떨렸다. 몸이 아무리 강하고 피부가 아무리 부드러워도 젊음을 다시 되돌릴 수는 없었다. 지나간 세월은 무척이나 길었고 앞으로 남은 세월은 너무도 짧았다. 그 순간, 삶을 마무리 지을 준비를 해야 하는 시점이 다가왔음을 느꼈다. 심장 속에서 그것을 느꼈다. 뼛속 깊이 느껴졌다. 고통스러운 숨결 속에서 확인할 수 있었다. 피는 혈관을 타고 경쾌하게 흐르지만 마음은 죽음을 떠올렸다. 그는 죽어서 부모 곁에 묻힐 것이다. 엄지 아래 부드러운 살 속에 바늘을 꽂고서 어머니 곁에서 영원히 지옥에 머물게 될 것이다.

안토니오가 영원히 떠나버렸음을 깨닫자 내면에서 무언가가 사그라지고, 오랫동안 고독을 견디게 해준 희망마저 사라지는 느낌이었다. 이해가 되지 않았다. 이토록 많은 것을 가졌는데 그동안 왜 아들을 찾는 일에 집착하고 매달렸는지 알 수가 없었다. 신문에 낸 개인 광고, 겉보기와는 다른 지금의 아내, 팀장들, 돈, 희망, 기다림. 그 모든 것은 오직 한 가지 이유, 안토니오를 돌아오게 하겠다는 꿈을 실현하기 위한 것이었다. 그러나 안토니오가 절대 돌아오지 않을 거라는 사실을 그는 이제야 받아들였다.

창문으로 달빛이 흘러들었다. 뿌옇고 푸르른 달빛이 침대 옆 물 잔을 비추었다. 갑자기 당장 물을 마시지 않으면 죽을 것처럼 갈증이 났다. 손을 뻗어 잔을 손에 쥐고 한참을 그대로 있었다. 물 냄새를 맡고는 잠시 멈칫거렸다. 그러나 곧 물을 마셨다. 전부 마셨다.

처음 한 모금을 입에 물었을 때 희미한 냄새가 풍겼다. 뒷맛이 씁쓸했다. 물에 무언가가 섞여 있음을 알 수 있었다. 아름다운 이탈리아제 물 잔의 바닥을 들여다보았다. 그리고 달빛 속에 어린아이처럼 평화롭게 잠든 사랑스러운 아내를 돌아보았다. 피렌체에서 나태하게 살았던 시절에 사용했던 독이 이 물에 섞여 있음을 직감했다. 하지만 상관없었다. 이제는 아무런 상관이 없었다.

18

독이 사방에 뿌려져 있었다. 비소. 옛날 사람들은 그것을 '유산 상속을 위한 살인 가루'라고 불렀다. 그것은 음식에, 물에, 옷에 묻어 있었다. 아침마다 머리를 쓰는 빗에도 묻어 있었다. 랄프는 그 냄새를 맡았다. 혀 뒤쪽과 목구멍에서 그 맛이 느껴졌다. 매일은 아니지만 그 냄새와 맛이 늘 주변을 맴돌았다.

비소는 초기에 기운을 돋우는 효과가 있었다. 그래서인지 랄프는 거짓말처럼 몸이 가볍고 튼튼해졌다. 혈색이 좋아지고 피부가 맑아졌다. 심장박동도 전보다 강해졌다. 머리카락에 윤기가 돌았고, 파란 눈동자는 더욱 진하고 맑아졌으며 눈빛도 예리해졌다. 전에는 사적인 얘기를 하지 않던 이들이 다가와 10년은 젊어 보인다고 말했다. 그들은 랄프가 재혼한 후로 사는 게 전보다 좋아진 모양이라고 여겼다.

랄프는 슬픔을 주체할 수 없었지만 겉으로는 예전과 다름없이 처신했다. 직원들에게 다정하고 예의 바르게, 공평하게 대했다.

그는 죽어가고 있었다. 그 사실을 알기에 자기가 할 수 있는 일은 남들에게 친절을 베푸는 것뿐이라고 생각했다.

캐서린은 랄프에게 무척 잘해주었다. 그가 입을 열면 열심히 귀를 기울였다. 랄프는 사업 얘기며, 앞으로의 계획에 대해 자주 얘기했다. 그러나 안토니오는 언급하지 않았다. 슬픔으로 무겁게 짓눌려 이미 죽은 심장에 대해서도 거론하지 않았다. 죽고 싶다는 말은 한 번도 한 적이 없지만, 길고 고통스러운 죽음의 과정이 두려웠다.

그래도 말하고 싶었다. 괜찮다고, 결국 당신이 모든 것을 갖게 될 거라고. 안토니오가 돌아와 재산을 요구할 것 같지 않아서 랄프는 캐서린이 세인트루이스에 있는 동안 그녀가 전 재산을 받도록 유서를 써놓았다. 그러나 그 얘기를 할 수가 없었다. 캐서린이 지금 벌이고 있는 일에 충격을 받아 도저히 입이 떨어지지 않았다. 말을 할 수가 없었다. 더욱이 캐서린이 하는 일을 알고 있으니, 자신도 공범이나 다름없었다.

캐서린의 목소리는 음악처럼 감미로웠다. 저녁 식사를 마치고 식탁 앞에 앉아 랄프가 말했다.

"지금까지 단 한순간도 마음이 이렇게 평화로웠던 적이 없었어. 20년 동안 단 한 번도, 단 1분도 행복한 적이 없었어. 그런데 당신 덕분에 행복해져서 고마울 뿐이야. 얼마나 고마워하는지 모를 거야. 당신을 행복하게 해줄 수 있다면 뭐든지 주고 싶어. 원하는 건 다 줄 거고, 듣고 싶은 말도 다 해줄게. 내 마음 알 거라 믿어."

랄프가 캐서린의 손을 잡았다. 그녀는 그 말이 진심임을 알았다.

"제가 뭘 또 바라겠어요? 당신이 제가 기다렸던 바로 그 사람인 걸. 다른 건 아무것도 필요 없어요. 처음 여기 오기 전에는 막상 당신을 만나면 실망할 것 같았어요. 그래서 여차하면 도망치려고 싸구려 보석들도 따로 챙겼어요. 그런데 여기 처음 온 날 마차가 길을 벗어나면서 그만 보석을 잃어버렸죠. 탈출할 때 비상금으로 쓰려고 했던 건데…… 그때는 이렇게 제 마음이 달라질 줄 몰랐어요. 어쩌다 이렇게 됐을까요? 신문 광고를 보고 연락했을 뿐인데."

캐서린은 소리 내어 웃었다. 높은 곳에서 떨어지는 맑은 물소리 같았다. 자신의 어리석음을 떠올리며 랄프도 웃었다.

"하긴, 내가 다른 사람을 선택할 수도 있었지."

"저도 인디아가 아니라 제 사진을 보냈다면 당신은 저를 선택하지 않았겠죠. 광고를 보고 몇 명이나 연락을 했어요?"

"수십 명. 전부 정숙한 여자들이었어. 과부도 몇 명 있었고. 어린 여자들도 있었지. 몇 명은 숫제 어린애였어. 당신보다 훨씬 어렸으니까. 단단히 한몫 잡으려고 작정한 여자들도 있었고."

"그런데 왜 하필 저를?"

"당신이 편지에 '저는 단순하고 정직한 여자입니다.'라고 썼잖아. 그리고 사진 속 얼굴은 정말 단순하고 정직해 보였어. 바로 결정했지. 다른 사람은 눈에 들어오지도 않았어."

"그건 제 얼굴이 아니었어요."

"그래, 그랬지."

"후회하나요?"

"더는 아니야."

"편지들은 어떻게 했어요? 다른 여자들이 보낸 편지요."

"마당에 구덩이를 파고 태워버렸어."

그들은 숲 너머 저택으로 거처를 옮겼다. 랄프는 새로 맞이한 아내에게 주는 결혼 선물로 곳곳에 현대식 욕실을 설치해주었다. 집에 전기가 들어오도록 했고, 시카고에서 전기 램프를 주문했다. 샹들리에도 전기를 연결했다. 라슨 부인을 위해서는 새 주방을 만들어주었다. 라슨 부인은 필요 없다고 했지만 그는 뜻을 굽히지 않았다. 그 외에 다른 곳은 그대로 두었다.

그들은 농가에 있던 화려한 가구들을 마차에 싣고 먼 길을 달려 황금빛 대저택으로 옮겼다. 의자와 탁자들을 20년 전 그 자리에 도로 배치했다. 그리고 랄프는 농가를 라슨에게 넘긴다는 양도증서를 써주었다.

저택은 다시 활기를 띠었다. 트루잇 부부는 프레스코화가 그려진 식당에 있는 긴 식탁의 한쪽 끝에 가까이 붙어 앉아 식사를 했다. 밖에서 불어오는 바람의 한기를 막기 위해 난로를 피웠다. 그들은 사랑과 일상적인 삶에 대해 나지막하게 얘기를 나누었다. 캐서린은 저녁 식사 전에 원피스를 갈아입고 식탁 앞에 앉았다. 식사 후에는 랄프를 위해 피아노를 연주했다. 마차 한 대가 들어올 정도로 규모가 큰, 노란 응접실의 커다란 벽난로 옆에 앉아 랄프에게 휘트먼의 시를 읽어주기도 했다.

그들 부부가 연 조촐하고 점잖은 분위기의 만찬 파티에는 랄프의 영향력에 기대어 도움을 받으려는 이들이 주로 참석했다. 의사들, 변호사들, 판사들이 각자 말없이 아내를 대동하고 왔다. 주지사도 랄프에게 금전적 지원을 요청했는데, 랄프는 주지사가 저택을 나설 때 일정액을 쥐어주었다. 저녁 파티는 별 재미가 없었지만 음식은 대단히 훌륭했다.

그들 부부는 신중하게 침실을 골랐다. 랄프가 에밀리아와 함께 썼던, 이 저택에서 제일 크고 화려한 침실은 제외했다. 그들이 선택한 침실은 널찍하고 단순하며 파란색이 주를 이루었고, 벽으로 둘러싸인 비밀 정원이 창밖으로 내다보였다. 그들은 랄프의 아버지가 썼던 대형 침대를 침실로 들여놓았다. 랄프가 부드러운 베개에 머리를 대고 누워 있으면 빨간 새가 아름답게 노래를 불렀고, 창가 의자에 앉아 있던 캐서린이 침대로 다가와 사랑을 나누었다.

캐서린은 여름이 오면 정원이 얼마나 아름답게 변할지 이야기했다. 장미, 으아리, 칼라, 데이지가 만발할 거라고. 그녀는 각 꽃들의 라틴어 이름을 차례로 알려주면서 여름밤에 열린 창문으로 들어올 풍성한 꽃향기를 묘사했다. 침대에 누운 랄프는 자신이 그 꽃들을 다 볼 때까지 살아 있을지 궁금했다. 캐서린의 설명대로라면 정원은 무척 멋지게 변할 것이다. 에밀리아는 그런 정원을 만들 인내심도, 지식도 없었다.

캐서린은 정원 눈을 치우고 그 아래 20년 동안 방치된 식물들 잔해를 꺼내달라고 라슨에게 부탁했다. 그리고 차가운 달빛 아래 이리저리 뒤엉키고 헐벗은 덩굴들과 바닥에 쓰러진 조각상들, 텅 빈 레몬 온실과 오렌지 온실을 바라보았다. 손수 정원의 토양에서 피워낼 생명에 대해 랄프에게 이야기했다. 도서관에서 오랜 시간을 보내며 배운 원예 지식도 펼쳐놓았다.

그들은 늦겨울에 내리는 눈을 피해 저택에서 편안히 쉬었다. 창문으로 달빛이 흘러들었다. 캐서린이 생기 가득한 모습으로 곁에 누웠다. 그는 안토니오 때문에 슬픔이 점점 크게 차올랐지만 몸이 비소에 반응을 하는지 믿을 수 없을 정도로 성욕이 왕성해졌다.

저택의 규모가 커서 라슨 부인이 혼자서는 살림을 제대로 할 수가 없었다. 마을 여자 두 명을 추가로 고용하고 남자 일꾼도 한 명 더 들어왔다. 그러자 집 안 전체가 늘 청결했고 방마다 벽난로 옆에 장작도 충분히 쌓이게 되었다. 트루잇 부부는 저녁 식사 후에 방에 들어가 편안히 쉬었다.

2월 말경, 랄프의 회계장부 담당자가 별안간 실성해서 28년 동안 함께 살아온 아내를 아무 이유 없이 살해했다. 트루잇 부부는 검은 옷을 입고 장례식장에 찾아가 엄숙하게 서 있었다. 장성한 자식들은 살해당한 모친을 애도하며 눈물을 흘렸다.

"사람들은 왜 그러는 걸까요? 왜 이런 끔찍한 짓을 저지를까요?"

마차를 타고 집으로 돌아가며 캐서린이 물었다.

"자신들 삶을 증오하니까. 처음에는 서로를 미워하는 걸로 시작하지. 그러다가 가질 수 없는 걸 바라게 되면서 이성을 잃고 마는 거야."

재판에 참석한 랄프는 아내를 살해한 남편이 옷을 찢으며 울부짖는 모습을 지켜보았다. 자녀들은 그런 아버지를 두려움과 증오에 찬 눈으로 바라보았다.

그러나 랄프는 이해했다. 사람들이 어느 날 아침 문득 잠에서 깨어 이성을 잃기도 한다는 것을. 옳고 그름에 대한 판단력과 자신의 행동이 가져올 결과가 어떨지 분별력을 잃기도 한다는 것을. 어디서나 그런 일은 일어나기 마련이다. 겨울이 너무 길었다. 공기가 지독하게 황량했다. 원인은 불명이고, 결과는 예측 불가능했다. 회계장부 담당자는 정신병원에 수감되었다. 그곳에서 사랑했던 아내를 애도하며 아내가 언제 자신을 보러오느냐고 매일 물을 것이다.

랄프는 캐서린이 자신에게 젊음과 원기를 북돋아주려고 비소를 먹인다고 믿고 싶었다. 말 장수가 어수룩한 구매자를 속이기 위해 말에게 약간의 독을 먹여 털에 윤기가 돌게 하고 눈을 반짝거리게 만드는 것처럼.

캐서린이 장기간 떨어져 지내면서 미량의 독으로 그를 다시 젊게 만들어야겠다는 계획을 세우고 세인트루이스의 차이나타운 같은 곳에서 그 독을 샀을 거라고 믿고 싶었다. 아주 단기간만 사용할 작정으로 말이다. 대단히 적은 양으로도 효과는 충분했다. 피렌체에서 살 때 여러 시간 동안 성관계를 계속하기 위해 그런 종류의 독을 가끔 사용했고, 어느 해 여름에는 임질 치료 차 사용하기도 했었다. 그 독을 복용하면 임질로 인한 통증이 사라졌고, 마치 신적인 존재가 된 듯한 착각이 들기도 했다. 독을 사용할 때는 이유가 있었다. 이번에도 그럴 것이다.

캐서린의 열정은 랄프 못지않았다. 가난한 선교사의 삶을 살았다고 보기 어려울 정도로 단기간에 성적인 기교가 무척이나 다양해졌지만, 랄프는 부정적으로 보지 않았다. 그녀는 젊은 시절 그가 만났던 여자들처럼 잠자리에서 한도 끝도 없이 음탕했다. 랄프는 캐서린을 사랑했고 원했다. 캐서린은 이제 항상 눈앞에 있었다. 수줍음을 타고 거리감을 두면서 소박하고 꾸밈없는 원피스를 입고 세인트루이스로 떠났던 캐서린은 다른 사람이 되어 돌아왔다. 대대로 부유한 집안 출신인 것처럼 단순하고 차분하고 단아한 취향의 옷을 입고서 입가의 표정도 좀 더 부드럽고 가볍게 바뀌었다. 그가 앞으로 다시는 만나지 못하리라 생각했던 여인의 모습. 바로 그가 꿈꾸는 여인이었다.

매일 저녁 식사를 하면서 그녀에게 손을 뻗지 않으려고, 잠자리에 들 때까지 기다리느라 안간힘을 썼다. 대화를 하면서도 눈을 마주보지 않으려 애를 썼다. 시를 읽어주는 고운 목소리에 귀를 기울이고, 그녀가 연주하는 부드러운 피아노 선율을 조용히 감상했다. 라슨 부인이 접시를 치우고 씻는 동안 함께 카드놀이를 하기도 했다.

밤마다 캐서린을 안았다. 랄프의 등의 타고 흘러내린 땀이 캐서린의 젖무덤 사이에 모여 그들 몸을 흠뻑 적셨다. 캐서린은 깨끗한 리넨 천을 가져다가 랄프의 등과 가슴, 다리, 팔의 땀을 부드럽게 닦아주었다. 밤마다 캐서린은 랄프 곁에서 잠을 잤고, 그는 크리스털 잔에 담긴 물을 남김없이 마셨다. 그리고 아침마다 혼란스러운 꿈을 꾸다 힘겹게 잠에서 깨면 곁에는 늘 캐서린이 있었다.

독. 그것은 쾌락의 독이었다. 언젠가는 그 독이 자신을 죽이고 말리라는 사실을 랄프는 알고 있었다. 어머니도 알고 있었다. 지금도 엄지 아래 그 사실을 일깨워주는 상처가 남아 있었다. 어머니는 랄프가 여성의 벗은 몸을 보기도 전에, 그의 눈 안에 든 티끌을 보며 그가 독을 품고 있다고 했다. 그 독은 사악함이며 죽음을 초래할 것이라고 말했다.

여자들 꿈을 꾸었다. 오래전 육욕을 좇으며 살던 시절이 꿈속에서 세밀하고 생생하게 재현되어 감미롭게 취해버렸다. 목소리들이 그를 불렀다. 랄프는 탁 트인 들판에 나체로 누웠다. 곁에 나란히 누운 소녀는 바람에 머리카락이 헝클어지고 원피스를 풀어헤친 몸으로 햇볕을 고스란히 쐬었다. 그가 소녀의 젖가슴을 움켜쥐었다. 그는 대리석 조각상에 분수가 흘러내리는 정원에 누워 있었다. 치자나무, 재스민, 로즈메리 향이 짙었다. 여인들은 부드러운 목소리로 그의 귀에 속삭이며 손가락 끝으로 그의 옷을 잡아당겼다. 깨끗하고 날카로운 손톱으로 그의 등의 살갗을 찢었다. 섹스의 향락에 빠진 꿈을 꾸는 동안 랄프의 눈동자는 눈꺼풀 안쪽에서 배회했다.

다른 남자들과 그가 알지 못하는 여자들 꿈을 꾸었다. 어머니와 아버지 꿈을 꾸었다. 부모님은 사랑 없는 욕정으로 소리 없이 그를 창조했다. 신앙심이 독실하고 엄격하며 비밀스럽고 생식능력이 좋은 마을 사람들 꿈을 꾸었다. 젊은 연인들의 첫 키스, 사춘기 연인

이 크리스털처럼 맑은 물줄기가 흐르는 폭포 옆에 서서 떨리는 손
가락으로 서로의 리본을 푸는 꿈을 꾸었다. 그도 아는 폭포였다.

대규모 하우스 파티^{시골 저택에 손님들이 며칠씩 머물면서 여는 파티}를 여는 꿈을 꾸었다.
맛있는 음식이 차려져 있고 멋진 옷을 입은 남녀들이 북적이는 흥
겨운 파티였다. 20년 내지 40년 전쯤의 풍경이었다. 꿈속에서 랄프
는 어른들 틈에 낀 어린아이였다. 웃음이 흐르는 유쾌한 분위기 속
에서 입 밖에 내지 않는 욕망의 눈빛이 넘실거렸다. 그가 아는 사람
들은 아니었다. 파티가 열리는 대저택도 그가 아는 곳이 아니었다.
대저택에는 방이 많았고, 각 방은 서로 연결되어서 방에서 방으로
손님들이 옮기며 이동했다. 흥겨운 분위기 속에서 파트너를 바꾸며
즐기고 있었다. 아름다운 피부와 듣기 좋은 목소리를 가진 사람들
을 사랑했고, 그 또한 그들에게 사랑받았다. 꿈속에서, 가끔 행복한
표정의 어머니와 아버지를 보기도 했다. 섹스는 없지만 공기는 뜨
거운 욕망으로 들끓었다. 그는 이내 섹스 그 자체가 되었고, 다리
사이에 강한 힘을 느끼며 정체를 알 수 없는 자신감으로 당당하게
활보했다.

캐서린 꿈은 꾸지 않았다. 에밀리아 꿈도 꾼 적이 없었다. 꿈에서
그녀들은 존재하지 않았다. 그러나 안토니오 꿈은 꾸었다. 안토니오
가 여자들을 바꿔가며 안는 모습이었다. 랄프는 당황스러웠고 수치
스러웠으나 한편으로 열망이 차오르기도 했다. 꿈에서 꽃향기를 맡
았다. 아몬드 향기도 맡았다. 죽어가는 자신의 살 냄새도 맡았다.

새벽이 밝기 전에 꿈이 사라지고 불안하고 초조한 기분으로 깨어
나면 손을 뻗는 캐서린의 모습이 보였다.

"제대로 주무시지 못하셨죠? 계속 뒤척이더라고요."

"꿈을 꿨어."

"저도 나왔나요?"

"아니."

머리카락이 헝클어졌어도, 그녀의 숨결이 신선하지 않아도, 잠옷이 무릎까지 올라가 있어도 상관없었다. 그녀가 누구든지, 어떤 행세를 하고 있는지도 중요하지 않았다. 그녀가 저지르는 끔찍한 짓, 자신에게 하고 있는 짓이 아무렇지도 않았다. 랄프는 꿈속에서 빠져나와 캐서린을 품에 안았다. 이 세상 어떤 여자보다도 이 여자를 원했고, 가급적 더 많이 갖고 싶었다.

지금 이 시간, 이 행복감, 총체적인 욕망으로 이루어진 이 화려한 꿈들이 덧없는 찰나의 순간임을 그는 알고 있었다. 비소가 유발하는 성적인 쾌감도 곧 끝나고 무서운 후유증이 시작될 것이다. 만약 캐서린이 원하는 것이 그 후유증이라면 분명 그리될 것이다. 그러나 그다지 두렵지는 않았다. 캐서린을 저지하고 싶지도 않았다. 랄프는 스스로를 구하지 않을 것이다. 그는 캐서린을 사랑했다. 하지만 그녀는 그의 죽음을 바라고 있었다. 그리고 아들은 영원히 돌아오지 않을 것이다. 그것도 받아들일 수 있었다. 인생이 결국 이렇게 흘러왔으니까. 20년을 고독하게 살아온 끝에 결국 이런 일을, 이런 결과를 보게 된 것이다.

"당신이 오기 전에 내 인생은 끔찍했어."

"당신은 많은 걸 갖고 있잖아요."

"내 손으로 죄다 부숴버렸어. 아내, 아이들도 모두."

"당신 잘못이 아니에요. 전 부인이 당신한테 지독한 짓을 했기 때문에 그런 거예요."

"그 사람은 그럴 수밖에 없었어. 내가 눈앞의 상황을 제대로 보지 못해서, 스스로 비참해지고 싶은 마음이 있었기 때문에 에밀리아가 그런 짓을 한 것뿐이야. 그 사람 잘못이 아니야. 내가 무지했어."

"그래도 당신은 관대하게 처신했어요."

"나는 아들을 거의 죽일 뻔했어. 내 아들을."

"그는……."

"내 유일한 아들이었어. 아들은 아무런 죄도 없었어. 그 녀석도 죄 없고 상냥하고 어리석었지."

"세인트루이스의 그 남자는…… 자기 성이 모레티라고 했어요."

"그래서?"

"그 사람이 어쩌면 마음을 바꿀지도 몰라요. 그가 바로 당신이 찾는 아들일 수도 있고요. 내 생각엔 그래요."

랄프가 캐서린의 손을 잡았다. 그들은 눈처럼 하얀 리넨 시트를 사이에 두고 서로를 바라보았다.

"그렇다면 그가 거짓말을 한 거야. 마음을 바꿀 리 없어. 다 실패하고 말았어. 나는 헛수고만 한 거야."

그동안 랄프는 온갖 노력을 했다. 탐정들을 비롯해 여러 사람을 고용해 아들을 찾았다. 그리고 시카고와 세인트루이스, 필라델피아, 샌프란시스코의 신문에 창피한 줄 모르고 개인 광고까지 냈다. 광고를 본 여자들이 보낸 수많은 편지에 답장을 했고, 그중 한 명을 선택했다. 그가 찾으려 했던 아들은 허상이었다. 사생아 아들. 에밀리아를 집에서 쫓아낸 후로 그가 줄곧 기다려온 여인은 바로 지금의 아내였다. 독. 그의 인생은 더도 말고 덜도 말고 정확히 그가 만들어온 그대로였다. 더는 안간힘을 쓰지 않기로 했다. 어떤 변화도 원하지 않았다.

"오늘은 뭘 하며 지낼 거지?"

"고양이처럼 몸이 나른해요. 라슨 부인한테 도울 일이 없냐고 물

어도 아마 없다고 할 거예요. 책 읽고 바느질하면서 당신이 돌아오
길 기다릴래요."

"그렇게 지내면 행복한가?"

"내가 필요한 건 그게 전부니까요. 달리 원하는 건 없어요."

랄프는 캐서린이 목욕 중일 때 감춰놓은 독을 찾으려고 이곳저곳
을 살폈다. 그녀의 반짇고리를 들여다보고, 원피스 주머니를 뒤져
보았다. 화장대 안에 들어 있는 몇 안 되는 물건들을 들추어보았다.
아무것도 찾아내지 못했다. 랄프에게 그것은 마치 부활절 달걀 찾
기처럼 신나는 놀이가 되어, 독을 실제로 찾아내든 말든 그리 중요
하지 않았다. 그저 의무처럼 이곳저곳을 들여다보았다. 실제로 무
언가를 발견해도 캐서린에게 들이댈 생각은 없었다. 아침에 잠이
깨면 초조해져서 그가 믿고 있는 생각이 사실인지 아닌지 입증할
무언가를 찾아내지 않으면 안 될 것 같았다. 그 외에 다른 의미는
없었다.

캐서린은 하고 싶은 대로 살게 될 것이다. 랄프는 캐서린이 집과
돈을 비롯해 모든 것을 원한다는 걸 알고 있었다. 캐서린이 달라고
요구하기만 하면 당장이라도 전부 내줄 수 있었다. 캐서린이 원한
다면 그는 남은 일생을 무일푼으로 살아도 괜찮을 것이다. 캐서린
이 요구한다면 죽을 수도 있었다.

라슨 부인이 보기에 캐서린이 낮 동안은 어쩐지 초조해 보였다.
이 큰 저택에서 딱히 하는 일도 없이 갑갑하고 지루해서 그럴 거라
고 나름대로 추측했다. 캐서린이 굳이 집에만 머물러야 할 이유는
없었다. 마을에서 자질구레한 물건들을 구입하고, 마을 사람들과
만날 수도 있었다. 그러나 캐서린은 눈 덮인 정원에 가는 것을 제외
하고는 좀처럼 외출을 하지 않았다. 가끔 가늘게 내리는 눈 사이로

길을 따라 걸으며 무언가를 찾으려는 듯 바퀴 자국 사이를 들여다 보았지만, 집으로 돌아올 때는 늘 빈손이었다.

결국 그녀가 찾는 것을 발견한 이는 라슨이었다. 토끼를 어깨에 둘러메고 집으로 돌아오는 길에 진흙 사이에서 반짝이는 무언가를 보고 허리를 굽혔다. 작은 보석이 박힌 장신구들이었다. 라슨은 그 것들을 집어들고 손으로 비벼서 햇빛에 비추었다. 그리고 그것들을 손에 쥐고 어깨에는 죽은 토끼를 둘러메고 저택으로 돌아왔다. 라 슨은 프랑스 산 러그를 진흙투성이 장화로 밟으며 피아노를 연주하 는 캐서린에게 다가가 손을 펼쳐보였다. 캐서린이 그 손에 담긴 물 건을 받아들었다.

"찾던 물건이 이게 맞죠?"

"맞아요, 라슨 씨. 지금은 아무 의미도 없는 물건이지만 그래도 찾아주셔서 감사해요. 한쪽으로 치울게요. 예전에 다른 데서 살 때 썼던 거예요."

랄프도 그 얘기를 들었다. 어둠이 깔리기 전 라슨 부인에게 얘기 를 들었지만 자세히 묻지는 않았다. 캐서린이 받아서 어딘가에 치 웠다는 그 작은 장신구들을 굳이 보려고 하지 않았다. 여자들이 쓰 는 루비나 유리 세공품 같은 것이라고 생각했다.

마을의 어느 과부가 스트리크닌을 몸에 주사했다. 독의 일종인 스 트리크닌은 과부의 피를 끓게 만들었고 과부는 입에서 담즙을 토하 며 주방 바닥에 쓰러졌다. 주방 조리대 위에는 구워놓은 케이크가 식고 있었다. 어느 젊은 남자는 하나밖에 없는 딸을 우물에 던지고 서 딸이 익사하는 동안 담배를 피웠다. 사는 게 다 그런 것이다.

랄프는 더 이상 장례식이나 재판에 참석하지 않았다. 사람들이 모 여 있는 곳에 가고 싶지 않았고, 남들이 쳐다보는 시선을 참을 수가 없었다. 매일 사무실에서 일하며 근무 시간이 끝나기만을 기다렸지만 시간은 좀처럼 흐르지 않았다. 이 겨울도 영원히 끝날 것 같지 않았다. 긴 식탁 앞에 앉아 젊은 아내의 다정다감한 목소리에 귀를 기울이는 시간이 너무나 기다려져서 미칠 것 같았다.

모든 죽음은 안토니오의 죽음과 연결되었다. 모든 범죄는 아들의 실종과 연관 지어졌다. 낮에 랄프는 울었다. 사무실에서 집으로 먼 길을 오는 동안에도 울었다. 아침에 잠에서 깨어날 때마다 눈물을 흘렸다. 캐서린만이 그의 슬픔을 달래주었다.

랄프는 사는 게 다 그런 거라고 생각하며 집으로 마차를 몰았다. 눈물 때문에 길이 뿌옇게 보였다. 겨울은 길고, 인생은 고되며, 아이들은 죽어가고, 종교는 무서웠다. 서글픈 사람들을 위해 울고 싶었다. 우물에 던져진 아이, 안토니오를 위해 울고 싶었다. 그가 한 짓에 대해 어떤 재판이나 응징도 없었기에, 그의 끔찍한 분노에서 아들을 보호하거나 구해준 이도 없었기에 울고 싶었다. 랄프는 과거에서 탈출했고, 안토니오는 가출하여 잔혹한 세상 속에 숨어버렸다. 그리고 지금 그는 아름다운 아내가 비소를 뿌린 깨끗한 옷을 입고 집으로 가는 중이었다. 그런 이유로 그는 눈물을 흘렸다.

캐서린은 한밤중에 시트를 갈았다. 그녀가 두 팔을 펼치면 리넨 시트가 거대한 새처럼 날아서 침대 위에 내려앉았다. 그녀가 손으로 시트를 반듯하게 매만지고, 큰 침대 위에 베개를 차례로 올려놓았다.

캐서린은 잠옷을 입고 시트 밑으로 들어와 누웠다. 아침이면 라슨 부인은 리넨 장에 들어 있는 구겨진 시트를 보게 될 것이다. 캐서린이 침대 옆자리를 손으로 톡톡 두드리면 베개에 머리를 대고 누워 있으면 랄프는 그녀의 아름답고 차분한 얼굴을 바라보았다. 그녀는 너무나 멀리 있는 듯했고 몹시 사랑스러웠다.

랄프의 심장이 뛰었다. 랄프는 그녀의 잠옷 밑으로 손을 뻗어 허벅지에 두었다.

"당신이 하고 있는 짓 알고 있어. 나한테 일어나고 있는 일도 알고 있고."

"저는……."

"아무 말도 하지 마. 아무 말도. 이 일을 다시는 입에 올리지 않을 거야. 내가 알고 있다는 걸 당신한테 말하는 게 좋을 것 같았어. 하지만 크게 신경은 안 써. 용서할게. 다만……."

캐서린은 얼어붙은 듯 꼼짝도 하지 않았다. 그녀의 두 눈이 달빛속에 휘둥그레졌다. 그들은 속삭이며 얘기를 나누었다.

"무슨 말씀을 하시는지 모르겠어요. 대체 무슨 말인지."

"상태를 지금보다 더 나빠지게 하는 게 당신이 원하는 거라면 더빨리 진행해줘. 이런 일이 닥치기를 오랫동안 기다려 왔고, 이제 그일이 일어나고 있어. 괜찮아. 나는 괜찮아. 빨리 지나갔으면 좋겠어. 오랫동안 고통받고 싶지는 않아."

"피곤하신가 봐요. 그만 주무세요. 무슨 얘긴지 도통 모르겠어요. 전 당신이 고통받는 걸 원치 않아요."

랄프는 캐서린의 다리 혈관으로 세차게 고동치며 흐르는 피를 느낄 수 있었다. 그녀는 그의 시선을 피해 달빛으로 눈을 돌렸다. 잠시 후 캐서린이 손을 내밀어 그의 눈을 감겨주었다. 악몽을 꾸다 잠이 깬 아이를 달래 다시 재우듯이, 그녀는 서늘한 손으로 그의 눈꺼풀을 덮고 그의 귀에 쉬- 쉬- 소리를 냈다.

"앞으로 다시는 이 일을 언급하지 않을 거야. 당신은 자유야."

"말도 안 되는 소리예요. 무슨 얘긴지 모르겠어요. 전 당신을 사랑해요."

캐서린은 '사랑한다.'라는 말을 지금껏 한 적이 없었다. 20년이 넘는 세월 동안 그에게 그 말을 해준 이가 없었지만, 지금 그는 그녀의 말을 믿었다. 캐서린이 그를 사랑한다. 그에게 죽음을, 고통의 끝을 선사해주는 사람. 그녀는 죽음의 천사였다. 랄프는 온 마음을 다해 그녀를 사랑했다.

사실 캐서린은 이 일이 내키지 않았다. 랄프가 죽는 모습을 지켜보고 싶지 않았다. 그가 비소 때문에 고통받거나 병이 나는 것은 생각만으로도 끔찍하게 싫었다. 하지만 언젠가 안토니오의 편지가 이 집에 도착하면 모든 게 끝장날 것이다. 사랑과 돈. 그녀는 스스로에게 이 두 가지를 약속했다. 그러나 만일 그중 하나만 가져야 한다면 지금보다 못한 삶은 살고 싶지 않았다. 안토니오가 계획대로 하지 않으면 시궁창에서 삶을 마감하게 될 것이라 경고했다. 이대로 계획을 진행한다면, 차츰 슬픔이 그녀를 잠식해 몸 안팎이 망가져 결국 죽을 수도 있었다. 하지만 당장은 이 자리를, 지금의 생활을 지켜야 했다.

한 남자가 사전 한 권을 씹어먹고 죽었다. 라슨은 화상 입은 자신의 손을 직접 도끼로 잘랐다. 그는 그 화상이 악마가 키스한 흔적이라서, 지워지지 않는 죄의 표식이라서 좀처럼 낫지 않는다고 믿었다. 그 모습을 본 라슨 부인은 비명을 질렀다. 열다섯 살 소년 시절에 라슨은 남북 전쟁에 참전했고 어디 하나 긁힌 곳 없이 멀쩡하게 귀향했다. 그런데 지금은 한쪽 팔이 잘린 채 바보처럼 침을 흘리며 시카고의 값비싼 가톨릭 병원에 누워 있었다. 병원비는 랄프가 대주었다. 그 후 라슨 부인은 남편에 대해 한마디도 입에 올리지 않았다. 사는 게 다 그런 것이다.

캐서린 랜드, 위스콘신 주에 사는 랄프 트루잇의 젊은 아내는 남편에게 천천히 비소를 먹였다. 자신을 사랑해주는 남자, 그리고 그녀가 사랑하는 남자. 놀랍게도 그녀는 빈곤과 절망의 삶에서 자신을 구원해준 부유한 남자 랄프를 사랑하게 되었다.

사는 게 다 그런 것이다.

19

"추워. 너무 추워."

저녁마다 랄프 트루잇은 의자에 앉아 몸을 떨었다.

캐서린은 이대로 이 일을 계속해야 할지 망설였다. 스포이트를 손에 들었지만 용기가 나지 않았다. 비소 약병을 치웠다. 일주일 동안 그에게 비소 먹이기를 중단했다. 랄프는 좋은 남자였다. 정직하고 점잖고 뼛속까지 선량한 사람. 그는 이런 고통을 당할 이유가 없었다. 캐서린은 처음으로 선량함이 얼마나 중요한지를 느끼고 깨달았다. 지금까지는 선량함이라는 개념을 머릿속에 떠올린 적도 없었는데, 지금은 실감이 났다.

사람들이 어떤 행동을 하는 데는 이유가 있다. 지금까지는 그런 생각을 한 적이 없었다. 만일 그런 생각을 하고 살았다면, 선량함이라는 개념을 완벽한 천국처럼 여기고 자신이 선량함과 얼마나 거리가 먼 인생을 사는지 늘 자각했을 것이다. 요즘 들어 그 개념이 캐서린의 머릿속에 자꾸 맴돌았다.

마음을 바꿀 수도 있었다. 마음을 바꿔야 한다는 걸 캐서린도 알고 있었다. 하지만 안토니오의 협박이 올가미처럼 옭아맸다. 괜한 소리가 아니었다. 캐서린이 말을 듣지 않으면 안토니오는 정말 편지를 보낼 것이고 그렇게 되면 모든 것이 끝이었다. 캐서린에게 안토니오는 사랑이었다. 랄프를 만나기 전까지 캐서린이 아는 유일한 사랑이었다. 안토니오가 원하는 것, 캐서린이 안토니오에게 약속한 것은 어찌 되든 이루어질 것이다. 이 생각을 하며 캐서린은 다시 비소 병을 꺼냈다.

지독히 나쁜 사랑이 잠시 동안 반짝이는 유혹처럼 캐서린의 마음을 잡아끌었다. 안토니오를 떠올리며 마치 최면이라도 걸린 듯 비소를 한 방울, 한 방울을 랄프의 물에, 수프에, 빵에 떨어뜨렸다. 비소는 맑고 차갑고 냄새도 거의 없었다. 그 결과가 얼마나 참담한지 캐서린은 잘 알고 있었다. 랄프가 어떤 식으로 죽게 될지도 알고 있었다. 그러나 이제 와서 멈출 수는 없었다.

약속한 대로 랄프는 그 일을 다시는 언급하지 않았다. 캐서린에게 그만두라고 하지도 않았고, 몸과 인생이 독 때문에 망가지기 시작하는데도 불평 한마디 하지 않았다. 그저 불안한 얼굴로 수긍하며 받아들일 뿐이었다. 잠자는 동안 끔찍한 꿈을 꾸는 것이 분명할 텐데 푸념조차 하지 않았다.

랄프는 새벽 두세 시경이면 두려움으로 온몸이 땀에 흠뻑 젖은 채 잠에서 깨곤 했다. 그가 고개를 돌려 바라보면 캐서린은 그의 몸에 흐른 땀을 닦아주고 도로 눕혔다. 그렇게 누워서 새벽까지 오한으로 몸을 떨었다. 캐서린이 이마에 손을 짚었다. 몸이 불덩이 같았다. 어느새 캐서린은 어떤 남자에게도 베푼 적이 없는 다정함을, 사랑을 넘어서는 애정을 그에게 쏟아부었다.

랄프는 초췌해졌다. 옷이 몸에 닿으면 불이라도 붙은 듯 화끈거렸다. 주변에서 들리는 모든 소음이 날카롭게 긁어 대는 소리로 들려서 몹시 괴로웠다.

어느 날 저녁, 식사를 마친 랄프는 시를 암송했다.

"나는 밤새 환상 속에서 배회한다.

잠든 이들의 닫힌 눈꺼풀 너머로 시야를 열고서 구부정한 자세로

가벼운 발로 날래게, 소리 없이 걸음을 옮겼다 멈추며,

잠시 한자리에서 응시하고, 허리를 굽히고, 우두커니 서서,

불화 속에서, 모순 속에서 길을 잃고 갈 곳 몰라 헤맨다."

그 시가 어떤 의미인지 캐서린은 알지 못했다. 어디서 인용한 시구인지도 몰랐다. 랄프의 목소리에는 비난하는 기색은 없었다. 어쩌면 치매 증상의 시작인지도 모른다는 생각이 들었다. 만일 그렇다면 랄프는 앞으로 일어날 많은 일들을 인지하지 못할 수도 있다.

우울증과 함께 병이 깊어지다가 죽음에 이를 것이다. 캐서린이 도서관에서 읽은 비소 중독의 증상이었다. 앞으로 어떤 증상이 나타날지 속속들이 알고 있었다. 피부에 발진이 돋고, 눈에 얼룩이 생기면서 세상이 누렇고 푸르죽죽하게 보일 것이다. 이어서 피부에서 누런 고름이 흘러나오고, 눈은 초췌해질 것이며, 눈 밑에 거무스름하게 그늘이 드리워질 것이다. 캐서린은 그런 증상이 나타났을 때 어떻게 해야 할지 미리 대비해놓았다.

그런데 라슨 부인이 미심쩍어 했다.

"이상하네. 트루잇 마을에서 이런 일이 벌어지다니…… 세상 이곳저곳에서 오만 병을 다 봤지만, 이런 병은 본 적이 없어요."

라슨 부인은 캐서린을 유심히 쳐다보았다. 캐서린은 의자에 앉아

라슨 부인에게 말했다.

"나도 잘 몰라요. 의사를 부르는 게 좋겠어요. 의사가 방법을 알려줄 거예요."

의사는 아무것도 찾아내지 못할 것이다. 어떤 의심도 품지 못할 것이다. 랄프 나이쯤 되면 몸에 습진과 뾰루지가 생기기 마련이다. 머리카락이 빠질 수도 있다. 환영이 보이고, 소리에 예민해지고, 이명증이 생기고, 비합리적인 사고를 할 수도 있다. 누구나 그렇다. 사는 게 다 그런 것이다. 랄프는 늙지는 않았지만, 젊지도 않았다. 랄프는 의사에게 진실을 말하지 않을 것이다. 독은 랄프를 지탱해주는 연료였다. 랄프는 불행하지 않았고 지금의 아내를 사랑했다. 아름답고 치명적이며 간사한 거미 같은 이 여자를 평생 기다려왔다. 심장에 마지막 비수를 꽂으려는 캐서린에게 랄프는 기꺼이 셔츠를 열고 가슴을 내밀었다.

라슨 부인은 낮 동안 한순간도 캐서린에 대한 경계를 풀지 않았다. 라슨 부인에게 랄프는 생명줄과 다름없었다. 라슨 부인은 자신의 생명이 무참히, 급속도로 사그라지는 것을 느끼고 있었다. 광기에 사로잡혀, 치료 불가능한 끔찍한 병으로 랄프가 죽고 있었다. 전에도 그랬듯이, 이번에도 라슨 부인은 랄프에게 일어나는 변화가 부자연스럽다는 것을 느끼고 있었다.

랄프는 몸에 무언가가 닿으면 몹시 괴로워했다. 물집 잡힌 살갗이 벗겨지고 있어서 가장 부드러운 소재로 만든 잠옷도 몸에 걸칠 수가 없었다. 그래서 라슨 부인이 매일 갈아 주는 부드러운 시트를 덮고서 벌거벗은 채 잠을 잤다.

캐서린의 피부가 닿는 것조차 견디기 힘들었으나 그녀를 향한 욕망은 줄어들지 않았다. 랄프는 계속되는 오한으로 온몸을 떨었다.

밤이면 고운 시트가 깔린 침대 위에 누워 있는데도 얼어붙은 쐐기풀 위에 누운 것처럼 따갑고 화끈거렸다. 잠들기 전에 밀려드는 불안감을 덜어주는 것은 오직 섹스뿐이었다. 그는 조심스럽게 캐서린을 이끌었고 서로 몸을 부비지 않고서도 자신이 쾌락을 느끼도록 그녀에게 동작을 가르쳤다.

섹스를 마친 후에는 잠시나마 눈을 붙일 수 있었지만 이내 끔찍한 악몽에 시달리다 깨어났다. 랄프는 침대 가장자리에 앉아 한기와 미칠 듯한 가려움으로 몸을 떨었다. 캐서린이 머리를 풀어 어깨에서 등으로 쓸어내리며 가려움을 해결해주었다. 숨을 쉬듯 가볍게, 비단처럼 매끄러운 머리카락을 앞뒤로 움직여 한 시간 정도 몸을 쓸어주면 랄프는 그동안 눈을 감고 꿈을 꾸었다. 그는 캐서린의 아이가 되었다. 캐서린은 믿기지 않을 정도로 자애로웠다.

랄프는 캐서린의 슬픔을 이해하지 못했다. 캐서린이 죽음을 야기하긴 했으나 자신이 죽음을 원했기에 그녀를 용서했다. 그는 집과 사업, 지인들, 50년간 품은 기억과 더불어 아무런 후회 없이 생명을 흘려보냈다. 랄프에게 그 모든 것은 짐이었다. 짐을 내려놓자 마음이 가벼웠다. 후회 없이 모두 내려놓았다. 오직 안토니오의 씁쓸한 이미지만이, 그가 보지 못한 장성한 아들의 얼굴만이 마음에 남았다. 그러나 더 이상 슬프지 않았다. 반면에 캐서린은 비통해졌다. 그러나 너무도 깊고 내밀한 슬픔이어서 랄프에게 털어놓을 수도 없었다. 랄프도 속으로 궁금하게 여겼으나 묻지 않았다. 캐서린은 랄프를 간호하고 땀을 닦아주고, 맹인을 대하듯 손을 잡고 어두운 침대로 이끌었다. 그가 침대에 누우면, 부드러운 시트를 턱까지 올려 덮어주고 그가 잠을 자는 동안 달빛 속에 앉아 있었다. 그녀는 그를 죽이려는 암살자이며 동시에 그를 돌봐주는 간호사였다.

랄프가 말했다.

"철과 석유 공장이 있어. 목화밭과 면직 공장도 있고, 철로도 있어. 캔자스 주만큼 멀리 떨어진 곳에 밀밭도 있고."

그는 앞으로 캐서린이 차지하게 될 자신의 제국에 대해 설명해주었다. 평생을 바쳐 일군 재산을 매일 잃고 있었으나 개의치 않았다. 어느 정도 잃는다고 해도 여전히 재산은 어마어마하게 많았다.

어둠 속에서 그녀의 가슴을 어루만지며 말했다.

"사랑해. 당신이 알아야 하니까 설명하는 거야. 알고 있어야 관리를 할 테니까. 앞으로 나 대신 당신이 신경 쓰고 돌봐야 할 것들이 무척 많아질 거야. 고마워."

지금 고맙다고 한 말은 예전에 했던 말과는 다른 의미였다. 랄프는 넓은 홀의 그림자 진 곳에 앉아 살인하는 상상을 했다. 캐서린을 죽이는 꿈을 꾸었다. 이러다 라슨 부인이나 마을의 무고한 사람을 죽일까봐 걱정되었다. 더 이상 마을에 가는 일이 없기는 하지만 걱정을 놓을 수가 없었다.

"겁이 나."

"뭐가요?"

"안토니오가 집으로 돌아왔을 때 내가 그 녀석을 죽일까봐."

캐서린이 부드러운 목소리로 말했다.

"안토니오는 안 와요. 절대 올 일이 없을 거예요."

라슨 부인은 걱정과 의심으로 거의 제정신이 아니었다. 캐서린을 주방에 들어오지도 못하게 했다. 랄프가 젊었을 때부터 좋아하던 음식이라며 따로 요리를 만들어 가져오기도 했다. 하지만 랄프는 먹으려 하지 않았다. 라슨 부인은 의사를 불러야 한다고 고집을 부렸다. 남편을 위해서는 눈물 한 방울 흘린 적 없고, 남편의 이름조차 입에 올린 적 없는 라슨 부인이 랄프의 물집 잡힌 손을 볼 때마다 울음을 그치지 않았다.

원인을 알기에 랄프는 의사를 부르려 하지 않았지만 라슨 부인이 제발 의사에게 진찰을 받아보라며 애원했다. 결국 캐서린이 직접 마을로 가서 의사에게 남편이 왜 아픈지 모르겠다고 거짓말을 하면서 왕진을 요청했다. 의사는 암이라는 진단을 내렸다. 혈액과 뼈, 뇌에 암이 생겼다고, 몸 전체에 암이 퍼졌다고 했다. 용광로에 솟아오르는 연기에 비소 농도가 높은데 그 연기를 들이마셔서 암에 걸린 것 같다고 했다. 트루잇 집안이 운영하는 주조 공장에서 일하는 근로자들 중 피부에 물집이 생기고 패혈증이 발병해 서른다섯 살쯤에 아내와 자식들만 남겨두고 사망하는 사람들이 많았다. 의사는 마음의 준비를 하라고 말했다. 진통제로 모르핀을 놔주었다.

캐서린이 라슨 부인에게 말했다.

"암이래요. 우리는 그이를 편안하게 해주고 조용히 기다리는 일 밖에 달리 할 수 있는 일이 없어요."

"의사 말은 못 믿겠어요. 이 집에서 뭔가 이상한 일이 일어나고 있어요. 왠지 찜찜해요."

늘 살갑게 대해주던 라슨 부인이 의심 가득한 광기 어린 냉혹한 시선으로 캐서린을 노려보았다. 라슨 부인이 할 수 있는 일이 없었다. 이제 랄프는 라슨 부인이 만든 음식을 먹지 못했다. 식탁 앞에 앉지도 못했다.

랄프는 교회에 나가기 시작했다. 매주 이 교회 저 교회 번갈아 가며 예배를 보았다. 다른 사람들이 다가와 몸을 만지고 쳐다볼까 두려워하면서도 꿋꿋이 나갔다. 캐서린은 검소한 원피스를 입고 랄프와 동행했다. 그들은 칼뱅 파, 루터 파, 스베덴보리 파, 열광적으로 예배를 보는 파, 예배 중에 뱀을 집어드는 파, 등을 가리지 않고 교회를 방문했다.

목사들은 랄프의 물집 잡힌 얼굴을 보면서 지옥 불에 대한 설교는 슬쩍 빼고, 사람을 구원하는 사랑의 힘에 대해 부드러운 말투로 설교했다. 지옥 불은 다 타버리고 자비로움만이 남았다. 랄프는 쉬운 일이 아니었지만 사람들 시선을 피해서 허리를 펴고 앉았다. 예배가 끝난 후에는 이웃 사람들이나 자신의 공장에서 일하는 직원들과 상냥하게 얘기를 나누었다. 아무도 그에게 손을 대지 않았다. 아무도 그에게 전보다 얼굴이 안되어 보인다는 말을 하지 않았다. 울퉁불퉁한 길에서 마차를 타고 집으로 돌아오는 동안 마차의 흔들림 때문에 통증은 더욱 심해졌다. 이러다 말들이 전처럼 무언가를 보고 뒷걸음치지 않을까 두려웠다.

밤중에 잠이 깨어 눈을 떠보면 방 안에 죽은 사람들이 가득했다. 모두 아는 이들이었다. 어머니와 아버지, 에밀리아, 귀여운 프래니, 손목이 피투성이가 된 라슨도 보였다. 그들 가운데에 더 없이 행복하게 서 있는 이는 안토니오였다. 안토니오의 눈은 대리석처럼 하얗고 얼굴은 무표정했다. 그들이 각자 자신의 끔찍한 비밀을 털어놓는 것처럼 랄프는 그들 이름을 소리쳐 불렀다.

시인의 목소리가 귓가에 들렸다.

"빛과 공기 속에 존재하는 만물은
행복해야마땅하리라.
관과 어두운 무덤 속에 있지 않은 자는
그에게 그만하면 충분하다고 알려라."

캐서린도 잠에서 깼다. 그녀는 하얀 날개처럼 두 팔을 높이 들고 까치발로 잠옷을 펄럭이며 침실 안을 돌아다녔다. 죽은 자들이 모두 사라지고 푸른 달빛만 남을 때까지. 그리고 랄프를 진정시켜 잠시라도 눈을 붙이게 했다.

밤마다 랄프는 잔에 담긴 물을 마셨다. 캐서린은 차마 그 모습을 볼 수 없어 고개를 돌리고 눈물지었다. 랄프는 거대한 슬픔, 상실감을 느꼈지만 더 이상 울지 않았고 감정을 입 밖에 내지도 않았다.

어떤 날은 아예 입을 열지 않았다. 거대한 이탈리아식 궁전에서 수많은 방을 불안하게 돌아다니며 작은 물건을 집어들었다. 그것들을 등불에 이리저리 비추면서 어디에서 온 물건인지, 어떤 용도인지 기억하려고 애를 썼다. 캐서린한테 그 물건들의 이름이 무엇인지, 어디에서 가져온 것인지 묻기도 했다. 캐서린은 잘 알지 못했지만 유럽에서, 이탈리아에서, 프랑스 리모주 지역에서 온 물건이라고 대답했다.

캐서린은 한동안 비소 투여를 중단했다가 재개했다. 숲으로 가서 아무도 찾을 수 없는 곳에 비소를 던지고 싶었다. 하지만 그러지 않았다. 중국어 라벨이 붙은 파란 약병을, 그 안에 담긴 비소를 내다 버리지 않았다.

어느 시점에서 비소 투여를 완전히 중단하면 그때부터는 독성이 약해진다는 것을 캐서린은 알고 있었다. 그 후로도 랄프는 줄곧 쇠약하고 초췌하고, 물집이 심해서 피부에 상처가 남겠지만 죽지는 않을 것이다. 수명은 많이 줄겠지만 곧 죽지는 않을 것이다. 지금 그의 피부를 물로 씻기고 있는 캐서린의 손에 죽지는 않을 것이다. 극도의 고통 속에서 죽지는 않을 것이다. 그 시점에서 비소 투여를 중단하면 랄프는 살 것이고, 그 시점을 넘기고도 계속 투여한다면 살지 못할 것이다. 그 시점이 가까워지고 있었다. 캐서린은 랄프가 사물 이름을 기억하지 못하거나 갑자기 의자에서 일어나 다른 의자로 옮겨 앉을 때, 오한과 공포를 덜기 위해 손수 따뜻한 물에 목욕시킬 때마다 번민이 커졌다.

라슨 부인은 캐서린 때문에 랄프가 죽어간다고 믿었다. 에밀리아가 그랬듯이 이번에는 캐서린이 랄프를 죽이고 있다고 의심하며 그녀를 점점 증오했다. 그러나 랄프는 지금의 고통이 젊은 시절을 방탕하게 보낸 결과라고 생각했다.

'사치와 평온과 쾌락'이라고 시인은 노래했다. 트루잇은 그 구절이 끝없는 향락의 삶, 아름다움과 감각만이 중요한 삶, 어떤 결과도 초래하지 않는 삶을 의미한다고 여겼다. 에밀리아가 배신했을 때, 프래니가 세상을 떠났을 때 랄프는 향락을 끝내겠다고 맹세했다. 술을 끊고 맑은 정신으로 생활했다. 그러나 아무런 교훈도 얻지 못했다. 랄프는 또다시 젊은 시절의 관능으로 캐서린을 사랑했고, 떠나간 여인을 그리워하듯 안토니오를 그리워했다. 그런 감정이 랄프를 죽음으로 몰아가고 있었다.

독에 대해서는 이미 잊어버렸다. 몸에 독이 투여되고 있다는 사실을 망각했다. 오래전에 자신이 직접 독을 마셨기 때문에 몸이 아픈 것이라 여겼다. 젊은 시절 자기도 모르게 걸린 케케묵은 성병이 오랜 세월 숨죽이고 있다가 이제야 치명적인 복수를 드러낸 것이라고 생각했다.

랄프는 지난 삶을 돌아보았다. 한때 온전하게 생활하면서 어색하지만 친절을 베풀며 살던 시절, 아기를 바라보며 그 흠 하나 없는 아름다움을 건드릴 수 없어 차마 안아 올리지 못하는 사람처럼, 그 시절을 조심스럽게 돌아보았다. 그때 그는 다른 사람들처럼 멀쩡하게 다녔고 대화도 나누었다. 옷을 입어도 살갗이 아리지 않았고, 아무렇지 않게 여자들을 품에 안았다. 그는 아버지였고 남편이었다. 그러나 애교 많은 이탈리아 미인이 인생을 망쳐놓았다. 그 여자 얼굴이 기억나지 않았다. 20년 전, 열네 살이던 안토니오를 그 후로 한 번도 보지 못했다. 그들은 어디로 갔을까? 안토니오의 얼굴은 지금 어떻게 변했을까? 햇빛을 향해 고개를 뻗는 식물처럼, 마음은 대답 없는 질문들을 향해 종일 뻗어나갔다.

랄프는 농가로 옮겨 라슨 부인과 다시 지냈다. 어렸을 때 쓰던 침실을 다시 쓰기로 했다. 좁은 철제 침대, 위로 돌출된 처마, 창밖으로 별이 내다보이는 방이었다. 랄프는 저택에서 배회하는 유령들이 무서워 농가로 도망쳐왔다.

아침에 잠이 깨면 저택에 홀로 있을 캐서린이 걱정되어 먼 길을 걸어 도로 저택으로 향했고, 낮 시간을 온전히 캐서린과 함께 보냈다. 캐서린은 랄프가 자꾸만 잊어버리는 것들을 참을성 있게 설명해주었고, 입에 수프를 떠넣어주었으며, 5분만이라도 한기를 느끼지 않도록 따뜻한 물에 목욕을 시켜주었다. 그리고 모르핀을 놓은 후 랄프의 음식과 머리빗, 더 이상 입을 수도 없는 옷에 독을 뿌렸다. 가끔 의식이 또렷해지면 랄프는 독이 자신의 몸을 망가뜨리고 있다는 것을 알았지만, 대부분은 무슨 일이 일어나고 있는지 자각하지 못했다. 단 한 번도 캐서린 탓으로 돌리지 않았다.

함께 저녁 식사를 하고 밤을 따뜻하게 해주는 난롯불 옆에서 시를 읽고 난 후, 캐서린은 랄프의 몸을 숄과 무릎 덮개로 감쌌다. 잠시 후 라슨 부인이 심장까지 꿰뚫는 지독한 증오의 눈으로 캐서린을 노려보며 랄프를 마차에 태우고 농가로 데려갔다. 그리고 한밤중에 캐서린은 캄캄한 들판을 지나 먼 길을 걸어서 농가의 현관 계단을 올라가 랄프의 침실 앞에 밤새 앉아 있었다. 랄프가 잠에서 깨면 캐서린은 손을 잡고 부드럽고 따뜻한 천으로 이마에 맺힌 땀을 닦아주면서 그의 밤을 가득 채웠던 죽은 자들과 산 자들의 이름을 다시 말해주었다. 그리고 아침 해가 뜨기 전에 망토를 걸치고 먼 길을 걸어 저택으로 돌아와 잠깐 눈을 붙였다. 한 시간쯤 후에 저택으로 온 랄프는 어디에 서야 할지, 어느 의자에 앉아야 할지 몰라 갈팡질팡했고, 가끔은 캐서린을 알아보지 못할 때도 있었다.

마침내 랄프는 준비가 되었다. 그는 죽고 싶어 했다. 하지만 캐서린은 그렇게 할 수가 없었다. 도저히 랄프를 죽일 수 없었다. 랄프는 저택의 음악실 의자에 앉았다. 캐서린은 소음 때문에 랄프가 발작을 일으키지 않도록 귀에 솜을 끼워주고 그에게 다가가 무릎을 꿇었다. 더는 그의 고통을, 자신의 사악함을, 현재 일어나고 있는 일을 고스란히 받아들이는 그의 모습을 견딜 수가 없었다. 캐서린은 바닥에 무릎을 꿇고 그의 무릎에 머리를 얹고서 지친 랄프를 올려다보며 나지막하게 말했다.

"끝났어요. 더는 못하겠어요."

"무엇을?"

"못하겠어요. 당신한테 더는 이런 짓 못하겠어요. 당신은 제가 아는 전부고, 앞으로도 그럴 거예요. 더는 못해요. 당신을 많이 사랑하니까, 당신이 저를 쳐다볼 때마다 얼굴을 들 수가 없어요. 그러니까 이제 제 손을 잡아주세요. 다 끝났어요. 당신은 살 거예요. 당신을 건강하게 만들 거예요."

랄프는 변함없이 다정한 얼굴로 캐서린을 바라보았다.

"당신이 죽으면 저는 평생 슬퍼할 거예요. 사람들이 제 목에 밧줄을 두르고 교수형을 시키는 순간에도 당신을 그리워하며 슬퍼할 거예요."

"나는 죽고 싶어. 그랬던 것 같아. 아마 이대로 죽겠지."

"아뇨. 아니에요. 죽지 않아요."

"안토니오는……."

"올 거예요. 오게 만들겠다고 약속할게요. 안토니오는 꼭 올 거예요. 그때까지는 제가 여기 있을게요. 저를 위해 살아줘요."

랄프가 손을 뻗어 캐서린의 머리카락을 매만졌다. 엄지와 검지로 머리카락 한 가닥을 잡아서 뒤로 부드럽게 넘겨주었다.

랄프는 캐서린을 사랑했다. 그러니 살아야 했다. 아무리 암담한 상황이라도 마지막에 빛이 들 수도 있다. 어둠에서 벗어날 길이 있을 수도 있다. 캐서린은 부디 그리되길 바랐다. 너무 지쳐서 이대로는 견딜 수 없었다.

20

캐서린은 안토니오에게 전보를 보냈다. '당장 집으로 오기 바람.' 이라는 문구가 전부였다. 그리고 정성을 다해 랄프를 간호했다. 피부 상처가 몹시 심해져서 통증 완화용 도찰제를 바른 거즈로 그의 손과 몸을 감쌌다. 심하게 가렵고 화끈거리는 피부 통증을 그 연고가 어느 정도 가라앉혀주는 듯했다. 얼굴 각질이 침대 시트에 떨어져서 얼굴에도 연고를 바르고 거즈로 덮었다. 귀에 솜을 넣고, 눈도 솜으로 덮은 후 예전에 랄프가 사준 선글라스를 씌워주었다.

랄프는 작은 소리와 빛도 날카로운 통증을 유발했다. 숨죽인 발소리마저도 그에게는 고통이었다. 캐서린은 대리석 홀을 걸을 때에도 발소리가 나지 않도록 신발을 양모로 감쌌다. 커튼을 드리워 햇빛과 바깥 소음을 차단했다. 랄프가 치매 증상 때문에 안절부절못하면 벨벳과 면 끈으로 그를 의자에 묶어 고정시켰다. 커튼을 드리우면 바깥의 하얀 세상이 한동안 사라졌다.

침대 시트와 옷, 신발, 목욕 수건을 모두 불에 태웠다. 그의 손이 닿았을 법한 물건들, 하얀 가루가 미량이나마 남았을지 모르는 물건들을 전부 태웠다. 그의 면도칼, 그의 아버지 면도칼, 이탈리아에서 가져온 그의 은제 머리빗도 내다버렸다. 러그와 묵직한 비단 벽걸이도 불에 태웠다. 그가 만진 물건에 자신도 손을 댔고, 그가 물을 마신 후 자신의 입술에 입을 맞추었기 때문에 캐서린도 입고 있던 잠옷을 비롯해 나머지 잠옷들도 전부 꺼내 태웠다.

파란 약병을 숲으로 가지고 가서 여름에 양들이 풀을 뜯어먹을 만한 곳과 새가 둥지를 틀만한 곳을 피해, 개울에서 멀찌감치 떨어진 바위 위에 쏟아버렸다. 어떤 생명에게도 더는 해악을 끼치고 싶지 않았다.

랄프에게는 따뜻한 우유만 줄곧 먹였다. 구토를 유발해 속을 비우고 오한을 진정시키기 위해서였다. 또한 몸 안의 독성분을 빨아내기 위해 석회수를 마시게 했다. 몸을 모피와 담요로 덮고, 그가 구토를 하는 동안 사발을 턱 밑에 받치면서도 한 번도 오물을 피하려 몸을 움찔거리지 않았다.

캐서린은 라슨 부인을 찾아가 말했다.

"의사 말을 못 믿겠어요. 그이는 전에도 몹시 앓았지만 우리가 살려냈잖아요. 이번에도 낫게 할 수 있을 거예요."

"대체 어디가 안 좋은 걸까요?"

"모르겠어요. 알 수가 없어요. 하지만 의사도 모르긴 마찬가지구요. 아무래도 진단을 잘못 내린 것 같아요. 그이는 암에 걸린 게 아닌 것 같아요. 우리 아버지도 암으로 돌아가셨는데 증상이 이렇진 않았어요. 그이는 지금 주변 상황을 인지하고 있지만, 아버지는 그렇지 못했고 마지막에는 실성까지 하셨죠. 그러니 뇌에 문제가 생긴 건 아니에요. 확실히는 모르지만 아무튼 그래요. 여동생도 병을 앓았는데, 몸을 낫게 한다고 달걀흰자를 우유에 섞어 마시게 한 뒤 게우도록 했어요. 지금 그이 몸이 얼음장처럼 차가우니 일단은 몸을 따뜻하게 해주어야 할 것 같아요. 달리 어떤 방법이 좋을까요?"

"노인들 얘기로는…… 피부 상처에 좋은 약초가 들판에 있다고 했어요. 종기를 뽑아내는 데 쓰는 약초라던데."

"그럼 노인들에게 물어서 그 약초를 구해야겠군요. 아직 겨울이라 약초를 많이 캐지는 못할 것 같아요. 그동안 내가 시카고에서 제대로 된 의사를 찾아 물어보고 올 테니까 그이를 잘 돌봐주세요."

시카고에 간 캐서린은 가난하고 슬픈 얼굴을 한 인디아를 찾아갔다. 인디아는 사진 속 모습 그대로였다. 부유한 랄프 트루잇이 각지에서 보내온 수많은 사진들 중 인디아 사진을 골랐으니, 만약 캐서린 대신 인디아가 트루잇과 결혼했다면 지금쯤 비단 원피스를 입고 대리석 홀을 거닐고 있을지도 모를 일이었다. 인디아는 자신의 사진이 어디로 갔는지 알지 못했다. 자신이 사진으로나마 랄프에게 사랑받고 존중받았다는 사실을, 높은 천장에 프레스코화가 그려진 홀의 여주인이 될 수도 있었다는 사실을 알지 못했다. 만약 인디아와 함께였다면 랄프도 작은 행복을 누릴 수 있었을 것이다. 인디아를 아내로 맞이했으면 랄프는 죽어가지 않았을 것이다.

캐서린은 언제나 인디아를 아꼈다. 인디아의 소박하고 숫기 없는 품성, 별다른 장래성이 없는 모습을 좋아했다. 랄프 트루잇이 사진으로나마 너를 사랑했었다고, 많은 사진들 중에 네 사진을 골랐다고 말해주고 싶었다. 그럼 인디아는 자신이 사랑받았다는 것을 자각하며 누군가의 방으로 들어갈 때나 거리를 걸을 때 좀 더 자신감 있게 행동할 수 있을지도 모른다.

인디아를 속이는 것은 쉬웠다. 네 사진을 기념으로 간직하고 싶다는 말로 수줍음 많은 인디아를 설득해 사진사 앞에 앉히는 것은 별로 어렵지도 않았다.

지금도 캐서린은 비소 해독제가 필요한 이유를 적당히 둘러대면서 인디아에게서 답을 알아냈다. 인디아는 언제나 타인들의 삶을 관찰하고, 상점 진열장을 들여다보듯 했다. 무관심해 보이는 외모를 앞세워 별 어려움 없이 이곳저곳을 들여다보며 살았다. 그렇게 해서 얻은 온갖 정보를 자신만의 보물로 따로 저장해두었다. 그것은 인디아만이 사용할 수 있는 정보이며, 평생 자신을 둘러싼 외로움과 추레한 남자들, 애달픈 삶에 저항하는 수단이었다.

인디아는 캐서린을 꼭 안아주고 손을 잡아주었다. 캐서린이 장황하게 풀어놓는 거짓말에 고개를 끄덕이며 귀를 기울이더니 모자와 외투를 집어들고 늘 그랬듯이 이렇게 말했다.

"시내로 가자."

시카고는 세인트루이스보다 더 시끌벅적하고 혼란스러운 도시였다. 그들은 넓고 좁은 길을 지나 차이나타운으로 향했고, 거무칙칙한 창문이 달린 작은 가게로 들어갔다. 가게 안에서 한 중국 남자가 우아하고 정중하게 머리를 숙여 절을 하고는 캐서린의 얘기를 경청했다. '비소'라는 단어가 나오자 가게의 공기가 일순간 얼어붙었다. 캐서린은 죄책감과 두려움 때문에 눈물을 흘리며 울부짖고 싶은 심정이었지만 대단한 일이 아닌 듯 태연하게 얘기를 계속했다. 공기가 다시 흐르기 시작했다. 인디아가 다시 숨을 쉬고, 도로에서는 마차 바퀴가 굴러가고, 시계가 똑딱거렸다.

중국인은 한 번 더 절을 하고는 활짝 미소를 지은 후 어둠침침한 가게 안을 민첩하게 돌아다녔다. 그는 선반에서 가루가 담긴 작은 유리병들을 꺼내고, 또 다른 선반에서 희뿌연 액체가 담긴 병을 꺼냈다. 끔찍한 독을 해독할 고대의 비밀스런 약들이 모이기 시작했다. 중국인은 가끔 걸음을 멈추고 웃으며 말했다.

"브랜디가 그분의 배를 따뜻하게 해줄 겁니다. 아편은 뱃속을 진정시키고 기분도 좋게 만들어서 악몽을 쫓아줄 겁니다."

그는 기다란 아편을 작고 말랑말랑한 덩어리로 자르면서 말을 이었다.

"꿈이 맑고 깨끗해질 때까지 매일 하루에 한 알씩 이걸 먹이도록 하세요. 그럼 산뜻한 꿈을 꾸게 될 겁니다."

약은 전부 여덟 병이고 가격이 어마어마했다. 캐서린은 돈을 지불한 후, 약병과 항아리들을 가게에서 준 평범한 갈색 봉투에 넣었다. 그리고 그 봉투를 자신의 커다란 검은 가방 깊숙한 곳에 넣은 뒤, 인디아에게 저녁을 사겠다고 제안했다.

그들은 어느 웅장한 호텔에서 식사를 했다. 캐서린은 이 호텔 위층 객실에서 숙박한다는 얘기는 굳이 하지 않았다. 인디아는 식탁에 넓게 차려진 다양한 요리를 보고는 눈이 휘둥그레지더니 걸신들린 듯 먹어치웠다. 굴, 바닷가재 크림 구이, 차가운 수프, 뿔닭 암컷 요리를 실컷 먹고 와인도 잔뜩 마셨다. 캐서린은 음식을 조금만 먹었고 와인은 입에 대지 않았다. 별로 입맛이 당기지 않았다.

인디아는 사근사근한 웨이터가 다시 이쪽으로 오기를 기다리며 입을 열었다.

"너 많이 달라졌다. 귀부인 같아, 꼭…… 저 사람들처럼."

다른 자리에 앉아 있는 여자들을 고갯짓으로 가리켰다.

"그이는 간소한 걸 좋아해. 저 사람들도 간소한 차림이잖아. 나는 그이가 원하는 여자로 살려고 노력하고 있어."

"그럼 그 남자가 너한테 돈을 주니?"

"응."

"많이 주나보다."

캐서린은 쑥스럽게 대답했다.

"그렇지 뭐."

"나도 좀 주라. 넌 애인, 아니 남편이 있으니 돈을 꼬박꼬박 받을 거잖아. 나도 좀 줘."

"남편이 여기 없어서 지금은 돈이 별로 없어. 하지만 네가 원하는 건 다 줄게."

"원하는 거야 많지. 스물여덟 살 먹은 하얀 치아를 가진 남자와 사랑에 빠지고 싶고, 겨울 외투도 한 벌 마련하고 싶고, 무릎에 앉힐 작은 개도 한 마리 있었으면 좋겠어. 그러고 보니 너도 작은 개를 키우고 있겠구나."

캐서린이 미소를 지었다.

"개는 없어. 겨울 외투는 있으니까 괜찮으면 이걸 줄게. 난 새로 사면 돼. 아니면 네가 좋아하는 걸로 새로 사줄 수도 있어."

웨이터가 생크림과 케이크, 과일을 디저트로 가져왔다.

"외투만 입으면 다 될 줄 아나 보네. 정말 그 외투만 있으면 내가 예뻐져서 괜찮은 남자를 물 수 있을 것 같니? 그냥 날도 춥고, 이렇게 멍청하고 따분하고 지긋지긋한 얼굴이 아니라면, 너처럼 예쁘다면 나도 괜찮은 남자를 잡을 수 있지 않을까 상상해본 거야. 그냥 돈이면 돼. 지금은 그걸로 충분해."

지금까지 캐서린은 인디아나 앨리스와 별반 다르지 않은 삶을 살았다. 그런데 지금은 처지가 변해 남들이 누리고 싶은 삶을 살고 있다고 생각하니 기분이 묘했다. 지금 원하는 것은 단 하나였다. 그것을 이뤄줄 수단이 바로 검은 가방 속에 있었다.

캐서린은 먼 길을 걸어 소박한 인디아를 집까지 바래다주었다. 입고 있던 검은색 물개 가죽 외투를 벗어주려고 했지만 인디아는 바보처럼 보일 것 같다면서 거절했다. 캐서린은 수중의 돈을 최대한 많이 덜어 인디아에게 주었다. 인디아라면 그 돈을 마약이라든지 부질없는 사치품을 사는 데 쓰지 않을 것이다.

웅장한 호텔로 돌아온 캐서린은 간소한 객실의 좁은 침대에 누워 밤을 보냈다. 랄프를 생각했고, 슬픔에 잠겨 밤새 랄프 곁에 앉아 간호하고 있을 라슨 부인을 생각했다. 라슨 부인은 남편이 아무 이유 없이 자기 손을 자르는 모습을 보고서도 악몽을 꾼 적이 없다고 했다.

안토니오 꿈을 꾸었다. 안토니오는 거미 형상으로, 동시에 여러 곳에 퍼져 있었다. 안토니오의 피부가 곧 캐서린의 피부였고, 안토니오의 내장은 캐서린의 내장과 연결되어 있었다. 캐서린의 심장박동이 곧 안토니오의 심장박동이었다. 지독하게 잊히지 않는 마약에 취한 안토니오의 검은 눈동자 위에 캐서린의 눈꺼풀이 나부끼고 있었다. 안토니오는 캐서린의 열정이며, 일그러진 삶이었다. 한창 꿈을 꾸다가 캐서린은 신경이 잔뜩 곤두선 채 잠에서 깨어났다.

중국인한테서 산 아편 덩어리 하나를 꺼내 피우고 시원한 물속에 들어간 듯, 어머니의 품에 안긴 듯 크나큰 행복을 느끼며 다시 꿈속으로 빠져들었다. 어머니의 머리카락 위에서 일렁이는 물, 오월에 피는 라일락. 여름밤 정원에서 풍기는 향기를 맡았다. 하얀 꽃이 핀 재스민 나무, 연못을 노니는 코이 잉어에게 허리를 굽히고 빵 부스러기를 뿌리는 자신, 흰 정장을 입고 흰 의자에 앉아 아이와 놀고 있는 랄프. 아름다운 정원이었다. 잠을 깬 캐서린은 임신했음을 직감했다. 잠을 자고 일어났는데도 어쩐지 나른하고 피곤했다.

거울 앞에 서서 머리카락을 뒤로 바짝 당겨 묶고 간편한 여행용 원피스를 입었다. 그리고 기차에 올라 수시간 동안 이동했다. 기차 안에서 점심을 먹으며, 바깥을 보고 싶어 차창 밖을 내다보았지만 딱히 볼 게 없었다. 볼 만한 풍경은 남아 있지 않았다. 점심으로 먹은 음식을 세면대에 전부 토하고 말았다. 천으로 세면대를 닦고 기차 밖으로 내던졌다. 천이 뻣뻣한 하얀 새처럼 묵직하게 펄럭이며 날아갔다. 현기증이 났다.

갑자기 고맙다는 생각이 들었다. 아니, 무어라 표현할 수 없는, 단순한 고마움 이상의 감정이었다. 아편으로는 맛볼 수 없는 무한한 행복. 있어야 할 곳에 있다는 느낌. 지금껏 느낀 적이 없는 감정이었다. 마침내 그녀에게도 앉을 수 있는 의자가 배정되었다. 랄프는 살아야 한다.

저택으로 돌아와 현관문 앞에 서자마자 라슨 부인이 달려나왔다.

"지금은 조용한데 밤새 힘들어 하셨어요. 통증 때문에 비명을 지르고, 잠이 들면 뭐가 보인다며 소리를 치셨어요. 정신이 하나도 없었다니까요. 아침 내내 주무셨는데, 불안하게 들썩거려 끈으로 묶어야 했어요."

라슨 부인은 몹시 지쳐서 며칠만에 나이가 더 들어보였다. 피곤으로 눈가가 떨리고 있었다.

"집으로 돌아가 쉬세요. 일단 잠을 자도록 해요. 내가 약을 가져왔어요."

캐서린은 일광욕실로 쓰이는 유리 온실로 들어갔다. 세인트루이스에서 제일 먼저 배달되어 온 장미에 이름표가 붙어 있었다. 장미, 오렌지나무, 재스민, 푸크시아, 난초를 복도에 길게 늘어선 큼직한

테라코타 화분에 머잖아 옮겨 심을 것이다. 온실은 덥고 습도도 높았지만, 온실 밖은 빛나는 담요를 펼친 것처럼 여전히 눈으로 덮여 있었다. 다만 곳곳에 팬 자국이 있고 지저분해져서 눈이 전처럼 새하얗지는 않고 끝없이 펼쳐져 있지도 않았다.

랄프는 무릎 덮개를 덮고 캐서린의 선글라스를 쓴 채 등받이가 높은 의자에 말없이 앉아 눈을 감고 있었다. 캐서린은 의자 옆으로 다가가 무릎을 꿇었다. 랄프가 손으로 머리카락 사이를 느긋하게 쓸어주며 부드러운 목소리로 말했다.

"안녕, 에밀리아. 집에 잘 왔어."

"캐서린이에요. 캐서린 랜드. 당신 아내요. 꿈을 꾸었나봐요."

"그래, 캐서린. 나는…….."

"당신은 꿈을 꾸고 있었어요."

캐서린은 검은 가방에 손을 넣어 아편 한 덩어리 꺼내 그에게 주었다.

"삼켜요. 이걸 삼키고 좀 더 꿈을 꾸도록 해요."

여러 날 동안, 두 여인이 교대로 잠을 자면서 혹은 아예 뜬눈으로 밤을 지새우며 랄프를 보살폈다. 이번에도 그녀들은 함께 그를 목욕시켰다. 오한이 가시도록 김이 펄펄 나는 물에 그의 몸을 담그고, 끔찍한 냉기가 사라지도록 배를 한없이 문질렀다. 랄프에게 브랜디를 마시게 하고, 아편으로 기분을 좋게 만들어주었다. 몸이 조금씩 호전되었다.

여인들은 밤에 침대 곁에 나란히 앉아서 랄프가 잠든 채 뒤척이는 모습을 지켜보았다.

"라슨이 자기 손을 자른 건…… 제가 그 사람한테 그만두자고 했기 때문이에요."

라슨 부인이 사고 이후로 남편의 이름을 입에 올린 건 그때가 처음이었다.

　"그만두다니 뭘요?"

　"그냥 그만두자고. 10년 전에도 그 말을 했어요. 날 버리고 떠나달라고. 그 사람은 견딜 수가 없었던 거예요."

　"지금은 남편을 그리워하는군요."

　"아는 남자는 그이뿐이니까요. 맞아요, 그리워요."

　"병원에는 한 번도 안 가 보셨죠?"

　"갈 수가 없어요. 저 때문에 그렇게 된 거잖아요."

　그들은 그 후 말없이 앉아 긴 밤을 보냈다. 침묵하기 전에 라슨 부인은 남편에 대해 이런저런 말을 했다. 라슨 부인은 자신만의 조용한 방식으로 광기와 죽음으로 남편을 몰고 갔다. 전에 누군가 그렇게 하는 것을 보았고, 그대로 자신의 남편에게 저지른 것이다.

　캐서린은 랄프의 눈에서 선글라스를 벗겼다. 눈동자는 여전히 강렬한 푸른색이지만, 가장자리에는 지친 그림자가 짙게 드리워져 있었다. 초점이 맞지 않고 아무렇게나 흘러다녔다. 이마에는 이제 낫기 시작한 농포들이 가득했다. 상처가 남을 것이다. 그는 노년의 경계선을 이미 넘은 듯, 10년은 더 늙어 보였다. 다시는 젊어지지도 완전히 건강해지지도 못할 것이다. 캐서린이 남아 있는 젊음을 망가뜨리고 그를 노년의 해안에서 허우적대도록 만들었다. 랄프의 힘은 사라지고 야망은 잦아들었다.

　캐서린은 랄프의 손에서 붕대를 풀었다. 그는 무릎에 두 손을 가만히 얹고 앉아 있었다. 그는 잔인하지도, 상냥하지도 않았다. 다음에 일어날 일을 그저 기다릴 뿐이었다. 그는 이제 한기를 덜 느꼈고, 꿈도 점점 부드럽고 순해졌으며, 잠자리에서 그를 둘러싼 형상들도 따뜻한 형태로 바뀌었다. 아침에 잠이 깨면 그는 꿈 얘기를 했다. 꿈 내용이 앞뒤가 맞지 않고, 같은 꿈을 반복해서 꾸었지만 캐서린은 참을성 있게 귀를 기울였다. 그 꿈은 랄프가 캐서린에게 아직 말하지 않은 사건들에 관한 단편적인 기억이었다. 그가 실행에 옮기지 않은 아이디어이기도 했다. 바로 랄프의 꿈이었다.

랄프는 더 이상 상처를 긁지 않았다. 옷에 불이 붙은 것처럼 느끼지도 않았다. 수프를 마시고 약초를 먹었다. 여인들은 그의 상처에 연고를 발라주었고, 랄프는 자신의 몸에 변화가 일어나고 있음을 느꼈다. 그녀들은 그를 파란 침실로 데려가 침대에 눕혔고, 그와 한 식탁에 앉아 식사를 했다. 라슨 부인은 오랜 세월이 지난 지금에서야 랄프와 한 식탁에서 식사하는 데 동의했다.

랄프가 굴을 찾아서 시카고에 생굴 한 통을 주문했다. 라슨 부인은 생굴을 서늘한 지하실에 보관해두고 소금물과 옥수수가루로 싱싱한 상태를 유지했다. 저녁 식사 때마다 랄프는 통통한 굴을 열두 개씩 먹고 브랜디 한 잔을 마셨다. 수년째 술을 입에 대지 않았는데 새삼 술이 당겨서 놀랐고, 캐서린과 라슨 부인이 자신을 위해 술까지 준비를 해서 또 놀랐다. 그녀들은 굴을 먹지 않았고 브랜디도 마시지 않았다.

캐서린은 임신 사실을 랄프에게 알릴 수가 없었다. 그가 아직 몹시 아픈 상태라 차마 입이 떨어지지 않았다. 랄프의 아기라고 확신했고, 그 생각이 맞기를 바랐다. 자신의 핏줄이 아닌 아이를 둘이나 키우게 하고 싶지는 않았다. 처음 집에 왔을 때 캐서린은 생리를 했고 랄프와 하룻밤을 보냈다. 그녀는 그렇게 믿었다. 자신이 믿는 바가 사실이기를 간절히 바랐다. 이 아기의 아버지가 랄프라고. 세인트루이스에서 지내는 동안 생긴 아기가 아니라고 믿고 싶었다.

안토니오는 아버지가 될까봐 두려워서 그녀의 몸 안에 사정한 적이 없었다. 그러니 랄프의 아기일 것이다. 랄프는 캐서린을 새사람으로 만들어주었다. 세인트루이스를 떠나면서 새로운 인생이 시작되었으니, 그 시절에 잉태된 생명일 리가 없었다.

캐서린은 상냥한 사람이 아니었다. 과거에는 사람들을 원하는 것을 얻기 위한 수단으로만 여겼다. 그런데 랄프는 달랐다. 그는 캐서린을 거듭나게 했다. 캐서린은 이제 예전으로 돌아갈 수 없었다.

캐서린은 랄프의 물집 잡힌 피부를 씻어주고, 발을 문질러 닦아주고, 이마에 연고를 발라주고, 진통 작용을 하는 나무껍질을 갈아 반죽을 만들어 그의 손에 펴서 발라주었다. 머리를 빗길 때마다 머리카락이 한 움큼씩 빠져서 가슴이 아팠다. 견디기 힘들 만큼 죄책감이 밀려들었다.

이제야 캐서린은 방황하며 덧없이 낭비한 삶을 돌아보며 슬퍼할 수 있었다. 캐서린은 햇빛이 비치는 온실의 의자에 앉았다. 그녀가 새로 심은 장미가 따뜻하고 촉촉한 오후의 빛 속에서 잎사귀를 보이기 시작했다. 캐서린은 자신을 위해, 아버지와 어머니를 위해, 여동생을 위해, 과거에 살던 곳에서 지금 앉아 있는 이 자리에 이르기까지 잃고 망각하고 산산이 부수어버린 모든 순간들을 떠올리며 눈물을 흘렸다. 삶이란 이토록 망가지기 쉬운데도 충분히 강하다고, 자신의 삶은 다르다고 믿었다. 지금은 모든 것이 민감하게 다가왔다.

볼티모어의 암울한 부두, 정돈되고 웅장한 리튼하우스 광장, 섹스와 도둑질과 거짓말, 천국에서 내려왔으나 앨리스를 데리고 가지 않은 천사에 대한 기억이 방금 전에 다친 상처처럼 아렸다. 천사가 앨리스를 데리고 날아다니며 세계 곳곳의 장대한 수도를 구경시켜주었다면, 그녀는 그 화려한 광경에 경탄했을 텐데. 좋은 기억과 나쁜 기억이 끝없이 캐서린의 가슴에 남아 있었다. 그녀는 랄프를 간호하는 동안 자신의 피부에도 보이지 않는 약을 바르며 치유했다.

캐서린의 병은 영혼의 병이었으나 치료가 불가능하지는 않았다. 치료를 하려면 마음 어딘가에 순수함이, 희망이 남아 있다고 믿어야 했다. 지금껏 그녀가 살아온 삶과는 완전히 다른 또 다른 자아가 내면에 있다고 믿어야 했다. 캐서린은 자신의 영혼에 새겨진 상처가 결코 사라지지 않을 것임을 알고 있었다. 랄프가 다시 젊어질 수 없는 것처럼 자신도 결코 완전해질 수 없을 것이다. 그러나 언젠가는 새 피부가 상처를 대신할 것이다. 상처는 하얗게 색이 바래서 어린아이의 눈에는 거의 띄지 않을 것이다.

랄프는 이미 캐서린을 다른 시각에서 보고 있었다. 랄프의 통찰력이 캐서린을 변화시켰고, 자신이 원하는 여인으로 만들었다. 그러니 그는 지금의 캐서린을 차지할 자격이 있었다. 캐서린은 상냥하게 남을 대하지도, 누군가에게 따뜻한 대접을 받지 못한 삶을 살아왔다. 언제나 학대를 받으며 살았으므로 행복과 두려움의 차이를 알지 못했다. 흥분과 공포의 차이도 알지 못했다.

요즘 그녀는 매시간마다 명치가 죄어들었지만 딱히 무엇 때문인지 짚어낼 수가 없었다. 손까지 부들부들 떨렸다. 아침마다 남모르게 구토를 했지만, 이제 팽팽히 당겨진 줄의 끝이 보이는 듯했다. 세차게 닫히는 문, 적개심을 품은 채 돈을 주고받는 섹스, 아편굴에서 멍하니 밤을 보내던 날들에서 완전히 벗어났음을 느낄 수 있었다.

캐서린은 시작점과 종착점에 서 있는데 익숙하지만 지금은 중간점에서 삶의 기쁨을 느끼고 있었다. 이 자리에서 약간이나마 평안을 찾을 것 같았다. 언젠가 랄프는 더 이상 거칠고 쉰 목소리가 아닌 편안한 목소리로 말할 것이다. 혼자서 걷고, 혼자 옷을 입고, 대화를 이어가고, 그동안의 재산 손실을 메우기 위해 일터로 돌아갈 생각을 하고, 그의 건강에 생계가 달려 있는 마을 사람들의 걱정스런 눈초리를 마주하게 될 것이다. 그는 이미 변했다. 노인처럼 한 걸음 떼는 것도 몹시 힘겨워했다. 머리카락은 허옇게 세었다. 술잔을 들고 브랜디를 마실 때는 손이 마치 연달아 찍은 사진들처럼 동작이 끊어지면서 입까지 멈칫멈칫 움직였다.

저녁 무렵, 그들은 식탁 앞에 앉았다. 랄프가 먹고 싶다고 한 쇠고기와 감자, 푸딩이 식탁에 차려졌다. 그가 학창 시절에 즐겨 먹던 음식이었다. 식사를 하면서 랄프는 신문을 펼치고 그날 일어난 참사들을 캐서린에게 읽어주었다.

그의 포크가 접시 위에서 달그락거리는 가운데 현관문을 두드리는 소리가 들렸다. 현관문까지 거리가 멀어서 캐서린이 가려고 했으나 랄프가 휘청거리며 이미 일어서고 있었다.

"됐어. 내가 가볼게."

랄프는 가는 길에 전등을 전부 켜면서 한참을 걸어갔다. 그가 큰 여닫이 현관문 한쪽을 열자, 테라스의 어둠 속에서 현관 계단과 그 아래 쌓인 눈을 내려다보고 서 있는 한 남자가 보였다. 남자가 돌아섰으나 어두워서 얼굴 윤곽만 보였다.

남자가 손을 내밀며 말했다.

"토니 모레티라고 합니다."

잠시 뜸을 들이다가 덧붙였다.

"당신 아들이죠."

랄프도 그 남자도 그 말이 거짓임을 알고 있었다. 랄프는 어둠 속으로 발을 내딛으며 두 팔을 활짝 벌렸다.

21

아들은 아버지에게 돌아온다. 진짜 아버지가 아니더라도. 의식을 잃을 때까지 폭행했던 아버지라고 해도. 아들은 복수심에 차서 집으로 돌아온다. 아들을 잔인하게 학대한 자신을 용서하지 못하는 아버지에게로. 사는 게 다 그런 것이다.

안토니오는 멋진 정장들, 파리에서 만들어진 사치스런 넥타이, 새 것과 다름없는 셔츠, 은색 지팡이, 런던에서 들여온 호박색 향수에 이르기까지 소지품을 전부 싸들고 왔다. 그러나 수중에 돈은 한 푼도 없었다. 길고 우아한 목을 가진 백조처럼 아름다움을 뽐내는 것 외에는 쓸모없는 사람이었다. 안토니오의 행동, 모든 손짓, 입에서 나오는 단어들은 전부 지나치게 이국적이고 격식을 차린 것이라 이곳 분위기와 어울리지 않았다. 저녁 식사 후에 피아노를 연주했는데 마치 로코코식 콘서트홀에서 대단한 관객들을 앞에 두고 연주하는 것처럼 지나치게 기교를 부렸다. 랄프는 캐서린의 꾸밈없이 담백한 연주를 더 좋아했다.

캐서린과 랄프는 파란 침실의 커다란 침대에서 잠을 잤고, 안토니오는 그들 부부가 쓰는 방에서 한참 떨어진 방에서 머물렀다. 안토니오는 어머니가 쓰던 방의 분위기를 본떠 자신의 방을 독신자 아파트처럼 꾸몄다. 방이 옷방과 웅장한 거실, 침실로 되어 있는데, 저택 곳곳에서 가져온 가구들로 거실을 꾸민 후 랄프가 따로 주문한 흑단 피아노를 들여놓았다. 크고 으리으리한 침실에는 태피스트리를 걸어 장식했다. 캐서린과 랄프는 어둠 속에서 지켜보는 안토니오의 시선을 느꼈다.

부부 사이에 새로운 고요함이 깃들었다. 바로 소박한 일상이었다. 캐서린은 그것이 사랑임을 깨달았다. 타오르는 열정이 자연스럽게 흘러간 후 평범한 부부 사이에 남게 되는 감정. 그들은 침대에서 사랑을 나눈 후 나지막하게 대화를 나누었다. 주로 소소한 일상이나 사업에 대한 얘기였다. 라슨 부인이 말없이 겪고 있는 슬픔, 그녀가 다시는 얼굴을 보지 않겠다고 한 남편 라슨 이야기. 랄프가 대주고 있는 병원비, 거의 매일 배송되어 오는 식물들과 정원에 관한 대화를 주고받았다. 랄프는 병에 대해서는 언급하지 않았다. 처음부터 병에 걸렸던 적이 없는 것처럼.

"안토니오한테서 에밀리아의 모습이 많이 보여. 눈과 입, 검은 머리카락도 그렇고. 영락없는 이탈리아인이야."

캐서린은 침대에 앉아 창문으로 흘러드는 푸른빛을 띠는 초승달을 바라보며 물었다.

"그분은 어떻게 세상을 떠났어요?"

랄프는 침묵했다. 그는 여전히 약한 상태였다. 더러 자신이 지금 어디에 있는지, 캐서린이 누구인지, 자신들이 어디에서 살고 있는지를 인식하지 못할 때가 있었다. 랄프의 몸을 뒤덮은 상처들이 캐서린이 저지른 죄악과 그의 용서를 조용히 일깨워주었다.

"내가 죽였어."

달이 너무도 멀리 있는 듯 느껴졌다. 겨울이 너무 길어서, 겨울이 아니었던 때가 언제였는지 캐서린은 기억할 수 없었다. 기차에서 내려 랄프의 시선을 받기 전, 자기가 어떻게 살았는지도 기억나지 않았다. 굳이 기억하고 싶지도 않았다. 안토니오를 제외하면 이 집에 과거의 흔적은 없었다. 안토니오는 저택 안을 고양이처럼 소리 없이 돌아다니며 밤낮으로 캐서린을 지켜보았다.

"못 믿겠어요. 안 믿어요."

랄프가 일어나 앉으며 캐서린의 손을 잡았다.

"언젠가는 이 얘기를 하려고 했는데 지금 할게. 이 얘기가 끝나면 앞으로 다시는 이 집에서 그 이름이 거론되는 일은 없어야 돼. 내가 죽였어. 죽게 내버려뒀어.

에밀리아는 모레티와 함께 시카고로 떠났어. 하지만 여전히 내 아내였지. 법적으로 이혼한 게 아니었으니까. 그녀는 가톨릭 신도인데, 가톨릭에서는 이혼을 용납하지 않거든. 그녀의 아들이 내 집에 있었고, 법적으로 아내였기 때문에 생각할 때마다 고통스러웠어. 어디에 사는지 계속 파악했고 어떻게 사는지도 전해들었어. 마을 사람들도 전부 알고 있어서 정말 수치스러웠지만 견딜 수밖에 없었지. 물론 내 앞에서 직접 그 얘기를 거론하는 사람은 없었지만.

그래서 꾸준히 돈을 부쳤어. 그 돈으로 에밀리아는 궁핍하게 지내지는 않았지. 내가 보기엔 천박하기 이를 데 없는 삶을 살더라고. 그래도 프래니 생각도 나고, 그 여자가 낳은 아들이 내 집에 살고 있어서…… 무엇보다 누추하게 살도록 그냥 두고 볼 수가 없어서 돈을 보냈던 거야.

얼마 후 모레티가 에밀리아를 떠났어. 그의 바람기와 잘난 체를 눈감아주고 별 볼일 없는 재능과 매력에 눈이 먼, 대저택을 가진 부유한 과부와 살겠다면서 떠나버린 거야. 에밀리아는……."

그 이름을 말하는 목소리에서 고통이 느껴졌다.

"에밀리아는 그 후로 줄줄이 다른 남자들을 사귀었어. 다들 젊다는 것 빼고는 쓸모없는 놈들이었지. 진짜 백작 부인하고 사귀고 있다고 시카고 일대에 소문을 내고, 그 여자가 자기한테 얼마나 잘해주는지 맥주홀에서 자랑 삼아 떠들어대는 족속들이었지. 그 무렵에도 에밀리아는 여전히 아름다웠어.

에밀리아는 안토니오에게 한 번도 편지를 쓰지 않았어. 딸의 무덤을 찾아온 적도 없었어. 꼭 그렇게 살지 않아도 됐을 텐데……. 아무짝에도 쓸모없는 젊은 놈들을 연달아 사귈 게 아니라 친절하고 명예를 아는 남자를 착실히 사귀면서 안토니오를 데려다 키울 수도 있었어. 돈이 없는 것도 아니고, 지적인데다가 교양 있는 여자였으니까. 그런데 여자들과도 동침한다는 소문이 들리더군. 남들 보는 앞에서 술에 취해 쓰러지고, 두 번이나 강도를 당했다는 얘기도 들었어. 그런데 강도가 그녀 집에 손님으로 온 남자들이라고 하더군.

에밀리아를 만나러 몇 번 갔었어. 집으로 돌아오라는 말을 하러 간 건 아니었어. 다시는 그 여자를 들일 생각이 없었으니까. 그저 그런 생활을 그만하라고, 그렇게 살지 말라고 했는데 오히려 나를 비웃더군. 와인 잔을 집어던지면서 나만 보면 구역질이 난다고 했어."

랄프가 캐서린의 손에 입을 맞추며 물었다.

"나머지 얘기도 듣고 싶어?"

달빛이 희미하고 차가워서 캐서린은 피부에 잔물결처럼 한기가 흐르는 기분이었다.

"듣고 싶어요."

"에밀리아는 병에 걸렸어. 사람들은 폐렴이라고 했는데, 내가 보기엔 폐결핵이었어. 직접 보고 싶지는 않아서 그녀의 집으로 의사를 보냈어. 그런 병에 걸리기에는 젊은 나이였지. 나중에 들으니 폐결핵과 매독에 걸렸고 실성을 해서 아무도 곁에 오지 않는다고 하더군. 시카고 거리에서 그 이름을 모르는 이가 없을 정도였는데, 막상 그녀를 위로해주는 이는 아무도 없었어. 그동안 수없이 파티를 열고, 남자들에게 쾌락을 선사하고, 백작 부인으로 돈을 뿌렸는데도 말이지. 에밀리아는 그때까지도 영어를 잘하지 못했어. 의사들은 더 이상 해줄 게 없다고 말했지. 결국 에밀리아는 혼자가 됐지. 따라다니면서 식사를 챙겨주고 옷을 세탁해줄 사람도 없이. 그런 건 애초에 해본 적이 없는 여자인데.

한 번 더 집을 찾아갔어. 안토니오도 데리고 갔는데 꼴이 말이 아니더군. 안토니오도 그때 제 엄마가 엉망이 된 몰골을 봤어. 보다 못해 나는 안토니오에게 마차에 가서 기다리라고 했어. 에밀리아는 그 집 어느 방 하나에 지저분한 물건들을 전부 넣어놨어. 입었던 옷들이며 속옷, 화려한 속치마, 심지어 설거지하기 귀찮아서 음식을 먹고 난 접시들까지 전부 그 방 안에 있더군. 딱 한 번 사용한 수가 놓인 식탁보들, 사놓고 한 번도 쓴 적 없는 모자들까지. 그런 물건들이 방 안에 허리 높이까지 차 있었어. 더 이상 착용하지 않는 보서들도. 안토니오가 보낸 편지 다발들, 제발 자기를 구해달라는 내용이 적힌 편지들까지 아무렇게나 던져놓았는데, 그중 일부는 아예 개봉도 하지 않은 채 쌓여 있었어. 햇빛이 들어오지 않게 방에 커튼까지 쳐놓았어. 나는 끔찍한 물건 더미를 헤치고 돌아다니며 안토니오에게 줄 만한 물건이 있는지 찾아보았어. 제 엄마가 저를 사랑했다는 표시로라도 삼을 수 있게 해주려고. 그런데 찾을 수가 없었어. 에밀리아는 인생을 팽개친 거야. 내가 집세를 내주는 고급 연립주택 3층에 있는 어두운 방 안에, 물건들로 가득한 방 안에 자기 인생을 처박아버린 거야.

에밀리아는 거의 의식이 없는 상태로 침대에 누워 있었어. 마약에 취했거나 실성한 상태였겠지. 그래도 여전히 아름다웠어. 정신이 나갔지만 그래도 여전히 세련된 미인이어서 숨이 막힐 정도였어. 에밀리아에게 필요한 건 햇빛이었어. 신선한 공기를 마시고, 서쪽으로 이동해 유럽에서 장기간 치료를 받았으면 조금은 더 살 수 있었을 거야.

에밀리아가 말하더군. 나더러 바보라고. 바보에 거짓말쟁이에 마누라를 다른 놈에게 뺏긴 머저리라고. 약해 빠지고 멍청한 놈이라고. 처음 본 순간부터 나를 속이고 이용할 작정이었는데 내가 걸려들어서 기뻤다고. 나도 이미 알고 있었어. 이미 오래전부터 알고 있던 사실이었어.

에밀리아를 그대로 두고 나와버렸어. 혼자 죽게 내버려둔 것이지. 그녀는 나를 경멸했고, 나는 그녀를 떠났어. 치료도 해주지 않았고, 더 이상 의사를 보내지도 않았어. 돈도 끊어버렸지. 결국 그 집에서 쫓겨났고, 물건들은 거리에서 경매로 처분되었어. 그리고 석 달 후 에밀리아는 자선 병원에서 세상을 떠났어. 눈이 멀고, 머리카락이 다 빠진 채로 침대에 손목이 묶여서. 손을 잡아줄 이도 없이, 머리맡에서 마지막 기도를 해주는 신부도 없이 애처로운 몰골로 죽은 거야. 하나님은 그녀를 구원하지도 용서하지도 않았어. 어떤 말씀도 전해주지 않았고, 천국으로 초대하지도 않았어. 에밀리아는 하나님한테도 버림받은 거야.

내가 구할 기회가 있었지만 하지 않았어. 후회는 안 해. 더 이상 무언가를 감당할 수 없는 때가 있는데, 버려진 원피스와 개봉하지 않은 편지들, 재봉사들이 보낸 미납 청구서로 가득한 그 방을 보았을 때가 바로 그랬어. 그때부터 그녀가 죽든 살든 상관하지 않겠다고 마음먹었어."

한참 동안 암울한 침묵이 흘렀다.

"당신도 달리 어찌해볼 도리가 없었을 거예요. 아무도 예상할 수 없는 일이니까……."

"나는 예상했어. 에밀리아는 내 아내였으니까, 한때는. 그런데 지금은 죽고 없지. 에밀리아가 어디에 묻혀 있는지도 몰라. 알고 싶지도 않고."

"당신은 자신을 용서해야 해요."

랄프가 사나운 눈빛으로 캐서린을 돌아보았다.

"당신은 아무것도 몰라. 난, 제길…… 아무것도 할 수 없어. 뭘 해야 할지 앞으로도 계속해서 생각하겠지. 최대한 오래 생각할 거야. 당신이 그녀에 대해 물었고 나는 얘기를 해줬어. 그러니 다시는 그 이름을 입에 올리지 마."

랄프가 침대에 드러누워 캐서린을 가까이 끌어당겼다. 그리고 시트를 당겨 덮자 캐서린은 그의 몸에서 전달되는 온기를 바로 느낄 수 있었다.

"에밀리아에 대한 감정은 사랑이 아니었어. 사랑이라고 생각했지만 아니었어. 그건 중독이었고 미친 짓이었어. 당시 내가 하고 싶은 게 있었는데……. 정확히 기억나지 않지만, 어머니에게 복수하고 싶었던 것 같아. 어머니의 분노를 고스란히 받으며 오랜 세월을 보냈으니까, 에밀리아는 복수의 수단이었어. 어머니가 그녀와 매일 한 집에서 부대끼며 살다보면 본인이 얼마나 초라하고 별 볼일 없고 못난 노파인지 깨닫게 될 거라고 생각했거든. 그런데 그런 건 어머니에게 통하지 않았어. 단 한순간도. 아무런 변화도 없었지. 나는 사랑할 가치도 없는 여자를 사랑하면서 젊은 시절을 탕진한 거야."

랄프의 목소리에서 졸음이 묻어나왔다.

"당시의 불같던 열정이 이제 꺼져버렸기를 바라고 있어. 진심으로. 그 불이 너무 뜨거워서 모든 걸 죽여버렸지. 자, 이제 당신이 기도할 시간이야. 그만 자자고. 안토니오도 집에 돌아왔고, 당신도 이렇게 있으니 앞으로 우린 잘 살 수 있을 거야. 그게 중요한 거지. 어서 잠이나 자자고."

그가 옆으로 돌아누웠다. 말없이 어둠 속에 누운 캐서린은 머리가 텅 빈 듯했다. 안토니오는 거짓말을 했다. 사실이 아닌 터무니없는 거짓을 늘어놓으며 믿도록 했다. 실제로는 일어난 적도 없는, 소름 끼치게 경악스럽고 잔인한 얘기를 상세히 늘어놓으며 기만했다. 캐서린도 거짓말을 한 적이 있지만, 안토니오의 거짓말은 지금 그녀의 마음을 깡그리 태워 창밖 풍경만큼이나 새하얗고 공허하게 만들어놓았다. 그 순간, 캐서린의 내면에서 무언가가 끝이 나고 새로운 것이 시작되었다. 창문으로 가느다란 빛이 흘러들 때까지도 캐서린은 잠들지 않고 누운 채로 새로운 감정을 가슴속에 채우고 있었다.

랄프가 옆에서 뒤척였다. 아직 아침이 되지 않았는데 그가 눈을 떴다. 캐서린은 그가 잠에서 완전히 깨기도 전에 입을 맞추었다. 이 사람이면 충분했다. 그동안 꿈꿔온 남자도 아니고, 예상했던 남자도 아니지만, 이 사람이면 충분했다.

안토니오의 흔적이 집 안 곳곳에서 묻어났다. 안토니오의 오만불

손함과 따분함이 저택 안에 가득했다. 랄프는 안토니오의 위선과 소소한 모욕을 알아채지 못하는 것 같았다. 그는 안토니오에게 은행계좌를 하나 열어주었는데, 그 계좌에는 수년 동안 실컷 쓸 수 있는 금액이 들어 있었다.

랄프는 안토니오가 사업에 흥미를 갖게 하려고 애를 썼다. 큰 서재에 같이 앉아 사업에 관해 상세히 설명해주었다. 물건을 매매하는 법, 부를 키우는 법을 안토니오에게 알려주었다. 랄프는 바보가 아니었다. 안토니오가 거들먹대기나 하는 녀석임을 이내 알아챘다. 그는 안토니오를 보면서 쾌락을 좇는 것 외에는 흥미를 가지지 않았던 젊은 시절 자신의 모습이 떠올랐다.

이 마을에는 안토니오의 흥미를 끌 만한 것이 없었다. 작고 처량맞은 호텔이 하나 있을 뿐 레스토랑도 없고, 흥청대는 여자들도 없었다. 여기 올 때 가져온 마약이 곧 동이 나자 안토니오는 맨 정신으로 낮 시간을 보내야만 했다. 무척 낯설고 불쾌한 일이었다. 안토니오는 식탁에서 담배를 피우며 세인트루이스와 그곳의 황홀한 재밋거리에 대해 끝없이 주절거렸다.

랄프는 안토니오에게 오래된 와인 저장실 문을 열어주었다. 그는 밤마다 아름다운 와인에 취했다. 20년 전에 담근 것이라 대단히 진귀하고 맛이 섬세한 와인들이었다. 에밀리아가 불러들인 친구들로 저택이 북적거렸을 무렵, 유럽에서 배로 실어와 저장했던 포트와인, 보르도, 부르고뉴 와인이었다. 그런 내력은 안토니오에게 중요하지 않았다. 그저 와인에 취해 아버지에게 무례한 말을 쏟아내면 그만이었다.

"이 집은 너무 추워요. 내 방도 추워 죽겠다고요. 늘 발이 꽁꽁 언다니까요."

"여긴 낡고 오래됐어. 그러니 다른 옷을 입어……."

"뭘 입으라고요? 환경에 맞춰 옷을 바꿔 입는 게 아니라, 입고 있는 옷에 맞게 환경을 바꿔야 하는 거잖아요. 아버지는 부자니까 어떻게 해봐요, 좀."

"곧 봄이 올 거다."

"봄이야 따뜻해지겠지만 여전히 할 일은 없겠죠."

대화는 늘 이런 식이었다. 랄프는 인내했다. 안토니오는 랄프가 친절할수록 더욱 그를 경멸했다. 안토니오에게 돈은 아무 의미 없었다. 어머니가 쓰던 금도금 침대에서 잠을 자는 것도 무의미했다. 어렸을 때 썼던 놀이방에 예전 장난감이 그대로 있는 것을 보고도 아무런 감흥을 느끼지 못했다. 안토니오는 감성을 느끼는 가슴이 없었다. 어떤 감정적인 떨림도 알지 못했다. 그는 이곳에 죽음을 야기하러 왔을 뿐이었다.

"사업에 매진하는 사람들은 인생을 낭비하는 거예요. 사람은 예술을 위해 살아야 해요."

"나도 예전에는 그렇게 생각했었다. 지금도 그런 생각을 갖고는 있지. 하지만 사업을 하며 살기로 선택했어. 나 말고는 달리 물려받을 사람도 없었으니까."

"그리고 언젠가는 나더러 맡으라는 거죠? 그까짓 거 다 팔아치우고 아름다운 인생을 살면 그만이에요."

"100년간 이어진 우리 가문의 일이야. 마을 사람들은 전부 어떤 식으로든 우리 가문의 사업에 생계를 의존하고 있어."

"다 보잘것없는 사람들이에요."

어쩌면 그들은 이런저런 중요한 얘기를 나눌 수 있었다. 밤에 나란히 난롯가에 앉아 있을 기회가 있었다면, 랄프는 그간 속에 담아

둔 얘기를 꺼내면서 안토니오에게 미안하다고 말할 수 있었는지도 모른다. 어차피 안토니오는 랄프가 뭐라고 말하든 상관없이 본인 하고 싶은 대로 살면서 가문의 사업을 팔아치우고, 이 저택에 불을 지르고, 이 땅에 아무것도 자라지 못하게 만들 것이다. 랄프의 바람은 오직 하나, 아들의 용서를 받는 것이었다. 하지만 안토니오는 절대 랄프를 용서하지 않을 것이다.

랄프가 마을에 있는 동안 안토니오가 캐서린에게 다가왔다.

"지금쯤 그 사람이 죽었어야 하잖아. 가만 보면 죽어가는 것 같지 않던데. 당장 집으로 오라고 전보를 보낸 건 당신이었어."

"그를 위해 여기 와주어야 했어. 그이는 네가 오기를 간절히 원했고. 널 오게 할 방법은 그것뿐이었어. 그래서……."

"나한테 거짓말을 했다는 거군."

"그래."

"내가 원하는 건 하나야. 그 사람이 죽는 것. 내가 언제든 당신 얘길 할 수 있다는 걸 명심해. 그 사람이 밤마다 날 붙잡고 조촐하게 잡담을 나누고 싶어 하니 그때 말하면 돼. 하지만 아직 말하지 않았지. 지금은 이 상황을 즐기고 있거든. 그 사람은 원숭이처럼 앉아서 당신이 무슨 말을 해도 좋다고 수긍하고 있지."

"그는 너의 용서를 받고 싶어 해."

"두 다리 뻗고 편하게 자고 싶어서겠지. 안 그래? 잠 얘기가 나왔으니 말인데, 그 사람과 한 침대를 쓰니 잘 알겠네."

"그는 불안해하고 있어. 네가 행복하게 살기를 바라는데 그렇지 못할까봐."

안토니오의 협박이 늘 캐서린을 따라다녔다. 그 협박은 언제라도 현실이 될 수 있었다. 안토니오와 캐서린은 함께 살인 음모를 꾸몄고 같이 실행했다. 안토니오는 지금 캐서린에게 넌더리를 내고 있었다. 랄프를 치워버리면 분명 캐서린을 이 집에서 내쫓을 것이다. 달리 갈 곳이 없는 캐서린은 예전에 살던 곳으로 되돌아갈 수밖에 없다. 더는 원치 않는 예전 삶으로.

캐서린은 어찌해야 좋을지 알 수가 없었다. 자기에 대해 부분적으로 아는 이들은 많지만 모든 것을 아는 이는 없었다. 캐서린은 수없이 거짓말을 했고 마치 작품을 만들 듯 수많은 자아를 만들며 살아왔다. 달리 의지할 사람도 없고, 무작정 시간만 끌 수도 없었다. 랄프의 인내심이 무한한 것도 아니니 안토니오가 사실을 밝히면 이 집에 붙어 있지 못할 것이다.

랄프의 체력이 좋아지면서 안토니오의 분노는 커져갔다. 잿빛이던 랄프의 볼에 혈색이 돌았고, 가파른 현관 계단을 올라갈 때도 더이상 어지러워하지 않았다. 오랜 근심 걱정으로 얼룩진 괴로운 꿈도 꾸지 않았고, 침실 안을 서성이던 유령들도 사라졌다.

캐서린은 저녁마다 난로 옆에서 랄프와 안토니오에게 휘트먼의 시를 읽어주었다.

안토니오는 빈정거렸다.

"맙소사. 이렇게 지루할 수가. 이게 얼마나 따분한 짓거리인지 알고는 있나요?"

밤이면 캐서린과 랄프는 파란 침실에서 사랑을 나누었다. 캐서린은 멀리 떨어진 방에서 브랜디를 마시고 담배를 피우며 서성이고 있을 안토니오를 생각했다. 안토니오의 분노가 느껴졌다. 언젠가는 그 분노가 표현하기 끔찍할 만큼 무서운 결과를 초래할 수도 있기에 랄프에게 경고해주려고 했지만 그는 들으려 하지 않았다.

"안토니오가 모든 걸 망치고 말 거예요. 당신을 위험에 빠뜨릴 수도 있어요."

"나도 저 나이 땐 그랬어. 늘 초조했고 지루해했고 증오에 차 있었어. 게다가 저 녀석은 제 어미를 닮았잖아. 어쩌면 끝까지 정신을 못 차릴 수도 있겠지. 그래도 내 아들이니, 이대로 포기할 수는 없어. 아무리 저 녀석이 나를 경멸하고 증오해도 노력할 거야."

랄프는 안토니오를 공장으로 데려가 광석을 제련하는 방법을 끈기 있게 설명하고, 시뻘겋게 녹은 쇠로 형태를 만들고 변형시키는 과정을 보여주었다. 안토니오는 그곳 근로자들을 모욕하고 그들의 노력을 비웃었다.

안토니오의 유일한 관심사는 캐서린이었다. 그는 캐서린을 '트루잇 여사'라고 불렀다. 랄프가 집 밖으로 나간 후 안토니오는 느지막하게 잠자리에서 일어나 고양이처럼 소리도 없이 식당으로 들어왔다. 그때쯤 캐서린은 식탁에 앉아 점심을 먹고 있거나 라슨 부인과 저녁 식사 메뉴를 의논하고 있었다. 안토니오가 별안간 옆에 서 있으면, 그의 존재조차 거의 잊고 있던 캐서린은 마음이 다시 산란해졌다.

"트루잇 여사……."

"그렇게 부르지 마."

"우리 아버지의 부인이잖아. 달리 어떻게 부르라고?"

"캐서린이라고 불러."

"싫은데, 트루잇 여사. 우리가 이 집에서 얼마나 재미나게 살 수 있을지 생각해봐. 엄청난 돈을 쓰면서 말이야. 수년간 실컷 마실 수 있는 와인도 있잖아. 우리가 아는 사람들, 우리 친구들을 불러 집 안의 침실들을 가득 채울 수도 있어."

"안토니오. 이제 '우리'는 없어. 더 이상은. 알잖아."

"당신이 해야 할 일은 그를 죽이는 거야."

"안 해. 못해. 가지고 있는 독도 없어."

"독이야 더 구하면 되지. 내가 시카고에서 가지고 올게. 집에 쥐가 많다고 하면 살 수 있어."

캐서린은 주방 창문 쪽으로 시선을 돌려 강을 향해 길게 뻗은 들판을 바라보았다. 얼었던 강물이 곧 풀릴 것 같았다. 학교에서 돌아온 아이들은 더 이상 강에서 얼음을 지치지 않았다. 겨울이 얼마 남지 않았다.

"더는 그럴 생각 없어. 백 번도 넘게 말했잖아. 그는 내 남편이야. 넌 원하는 걸 이미 다 가졌어."

"지루해."

"시카고로 가든가. 가서 친구들하고 놀아."

"거기엔 친구도 없어."

"시카고 사람들도 세인트루이스에서 네가 사귄 사람들과 다를 게 하나도 없어. 똑같아. 낮에 자고 밤에 나가서 술 마시고 도박하고 창녀랑 뒹굴고 아편을 피우지. 네가 좋아하는 것들이잖아. 돈도 많으니 옷도 사서 입든가. 랄프가 일 잘하는 재봉사를 데리고 있으니 그 재봉사한테 말만 하면 영국 황태자처럼 차려입고 살 수 있어."

"별로 재미있을 것 같지가 않아."

"그럼 유럽으로 가. 랄프도 젊었을 때 갔다고 하던데."

"가서 한 5년 동안 소식 끊고 살라고?"

"랄프가 네가 원하는 만큼 충분히 돈을 보내줄 거야."

"나는 그쪽 말도 몰라. 교회 구경하기도 싫고. 내가 원하는 게 뭔지는 당신이 잘 알잖아."

"난 분명히 안 하겠다고 말했어. 오늘도 그렇고 영원히 하지 않을 거야. 지금 생활에 만족하고 있어."

"이 따위 생활에 만족하지 못한다는 거 알면서 그러네."

"제발 부탁할게. 한 시간, 오후 한나절만이라도 날 좀 내버려둬."

안토니오가 식당을 나선 후에도 캐서린은 온 집에 가득찬 그의 존재를 느낄 수 있었다. 캐서린은 비밀 정원에 여러 시간 동안 서서 자신의 침실 창문을 올려다보며 봄이 오기를, 안토니오가 멀리 떠나기를 소망했다.

이 끔찍한 계획을 애초에 시작하지 않으면 얼마나 좋았을까. 랄프의 눈에서 빛을 보지 말았어야 했다. '서로 사랑하는 이들은 천하무적이로다.' 라는 시인 휘트먼의 말을 듣지 않았어야 했다. 그녀는 지금 천하무적이 아니라 마음 어딘가에 생겨난 상처가 그대로 노출되어 누군가의 손길만 스쳐도 몹시 쓰라렸다. 어쩌다 일이 이렇게 됐을까? 정원의 잔해 속에 서 있는 지금, 어디서부터 일이 꼬였는지 기억나지 않았다. 이 상황에서 영영 벗어나지 못할까봐 아찔할 정도로 두려웠다. 수시로 명치가 죄어들었다. 안토니오의 말이 옳다는 증거였다. 랄프는 조만간 진실을 알게 될 것이다. 캐서린은 지금까지 자신의 인생을 망가뜨리며 살아왔다. 그녀의 과거는 내면 깊은 곳에 파묻은 비밀이라 안토니오만 아니면 들통날 일이 없었다.

캐서린은 마을 의사에게 다녀왔다. 머릿속으로 신중하게 임신 시점을 계산했는데, 뱃속 아이는 랄프의 아이가 확실했다. 캐서린의 손길을 기다리며 정원 흙 아래에 묻혀 있는 식물들처럼, 아이가 뱃속에 자라고 있었다. 랄프의 건강이 좀 더 좋아지면 얘기할 생각이었다. 안토니오는 음모를 꾸미다 지치고 지금 랄프의 재산이 곧 자기 것임을 깨달으면 이곳을 떠나 물 쓰듯이 돈을 쓰며 살 것이다.

따분해서 더는 살고 싶지 않을 때쯤 세인트루이스나 런던 혹은 파리에서 멋부리는 데 환장한 늙은이로 생을 마감할 것이다. 지금까지 그랬듯이, 어느 도시에서 사람들을 시트처럼 이용하고 내팽개친 후, 새로운 얼굴과 새로운 재밋거리를 찾아 다른 도시로 옮기는 생활을 계속할 것이다. 랄프가 사랑한 아들은 존재하지도 않는 허상이었다. 앞으로 랄프는 캐서린의 뱃속에서 자라고 있는 아이를 사랑하게 될 것이다. 그 아이에게 위안을 받으며 새로운 희망을 찾게 될 것이다.

22

안토니오는 말을 탈 줄도 모르면서 위스콘신 주에서 제일 훌륭한 아라비아말을 구입했다. 그리고 농장의 어린 일꾼을 선생으로 고용해 널찍하고 오래된 헛간에서 승마 수업을 받았다. 랄프는 안토니오를 위해 헛간 바닥을 평평하게 다져 실내 승마장을 만들어주었다. 그러나 2주 후, 승마에 대한 흥미가 떨어지자 말을 거들떠보지도 않았다. 아라비아말은 헛간 앞마당에 한가롭게 서서 얇게 쌓인 차가운 눈을 사막의 모래처럼 뒤적거렸다.

안토니오는 랄프의 차보다 훨씬 비싼 자동차를 구입했다. 기차로 운송된 자동차를 보고 마을 사람들이 놀랐으나, 정작 안토니오는 운전을 할 줄 몰랐다. 그는 길이 너무 울퉁불퉁해서 못 타겠다며 차를 마구간에 넣어두었다.

그리고 닷새 동안 시카고에 갔다가 멍하고 기진맥진한 모습으로 돌아왔다. 여행 가방에는 비소 한 묶음, 아편 한 덩어리를 비롯해

새 옷이 잔뜩 들어 있었다. 그리고 여자 하나를 데리고 왔다. 캐서린이 인디아와 함께 밤마다 외출을 다니던 시절에 극장에서 본 적이 있는 여자로, 이름은 엘시 커러더였다. 안토니오는 자기가 쓰는 방 바로 옆 스위트룸을 커러더에게 쓰게 했다. 그들은 그 방에서 빈티지를 마시고 서로의 옷을 찢으며 밤을 보냈다. 그러나 커러더는 무식한 여자라 기나긴 저녁 식사와 시 낭송에 곧 진저리를 쳤고, 안토니오와 합의를 했는지 둘 다 아래층에서 랄프 부부와 함께 식사하는 것을 그만두었다. 랄프는 젊은 사람들이라 그렇다고, 자기도 젊었을 때 그렇게 살았다고 이해했다. 랄프는 3천 마일 떨어진 유럽을 여행하면서 부모님 집으로 방탕한 삶의 표식을 달고 들어온 적이 없었지만, 안토니오에게 비난 한마디 하지 않았다. 캐서린은 안토니오가 눈앞에 얼씬거리지 않아 마음이 놓였다. 다시 랄프와 둘이서 편안하게 저녁 식사를 하고 대화를 나눌 수 있어 좋았다.

얼마 후 안토니오는 커러더에게 싫증을 냈다. 랄프는 그녀에게 상당한 액수의 돈을 쥐어주고 기차에 태워 시카고로 돌려보냈다. 안토니오는 또다시 할 일이 사라져버렸다.

"트루잇 여사, 내가 비소 가루를 구했어. 우리 계획대로 해야지. 안 그러면 아버지한테 사실대로 모두 말할 거야."

"하고 싶으면 혼자 알아서 해."

"돌아온 탕아더러 아버지를 죽이라고? 제대로 될 리가 없잖아. 나는 당신하고는 달리 그런 면에서는 소심하거든. 그러니까 말이야 나는 당신이 필요해. 치마가 계단을 스치는 소리만 들어도 다시 당신을 안고 싶어진다고."

"과거는 죽었어."

"아니, 그렇지 않아. 절대 죽지 않았어."

"난 못한다니까."

안토니오가 캐서린의 목에 손을 댔다.

"날 사랑한다고 말해."

캐서린이 뺨을 때렸다.

안토니오는 미소를 지었다.

"아니란 말 못하겠지?"

안토니오는 남들이 자신을 숭배하고, 자신에게 안달하는 데 익숙했다. 그의 심장은 복잡 미묘한 사랑의 감정을 알지 못했다. 애정에 이끌린 적도 없었다. 욕망은 과장되고 극적인 쾌락을 동반하지만, 따뜻한 사랑은 끝없는 현실이기에 금방 싫증을 냈다. 매시간 꾸준히 뛰는 심장박동과 같고, 자극적인 사건들로 이루어진 감정이 아니기 때문에 안토니오는 따분해했다. 그는 원하는 것을 손에 넣거나 자기 뜻대로 할 수 있게 되면 곧 어디가 망가진 것처럼 무기력해졌고, 절망과 분노에 휩싸여야만 우리에 갇힌 호랑이처럼 정신이 드는 사람이었다. 늘 새로운 자극, 새롭게 정복할 대상을 찾아다녔으나 감정적으로는 늘 빈곤했다.

랄프는 안토니오가 결혼반지를 손에 낄 일이 없을 것이라는 것을 알게 되었다. 가정을 꾸리고 단순한 행복을 추구하는 일은 안토니오에게 의미가 없었다. 그저 새로운 쾌락을 끝없이 찾아 이 여자 저 여자 품으로 옮기며 일생을 보낼 것이다. 찬란한 외모가 빛을 잃고 욕망이 사그라질 때까지 그렇게 허무하게 살 것이다. 열정을 넘어서는 차분한 사랑을 평생 알지 못할 것이다.

사랑은 심장의 상처를 감싸는 붕대와 같았다. 눈에 보이지도 자세히 묘사할 수도 없지만 일상적인 시간의 흐름 밖에서 끝없이 이어지는 감정이었다. 랄프는 낮에 사무실에서 일하는 동안 사랑과 두려움이 뒤섞인 마음으로 캐서린을 생각했고, 집으로 돌아가서 그녀를 볼 수 있다는 생각에 마음이 푸근해졌다.

안토니오는 그런 감정을 알지 못했다. 그의 어머니는 성적인 쾌락을 추구하다가 세상을 떠났다. 그녀는 자신을 나락으로 떨어뜨렸고, 그녀의 지독하게 망가진 삶의 부산물이 바로 안토니오였다. 그리고 섹스를 최우선으로 하는 삶을 고수하다가 결국 외롭고 빈곤하게 죽고 말았다. 쾌락이 아닌 편안함을 추구하는 섹스를 알지 못한 것이다.

랄프는 오랫동안 억눌렀던 열정이 다시 가슴에 피어오르는 것을 느꼈다. 거짓말하고 다른 인물인 척 연기하는 캐서린이라는 여자에게 강렬하게 이끌렸다. 환희로 가득찬 꿈을 꾸다가 아침에 기분 좋게 깨어났다. 랄프는 그녀의 손에 죽음을 맞고자 했으나 새 삶을 얻었다. 캐서린은 죽음을 선사할 매개자였다. 그러나 그를 새로운 삶으로 이끌었다. 랄프는 자신이 서 있는 자리를 명확히 인식했다.

랄프는 날이 갈수록 건강해졌고 부유해졌으며 영향력이 강해졌다. 시간이나 때우고, 아버지를 외롭게 죽게 내버려둔 것에 대한 죄책감과 의무감으로 해왔던 사업에 이제는 열정을 쏟아부었다. 랄프는 두 팔을 펼치고 양손 가득 돈을 벌어들였다. 재료를 사들이고, 부수고, 저장하고, 건축하면서 영향력을 점점 키웠다. 이것이 바로 그의 모습이며, 미국이라는 나라가 그에게 준 삶이었다. 이제 그는 안토니오가 그런 삶을 살기를 바랐다.

"지겨워요."

"나도 지겨워했어. 하지만 하다 보니까 잘하게 되었고 흥미도 생긴 거야. 그런 게 삶이고, 그런 게 바로 일이라는 것이고. 남들도 다 그렇게 살지."

"그렇게 살고 싶지 않아요. 내 체질도 아니고요."

"이 나라 전체가 건축과 함께 성장하고 있어. 소유하고 통제할 수 있는 것들이 굉장히 많아. 농장과 도시에는 어디로 가야 할지 모르는 사람들이 있고, 그들은 누군가가 방향을 제시해주는 빛이 되길 바라고 있어."

"아버지나 하세요. 그 사람들이 아버지를 따라서 지옥으로 떨어지면 되겠네요. 내 알 바는 아니지만요."

랄프는 무한한 인내심과 끝없는 사랑으로 안토니오를 설득했다. 재앙과도 같았던 젊은 시절에 그나마 산 채로 건져낸 유일한 사람이 바로 안토니오였다. 그를 이 세상에 붙잡아둘 수만 있다면 무슨 일이든, 어떤 모욕이든 견딜 생각이었다.

랄프는 죽기를 바랐지만 인생은 다시 생명과 힘, 열정으로 채워졌다. 그는 기차역 플랫폼에서 사랑하는 이도 없이 군중에 둘러싸여 외롭게 서 있는 짓은 다시는 하고 싶지 않았다. 자신을 위해 일하는 이들에게, 그들 아내와 아이들에게 다시는 연민의 대상이 되고 싶지 않았다. 다시는 쑥덕거리는 대상이 되지 않을 것이다.

저택은 나날이 새로와졌다. 세탁부, 안토니오를 위해 일하는 하녀, 주방 일을 추가로 도울 보조를 포함해서 라슨 부인을 거드는 조수가 둘에서 여섯으로 늘어났다. 캐서린은 시카고로 사람을 보내 정원사를 한 명 고용했는데, 그 정원사가 열대식물들을 가져와 온실에 심었다. 얼마 후 뜨거운 오후 햇살 속에서 오렌지와 재스민 꽃이 피어났다. 온실 안은 습도가 높았고, 고운 소리로 지저귀는 새들이 가지 사이로 날아다녔다. 그 안에 있으면 뼛속까지 따뜻해지고 남은 통증이 사라지는 기분이 들었기 때문에 랄프는 오후마다 온실에 들어가 앉아 있었다.

캐서린은 무겁고 낡은 다마스크 커튼을 떼어내고 가벼운 커튼을 달아 집 안으로 햇빛이 더 많이 들어오게 했다. 침대를 둘러싼 비단 커튼을 다른 시대에 온 것 같은 화려한 중국풍 커튼으로 교체했다. 무척이나 이국적이고 화려해서 침대에 누워 있으면 랄프와 캐서린은 자신들만의 도원경^{무릉도원처럼 아름다운 경지}에 온 느낌이었다. 침대는 그들만의 순전한 욕망으로 이루어진 왕국이었다.

시카고에서 온 재봉사들이 옷본 책과 값비싼 직물을 가져와 캐서린에게 원피스를 만들어주었다. 원피스 모양 자체는 그리 화려하지 않았다. 랄프에게는 하얀 소매와 목깃, 금 칼라 단추가 달린 멋진 줄무늬 셔츠들을 만들어주었다.

그들은 부유했다. 딱히 부를 과시할 필요를 느끼지 못했지만, 부자들이 사는 방식대로 살면서 편안함을 느꼈다. 랄프는 생활습관을 바꾸지 않았다. 브랜디로 체력을 어느 정도 회복했다는 판단이 서자 다시 술을 끊었다. 음식은 원하는 만큼이 아니라 필요한 만큼 섭취했다. 식사 때마다 나오는 요리는 매우 훌륭했다. 저택 안으로 드는 햇볕은 날이 갈수록 찬란해지고 회사도 나날이 번창했다.

그러나 랄프의 마음은 안토니오에게 전달되지 않았다. 그는 안토니오를 찾아서 집으로 데려오겠다는 희망을 오랜 세월 품었다. 그러나 막상 돌아온 안토니오는 이 집을 증오했고, 가문의 사업을 혐오했으며 랄프의 아내와 하인들에게 무례하게 대했다. 그러나 랄프는 서두르지 않았다. 수년간 남는 게 시간뿐인 삶을 살았기에, 추위에 쉽게 굴복하지 않고 허리를 꼿꼿이 펴는 법을 알고 있었다.

매일, 겨울은 조금씩 물러나고 있었다. 들판에서 그루터기들이 다시 생명의 기운을 내뿜었고, 오후의 햇살은 점점 길어졌다. 아직 얼음이 검은 강을 덮고 있지만, 곧 감옥 문이 열리는 따뜻한 첫날을 기다릴 것이다. 그리고 그날 여자들은 여름 원피스로 갈아입을 것이다. 곧 다가올 미래의 모습이었다.

안토니오가 마차를 모는 법을 배워서는 곧장 진흙길 너머 마을로 향했다. 밤마다 마을을 돌아다니더니 앨버슨 부인이라는 젊은 과부를 만나기 시작했다. 2년 전에 남편이 자살하는 바람에 아기와 둘만 남게 된 여자로, 그녀의 맹렬한 성욕이 안토니오의 구미를 당겼다. 그 둘의 만남을 두고 마을에 소문이 자자하게 퍼졌다. 랄프도 그 추문을 들었고, 그 일과 관련해 자신의 이름이 다시 사람들 입에 오르내리자 상처를 받았다. 랄프는 안토니오의 행실에 제동을 걸려고 대화를 시도했다.

"그 여자 남편이 스물다섯 살에 죽었다더구나. 그런데 그 여자는 남편이 죽은 후에 아들을 낳았어. 아마 가슴에 아직 상처가 아물지 않았을 거야."

"나랑 같이 있는 걸 좋아해요."

"알아보니 자선 기관에 생계를 의탁하고 있던데. 물론 너와 같이 있는 걸 좋아하겠지. 하지만 사람들이 너에 대해서 떠들고 있어."

"아버지에 대한 평판이 걱정돼서 그러시나본데, 난 그런 거 관심 없어요. 내가 알기로 아버지는 지켜야 할 평판조차도 없는 사람이에요. 난 하고 싶은 대로 할 겁니다."

"차라리 유럽으로 가거라. 그곳은 앨버슨 부인 같은 여자들이 널렸어. 그런 관계에 대해 좀 더 잘 알고 있는 여자들이니까 너도 더 기분 좋게 즐길 수 있을 거야. 나도 유럽에서 살 때 즐거웠어. 거기 여자들은……."

"아버지와 트루잇 여사만 남겨놓고, 이 재미있는 생활을 그만두고 떠나라고요? 왜요?"

"왜냐하면 앨버슨 부인은…… 그 부인 이름이 뭐지?"

"바이올렛이요."

"왜냐하면 바이올렛 앨버슨은 지금보다 나은 대접을 받아야 하니까. 누구나 그렇지만. 넌 사업에 마음이 없는 것 같으니 너한테 줄 수 있는 건 돈뿐이다. 세계를 돌아다니면서 여유롭게 살도록 충분히 돈을 주마. 마음껏 돌아다니면서 돈을 실컷 쓰고 한번 살아봐. 그러면 가슴속 열정도 다 소진될 테니까."

랄프는 안토니오 나이였을 때 무절제한 생활을 타의로 그만두고 집에 돌아와 사업을 물려받았다. 처음에는 잘하지 못했으나 일을 배우면서 차츰 나아졌다. 지금은 사업이 곧 랄프의 인생이고, 이탈리아는 아득한 추억의 장소였다. 안토니오는 아는 이도 없고 말도 잘 못하고 마땅히 거처할 곳도 없는 외국에서 사는 것을 간절히 소망할 나이였다. 지금까지 금전적으로 쪼들리는 생활을 했으니 새로운 인생을 꿈꿀 기회도 없었을 것이다. 예전에 살던 곳을 전부 정리하고 위스콘신으로 왔기 때문에 다시 돌아갈 곳도 없었다.

안토니오는 원하는 것을 얻어낼 방도가 없자 분노가 치밀었다. 옛 친구들은 안토니오를 부러워할 테지만 지금 이곳은 그들이 부러워할 만한 곳이 아니었다. 이곳에는 랄프 트루잇의 비위를 맞추면서 다음에 크게 벌일 사업투자금을 받으려고 찾아오는 주지사와 상원의원들, 입에 시가를 문 늙고 피곤에 절은 배불뚝이 사업가들만이 드나들 뿐이었다.

안토니오는 과부 집과 저택을 오가며 살았다. 그런 자신의 모습이 아버지의 영혼을 망가뜨린다는 걸 알면서도 개의치 않았다. 그러나 증오와 탐욕 사이의 아슬아슬한 균형은 오래 지속될 수 없었다. 곧 끝이 다가왔다.

바이올렛 앨버슨이 저녁 식사를 하러 저택에 왔다. 몹시 수줍어하고 조심스러워했으며, 화려한 요리와 웅장한 저택에 압도당한 듯했다. 캐서린은 그녀를 데리고 다니며 집 구경을 시켜주었다. 바이올렛은 고운 소리로 노래하는 새와 열대식물로 가득한 온실에 가장 매료된 듯했다. 식사 중에 어떤 스푼과 포크를 사용해야 하는지도 잘 몰랐다. 랄프는 온화하고 친절한 목소리로 장차 어떤 계획이 있는지, 더 나은 삶을 위해 어떤 식으로 살 것인지 물었다. 그리고 바이올렛 본인의 삶과, 앞으로 교육을 받으면 사업 쪽에서 대단한 인물이 될 수도 있는 아름다운 청년의 삶에 대해서도 이야기를 나누었다.

마을까지 4마일이나 되고, 날이 이미 어두워진데다가 길이 진흙투성이니 자고가라고 캐서린이 제안했지만, 바이올렛은 굳이 거절하고는 빌린 경마차를 직접 몰고 저택을 떠났다. 저택에서 서로 한마디도 주고받지 않았지만 바이올렛은 안토니오가 자신에게 조만간 청혼할 것이라 믿으며 집으로 돌아갔다.

그러나 저녁 식사를 마친 후 안토니오는 바이올렛 앨버슨에게 싫증을 느꼈다. 그 여자는 애가 있었고 대화도 통하지 않았다. 또 허영심을 자극할 만큼 예쁘지도 않았다. 안토니오는 바이올렛에게 편지를 보내 앞으로 다시는 만날 생각이 없다는 뜻을 알렸다. 편지로 이별을 고한 것이다.

다음 날 앨버슨은 2인용 침대가 있는 허름한 집 다락방에서 남편이 자살할 때 사용했던 그 대들보에 목을 매달았다. 그때 그녀의 아기는 바닥 누비이불에 누워 잠들어 있었다. 목매기 전 아들에게 젖을 먹였는지 원피스 앞 단추가 풀어져 있고 젖가슴이 나와 있었다. 아기의 자지러지는 울음소리에 이웃들이 몰려왔다. 지역 신문에는 남편을 잃은 슬픔을 가누지 못해서 바이올렛이 자살했다고 기사가 났다. 랄프와 캐서린은 잘 알지도 못하는 이 여인의 초라한 장례식에 참여했고, 그동안 안토니오는 집에서 피아노를 치고 있었다.

23

남쪽에서 점점 따뜻한 바람이 불어오고 있었다. 밤은 여전히 길고 추웠지만 눈이 녹으면서 땅이 보였다. 랄프는 햇살이 남아 있는 내내 차를 닦고 제대로 작동하는지 확인하느라 헛간에서 시간을 보냈다. 겨울은 너무도 길었다. 랄프는 안토니오의 차를 가져와 저택 부지 내 긴 차로에서 운전법을 가르쳤다. 덕분에 안토니오는 처음으로 기계라는 것을 다루게 되었다. 안토니오의 자동차는 가죽 커버, 황동과 크리스털 램프, 뒷좌석의 꽃병에 이르기까지 공들여 만든 멋진 차였다. 그는 랄프와 함께 그 차를 타고 저택까지 이어지는 곡선 도로를 오르내렸다. 그 차 덕분에 랄프와 안토니오는 작은 평화를 맛보았다. 그들은 처음으로 서로에게 편하게 대하려고 노력했고 대화도 시도했다.

"내가 너한테 정말 몹쓸 짓을 했다."

"아버지도 그땐 화가 났으니까요."

"그래 화가 났지. 몹시 화가 났는데 네 엄마는 집을 나가버렸어. 나는 네 엄마를 온 마음을 다해 사랑했다. 그것만은 믿어다오. 진심으로 사랑했어. 그런데 네 엄마가 집을 떠나버리자 눈앞이 캄캄해졌지."

"나는 집에 혼자 남겨졌죠."

"그래, 네 누나는 죽고 네 엄마는 집을 나갔어. 나는 집에 혼자 남겨진 어린 너에게 슬픔과 분노를 풀었어. 그 일을 내내 후회했다."

"잘 잊고 사시는 것 같던데요."

"10년 동안 네 행방을 계속 찾았어. 안 살펴본 곳이 없을 정도로."

"돈도 많이 들었겠네요."

"상관없어. 네가 떠난 후, 아니 도망친 후에야 내가 얼마나 끔찍한 짓을 저질렀는지 깨달았지. 아무리 돈을 많이 들인다고 해도 그때 일을 없었던 걸로 할 수는 없겠지. 넌 아무 잘못도 없이 학대를 당했으니까."

아버지와 아들이 함께 추는 느린 춤. 그들의 대화를 타고 회한과 응징으로 점철된 옛 노래가 흘렀다. 어느 날은 밤늦게 대화할 때도 있었다. 캐서린은 이미 위층으로 올라가 잠자리에 들었고, 랄프 옆에 앉은 안토니오는 여지없이 술에 취해 있었다.

"아버지는 결혼을 하셨네요."

"내가 결혼을 해서 집이 안정되면 네가 돌아오는 데 도움이 될 거라고 생각했다. 외롭기도 했고. 매일 고독하고 사랑받지 못해 슬펐지. 사랑 없는 삶이 어떤지 넌 모를 거다. 마음이 시들고 이성을 잃어버리지. 나도 남들처럼 사랑하며 살고 싶었어. 삶의 동반자, 마음으로 함께할 사람을 원했어. 나 자신 말고 다른 사람과 마음을 나누고 싶었지."

"그래서 좋으세요? 젊디젊은 트루잇 여사랑 사니까 행복하세요? 그 여자에 대해 제대로 알기는 해요?"

"캐서린은 편안한 삶을 살지 못했어. 지금이라도 편안한 삶을 줄 수 있어서 기쁘다. 그리고 결국 캐서린이 너를 집으로 돌아오게 했 잖니. 그 여자는 내 아내야. 그래, 행복하구나."

"아버지보다 훨씬 어리잖아요."

"너만 좋다면 캐서린이 너와 친구처럼 지낼 수도 있을 거야."

"트루잇 여사 아니라도 난 친구들이 많아요. 그 친구들이 여기서 살지 않아서 문제지만. 아버지는 내 눈이 핏물로 뒤덮여 앞이 보이 지 않을 때까지 때렸어요. 방에 가두기도 했고요. 어머니가 어디로 갔는지, 왜 갑자기 내게 끝없이 폭력을 휘두르는지 이유도 설명해 주지 않았어요."

"미안하다."

"시간이 약이라 미안하다는 말로 될 것 같으면 정말 좋겠어요. 그 런데 내 마음은 그렇지가 않아요. 아버지가 오늘 밤에 죽는다고 해 도 나는 아버지 장례식에 가지 않을 거예요."

"넌 아주 큰 재산을 물려받게 될 거야."

"사랑스러운 트루잇 여사 말고는 아버지 죽음을 애도할 사람도 없을 걸요. 나는 눈물 한 방울 안 흘릴 테고. 아버지 앞에서 설설 기 는 그 사람들도 마찬가지일 테고요."

아들은 독설을 퍼부었지만 그래도 말을 주고받았으니 대화는 시 작되었다. 랄프는 매일 안토니오가 자신을 용서하고 사랑하는 쪽으 로 마음이 바뀔지도 모른다는 희망을 품었다. 랄프는 정직한 사람 이기에 간절한 진심이 통할 것이라 믿었다. 그러나 안토니오에게 랄프는 낚싯대 끝에 걸린 물고기였다. 안토니오는 아버지 입에 미늘을 물리고 줄을 당겼다 풀었다 하며 재미있어 했다.

안토니오는 많은 것을 원했다. 어린 시절에 겪은 많은 사건이 애초에 일어나지 않았기를 바랐다. 어머니가 바람을 피우지 않고 아름답고 고결한 모습으로 살아주었기를, 자신을 잘 돌보며 키워주었기를, 자신을 같이 데리고 떠나주었기를, 소년 시절이 달리 전개되었기를 바랐다. 무엇보다도 어머니가 비참한 모습으로 죽지 않았기를, 자기와 함께 살면서 서글프고 비통한 일을 겪지 않고 편안하게 살았기를 바랐다. 랄프의 매질은 아무래도 상관없었다. 매질 덕에 안토니오는 자신의 생부보다 더 강해질 수 있었다. 다만 잃어버린 것들이 안타까울 뿐이었다.

안토니오는 랄프가 위층 침실로 올라가 자기의 옛 애인과 섹스하며 위안을 받는 동안 술에 취해 난롯불 옆에 앉아 눈물을 흘렸다. 행복했던 소년 시절과 그때 누렸던 단순한 즐거움을 생각하며 울었다. 어렸을 때 놀던 놀이방에 들어가 흔들 목마, 동물 모양 봉제 인형, 나무 보트, 양철 병정 장난감들을 하나하나 쓰다듬으며 싸움에 진 자신의 처지를 슬퍼했다.

어렸을 때 놀던 놀이방 바닥에 앉아 브랜디 병을 손에 들고 우는 것은 매질이 생각나거나 외로움 때문이 아니었다. 잃어버린 시간이 아쉬워서, 돌려받을 수 없는 시간이 안타까워서였다. 그랬다. 랄프는 안토니오를 위해 뭐든 해줄 것이고, 미래는 지금보다 나을지도 모른다. 그렇지만 분노로 가득하고 비참하고 고통스럽지 않아도 됐을 어린 시절, 그 잃어버린 시간은 돌려받을 수 없었다. 그것은 돈으로도 해결할 수 없고, 랄프가 어떤 말을 해도 되돌릴 수 없었다.

안토니오는 끝없는 슬픔 속에서 성적인 쾌락과 비슷한 감정을 느꼈다. 그리고 눈물을 쏟으면서 위안을 받았다. 그는 섹스가 아니라 슬픔에 잠김으로써 해방감을 맛보았다. 왜 그렇게 행동하며 살았는지는 자신도 알 수가 없었다. 아무래도 상관없었다. 자신과 똑같은 인생을 살지 않았다면 누구도 자신에게 어떻게 살아야 한다고 말할 자격이 없었다.

어쩌면 랄프가 옳을 수도 있다고 생각했다. 앞으로 인생이 달라질 수도 있지 않을까. 어차피 지금껏 살면서 대단한 기쁨이나 마음의 평화를 누린 적도 없지 않은가.

안토니오는 놀이방에서 눈물을 흘리면서 사랑이라는 것을 향해 두렵고 조심스런 첫걸음을 떼었다. 사랑이 무엇인지는 모르지만, 랄프에 대한 감정이 조금씩 달라지기 시작했고 맹목적인 증오가 아닌 다른 감정이 느껴졌다. 안토니오의 내면은 어린아이처럼 아버지와 어머니를 원하고 있었다.

놀이방 바닥에 쓰러져 자다가 아침에 눈을 떴다. 머리가 지끈거렸다. 어렸을 때 덮던 누비이불이 덮여 있었다. 안토니오는 슬픔으로 몸을 떨었고 가끔 자신의 행동을 후회하기도 했다. 다른 사람이 되기를 바라기도 했다.

단단히 결심하고 집에서 도망친 이후 더 이상 학대를 당하진 않았지만, 안토니오는 줄곧 스스로 학대하는 삶을 살았다. 만약 랄프가 자신을 죽이려고 했다면, 안토니오는 가슴에 품은 슬픔에도 불구하고 기꺼이 최선을 다해 죽었을 것이다. 흐릿한 밤과 낮, 여자들, 방탕한 삶을 견디기가 너무 버거웠다. 랄프가 안토니오를 다시 사랑하기 시작한 후로 그에게 남은 것은 자기 파멸뿐이었다.

멋진 인생을 살 수도 있다는 생각은 지금껏 해본 적이 없었다. 부유한 젊은이로서 로마에서 공주와 결혼을 한다든지, 남태평양으로 향하는 증기선 갑판에 사랑하는 이와 함께 서서 시원한 샴페인을 마신다든지, 삶이 즐거워질 만한 어떤 행동을 해본다든지, 신나는 인생을 창조해본다든지, 그런 생각은 그에게 실현 가능성 없는 환상에 불과했다.

사랑은 영원히 사라졌다. 창문 너머로, 손이 닿을 수 없는 곳에, 저 높디높은 가지에 매달린 과일처럼 멀어졌다. 사랑이 있어야 할 자리엔 비극으로 점철된 성적 쾌락만 남았다. 안토니오는 고개를 숙이고 브랜디를 마시며 자신의 인생을, 어린 시절을, 이제 와서 새삼 아버지가 되려는 한 남자의 친절을, 어머니의 잃어버린 아름다움을 애도했다. 저택에 있는 화려한 방들을 돌아다니면서 이곳이 자기 집이 아님을 깨달았다. 그가 머물 곳은 없었다. 그가 살 수 있는 곳이 아니었다.

안토니오의 바람은 밤도 낮도 아닌 시간에 아무런 특색 없는 작고 어둡고 따뜻한 방에 들어가 눕는 것, 여자들과 탐욕스런 섹스를 하다가 죽는 것이었다. 육신을 술에 절이고 싶었다. 그가 세상에서 제일 사랑하는 것이 바로 다른 인간의 부드러운 손길이기에 그것을 누릴 수 없는 지금이 몹시 고통스러웠다. 수천 번 연인과 섹스를 하며 부둥켜안고 있다가 죽고 싶었다.

캐서린. 안토니오에게 캐서린은 마약이며 그가 간절히 원하는 독이었다. 재미 없는 여자지만 그녀의 비밀을 알고 있기에 특별했다. 캐서린은 항상 저택 안에 머물면서 바느질을 하거나 시카고에서 배송된 책들을 읽었다. 캐서린은 안토니오를 버렸다. 그를 배신하고 황금빛 약속을 저버렸다.

캐서린은 매일 밤 그의 아버지 침대에서 잠을 잤다. 그의 아버지는 그녀와 섹스를 하고 그녀에게 사랑한다고 말했다. 안토니오는 사랑한다는 그 말을 소리 내어 말한 적도, 속으로 말한 적도 없었다. 이 세상 모든 여자를 차지하는 것으로는 성에 차지 않았다. 안토니오가 원하는 여자는 오직 캐서린뿐이었다.

캐서린은 일부러 안토니오를 피했다. 랄프가 출근하면 방 안에 틀어박혀 바느질만 했다. 식탁에서도 낯선 사람처럼 앉아서, 안토니오가 자기를 침대에 묶을 때 사용했던 벨벳 끈이라든지, 한순간 타올랐던 불같은 열정 따윈 기억도 없다는 듯, 그와 데면데면하게 말을 주고받을 뿐이었다. 안토니오의 슬픔은 끝이 없었고, 캐서린에 대한 욕망은 강렬하고 거대했다.

랄프가 마을로 간 후, 안토니오는 캐서린에게 마음을 열어보였다. 이 집으로 돌아온 후로 자신이 어떻게 달라졌는지, 오래전에 다 아물었다고 생각한 마음의 상처가 어떻게 다시 벌어졌는지를 이야기했다. 어린 시절 파괴와 학대를 일삼았던 랄프가 잘못을 뉘우치며 차분히 앉아 있는 모습을 보는 것만으로도 치가 떨리게 두려웠다고 털어놓았다. 자신의 인생이 이렇게 비참하지 않을 수도 있었다는 것, 지금부터라도 상황이 달라질 수 있다는 것을 생각하면 겁이 난다고 말했다.

캐서린은 인내심을 가지라고 충고했다. 오래된 상처는 시간이 지나야 낫는다고 말해주었다. 그들은 랄프의 죽음에 대해서는 더 이상 논의하지 않았다. 안토니오는 자기 방에 시카고에서 가져온 비소가 있다고 말했다. 밤늦은 시각, 아버지가 그녀와 잠을 자는 동안 보르도에 취해 혼자 있다 보면 비소가 든 유리병을 손에 쥐고 냄새를 맡으면서 죽음을 갈구하게 된다고 고백했다. 자신의 다리에 버튼이 있어서 그것을 눌러 자신을 소멸하고 애초에 존재하지 않은 상태로 되돌릴 수 있다면, 그 버튼을 누르고 싶다고 말했다. 안토니오가 자살을 염두에 둔다는 것을 알고 캐서린은 크게 놀랐다. 캐서린은 자동차를 운전할 줄 아니 어디든 갈 수 있지 않느냐고, 앞으로의 인생이 너를 기다리고 있다고 조언했다. 캐서린은 그의 말을 한마디도 이해하지 못했다. 캐서린은 아무것도 아닌 주제, 육감적이고 덧없기만 한 주제로 수시간을 이야기하던 예전의 그 여자가 아니었다.

침묵이 안토니오를 뒤덮고 그의 목을 졸랐다. 아침마다 면도칼이 그를 죽음으로 초대했고, 밤마다 비소가 최음제처럼 그를 유혹했다. 외로움은 섬뜩한 고통이었으나 마을로 가서 시간을 때우지 않았다. 아래층으로 내려와 아버지가 시카고에서 불러들인 착실하고 젊은 여자들과 어울리지도 않았다. 그 여자들은 은행가 아버지들 옆에 나란히 앉아서 예의 바르고 고운 목소리로 웃었지만 성적 매력이 하나도 없었다. 그 여자들에겐 어둠이 없었다. 밝기만 한 여자들은 안토니오에게 쓸모가 없었다.

안토니오는 유서를 써서 책상 서랍에 넣고 자물쇠로 잠갔다. 아버지에게 보여주려고 캐서린의 과거를 세세하게 기록한 편지도 썼다. 캐서린과 아버지의 인생을 단번에 끝장낼 수 있는 편지였으나 잠시 후 그 편지를 불태워버렸다.

갈 곳을 잃은 안토니오는 지독하게 외로웠다. 소름끼치는 인생을 버티고 사느라, 자신을 경멸하는 사람들 사이에서 고개를 빳빳이 들고 다니느라, 자기애가 대단한 사람인 척하느라 지쳤다. 이 말을 몇 번이고 되뇌면서, 이런 생각을 하는 것조차 하찮다는 것을 깨달았다. 어느 날 밤, 그는 밤늦게 술에 취해서 랄프에게 속마음을 얘기했다.

"나는…… 다른 사람이 되고 싶었어요. 가출해서 다르게 살려고 했는데 안 되더라고요."

"우린 누구나 다른 사람이 되고 싶어 해. 좀 더 용감한 사람, 좀 더 잘생긴 사람, 좀 더 똑똑한 사람이 되고 싶어 하지. 아이들 때는 누구나 그래. 운이 좋으면 나이를 먹으면서 그 생각에서 벗어나지만, 운이 나쁘면 평생 그런 생각을 하면서 고통스런 삶을 살지. 내가 어렸을 때 어떤 사람이 되고 싶었는지 아니? 시골뜨기가 아니라 우아한 신사가 되고 싶었어. 남들에게 사랑을 받으면서 상처 입지 않고, 하고 싶은 대로 살고 싶었지. 이런 삶을 원했던 게 아니야. 지금처럼 사업가로 살 생각은 해본 적이 없었어. 백작 부인과 결혼해서 언제까지나 행복하게 살고 싶었는데, 결국 그러지 못했지. 안토니오, 너는 재능을 발휘하며 살아봐. 누구나 그러고 싶어 해. 넌 충분히 재능이 있어."

"내 마음은 항상 고통스럽고 아파요."

"미안하다. 어떻게 해줄 방법이 있으면 좋으련만……."

"없어요."

"그래, 안다."

그것은 끝없는 길이며, 결론 없는 대화였다. 외국인과 며칠 동안 함께 지내면서 그 사람 속내를 얼마나 이해할 수 있을까? 아들은 이야기를 했고 아버지는 귀를 기울였지만, 그 이야기가 마음에 제대로 닿지 못했다. 슬픔에 잠긴 아들과, 그 아들을 안쓰러워하는 아버지가 그저 함께 시간을 보냈을 뿐이었다.

'다 흘려보내자.' 안토니오는 밤늦은 시각에 놀이방 바닥에 홀로 드러누워 중얼거렸다. 규칙적인 삶을 살아보자. 편안하고 평범하게 살아보자. 시카고에서 온 여자들과도 대화를 나눠보자. 차를 타고 나가 돌아다니며 마을 사람들의 부러움을 받아보자. 어두운 밤과 수천 명의 여자들을 포기하고 사업을 배워보자. 그러나 머나먼 해변을 바라보며 생각만 할 뿐, 그 해변까지 갈 의지는 없었다.

캐서린 생각이 머릿속을 떠나지 않았다. 그녀를 처음 만났을 때 안토니오는 소년에 가까운 청년이었고, 캐서린은 좋은 기회를 잡으려는 우아한 창녀였다. 캐서린은 매력이 넘쳤고 세련되었으며 세상 돌아가는 이치를 잘 알았다. 안토니오는 아무것도 알지 못했다. 캐서린은 그에게 셔츠를 사주었다. 옷 입는 법, 레스토랑에서 식사를 하면서 눈을 내리뜨고 말하는 법을 가르쳐주었다. 그의 몸이 얼마나 복잡하고 미묘한지도 알려주었다. 캐서린은 한동안이지만 그를 안전하게 지켜주었다. 그리고 괴물들이 그를 잡으러 왔다. 결국 그는 잔인하고 끈질기며 악행을 일삼는 괴물이 되어버렸다. 순수하고 희망에 차 있던 예전의 자신을 캐서린이 보았기에, 그녀도 순수와 희망을 믿는 여자였기에 그는 캐서린에게 달려들어 끊임없이 상처를 입혔다. 캐서린은 말없이 용납했다. 그 생각을 하자 안토니오는 뜨거운 납처럼 슬픔이 타올랐다.

어느 날 아침, 맑은 정신으로 눈을 뜬 안토니오는 랄프를 따라 사무실에 나가 그 옆에 앉아서 랄프가 재산을 불리는 모습, 랄프가 직원들 불평에 귀를 기울이면서 공평하고 자애롭게 문제를 해결하는 모습을 바라보았다. 마치 그림을 바라보듯이. 어떤 움직임도, 소리도 없었다. 랄프는 아들이 사업에 관심을 갖게 되었다고 생각했다. 오래전 그가 부친과의 협상을 받아들였듯이 아들도 현실을 받아들인다고 생각했다. 그러나 다음 날 아침, 안토니오는 랄프의 사무실에 갔던 일을 기억하지 못했다. 그 사무실에서 어떤 얘기를 나눴는지, 사무실 모습이 어땠는지도 머릿속에 없는 듯했다.

안토니오의 생부는 어머니를 버리고 돈 많고 젊은 과부에게 갔다. 생부는 그에게 얼굴 없는 남자였다. 생부는 피아노 선생이었고 성은 모레티이며, 안토니오에게 생명을 주었다. 이 랄프라는 남자는 사실상 남인데도, 안토니오는 12년 넘게 오직 그의 죽음을 바라며 살아왔다. 물건을 매매하고 처리하는 이 남자가 다정하게 말을 건넬 때마다 안토니오는 참을 수가 없었다.

안토니오에게는 캐서린만이 유일한 현실이었다. 그러나 캐서린마저 다른 사람으로, 안토니오가 알지 못하는 사람으로 변해버렸다. 그러나 그녀의 살갗은 예전 그대로일 것이다. 랄프에게 매질을 당할 때의 손맛을 기억하듯, 랄프 입에서 쏟아지던 분노에 찬 욕설을 기억하듯, 안토니오는 캐서린의 살결을 기억했다. 그녀가 과거에 어떤 여자였는지 그 살갗에 고스란히 담겨 있을 것이다. 캐서린은 안토니오에게 세상 전부였다. 그녀를 놓아줄 수 없었다. 지금은. 아니, 앞으로도 영원히.

24

안토니오는 캐서린을 찾아 온실로 들어갔다. 늦은 오후, 새들이 가지를 옮기며 지저귀고 재스민은 진한 향기를 풍겼다. 따뜻한 온실 속에서 장미들이 봉오리를 맺기 시작했다. 캐서린이 세인트루이스에서 사온 커다란 양치식물과 야자나무 잎 사이로 저녁 햇살이 파고들었다. 온실 창문은 안개 낀 듯 뿌옇게 습기가 차 있었다. 중국 분에서 자라는 난초도 보였다. 그 속에서 캐서린은 검정에 가까운 진청색 모직을 무릎에 얹어놓고 바느질을 하고 있었다. 고운 모직이 주름을 이루며 붉은 대리석 바닥을 덮었다.

안토니오는 캐서린의 발치에 앉았다. 애정을 갈구하는 개처럼 참을성 있게 호의적으로 굴었다. 굴욕을 감수하고 기꺼이 이런 행동을 하는 자신이 부끄럽기도 했다. 캐서린이 옷이 다 만들어졌을 때 어떤 모습일지 미리 그림으로 보여주었다. 옷은 거의 완성된 상태였다. 바닥에서 목까지 단추가 줄줄이 길게 붙어 있고, 가볍고 투명한 흰 천으로 목깃과 소매를 만들어 붙인 우아하고 단순한 원피스였다. 앞쪽 허리 부분까지 주름이 잡혀 있었는데, 주름을 잡기 위해 꿰맨 자국은 바늘땀 간격이 촘촘해서 거의 눈에 띄지 않을 정도였다. 캐서린은 얇고 비싼 모직을 부드럽게 쥐었다. 가늘고 흰 손가락이 민첩하게 천 사이를 오가고 반짝이는 바늘이 천 안팎으로 드나드는 동안, 손가락에 끼운 은 골무에 쇠바늘이 딸깍딸깍거리며 부딪혔다.

캐서린은 밑단 작업을 하려고 기다란 모직 옷감을 잡아당겼다. 안토니오는 무릎에 옷감이 스치자 짜릿한 흥분을 느꼈다. 진청색 천 밑에 그녀의 신발, 하얀 스타킹, 산뜻한 피부, 그녀의 몸뚱이가 있었다. 그리고 그녀의 체취와 은밀한 부위가 있었다. 과거에 그는 그 은밀한 부위를 여행했고 그곳에서 살다시피 했다.

캐서린이 온화한 목소리로 입을 열었다.

"해티 리노한테서 편지가 왔더라. 필체를 보고 바로 알았어."

"그곳 친구들한테 얘기를 했거든. 무슨 말이라도 해야 했어. 그리고 그 편지는 태워버렸어."

"해티는 잘 지내고 있겠지."

"다들 잘 지내. 당신을 보고 싶어 하고. 해티 말로는 극장이 지루한 사람들로 가득하고 당신이 떠난 후로 분위기가 꼭 거품 빠진 맥주같대. 당신이 해티를 즐겁게 해줬잖아. 해티가 당신을 많이 보고 싶어 해."

"나에 대해서는 어떤 말도 해주지 마. 나는 이제 다른 삶을 살고 있으니까."

"그러세요, 트루잇 여사?"

"사람들은 변해. 다들 앞으로 나아가는 거야."

"난 아니야. 앞으로 나아가지 않아."

"해티 리노는 내 절친한 친구였지만 이제 기억도 안 나. 무정한 게 아니라 사는 게 달라지다보면 그렇게 되는 거야."

"달라진 척하는 거겠지."

캐서린은 바느질하던 옷을 잠시 무릎에 내려놓았다.

"척하는 게 아니라, 사람들한테 못된 짓하면서 사는 데 진저리가 났을 뿐이야."

"당신은 나한테 한 번도 못되게 군 적이 없어."

"아니, 우린 서로에게 못되게 굴었어. 다 지난 얘기지만 미친 듯이 살았지. 안토니오, 그런 삶은 이제 끝났어. 너도 받아들여야 돼. 네 아버지하고도 화해해."

캐서린은 진청색 밑단을 따라 빠른 손놀림으로 바느질을 다시 시작했다.

"너무 피곤하다. 얼마나 지쳤는지 상상도 못할 거야."

캐서린이 그를 바라보았다.

"힘들다는 거 알아. 그 사람이 네게 끔찍하게 대했다는 것도 알고 있어. 이제 그만 그를 용서해. 네가 용서하지 않으면 그는 스스로를 용서할 수가 없을 거야."

"당신도 그를 죽이려고 했었잖아."

"그러다 그만뒀지. 내 안에서 무언가가 변했어. 이제는 파리 한 마리도 죽이지 못해."

"전에는 날 위해 뭐든 해줬잖아. 아버지를 처리해주겠다고 약속도 했고."

"그때의 나와 지금의 나는 달라. 다른 사람이 약속을 했던 거야."

안토니오의 눈빛이 사납게 번뜩였다.

"그래? 당신이 원한 건 이런 게 아닐 텐데? 당신은 그 사람 사랑을 차지했고, 그 사람 돈도 차지했어. 그 사람 관심도 받고 있지. 그러니 이제 그걸 이용해서 당신만의 삶을 만들 차례잖아."

안토니오가 캐서린의 원피스 아랫단을 쓰다듬었다. 그의 손가락을 타고 불처럼 뜨거운 열정이 팔까지 치솟았다.

"그러지 마."

"이젠 이런 게 아무 의미 없어? 전혀?"

"아무 의미 없어. 그러니까 하지 마."

안토니오는 일어나 저만치 걸어갔다. 대리석 바닥에서 구두 뒤축 닿는 소리가 났다. 그는 자신이 어디로 가고 있는지, 무엇을 하려는지 알지 못했다.

캐서린이 진심일 리가 없다. 오랜 과거를 그렇게 쉽게 떼어낼 수는 없다. 그녀와 함께한 날들, 함께할 일들, 같이 만든 계획을 이리도 단박에 부정할 수는 없다.

방으로 돌아간 안토니오는 의자에 앉아 브랜디를 마셨다. 계획대로 아버지를 죽일 수 없다면, 옛날로 돌아가야 했다. 캐서린이 악행을 저지르며 느끼는 쾌락을 이리도 쉽게 저버린다는 건 있을 수 없는 일이었다. 캐서린을 향한 갈망이 뇌를 관통하며 눈앞이 아득해졌다. 온통 암흑이었다.

안토니오는 복도를 지나 긴 계단을 따라 빠르게 걸음을 옮겼다. 천장에 베네치아 산 샹들리에가 달린 넓은 홀을 따라 걷다가 온실로 다시 들어갔다. 캐서린은 여전히 그곳에 있었다. 그가 오고 있다는 것을 알고는 바느질하던 천을 무릎에 내려놓았다. 그녀는 말없이 차분하게 그를 기다렸다. 눈을 커다랗게 뜨고서. 다양한 욕망이 뒤섞인 표정이 그녀의 얼굴에 나타났다.

안토니오는 캐서린의 손을 잡았다. 그녀는 뒤로 물러났다. 그가 그녀의 팔을 붙잡고 가까이 끌어당겼다. 온몸을 바짝 붙이고 입술을 가져다 대면서 두 손으로 그녀를 부둥켜안았다. 그녀가 어깨를 움직이자 원피스의 질감이 느껴졌다. 그녀는 떨고 있었다.

캐서린이 뒤로 몸을 빼며 말했다.

"안토니오, 이러지 마. 제발 부탁이야."

"아니, 이렇게 해야겠어."

안토니오가 다시 키스했다. 한 손으로 그녀의 얼굴을 만지고, 다른 손으로 그녀를 더욱 가까이 끌어당겼다. 원피스 밑으로 손을 넣어 그녀의 살을, 그녀의 따뜻하고 매끄러운 살결을 느끼는 순간, 속에서 불이 일어났다. 그는 이제 되돌릴 수 없다는 걸 알았다. 캐서린도 원할 것이다. 그녀는 기억해야 한다. 그녀는 이것을 원해야만 한다. 그는 속으로 몇 번이고 이 말을 되풀이했다.

그리고 생각의 끈을 놓아버렸다. 세인트루이스에 있는 자신의 방에서 함께 살던 밤과 낮으로 그녀를 되돌리려, 예전의 그녀로, 육체의 쾌락을 위해 살면서 자신이 누구인지 무엇인지 개의치 않고 스스로를 내던지던 캐서린으로 되돌리려 부지런히 입과 손을 놀릴 뿐이었다. 예전에 캐서린은 소리 내어 웃었고, 평범한 도덕적 양심을 가진 평범한 세상을 경멸했다. 안토니오는 그런 그녀의 일부였고, 오락거리였으며, 격정적인 사랑이었다. 욕망 속에서 그들은 쌍둥이처럼 서로의 호흡을 타고 오르내렸고, 그녀의 모든 부분이 자신의 것이었다.

안토니오에게 캐서린은 젊은 날의 기쁨이며 고통이었다. 그러나 그녀 자체가 감정의 핵심은 아니었다. 그녀는 상실감에 이르는 도구였다. 매었던 밧줄을 풀고 저 높이 떠오르는 기분을 느끼기 위한 도구에 지나지 않았다. 그는 원래대로 돌아가고 싶었다. 죽음에 가까이 다가가고 싶었다.

지금의 캐서린은 새로웠다. 낯설었다. 마치 변장을 하고 앞에서 있는 것처럼 예전의 흔적이 보이지 않았다. 그녀는 완전히 새로운 인생을 사는 것처럼 낯선 원피스를 차려입고, 낯선 머리 모양을 하고, 화장기 없는 말간 얼굴을 하고 있었다. 그러나 안토니오가 보기에는 단지 자신을 즐겁게 해주려는 변장에 불과했다.

캐서린은 몸부림치며 그에게서 저항했다. 그럴수록 안토니오는 더욱 자극을 받으며 속박에서 벗어나는 느낌이었다. 안토니오는 캐서린이 원치 않을 때에도 언제든지 안을 수 있었다. 예전에는 그랬다. 캐서린이 그에게 몹시 화가 났을 때에도 여전히 캐서린을 안았다. 안토니오가 지나치게 무례하게 굴거나 술이 심하게 취했거나 너무 늦게 집에 돌아왔을 때에도 캐서린은 살금살금 들어와 자신 곁에 누웠고, 안토니오는 그녀를 가졌다. 그때 캐서린은 달리 갈 곳이 없었다. 그녀는 자기 인생이 시궁창이라 믿었고 그녀가 살고 있는 시궁창이 바로 안토니오였다.

안토니오가 셔츠 앞쪽을 잡아 찢듯이 헤치고 캐서린을 잡아당겼다. 그녀가 손으로 그의 몸을 할퀴었고 손톱에 피가 묻었다. 캐서린이 비명을 지르며 라슨 부인을 부르기 시작했다. 그는 손으로 입을 틀어막고 치맛자락을 들어올렸다. 스타킹과 속옷을 찢고 맨살을 손바닥으로 쓸었다. 문득 사방이 고요해졌다. 안토니오의 거친 숨결이 누그러졌다. 그의 손이 그녀의 성기를 향해 올라가는 동안에도 입이 막힌 캐서린은 아무 소리도 내지 못했다. 일순간, 새의 지저귐 외에는 아무 소리도 들리지 않았다.

안토니오는 입을 막고 있던 손을 치우고 그녀에게 키스했다. 혀로 그녀의 입술을 깨물었다. 캐서린은 그저 그의 팔 아래서 몸을 뒤틀며 서 있었다. 치맛자락이 바닥에 쓸리는 소리, 새들의 날갯짓 소리, 새들이 내려앉은 야자나무 잎이 바스락거리는 소리뿐이었다. 안토니오는 캐서린의 눈에, 이마에 입을 맞추었다. 얼굴을 혀로 핥고 귓불을 깨물었다. 그의 몸은 마치 불이라도 붙은 것처럼 달아올랐다.

그녀도 자신을 원하게 만들어야 했다. 캐서린이 이 미친 계획을 멈추고 자신에게 모조리 떠넘긴 채 가버리지 못하게 해야 했다. 다시는 아버지와 동침하지 못하게 해야 했다. 캐서린은 자신의 정부였다. 자신의 것이었다. 어린 시절에 열망했던 사람, 노면 전차에 타고 있던 여인, 레스토랑에서 본 소녀, 어두운 길 끄트머리에 서 있는 창녀였다.

원피스를 잡아 찢었다. 두 번 잡아당기자 원피스 앞쪽이 쉽사리 찢겨졌다. 그 안의 얇은 캐미솔을 찢자 젖가슴이 보였다. 짙은 색 유두가 완연히 일어서 있었다. 그는 무릎을 꿇고 그녀를 끌어당겨 젖가슴에 입을 가져다 댔다. 유두를 이로 물었다. 그는 이것이 강간이라는 것을 알았다. 캐서린이 원하지 않는다는 것을 알자 묘하게 흥분되었다.

나머지 속옷을 찢자 다리 사이로 삼각형의 검은 음모가 드러났다. 캐서린은 그의 머리를 두 손으로 누르고 서 있었다. 그는 스스로도 원치 않는 이 행위를 억지로 밀어붙이느라 힘겨웠고, 머리카락은 마구 헝클어지고 땀에 젖이 미끈거렸다. 스스로를 죽음에 더 가까이 몰아붙이기 위해 멈출 수가 없었다.

캐서린은 울었다. 그녀가 울면서 들이마시고 내쉬는 숨소리가 들렸다. 그는 일어서서 그녀 얼굴에서 흘러내리는 눈물을 혀로 핥았다. 바지를 내린 후, 그녀 안으로 억지로 밀고 들어갔다. 그녀가 원치 않는다는 걸 알았지만 상관없었다. 이 여자는 더 이상 캐서린이 아니었다. 그가 알지 못하는 누군가일 뿐이었다. 이 여자가 다치든, 더럽혀지든, 수치심을 느끼든 그는 상관없었다. 이것이 마지막이니까. 다시는 그녀를 보지 않을 테니까.

캐서린이 의자 팔걸이에 걸어 둔 바구니에서 바느질용 작은 가위를 꺼내 들고 안토니오를 찔렀다. 먼저 등을 찌르고 어깨를 찌르자 그가 놀라 휘청거리며 뒤로 물러났다. 원피스 앞섶이 찢어져 속살이 다 드러났다. 벌거벗은 상체에 넝마처럼 걸려 있는 캐미솔 사이로, 막 영글기 시작한 둥그스름한 배가 보였다. 캐서린이 몸을 앞으로 굽히며 고통과 분노와 절망에 울부짖었다.

"왜? 왜 그랬어?"

이 말만 되풀이해 악을 썼다.

안토니오는 어깨와 등에서 피를 흘리며 울기 시작했다. 자신이 모든 것을 잃어버렸음을, 모든 것이 영원히 깨져버렸음을, 그 무엇도 다시는 돌려받을 수 없음을 알기에 고통에 찬 울음을 쏟아냈다. 그는 무언가를 원했으나, 그것이 무엇인지 기억할 수 없었다.

"그가 내 어머니를 죽였어! 내가 봤어!"

"아니야, 안토니오. 그런 일은 일어난 적도 없어."

찢어진 원피스를 한 손으로 모아 쥐고 앞으로 흘러내린 머리카락을 다른 손으로 쓸어넘기는 캐서린의 눈에는 이미 눈물이 말라 있었다. 강경한 입매, 그녀의 차갑고 엄정한 목소리는 진실을 말했다.

"죽게 내버려두긴 했지. 그 무렵 네 어머니는 병에 걸렸어. 안토니오. 넌 꿈을 꾼 거야. 증오 때문에 그런 상상을 한 것뿐이야. 그리고…… 잘은 모르겠지만 어떤 계기로 넌 그 상상을 실제로 있었던 일이라고 믿어버렸어. 하지만 그건 실제가 아니야. 네 어머니는 병에 걸렸고 홀로 외롭게 죽었어. 그이가 너를 데리고 갔을 때 네 어머니는 아들 이름도 알지 못했어. 거기서 랄프는 네 어머니에게 등을 돌린 거야. 그래, 어떤 의미에서는 죽었다고 할 수도 있겠지. 그렇지만 네가 생각하는 식으로 죽인 건 아니야."

"거짓말!"

"사실이야. 그인 그때 일에 대해 평생 후회하며 살고 있어. 그렇게 네 어머니를 보냈어. 너도 네 어머니를 그만 마음에서 보내드려. 자꾸만 기억에서 되새기지 말고, 어디에 묻혀 있는지 알려고도 하지 말고, 그만 안식할 수 있도록 보내 드려. 그분은 떠났어. 그게 전부야. 육신이 돌아가기 이미 한참 전부터 영혼이 떠난 상태였어."

안토니오는 피를 많이 흘렸다. 통증이 심할 텐데도 개의치 않는 듯했다. 무릎을 꿇고 캐서린의 찢어진 치맛자락에 얼굴을 묻고 눈물을 흘렸다. 자신을 위한 눈물이었다. 그때 문 열리는 소리가 들렸다. 온실 밖 복도를 따라 걸어오는 랄프의 발소리가 들렸다. 진실을 감추기엔 이미 늦어버렸다. 캐서린의 원피스는 찢어지고, 안토니오의 피가 대리석 바닥으로 흘러내리고 있으니 이 안에서 무슨 일이 벌어졌는지는 짐작하고도 남았다.

마침내 랄프가 온실 문 앞에 섰다. 그는 이미 상황 파악을 한 표정이었다. 안토니오가 고개를 돌려 랄프를 쳐다보았다. 안토니오의 양손은 피범벅이고 얼굴은 고통으로 일그러져 있었다.

"그래요! 내가 이 여잘 강간했어요. 이 여자랑 같이 살았던 적도 있고, 수없이 잤어요. 이 여자가 어떤 여자인지 알아요? 누군지 아느냐고요?"

랄프의 얼굴에서 핏기가 가셨다. 그는 꼼짝도 하지 않고 서서 세세한 부분까지 모두 살폈다. 찢어진 원피스, 안토니오의 몸에 흐르는 피, 새, 야자나무. 랄프는 재스민과 오렌지 꽃향기를 맡았고, 원피스와 피를 보았다. 그리고 자신이 아들을 죽일 것이라는 사실을 직감했다.

랄프는 안토니오의 어깨를 잡고 일으켜 세웠다. 아들의 피가 그의 셔츠에 묻어 피부까지 적시고 들어갔다. 그리고 랄프의 손이 움직였다. 그는 다리를 휘청거리며 주먹으로 안토니오의 머리를 내리쳤다. 랄프가 얼굴을 때리고 주먹으로 온몸을 때리는데도 안토니오는 가만히 서서 저항하지 않았다. 스스로를 보호하려고도 하지 않았다. 지금 이 광경은 안토니오가 오래전에 꾸었던 꿈이며, 소년 시절의 기억이었다. '바로 이거다. 이제 쉴 수 있겠구나. 이 순간을 지나면 나는 마침내 집으로 갈 수 있다. 집에서 쉴 수 있다.' 안토니오는 중얼거렸다.

안토니오가 몸을 비틀어 아버지의 손아귀에서 벗어나 달아나기 시작했다. 그의 귀에 캐서린의 비명은 들리지 않았고 비명을 지르는 얼굴만 눈에 들어왔다. 자신을 사랑하고 동시에 증오하는 캐서린의 마지막 표정이 보였다. 너무나도 사랑했던 캐서린의 입 모양만 보였다. 안토니오가 온실 밖으로 달아나자 작은 새들이 사방으로 날아올랐다. 랄프가 그 뒤를 따라가면서 피를 줄줄 흘리는 안토니오의 등을 주먹으로 마구 내리쳤다.

안토니오는 베네치아 산 거울로 꾸며진 넓은 복도로, 이어서 경사진 긴 복도로 달려갔다. 신발이 피에 젖어 제대로 바닥을 디디기가 어려웠다. 안토니오는 난롯가로 가서 쇠 부지깽이를 집어들었고, 랄프의 얼굴을 세차게 내리쳤다. 이마가 찢어진 랄프는 피를 흘리며 비틀거리다 돌바닥에 머리를 찧고 쓰러졌다. 뒤따라 뛰어온 캐서린이 그 광경을 보고 안토니오를 말렸다. 안토니오는 캐서린을 뒤에 남겨두고 달려가 정원으로 향하는 문을 열었다.

캐서린은 랄프의 머리를 들어올렸다. 분노로 눈을 부릅뜬 랄프가 보였다. 말려서 될 상황이 아니라는 것을 알았다. 캐서린이 원하지 않는, 상상할 수 없는 끝을 향해 그들은 치닫고 있었다.

캐서린이 일어서는 랄프를 붙잡고 그만하라고 애원했지만 이미 늦었다. 랄프는 캐서린의 말이 들리지 않았다. 아니, 들으려 하지 않았다. 그는 정원으로 달려가 안토니오를 붙잡아 때렸다. 안토니오는 아무 소리도 내지 않았다. 그 자리에 서서 맞다가 다시 달아났고 아버지 손에 붙잡혀 다시 두들겨 맞았다. 소년 시절에 자주 그랬듯이 지금도 맞고 있었다. 다른 점이 있다면 이번에는 안토니오가 죄를 지었고, 죄책감과 공포를 느끼고 있다는 점이었다. 안토니오도 랄프도 그 점을 알고 있었다.

긴 목초지를 따라 달리며 그들은 싸웠다. 안토니오는 뭐든 손에 잡히는 대로 집어서 랄프에게 던졌다. 안토니오에게 맞아 머리에 피를 흘리면서도 랄프는 멈추지 않았다. 지금 그는 주먹으로 과거의 기억을 내리치는 중이었다. 자신을 이용한 아내, 집에서 달아난 아이, 아버지가 죽어가는 데도 사랑 놀음이나 하며 보낸 젊은 시절, 손에 바늘을 찔러넣던 어머니에 대한 기억을 물리치고 있는 중이었다. 오랜 세월 쌓였던 격한 분노가 한꺼번에 터져나왔다.

캐서린은 돌로 만든 널찍한 테라스에 섰다. 더는 그들을 쫓아가 말릴 수가 없었다. 어떤 식으로 상황이 전개되더라도 끝은 이미 정해져 있다는 생각에 겁이 났다. 라슨 부인도 머리카락에 밀가루를 묻힌 채 어느새 옆에 다가와 서 있었다. 캐서린은 들판에서 벌어지고 있는 일들을 상세히 볼 수 있었다. 두 남자가 고함치고 싸우며 지나가자 짧은 풀 속에 머리를 숙이고 있던 아라비아말이 놀라서 머리를 들었다.

두 사람은 연못가에 이르렀다. 앞서 달려가던 안토니오가 얼음 위로 미끄러졌다. 마치 투우장에 선 황소처럼 상처를 입고, 피를 흘리며 멈추었다. 얼굴에서 계속 눈물이 흐르고 있었다. 안토니오는 더이상 싸울 마음이 들지 않았다. 힘도 증오도 후회도 마지막에 이르렀다. 검게 얼어붙은 연못 한가운데 서서 그저 죽음이 찾아오기를 기다렸다. 천국에서 보낼 날들, 어머니와의 재회, 죽는 동안 겪을 엄청난 고통, 피할 새도 없이 강한 주먹이 날아와 눈앞에 어둠이 드리워지면서 겪게 될 통증을 상상했다.

랄프도 연못가에서 멈추었다. 이마가 찢겨 계속 피가 흘렀고 양손이 골절되어 팔까지 통증이 느껴졌다. 그는 분노를 쏟아냈다. 용서할 수 없는 일은 절대로 용서할 수 없고, 공포는 여전히 섬뜩하지만, 그 후에 찾아올 일들을 견딜 자신이 없었다. 신문에 실리는 자살, 살인, 시체에 대한 기사를 떠올렸다. 산 자가 죽은 자보다 아름다우니, 결국은 안토니오를 구하기 위해 자신이 또 한 번 인내해야 한다는 것을 깨달았다. 안토니오를 멀리 보내야 할 것이다. 살아 있는 동안에는 다시 서로를 보는 일 없이. 안토니오는 죄책감과 수치심과 힘겨운 기억 속에서 홀로 죽게 될 것이다.

다만, 오늘은 시체를 묘지로 싣고 가는 일이 일어나서는 안 되었다. 그 집에 더 이상은 하얗게 굳은 시신을 들일 수 없었다. 안토니오를 이렇게 잃게 된 것은 슬프지만, 랄프는 여전히 아들을 사랑하기에 그에게 돈을 쥐어주며 멀리 보낼 작정이었다. 세월이 흘러 랄프가 죽으면 아들에게 연락이 갈 테고 아들은 아버지 무덤 옆에 서서 오늘을 돌아보게 될 것이다. 그리고 오래전 자신이 아닌 다른 누군가에게 일어났던 일쯤으로 기억하게 될 것이다.

그때 얼음 갈라지는 소리가 들렸다. 검은 얼음 위로 하얀 선이 들쭉날쭉하게 뻗으면서 붙잡을 새도 없이 안토니오가 차가운 물속으로 빠졌다. 안토니오는 잠시 후 위로 떠올랐지만 나올 곳을 찾지 못하고 머리를 얼음에 부딪쳤다. 물 밑에는 공기가 없었다. 검은 물에 피가 번져나갔다.

안토니오는 발버둥을 쳤지만 얼음 위로 나올 길을 찾지 못했다. 차츰 의식을 잃으며 차갑고 잔잔한 검은 물속에 부유했다. 얼음 표면 아래 떠 있는 그의 몸이 희미하게 보였다.

랄프 트루잇은 고통스럽게 울부짖으며 아들을 구하려고 했으나 얼음이 갈라지고 있어서 차가운 물속에 떠다니는 아들을 건질 수가 없었다. 헛간에서 막대기와 밧줄을 찾아 다시 연못으로 뛰어왔다. 안토니오를 구하려고, 그간 잃어버린 세월을 구하려고 안간힘을 썼다. 랄프는 안토니오가 이미 죽었다는 것, 영영 세상을 떠났다는 것을 인식할 수도, 인정할 수도 없었다.

얼음 아래로 번진 피가 생명을 잃고 떠다니는 몸뚱이를 에워쌌다. 안토니오의 시신은 높은 곳을 비행하면서 저 아래 작은 지구를 내려다보듯이 양팔을 옆구리에 댄 채 떠다니고 있었다. 막대기와 밧줄로는 아들을 건질 수가 없었다. 아들이 밤새 얼음 밑에 잠겨 있는 동안 랄프는 깊은 상심에 빠졌다. 혼자 잠을 잤고, 아무 말도 하지 않았다. 아무것도 먹지 않았다.

캐서린은 잠을 잘 수가 없었다. 거대한 홀을 걸으며 그림을 쳐다보다가, 손으로 가구를 쓸어보다가 마침내 안토니오의 방으로 들어가 그의 물건들을 트렁크에 꾸려넣었다. 침대 시트를 벗겨 얼굴을 묻고 옛 연인의 진한 체취를 맡으며 더 이상 눈물이 나오지 않을 때까지 울었다. 그리고 과거를 완벽하게 보존한 놀이방으로 가서 좁은 침대에 누워 잠이 들었다.

아침에 마을 남자들이 안토니오를 건져냈다. 새것 같은 안토니오의 셔츠가 가슴팍에서 여전히 새하얗게 빛났다. 시신은 소년처럼 호리호리하고 가벼웠다. 남자들이 시신을 수레에 싣는 동안 검은 머리카락이 아래로 드리워졌다. 아침 햇살과 따뜻해지는 바람 속에서 검은 머리카락은 두피까지 얼어 있었다.

랄프는 안토니오를 용서하려 했다. 아들을 두 팔로 감싸고 '괜찮다. 괜찮다. 이제 다 끝났다.' 라고 말하려 했다. 그러나 이제 그럴 수 없었다. 오래된 이야기는 끝이 났다. 랄프가 아들 입에 직접 숨을 불어넣고 따뜻한 숨결이 아들의 폐를 채워 눈을 뜬다면, 아들은 아버지를 바라보면서 신뢰하게 될 텐데.

이런 상상은 부질없었다. 아무 소용이 없었다. 그것은 이야기에 불과했다. 사람들에 대한 이야기. 랄프와 에밀리아, 안토니오, 캐서린, 앞서거니 뒤서거니 하며 세상을 떠난 어머니들과 아버지들의 이야기. 남들이 하는 만큼 자신도 남에게 상처를 주는 사람들, 이기적이며 현명하지 않은 사람들, 쓰라린 기억의 벽 속에 갇혀 후회하는 사람들의 이야기였다.

가혹한 냉기가 당신의 뼛속까지 스며들어 결코 빠져나가지 않는 이야기, 심장으로 파고든 기억이 결코 당신을 홀로 내버려두지 않는 이야기, 어린 나이라 스스로를 방어할 수는 없지만 사악한 일이 일어나고 있음을 인지할 수 있을 때 다가오는 고통과 쓰라림의 이야기, 아무도 알지 못하는 내면의 악에 대한 이야기, 본인의 고통과 타인의 고통을 알면서도 어쩔 도리 없어 그대로 살다가 끝을 맞게 되는 이야기였다.

아버지를 죽이는 것을 장자의 권리라 여긴 아들의 이야기였다. 마음속에 연민을 담고 있으면서도, 망가진 삶 중 그 어느 곳도 회복시키지 못한 아버지의 이야기였다. 처음에는 황홀경으로 이끌지만 마지막에는 잠든 채로 울게 하는 비소에 관한 이야기였다. 죽음과 삶의 차이를 너무 늦게 알아서 죽음대신 삶을 선택하지 못한 사람들, 먼지 자욱한 놀이방에 남겨진 장난감처럼 본연의 선량함이 남들에게 잊힌 사람들, 많은 것을 보지만 그중 일부만을 기억하는 사람들의 이야기였다.

스스로를 상처 입히고, 자기 삶을 파괴하는 것으로 모자라 주변의 삶까지 파괴해버리고, 사랑이나 다정함이나 행운이나 매력으로 인생에 도움을 받거나 마음을 달랠 수 없는 사람. 다정함이 주는 느낌과 정을 베푸는 행위, 애정을 통해서만이 지독하게 망가진 인생을 절망에서 구할 수 있음을 이미 망각한 사람들의 이야기.

바로 절망에 관한 이야기였다.

25

장례식에 참석한 이는 세 명뿐이었다. 랄프와 캐서린, 그리고 라슨 부인. 랄프는 얼어붙었다가 녹기 시작한 땅을 파느라 긴긴 하루를 보내면서 손수 무덤을 만들었다. 눈물은 없었다. 그들이 다니던 어느 교회에서 목사가 왔고 누이 곁에, 랄프의 어머니와 아버지 옆에 나란히 묻혔다.

캐서린이 보기에 관이 너무 컸다. 안토니오의 아름다운 몸이 그 안에 갇혀서 햇빛과 공기로부터 영원히 차단된다는 사실을 도저히 믿을 수가 없었다. "햇빛과 공기 속에 사는 만물은 행복할지니, 관 속에 누워 어두운 무덤 속에 들어가지 않은 이는 그것만으로도 충분히 행복하여라." 어느 시인의 노래였다. 그의 죽음을 보고 있는 지금, 캐서린은 살아 있다는 사실이 다행스럽게 느껴졌다.

이틀이 지났다. 캐서린은 정원의 잔해 속에 서 있었다. 정원이 높은 벽으로 둘러싸여 안에서는 바깥세상이 보이지 않았다. 정원 한 귀퉁이에는 여전히 눈이 쌓였고, 쓰러진 조각상들은 얇은 얼음으로 덮여 있었다. 벽 너머 세상보다 이곳은 5도 정도 온도가 낮은 것 같았다. 저무는 해가 비치는 저택의 풍경만이 더 없이 아름다웠다. 캐서린은 이 모든 일이 어떻게 시작되었는지 기억이 나지 않았다.

캐서린은 무언가를 원했고, 그것을 얻기 위해 발을 내디뎠다. 목적이 분명했고 확신을 갖고 행동했다. 그러나 일상의 수많은 번뇌 속에서, 사람들이 살아가는 방식 속에서, 따뜻한 마음을 원하고 두려움을 물리치게 되면서 혼란에 빠졌다. 마음은 예상치 못했던 방향으로 뻗어나갔고, 예전에는 결코 용납하지 않았을 것들을 소망하게 되었다.

캐서린은 안토니오가 죽던 날 마무리를 하고 있던 진청색 모직 원피스를 입었다. 안토니오의 손길이 그녀의 몸을 감싼 그 천에 닿았다. 그녀는 수수하고 단순한 차림으로 오래된 정원 한가운데에, 멋진 대저택의 숨겨진 공간에 서 있었다. 안토니오가 죽었다. 그녀의 인생도 끝났다.

앞으로 어떻게 될지 감이 잡히지 않았다. 안토니오가 죽은 후로 랄프는 캐서린에게 말을 걸지 않았고, 캐서린도 그의 깊은 슬픔을 방해하지 않았다. 그들은 기다란 식탁에서 함께 식사를 했지만 대화를 나누지도, 시를 낭송하지도, 어둠 속에서 찬란한 육체의 향연을 즐기지도 않았다. 캐서린은 작고 보잘것없는 침실을 골라 그곳에 머물며, 잃어버린 모든 것들을 홀로 슬퍼했다.

겁이 났다. 남은 인생을 어떻게 살아야 할지 두려웠다. 어쩌면 랄프가 헤어지자고 할 수도 있었다. 그리된다면 캐서린은 달리 갈 곳이 없었다. 에밀리아처럼 너저분한 집에서 홀로 살고 싶지 않았다. 앨리스처럼 골목에서 눈을 맞으며 죽고 싶지 않았다. 한때 얼마나 멋지게 살았는지를 기억하면서, 마침내 힘겨운 삶의 짐을 내려놓게 되어 기뻐하면서, 그러나 천사에게조차 버림받고, 차가운 죽음을 비웃으면서 죽고 싶지는 않았다. 이 세상에 의지할 사람이 아무도 없었다. 그녀의 세상은 이곳이 전부이기에 전에 살던 곳으로 돌아갈 수도 없었다.

과거에 밤낮으로 무엇을 하며 지냈는지 명확히 떠오르지 않았다. 어린아이가 달력을 휙휙 넘기듯 과거의 밤과 낮이, 하루와, 한 달과 1년이 흐릿하게 보일 뿐이었다. 예전에 극장에 간 적이 있던가? 파리의 의상실에 맞춘 가운을 입고 소매 주름에 라벤더 향 잉크를 묻혀가며, 고운 손으로 교태 가득한 편지를 쓴 적이 있던가? 탁자에 놓인 돈이 보기 싫어서 침대에 누운 남자들에게서 고개를 돌린 적이 있던가? 과거가 실감 나지 않았으나 부정할 수는 없었다. 모든 나쁜 기억들, 신의라곤 없던 삶이 먼 길을 돌아서 이곳까지 그녀를 데려왔으니까.

랄프와의 관계는 끝나버렸다. 안토니오가 마지막으로 잔인하게 그녀를 짓밟으며 그 사실을 확인시켜주었다. 깊은 슬픔에 잠긴 랄프가 어떤 식으로 나올지 짐작할 수가 없었다. 캐서린은 자신이 잘못을 저질렀다는 걸 알면서도 어떤 결과가 닥칠지 감히 상상조차 할 수가 없었다. 랄프도 이대로 마냥 침묵하며 살지는 못할 것이다. 무시하고 살기에는 너무나도 노골적으로 진실이 드러나버렸고, 랄프는 이런 상처를 예전에도 받은 적이 있었다. 얼어붙은 연못과 잠잠한 목초지, 뒷다리로 일어선 아라비아말, 죽어버린 안토니오를 뒤로 하고 집으로 돌아온 랄프가 캐서린을 때리지 않은 것은 단순히 지쳤기 때문인도 모른다.

캐서린은 랄프에게 하고 싶은 얘기가 있었다. 매일 그녀의 뱃속에서 힘차게 자라나고 있는 생명 얘기가 아니었다. 그의 마음속 미덕에 대해, 그가 굴욕을 참으며 행복이 찾아오기까지 기다린 긴 세월에 대해, 그가 구축하기 시작한 작은 행복이 끔찍하게 기만당한 현실에 대한 얘기였다. 캐서린은 사과도 할 수가 없었다. 랄프는 그녀를 몰랐지만 그녀는 랄프를 잘 알고 있었고 그 점을 이용해 그의 삶을 또다시 파괴했다. 그가 그토록 조심스럽게 지켜 온 삶을.

랄프가 집 안 어디에 있는지 알 수가 없었다. 점심 식사를 하고 나면 모습이 보이지 않았다. 서재나 파란색 침실로 들어가 나오지 않았다. 랄프가 그 안에서 무엇을 하는지, 무슨 생각을 하는지, 캐서린은 알 수 없었다. 침묵이 숨통을 조였다. 그의 냉담한 태도는 참기 어려웠다. 죽어서 랄프에게 도움이 된다면 기꺼이 죽을 수도 있었다. 그러나 자기의 죽음은 랄프가 사전 예고도 없이 겪었던 사건들 중 하나가 되어 결국 고통을 가중시키는 역할밖에 하지 못할 것이다.

랄프를 만나기 전까지 캐서린은 맘 붙일 곳 하나 없이 살았다. 장소와 시간을 불문하고 어디에도 뿌리를 내리지 못했다. 무슨 큰일이 나겠느냐는 생각으로, 이 순간만 넘기면 그만이라는 생각으로 살다가 랄프에게 해악을 끼쳤다. 섣불리 그를 죽이는 일을 도모했다. 결혼으로 단순한 일상의 기쁨을, 다른 이와 지속적으로 함께 살면서 보살핌을 받고 상대를 보살피는 속에서 기쁨을 누릴 수 있다는 사실을 알지 못한 채, 섣불리 결혼에 동의했다. 앞으로 랄프의 늙어가는 모습을 곁에서 지켜보지 못한다고 생각하니 형언할 수 없는 큰 슬픔이 밀려왔다.

어떤 이들은 일상 속에서 꾸준히 함께하며 편안하게 살아간다. 캐서린은 그것이 쉽지 않음을 새삼 깨달았다. 겨울은 길고, 비극과 광기는 깨끗한 공기 속에서도 피어올랐다. 시골에서도 광기는 사람들을 가만히 내버려두지 않았다. 지금껏 살면서 수많은 사람들이 캐서린에게 다가왔다가 떠나갔다. 그들 중 일부는 같이 있으면 즐거웠고 일부는 그렇지 않았다. 이별도 만남만큼이나 별반 놀라운 일이 아니었다. 그러다 랄프가 다가왔고, 그 이별은 캐서린 랜드에게 편안하고 따뜻한 마지막을 의미했다.

이제 이 손으로 무엇을 어찌해야 할지 가늠할 수 없었다. 춥지는 않았다. 아직은. 저택 안에 조명이 들어오기 시작하자 집 안이 따뜻해 보였다. 라슨 부인이 천천히 방마다 돌아다니며 불을 켜고 있었다. 라슨 부인은 안토니오가 아기였을 때부터 봐왔다. 그가 누이 곁에 안장되는 모습을 보고도 라슨 부인은 극히 자연스러운 세상의 이치라는 듯 아무렇지도 않게 돌아섰다. 라슨 부인에게 삶은 매일매일 지속되고 있었다. 요리를 하고, 방마다 돌아다니며 불을 켜고, 그렇게 하루하루를 살고 있었다. 일상의 습관은 라슨 부인이 슬픔에 매몰되지 않도록, 남편이 갑자기 실성했을 때에도 두려움에 떨지 않도록, 한 젊은이의 향기로운 영혼이 육신보다 먼저 세상을 떠나는 모습을 보면서도 가슴이 아리지 않도록 지켜주었다.

오후 4시. 캐서린 주변은 완벽하게 고요했다. 바람은 잦아들었고, 회색 아라비아말을 비롯해 들판의 동물들은 해가 기울며 저녁 하늘에 어스름한 빛을 드리우는 광경을 바라보았다. 거대한 저택의 정면이, 인상적인 창문과 지붕 가장자리를 따라 배치된 고전적인 조각상들이 황혼에 물들어 희미한 황금색의 고풍스러운 분위기를 자아냈다. 기차에서 내려 처음 이곳에 도착했을 때도 이 시간쯤이었다. 마차 사고로 피투성이가 된 원피스. 그때 잃어버렸던 보석들은 지금 생각하면 하찮기 그지없었다. 랄프는 목깃이 털로 되어 있는 검은 외투를 입고 울부짖는 눈바람을 맞으며 플랫폼에 서 있었다. 갑자기 길로 뛰어든 사슴과 놀라서 제멋대로 질주한 말들. 다들 그저…… 겨울의 끝을, 봄의 시작을 기다릴 뿐이었다.

캐서린은 걸음을 옮기며 아래를 내려다보았다. 구두에 밟힌 풀들이 초록색으로 변해 있었다. 초록이 번지며 급기야 그녀가 서 있는 곳 전체가 초록색으로 물들었고, 짧게 싹이 돋아난 풀에 황금색 석양이 비추었다. 경이로운 초록 세상이 정원을 채우고, 그녀의 발끝을 따라 번져나갔다.

초록은 점점 멀리 퍼져나갔고 캐서린은 뒤로 물러섰다. 발길이 닿은 곳마다 식물이 무성하게 자라났다. 사랑의 매듭 같은 회양목과 주목, 이삭 끝에 보라색 꽃송이가 달린 라벤더 사이에 둘러싸인 화단은 로즈메리와 샐비어의 진한 향기로 가득했다.

오래된 벽돌 벽을 따라 배치된 화단은 갈색 흙에 덮여 너저분했으나, 캐서린의 치맛단이 스치자 초록으로 피어났다. 오래된 장미 줄기들이 굽혔던 몸을 펴자 짙은 색 부드러운 잎사귀가 처음으로 모습을 드러냈다. 자그마한 아네모네와 사프란이 화단 가장자리를 따라 싹을 틔웠다. 하얀빛, 노란빛, 보랏빛이 오묘하게 어우러진 크리스마스로즈, 수선화, 시적인 분위기를 풍기는 '악테온'과 진노랑 연노랑의 '킹 알프레드' 수선화도 차례로 피었다. 꽃들이 모습을 드러내자 도서관에서 긴긴 오후를 보내며 익힌 꽃 이름들이 머릿속에 떠올랐다. 안토니오와 숨 가쁜 날을 보내며 휴식 삼아 도서관에서 시간을 보낼 때 익힌 지식이었다.

안토니오는 지나치게 풍요로운 사막이었다. 캐서린이 그를 처음 만났을 때 그는 소년티도 벗지 못한 어린애였다. 아름다움과 오만함, 상냥함과 매력으로 빛나던 그는 겨우내 바짝 얼어붙은 검은 흙 아래 묻혀 영원히 잠들었다. 차디찬 땅 속을 생각하자 캐서린은 눈물을 흘렸다. 안토니오의 잘못이 아니었다. 지금까지 일어난 일들은 어느 누구의 잘못도 아니었다.

파란 라일락과 하얀 라일락이 피어나자 그 향기로 공기가 한결 부드러워졌다. 꽃술이 가득 찬 꽃들이 바람결에 잔잔하게 흔들렸다. 조각처럼 꽃송이가 정교한 아이리스는 파란색, 노란색, 남색, 갈색으로 피어났다.

아시아의 꽃, 광적인 팬을 거느린 튤립도 땅에서 솟아났다. 튤립의 수많은 색깔과 모양이 다채로웠다. 잎사귀에 작은 반점이 있는 것도 있고, 끝이 뾰족한 진홍색, 남색 혹은 노란색, 하얀색, 연분홍색, 초록색을 띠는 튤립도 있으며, 단 한 번 특이한 색깔과 모양으로 피어났다가 다시는 같은 모양을 보이지 않는 것도 있었다.

디기탈리스가 뾰족한 잎을 틔우며 나오기 시작했다. 줄기를 따라 종 모양의 여러 개의 꽃들이 묵직하게 달렸다. 모란이 피었다. 찻잔 받침대만한 크기에 촉촉한 감촉을 지닌 분홍색과 하얀색 꽃잎이 풍성하게 달린 중국 꽃이 피었다.

캐서린은 손을 뻗어 화사한 비비추와 패랭이꽃, 달콤한 알리숨, 색감이 화려한 중국 백합 위를 훑었다. 별안간 향수라도 뿌린 듯 진한 꽃향기가 풍겨 기절할 것 같았다. 꼬여 있던 장미 줄기들이 몸을 풀고 길게 뻗어나갔다. 윤기 나는 잎사귀에 싹이 나고 꽃이 피었다. 화려하면서도 순수한 백색의 이끼장미 이름은 '마담 하디'이고, 은분홍색 장미는 '라 노블레스'였다. 안토니오의 피처럼 붉은 장미는 '올드 벨벳', 안토니오의 셔츠처럼 눈부시게 빛나며 순수함과 폭력성이 뒤섞인 백색 장미는 클리프톤 모스, 오래된 프랑스 장미인 화사한 '팡탱 라투르', 밝은 진홍색의 '앙리 마탱', 하얀 꽃잎 가장자리가 진홍색으로 물든 '레다'도 피어났다.

아무런 소리도 들리지 않았다. 빛의 흔들림도 없었다. 사방이 고요했다. 격자 구조물을 바로 세우자 장미 줄기가 격자를 앞뒤로 휘감으며 높게 자라났고, 가시 돋친 장미 줄기 사이로 보라색과 흰색의 으아리가 피었다.

조각상들도 바로 세워졌다. 고전 속 인물들을 표현한 조각상들은 우아한 곡선으로 이루어져 있고 세월과 이끼에 색이 변하여 그윽한 멋이 흘렀다. 괴기스런 모양의 조각상들은 정원 네 귀퉁이에서 출입구를 지키듯 서 있었다.

이토록 아름다운 광경은 본 적이 없었다. 비밀 정원이 살아 있는 만물의 아름다움을 보여주며 캐서린을 울렸다. 캐서린이 죽은 후에도 이 아름다움은 오래도록 지속될 것이다. 가끔, 장미가 꽃잎을 휘날리며 황금색 석양 사이로 아름답게 떨어졌다. 벽을 따라 뻗은 덩굴식물의 뿌리를 감싸는 땅이 향기로운 꽃잎들로 뒤덮이고, 풍성하고 달콤한 향기와 맵싸한 향기가 공기 중에 퍼지며 캐서린의 원피스를 물들였다.

정원은 완벽했다. 영광스러운 캐서린의 정원이었다. 그것은 오로지 땅에서 생겨났다. 캐서린의 발길을 따라, 그녀의 시선을 따라 자라났다. 정원의 꽃들을 꽃병에 꽂아서 매일매일 향기롭게 할 것이다. 랄프가 꽃 이름을 물으면 캐서린은 그 이름과 유래를 설명할 것이다. 술탄의 밤을 밝히기 위해 소아시아에서 들여온 튤립들. 그 튤립들 사이로 돌아다니는 보석 박힌 귀고리들, 촛불을 등에 진 거북이들. 스테파노티스와 하얀 장미, 백합으로 부케를 만들어 마을로 가져가 결혼하는 아가씨들에게 건넬 것이다. 그 부케는 결혼식 날 아침에도 여전히 이슬을 머금을 것이다.

햇빛이 황금색에서 연노랑, 이내 청회색으로 바뀌었으나 정원의 꽃들은 오히려 더욱 밝게 빛났다. 마치 꽃잎 속에서 빛이 흘러나오는 것처럼. 캐서린의 작고 네모난 공간은 세인트루이스 시절과는 비교도 되지 않는 밝은 빛과 향기, 유쾌한 기운으로 채워질 것이다. 각각의 장미들, 각각의 꽃들은 캐서린의 사랑으로 완벽하게 만든 걸작이었다.

날이 저물어 꽃들이 황혼 속으로 사라지자 백색 장미와 연분홍 장미가 더욱 진한 향기를 뿜는 듯했다. 벽돌 벽 위로 밤의 첫 별이 나타났다. 어둠이 짙어지면서 그 별은 더욱 밝아지고 또 다른, 좀 더 약한 별들이 하늘에 합류했다. 문득 자신을 부르는 소리에 캐서린은 황금색으로 빛나는 저택을 돌아보았다.

"캐서린."

고개를 돌리자 랄프가 계단에 서 있었다. 장례식 때 입었던 검은 양복 차림 그대로 팔에는 검은 크레이프 상장喪章을 두르고 있었다. 캐서린은 긴 원피스 자락으로 바닥을 쓸며 정원을 향해 돌아섰다. 찬란하던 정원은 사라지고 없었다. 흔적도 없이. 남은 것은 화단에 심은 지 오래된 죽어가는 꽃들, 헐벗은 가지들, 가시투성이 장미 줄기와 아무렇게나 뒤틀려 자라는 라임과 주목뿐이었다. 20년을 기다린 정원은 다시금 꽃을 피우기를 기다리고 있었다.

캐서린은 늦겨울에 폐허와 다름없는 정원에 서서 봄을 기다리는, 단순하고 정직한 여자였다.

"캐서린."

다시 그를 돌아보았다. 캐서린은 처음으로 그가 두려웠다. 그의 분노와 고통, 반감이 두려웠다. 그녀의 내면에 도사린 수치심이 고개를 들까 두려웠다. 그녀는 삶을 낭비했다. 엉망으로 만들었다. 안토니오가 죽었다.

사는 건 다 그런 것이다.

"알고 있었어. 이미 알고 있었어."

어둠 속에서 랄프의 목소리가 명확하게 들려왔다. 빛을 등지고 있어 그의 얼굴은 그림자에 가려져 있었고 몸의 윤곽만 보였다.

"무엇을요?"

"안토니오가 말한 거. 당신이 어떻게 살아왔으며 어떤 여자인지. 당신이 나한테 들려준 얘기가 거짓말이라는 것도 이미 알고 있었어. 당신이 누구인지도 전부 알고 있었어. 말로이와 피스크가 편지를 보내왔거든. 나는 그 편지를 태워버렸어. 당신에 대한 사적인 내용들이 적혀 있었지만 아무 의미도 없었으니까. 그저 당신이 세인트루이스에서 돌아오기 전에 당신에 대해 알게 된 것뿐이야."

정원이 기다리고 있었다. 이 사람은 어떻게 이런 큰 잘못을 용서할 수 있을까? 어쩌면 이렇게 많은 것을 참아 낼 수 있을까? 이제 캐서린이 대답할 차례였다. 캐서린의 대답에 많은 것이 달려 있었다. 마지막까지 사라지지 않고 남아 있던 오래된 부르봉 장미의 달콤한 향기를 맡으며 캐서린은 최대한 오래 뜸을 들이다가 마침내 입을 열었다.

"아기를 가졌어요."

랄프는 오랫동안 말없이 서 있었고 캐서린은 갑작스런 추위로 몸을 떨었다.

"우리 아기예요."

어둠 속에서도 캐서린은 랄프의 지친 얼굴에 담긴 고요함을 읽을 수 있었다. 그는 캐서린에게 팔을 뻗었다. 그가 몸을 움직이자 등 뒤에 켜져 있던 집 안의 불빛들이 하나씩 보였다.

"거기 그렇게 서 있지 말고 집 안으로 들어오는 편이 좋겠어."

캐서린은 마지막으로 정원을 돌아보았다. 공기가 별안간 차가워졌지만 겨울의 위협적인 냉기는 아니었다. 날이 거의 저물었다.

그렇게 살아가기 마련이다. 만물이 다 죽지는 않는다. 다만 시간이 걸릴 뿐. 캐서린은 황금빛 저택을 향해 걸음을 옮기며 랄프 트루잇이 내민 손을 잡았다.

사는 게 다 그런 것이다.

위험한 아내

초판 1쇄 인쇄 2012년 3월 5일
초판 1쇄 발행 2012년 3월 15일

지은이 | 로버트 굴릭
옮긴이 | 공보경

펴낸이 | 김경수
기획, 책임 총괄 | 박향미
편집 | 배은경, 최현숙
마케팅 | 정은진

제작 | 팩컴 AAP(주)
펴낸곳 | 팩컴북스
출판등록 | 2008년 5월 19일 제 381-2005-000074호
주소 | 463-867 경기도 성남시 분당구 정자동 159-4 젤존타워 2차 8층
전화 | 031-726-3666
팩스 | 031-711-3653
이메일 | pacombooks@hanmail.net
값 | 13,800원

ISBN 978-89-97032-07-5 03840

* 이 도서의 국립중앙도서관 출판시도서목록(CIP)은 e-CIP홈페이지(http://www.nl.go.kr/ecip)와 국가
  자료공동목록시스템(http://www.nl.go.kr/kolisnet)에서 이용하실 수 있습니다.
  (CIP제어번호: CIP2012000525)